KB199843

곽하신 소설가

표지화 : 금리 이창년 화백

8인 합동 출판기념회 (왼쪽부터 시인 김종문, 양명문, 소설가 안수길, 박계주, 평론가 백철, 시인 조병화, 시인 박인환, 소설가 곽하신)

어느 고궁에서 (왼쪽부터 유주현, 곽하신, 조흔파)

곽하신(왼쪽)

고궁에서

조선일보 앞에서

월파와 6.25 전까지 살았던 집
(서울시 서대문구 행촌동 216-2)

'문장' 표지

'신작로' 표지

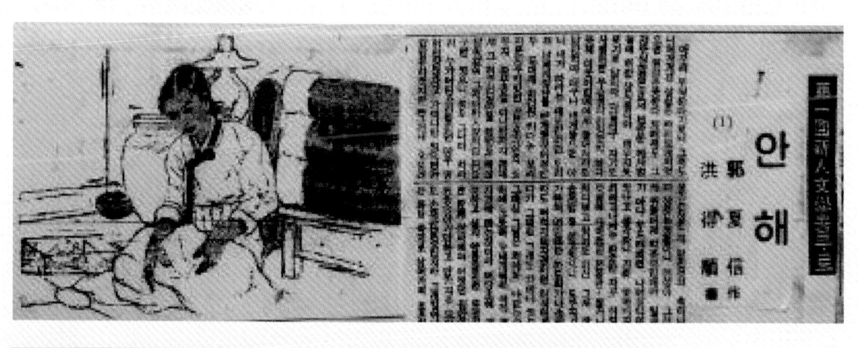

연재소설 '안해' (조선일보)

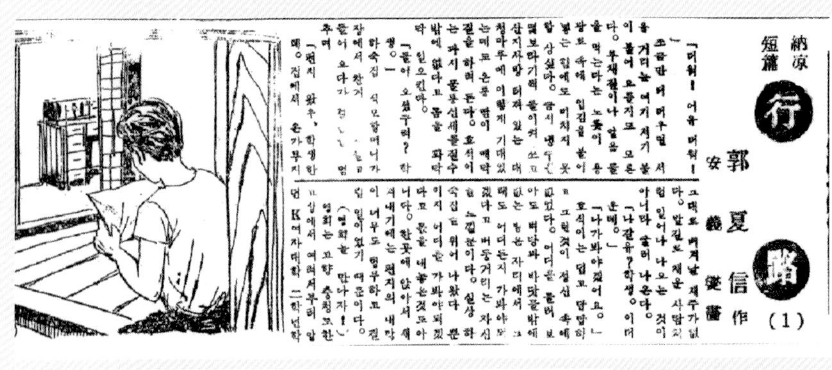

納涼短篇

行路 (1)

郭夏信 作
安義燮 畵

「더워! 어유 더워!
」
조금만 더 머우면 서
을 거리는 여기 저기 불
이 들어 오듯지므 모든
다。 부채질이나 얼음을
을 먹는다는 노릇이 용
광도 속에 입김을 불이
봉는 집에도 미치지 못
할 상싶다。 숨시 냉수
멀보라기렴 물이저 쓰고
산지사방 터져 있는 대
청마루에 이렇게 기대있
는데도 온몸 땀이 배막
길을 하며 돈다。 호석이
는 파지 물봉신세를 질수
밖에 없다고 몸을 꽈따
타 일오킨다。
「들어 오셨수러? 하
생。」
하숙집 식모할머니가
장에서 찬거 늘고
들어 오다가 멈
추며
「편지 왔수, 학생한
테。 집에서 온가부지
그대로 버저날 재주가 없
다。 발길도 재운 사람처
럼 일어나 나오는 것이
아니다 굴러 나온다。
「나갈유? 학생。 이머
운데。」
「나가봐야겠어요。」
호석이는 덥고 답답하
ㅍ 그런것이 정신 속에
없었다。 어디를 올버 보
아도 버당과 바닷물밖에
없는 등은 자리에서 그
때도 어디든지 가봐야 오
겠다ㅍ 버둥거리는 자신
을 느낌뿐이다。 실상하
숙집을 뛰어 나왔다 뿐
이지 어디를 가봐야 되겠
다ㅍ 뜻을 내놓는것도 아
니다。 한곳에 앉아서 새
저내기에는 편지의 내막
이 너무도 엄부하ㅍ 절
실 일이었기 때문이다。
(영희를 만나자!)
영희는 고향 충청도 한
ㄲ 살에서 여려서부터 알
던 K여자대학 二학년학

? 아마。」
무산 집에서 보내온 편
지였다。 이번에는 어머
니의 글씨가 아니고 오
래간만에 아버지의 글씨
다 벌여놓은 노상어머니
가 결혼이고 속알이고 했
기 때문에 이번의 아버지
의 글씨는 이상스럽다는
생각을 수는 이상으로 커
다란 불안을 일으켜 어놓
는다。 편지를 드는 손이
와들와들 떨린다。
「아!」
호석이의 얼굴이 점점
헬쑥해간다。 점오래한 살
갈이 노랗게 이즈러져
가고 입술이 꽁곳 꽁곳
온들린다。
「왜 그러우? 학생부
순 좋지않은 편지유?
」
「야단 났어요。」
호석이는 가까스로 대
구하고는 제방으로 들어
와 벌떡 드러누워 버린
다。 눈길에 천장이 비치
는데 천정의 무늬가 뺑글
뺑글 돌면서 이방에 또 이젠
마지막 구렸구나! 하고
뫼돌며는 것갈다。
「드디어 막장이 났구
나!」
호석이는 눈을 감았다
렸다。 편지를 다시 읽
었읍" 하였으나 자리에
생이다。 그러지않아보호
식이가 오늘밤에 찾아보
기로 약속이 된 사람이
다。 어려서부터 눈연히
정이 들어있던 사이에서
서울을 나와서는 남매처
럼 가까이 굴며 종방 걸
혼하게 될 것이거니 생
각하는 사이다。 무슨일이
있는지 영희나 호석이나
뻔질낳게 찾아다니지만
아는 사람들은 번질스럽
다고 놀리거나 하지도
않았다。
「어떻게 오셨어요?
머운데。」
영희는 집에 있었다。
호식이가 별거벗고 견디
려도 안되는 더위속에서
옷매무새 하나 흩으러뜨
리지 않고 따스곳이 앉
아있다。 워낙 깔끔하기
로 소문이 나 좋아서 이
러서도 번말도 다닐 일
이 없다는 여인이다。
「급한일이 생겼어요。
아 맞났어요, 영희씨」
「어서 올라 오세요」
급한 일이 있어보허
뚱해지 않는 영희는 비호
식이가 앉을 자리를
거 놓고 매야 할 꾀뒤
줄 우층례로 걸어간다。
그동안이 급하다면 따라
와서 이야기해 보라는 심
사인지도 모른다。

연재소설 '行路'(경향신문)

한국일보

荒野에 홀로 (1)

연재소설 '荒野의 홀로'(한국일보)

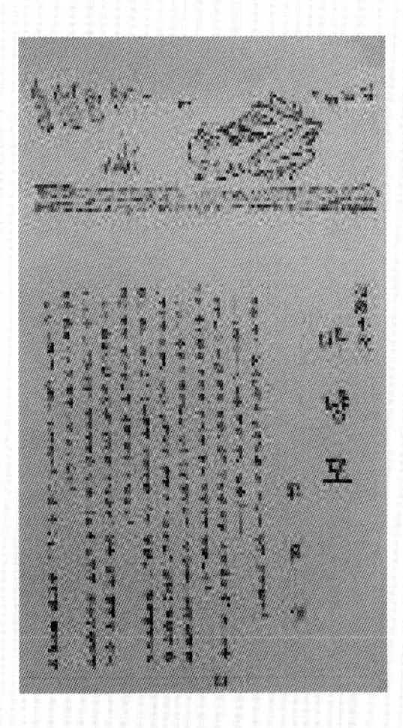

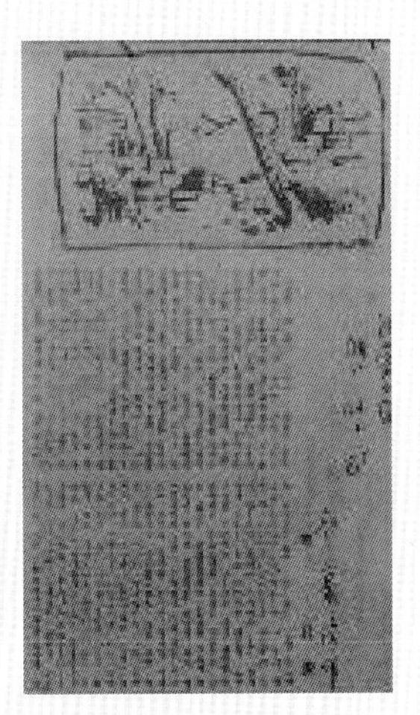
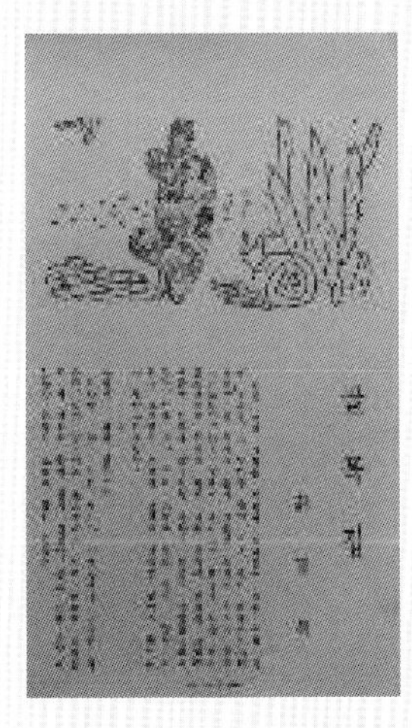
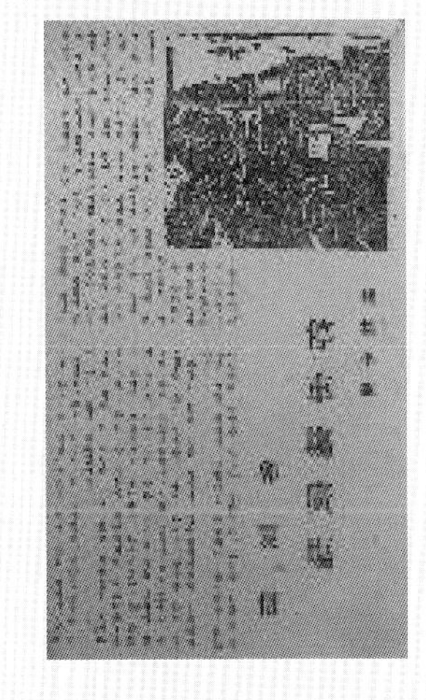
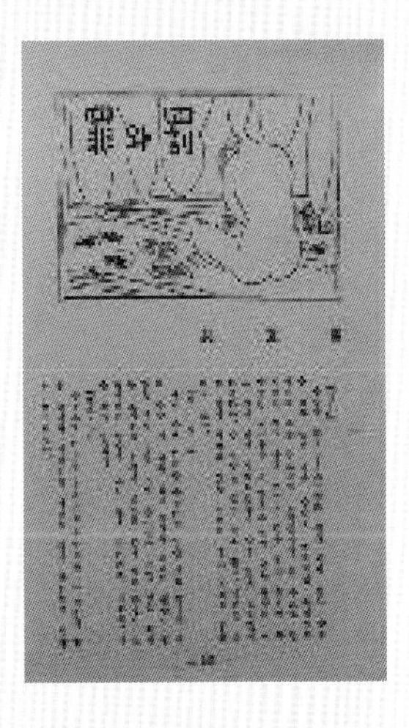
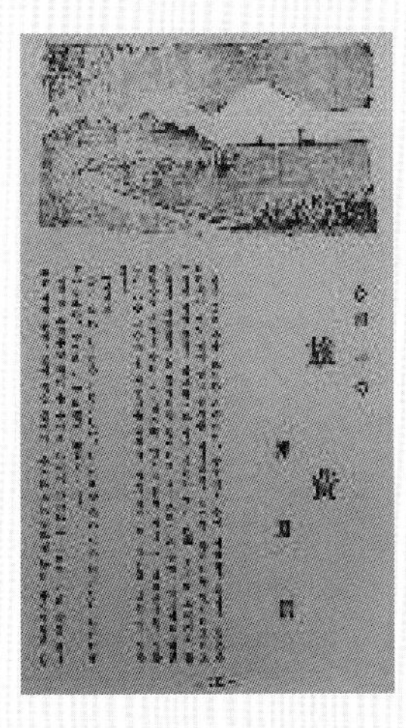
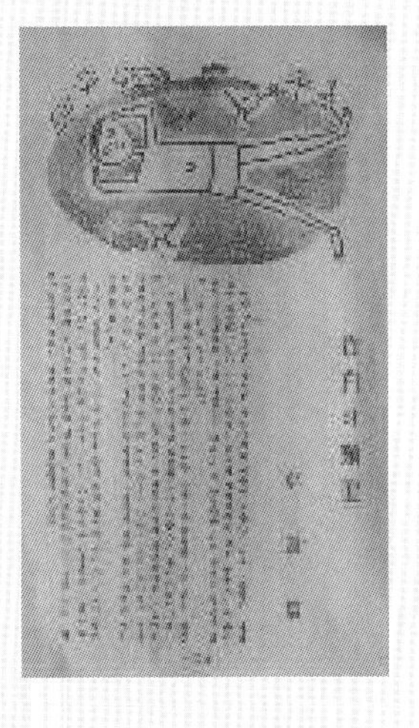
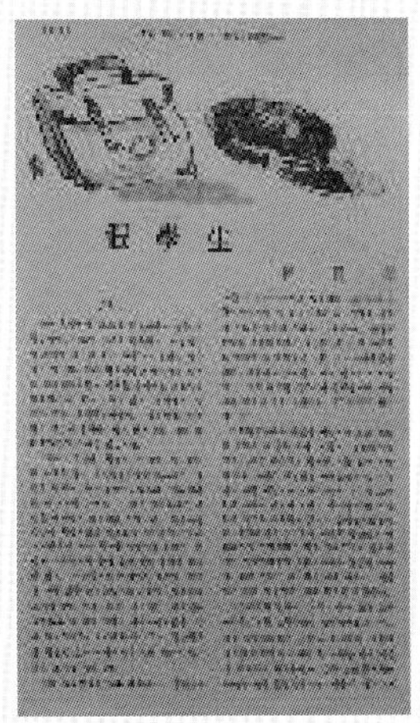

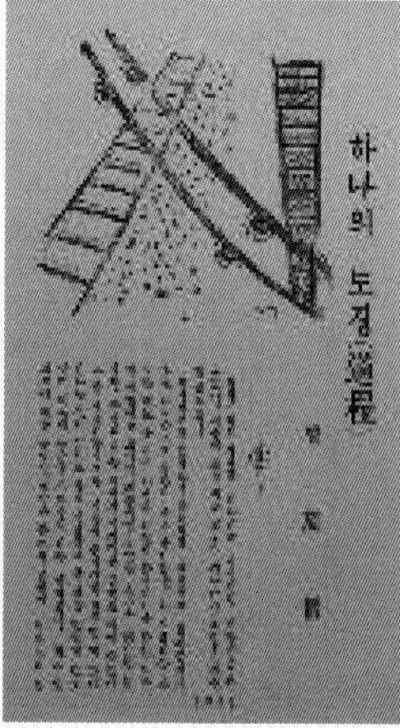

하나의 노정(路程)

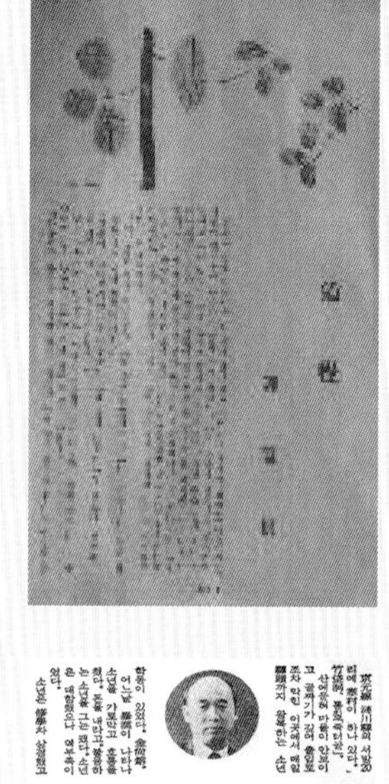

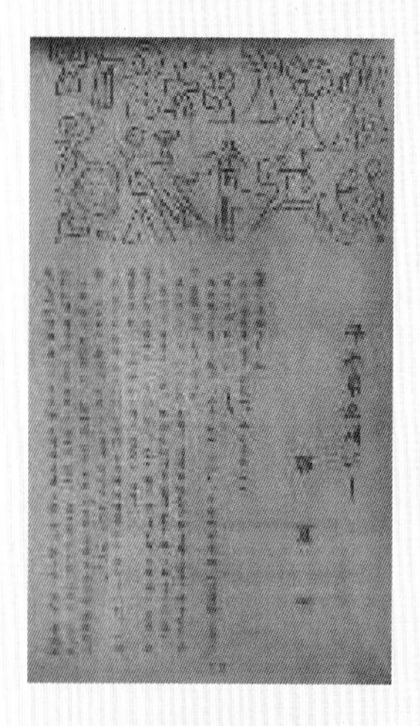

첫날밤

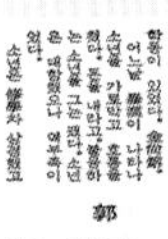

郭夏信 (소설가)

無所不能의 才質지녀

長幼질서 崇尙·친구간의 信義를강조

短身이되 大度였고 緻密하면서 淡白

[illegible]

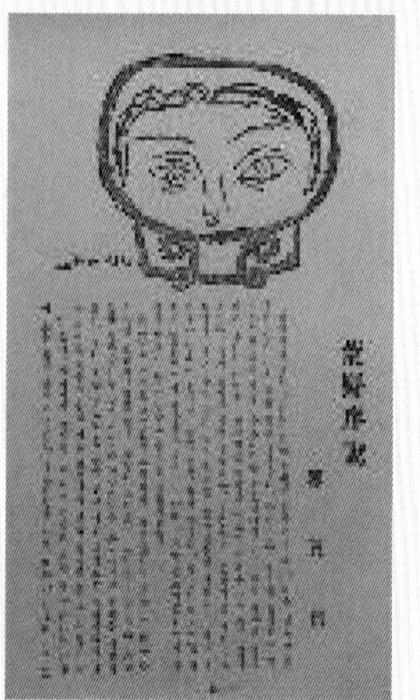

新作路

郭夏信 作

他殺 이야기

[illegible]

小說選後

[illegible]

곽하신 단편소설선집

失鄕과 歸鄕 그 언저리

2015

연천향토문학발굴위원회

◇ 발간사 ◇

거듭날수록 옷깃을 여미게 된다

연 규 석
(위 원 장)

먼저 곽하신 선생님의 영면에 다시 한 번 고개를 숙입니다.

곽하신 선생님은 경기도 연천군 적성면 장좌리에서 태어나 18세의 어린 나이에 「동아일보 신춘문예 현상모집」에 『실락원』으로 당선되어 등단한 이후 50여 편이 넘는 많은 소설을 발표하며 우리나라 근대문학의 초창기를 빛낸 한국문단사에 없어서는 안 될 분이다.

연천향토문학발굴위원회에서는 금년도 사업으로 선생님의 대표적인 단편소설을 선별하여 한 권의 책으로 집대성하자는 의견의 일치로 이를 추진하게 되었습니다.

이를 위해서 무더운 여름 날씨에도 불구하고 적극적인 협조로 『곽하신 단편소설선집』을 발간할 수 있도록 도와주신 위원님들께 감사의 말씀을 드립니다.

아울러 위원님들의 중지를 모아 한국문학전집이나 단편소설전집에 수록된 기존 작품보다는 등단, 추천 그리고 많이 읽힌 소설을 연대별로 수록하고, 또한 당시의 활자문화와 언어변천 과정을 적나라하게 볼 수 있도록 원문대로 게재하였음도 알려 드립니다.

유족들의 의견을 수록하기 위해 서울 강동구 명일동에 거주하고 있는 것을 확인하고, 수차례 연락을 시도하였으나 되지 않아 직접 동회와 전화국을 방문하였지만, 법에 의해 알려줄 수 없다는 공허한 답변만 듣고 안타까움을 금할 수 없었으나 다행스럽게도 연천군과 동국대에서 그나마 필요한 증빙자료를 열람할 수 있도록 배려해 주시어 조금이나마 마음의 위안이 되었다.

끝으로, 어려운 여건 속에서도 평설과 표지 그림을 그려주신 화백님, 편집위원 그리고 경기문화재단 관계자 여러분들께도 진심으로 고마운 마음을 전합니다.

감사합니다.

2015년 8월 15일, 광복절
연천의 명산, 군자산 자락에서

아버지와 같은 체취를 느꼈던 선생님

김 진 희
(명예위원장)

곽하신 선생님은 내가 세상에 태어나 두 살 되던 해에 동아일보 신춘문예 단편소설 〈실낙원〉으로 당선되셨고, 그 이듬해 문장지에 〈마냥모〉·〈사공〉 등으로 추천을 완료하신 수재이시다.

오십 수년 전 처음 뵙게 된 것은 오연수 선생님의 소개로 인사를 드렸다. 그 후 가끔 찻집에서 만날 때마다 다정다감하게 내 손을 잡으시고 아버지께서 풍기시던 그 체취를 느낄 수 있도록 조용한 음성으로 열심히 소설을 쓰라는 격려의 말씀을 하셨고, 후일 내가 한맥문학을 창간했을 때는 월간지를 만든다는 사명감과 긍지를 가지고 열심히 하다보면 좋은 결과와 보람이 있게 될 것이라는 말씀도 잊지 않으셨다.

연천군은 휴전선과 인접하고 있어 향토문학의 재정이 그 어느 곳보다 열악한데도 불구하고, 연천향토문학발굴위원회의 연규석 이사장께서 각고의 노력으로 김상용, 김오남, 홍효민에 이어 금년도 사업으로 『곽하신단편소설선집』을 발간함에 진심으로 축하를 드림과 아울러 참으로 고마운 마음을 금할 수 없다.

앞으로도 계속하여 향토문학 발굴에 더욱 전진할 것을 바라면서 다시 한 번 축하를 드립니다.

감사합니다.

2015년 8월 8일
삼각산 자락에서

목 차

제2부 評說

제 1 부

失鄕의 作品들

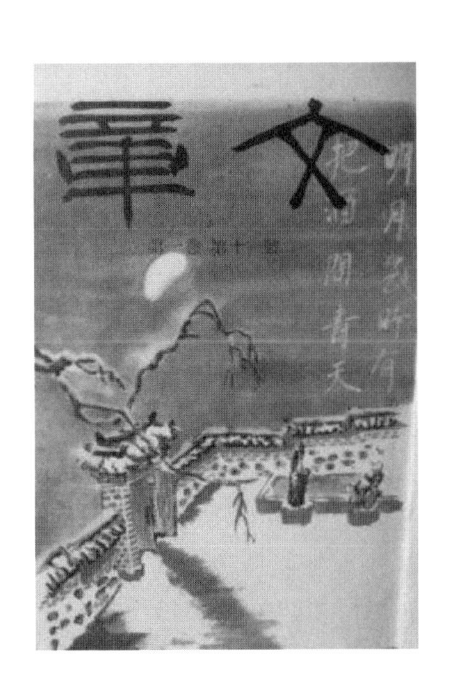

실낙원(失樂園)

1.

이것이 아주 한 일과가 되어 버렸나 보다—나는 밥만 먹으면 날마다 이곳으로 올라온다. 비가 내리거나 바람이 아주 거칠기 전에는 으레 빼놓지 아니한다.

병으로 정양을 온 터이라 올라 오려면 힘이 몹시 든다. 숨이 여간 막히지 아니하고 다리가 휘청거릴 때도 있다. 오뉴월 뙤약볕이어서 가뜩이나 많이 흐르는 땀이 머리에서 등골을 통하여 발뒤꿈치까지 떨어진다. 마치 송충이가 기어 내려가는 양 아주 근질거린다. 이마에서 흐르는 땀은 눈으로 들어가면 동자를 도려내듯 아렸고, 입으로 들어가면 찝찌름한 것이 곧 구역이 날 지경이다.

지팡이를 들고 있는 손바닥이 기름사발 속에 집어 넣었던 때같이 미끈둥 거린다. 발바닥에도 끈적거리는 물이 괴어 이따금씩 고무신이 훌렁훌렁 벗어진다. 금방 갈아입은 옷이언만 어느새에 땀이 펑하니 배어 척척 감긴다.

그러나 땀을 배고 숨을 헐떡거리면서도 이곳에 까지 올라오기만 하면 그 시원하고 상쾌한 맛이란 무엇에다 비길 도리가 없다. 찌삶는 캄캄한 굴속에서 후닥닥 뛰어나온 때와도 같았고, 가위를 눌리다가 벌떡 깨어난 때와도 같았다. 마음이 탁 터지고 정신까지도 번쩍 패어나는 것이다.

바닷가의 산은 언제나 신선한 바람이 불고 있다. 속속들이 시원함이라니 선풍기 열 개를 한꺼번에 틀어 놓는 때보다도 더 후련하다. 아무리 해도 먼지가 절반을 차지하고 있는 도회지의 바람에는 비할 일이 아니었다.

나는 지금 소나무 그늘에 두 다리를 쭉 뻗고 앉아 있다. 이 그늘이 또한 말할 수 없이 커서 시원함을 한층 더 북돋아 준다. 손바닥 만한 양산으로 얼굴만을 가린 꼴에 태양을 정복하듯이 생각하는 세계는 확실히 아니다. 소나무로되 송충이 한 마리 안붙었고, 마른 솔잎 한 개 달리지 아니한 싱싱한 맵시다. 하루종일 벌떡 드러누워 눈을 멀뚱멀뚱 뜨고 있어도 무슨 불의(不意)의 습격을 불안해 할 아무 근거도 여기서는 나타나지 아니한다.

나뭇가지 사이로 쳐다보이는 하늘 쪽을 들창으로 여길 수도 있고, 앉아 있는 이 밑뿌리를 걸상으로 볼 수도 있다. 드러누워 있으면 곧 침대요, 서서 거닐면 공원 잔디밭에 진 배 없다. 혹은 매일같이 상대가 되어주는 친한 동무이기도 하며, 평생 애만 쓰시다가 돌아가신 어머니의 품안으로 여길 수도 있다. 자연은 고맙다 한다—아마 이런 것인가 보다.

내게는 시간이라는 것이 아무런 문젯거리도 되지 않는다. 이렇게 사지를 쭉 뻗고 누워 있어도 누구하나 게으름뱅이라고 시비하는 사람도 없는 것이다.

여기 이렇게 누워 있으면 모두 나의 세상같이 보여지고 느껴진다. 마음이 저절로 너그러워지고 편안하다. 앞날의 걱정은커녕 지금의 근심, 지난 동안의 불안도 생각할 필요를 느끼지 않게 된다. 눈앞에 보이는 풍경, 이따금 들려오는 물새들의 노래, 또는 동리의 가옥들을 바라보고 듣는 것으로써 만족하게 된다. 시야가 맑아지자 심사도 저절로 순해진다. 그래 그런지 R순사의 족제비눈도 한때는 나와 더불어 매일같이 지내다가 일본사람의 데릴사위가 된 K의 얼굴도 이곳에서는 조금도 얄미운 감정을 일으켜 주거나, 분한 생각을 돋우어 주거나 하는 일이 없다. 또한 재작년 가을에 일본 사람에게 매를 맞고 죽어 버린 H군의 최후의 얼굴도 그다지 비참한 것으로는 보여지지 않으며 이 H군의 얼굴에다 전기 K의 씽긋거리는 입을 합쳐 놓고 번갈아 생각하여 보아도 아무런 흥분 같은 것이나 눈살을 찌푸리게 하는 일이 없다. 내가 작년 봄부터 바로 석 달 전까지 유랑 생활을 하고 있던 일 년 동안에 어디로인가 감쪽같이 도망을 쳐 버린 순이의 얼굴도 가끔 나타나는 때가 있으나, 그렇게도 안타깝던 그림자도 이 마을에 와서는 그것마저 평범한 여인의 모양으로 돌릴 수 있는 것이다. 공규의 일 년을 지킬 길이 없어 나를 버리고 간 순이에게 도리어 적지 않은 동정이 갔고, 어디 가서 잘 살고 있어 전에 끼쳐 준 고통을 잊어 버리기나 하였으면 하는 마음이 솟아난다. 이밖에 친구들의 환상들이 무수히 나타난다. 그러나 어느 것 하나도 얼굴을 찡그리며 한탄하는 상, 발을 구르며 소리치는 자태, 혹은 땀을 빼면서 씨근거리던 모양들은 아니다. 함께 모여 음식을 먹던 때의 얼굴 같은 평화스럽고 기꺼운 모양들 뿐이다.

조선사람은 선천적으로 산과 바다를 좋아하며 숭배한다고 한다. 화가가 그리는 그림의 절반이 산과 개울물로 되어 있는 것도 결국 그들이 조선 사람인데에서 조선사람만의 정서를 소유했기 때문이라고들 한다. 물론 조선은 산과 바다가 맑은 곳이므로 이런 정서가 알지 못하는 사이에 누구에게나 들어박힌 것이기도 하겠지만, 내가 이렇게 날마다 이곳엘 올라오고 올라와서는 좋은 심사를 갖게 되는 것도 생각하면 나 자신이 조선사람인 때문일 게다.

나는 이곳이 무한히 좋다. 여태껏 이렇게 크고 맑은 곳엘 올라와 본 적이 없다.

자연은 말로만 아름다운 것이 아니라 실지로 아름다왔다. 산이 아름답고, 저 아래 연못이 곱고, 바다가 크고, 섬이 보기 좋으며 모래밭이 아늑하고 동리의 초가집까지, 그들의 생활까지 오붓하고 아담하다. 나는 앉아서 혹은 거닐면서 또는 누워서 이런 것들을 보고 느끼고 생각하는 것이다. 그것으로 전부다.

2.

생각하면 나도 전에는 다른 사람에게 과히 떨어지지 않게 날뛰던 몸이었다. 바로 작년 봄에 R순사에게 붙들려 혼이 난 뒤, 일 년이나 유랑생활을 하다가 석 달 전 고향으로 돌아온 날까지도 뜨거운 정열가였다는 것을 스스로 말하는 데에 조그마한 주저도 안한다. T클럽을 만들자고 제일 먼저 발기한 사람도 H군 다음에는 나였었고, 또 기관지를 밤중에 돌아다니며 나누어 주던 사람도 나였으며, 그것을 어느 노가다 패의 한 사람에게 돌려 주려다가 고발한다고 위협을 하는 바람에 돈을 삼십 원이나 내주며 손이 닳도록 빌어 입을 틀어막은 사람도 역시 나였던 것이다. 친구들과 부축이 되어 다니며 집에 있는 돈을 함부로 갖다 쓴다는 한 가지 이유로 그렇게도 극진히 사랑하여 주시던 아버지와도 반목이 된 내가 아니었던가.

그러나 생각해 보면 그것이 다 부질없는, 한때의 어리석은 수작이었던 것이다.

물론 절실히 심장속에 새겨진 불평과 의문 밑에서 자신의 온갖 것을 떠나는 각오로 행한 일이었다는 것을 모를 리 없는 바이지마는 그것이 생각해 보면 퍽으나 철없고 실속 못차린 일이었던 것이다.

(사람은 무엇이 어떠니 저떠니 하고 떠들어도 살아놓고야 볼 일이다. 살지 않는대서야, 다시 말해 아무것도 없고서야 도대체 무엇이 되겠느냐 말이다…)

모두가 살고 나서야 될 일이다. 남을 위하여 행하는 사업도 산 연후에야 이루어질 일이다. 삶도 모조리 집어치우고 뭘한다는 노릇은 도대체 말부터 되지 못할 공상이 아닌가.

다시 생각해 보면 그 지긋지긋한 유랑살이에서 해방되어 급작스럽게 자유로운 몸이 되었기에 지난날의 공포를 회상하고 일으킨 심리상의 변화인지도 모른다. 또는 이런 아름답고 조용한 자연 속으로 들어와 이곳 사람이 아무런 사상도, 철학도 없이 날마다의 일을 꾸준히 해 나가면서 행복으로 느낀다는 것을 깨닫고 나도 알지 못하는 사이에 이들의 심사와 생활이 몹시 부러워진 때문인지도 모른다. 다시 절교를 하다시피 하며 지내던 아버지가, 그러면서도 사랑에 가득찬 권고를 하는 바람에 약해진 마음이 어느덧 누그러진 까닭인지도 알 수 없었다. 세 가지가 달라도 좋고 아니라도 무방하다.

어쨌거나 전에 행한 모든 일이 지금은 다 객적은 짓이었던 것처럼 뉘우쳐지는 것만은 사실이다.

나의 지금 생활은 행복스럽다. 전에 밤잠을 자지 않고 날뛰던 때는 그렇게도 극진하고 친절하게 굴던 순이가 있었어도 구속을 받는 것 같더니만 지금은 따라다니는 그림자밖에는 친구

하나 없는 몸이언만 생각조차 나지 않는다. 누구든지 지금 나를 이 생활 속에서 끌어 내려고 하는 사람이 있다면 나는 거침없이 그와 더불어 싸울 것이다. 그 조건이 비록 어떤 곳에 있든 누가 끌면 끌수록 나는 평화를 지닌 생활의 문고리를 굳게 잡아 쥔 채 영영 놓지를 아니할 작정이다.

나는 진작 이 생활 속으로 들어오지 못한 것을 뉘우치고 있다. 지금부터라도 이곳 사람들과 같은 생활 속으로 들어갈 수 있는 것을 여간 다행으로 여기지 아니한다. 나는 생명이 있는 동안은 이 생활에서 떠나지 않으려 한다. 이곳이야말로 영원한 나의 이상촌(理想村)일 것이며 낙원(樂園)이기도 할 것이다.

어느덧 해가 옆 산봉우리 속으로 몸을 숨기기 시작한다. 바다 저쪽에 붉은 놀이 비친다. 금붕어의 나른한 비늘과 같은 저 놀, 바다에 비치는 저 그림자의 아름다움에 다시금 정신이 황홀하여짐을 깨닫는다.

나는 내일도 모레도, 이곳엘 올라와서 고요히 소일을 하련다. 날마다 저런 고운 모양을 즐길 수 있으려니 생각하면 더욱 마음이 늦춰진다. 나는 지금 하숙 할머니가 밥을 다 지어 놓고 기다릴 생각도 하지 못하며 저 놀에 정신을 팔고 있는 것이다.

배가 고파 온다. 나는 비로소 저녁나절이 가까왔음을 깨닫고 점심을 먹으러 갈 양으로 책을 덮는다.

요사이는 밥이 제법 먹힌다. 주발 밑을 긁을 때가 가끔 있다. 밥집 할머니는 젊었을 때 자못 탐스러웠을 듯한 두 눈으로 나를 빙그레 바라보며 밥 많이 먹는 것을 대견히 여긴다. 그 모양은 마음을 눅지게 하여 나도 함께 따라 웃는다. 마음과 몸이 함께 유쾌해진다.

집에 가면 맛난 고사리 장아찌가 기다리고 있으리라. 어서 속히 내려으로 하여 체포하고 발길로 걷어차며 한껏 조롱하였다.가고픈 충동조차 일어났다. 나는 엉덩이의 흙을 털며 나만을 위하여 내어진 좁은 길을 휘파람을 불어 가며 제법 빠른 걸음으로 내려오고 있었다.

3.

나는 그때 아까까지 보지 못하던 물체 하나를 보았다. 머리를 백사장 쪽으로 돌리고 걸어오는 동안에 아까까지 눈에 띄지 아니하던 무슨 하얀 물건이 보인 것이다. 그러나 나의 시선은 그곳을 스치는 것으로 그치었다. 그런 것을 오랫 동안 바라보고 있을 필요도 여가도 느끼지 아니한 때문이다. 나는 고개를 도로 마을 쪽으로 돌리며 불던 휘파람을 계속하였다. 집에 있는 가무족족한 고사리 장아찌와 붉은 깍두기와 그리고 끼고 있는 바이런의 시집 속밖에는 아무데도 생각이 퍼지지 아니하였던 것이다.

점심을 끝낸 나는 집에 오래 누워 있을 건덕지가 없었다. 어서 올라가 들고 있는 시집을 다아 읽을 양으로 거의 조급한 걸음새로 산을 향했다.

올라가는 도중 나는 문득 발을 멈추게 되었다. 내 눈은 한 곳을 바라본 채 움직이지 아니하였다. 동리 부녀들인 듯한 아낙네가 열 명 가까이 어울려 바구니 하나씩을 차고 바닷가를 거닐고 있는 것이 보였던 때문이다.

날마다는 볼 수 없는 귀중한 정경이다. 나는 여기서 이곳 사람들의 순박하고 천진스러운 생활을 다시 엿본다. 베치마 적삼, 차고 있는 바구니, 차마 아까와 신지 못하고 들고만 다니는 짚신, 해에 그을은 얼굴— 이런 것에서 그들의 순박을 본다. 조화

(造花)를 한 아름 안은 여인의 용모보다 몇 갑절 더 고결한 미를 엿볼 수 있다.

저들은 조개와 굴을 줍는다. 혹은 남편에게 시어머니에게 또 혹은 어린것들에게 지져 먹일 것이다. 즐거운 이야기를 얼마든지 나눌 수 있을 것이다.

그러나 내 생각은 너무도 어처구니 없었다. 당장 눈 앞에 이것으로 관련된 큰 사달이 일어날 것을 꿈에도 생각치 못하였던 것이다. 아무리 앞일을 모르는 것이 사람이라 할지라도 그 착각은 몹시도 컸다.

나는 아낙네들이 걸어가던 발들을 멈추며 한꺼번에 우우 몰리는 것을 보았다. 그리고 모두 이상스러운 음성으로 크게 소리치는 것을 들었다. 처음에는 그 지점이 어디인지 알지 못하여 잠깐 망설이었다. 그러나 이내 아까 내려오다가 본 하이얀 뭉텅이가 있던 곳이라는 것을 알 수 있었다.

나는 전신이 갑자기 오싹하여짐을 깨달았다. 덜컥하고 가슴이 내려앉는다. 얼굴이 흙빛처럼 변해졌을 것이다. 재빠르게, 날카롭게 홱 지나가는 어떠한 짐작이 있었다. 소름이 쫘악 끼칠 만한 무서운 짐작인 동시에 거의 확정적인 생각이었다.

나는 지금의 꿈이 모조리 깨어지고 크고 답답한 힘이 전신을 짓누르는 것을 느꼈다. 눈을 꽉 감는다. 몸이 부르르 떨린다.

내 입에서는, '아아!'하는 마음의 깊은 곳으로부터의 한탄이 튀어나왔다.

나는 냉정하려고 애를 썼다. 지금의 생각이 그르기를 빌었다. 물론 거진 절망적인 〈바람〉이었다.

사람이란 절망 속일수록 오히려 더 새로운 희망을 찾는 법이다. 나는 절망을 느꼈기에 도리어 더 강한 마음으로 〈바람〉을 잃지 않으려고 애를 쓰는 것이었다.

아낙네들이 모여 있는 곳으로 가 보기로 작정하였다. 몸소 가 보아 마음속에 새로이 뿌리박으려는 슬픔의 눈(芽)이 잘라지기를 바란 것이었다.

그러나 들어맞은 짐작은 두 번째의 것이 아니라 첫째 번의 것이었다. 어그러지지 않았다느니 보다도 차라리 생각한 바의 몇 배나 더 무서운 사실이 드러났다.

사람의 시체(屍體)라는 것은 들어맞았다. 흰 옷을 입은 조선 사람이라는 것까지도 바로 맞았다. 그러나 그밖에는 모두가 상상한 바와 어그러져 있었다. 자는 사람과 같이 감겨 있으리라고 마음 먹어졌던 눈은 알맹이조차도 죄 빠져 버리고 흰 모래가 하나 가득하게 들어박혀 있었다. 빡빡 깎았다, 혹은 하이칼라였다, 하는 머리의 분별이 서긴커녕 깨끗하게도 맨질맨질하게 밀려 있었다. 귀도 코도 입술도 보이지 아니하였다. 코와 귀의 자리에도 눈구멍과 마찬가지로 모래가 가득히 차지하고 있다. 그리고 입술도 없이 앙상하게 다물려 있는 아래 위 이빨에는 조그마한 조개 새끼가 자그마치 넷이나 붙어 있었다.

늘어져 있는 손등과 종아리에도 별로 살이 보이지 아니하였다. 살이 붙어있는 데라고는 뜯어진 잠방이 속으로 비치는 넓적다리와 모가지가 약간 있을 뿐이었다. 옷도 흰 조선옷이라고는 하지만 실상은 털레털레한 것이 어떤 쪽은 찢어지고, 어떤 쪽은 떨어져 나가 있다. 그런 데서도 자개단추 다섯 개만은 기울어가는 햇빛을 받아 눈이 부시도록 반짝거리고 있다.

거기서 풍겨나오는 내장 썩는 냄새는 여간 고약한 것이 아니었다. 바다 짠물 속에서 나온 시체라면 썩는 냄새가 대단치 않을 것 같으면서도 실상은 그렇지 않았다. 썩는 냄새치고 어느 것이 좋게 풍기랴만 사람 썩는 냄새보다 더 지독한 냄새가 또 있을까!

처참한 광경이었다. 나는 죽은 사람의 시체를 몇 번쯤은 본 일이 있으되 이렇게도 괴상한 몸뚱어리는 그려본 일이 없다. 더구나 이빨에 내로라고 태평스럽게 붙어 있는 조개로 시선이 갔을 때는 몸을 부르르 떨지 아니할 수 없었다. 저것이 벼 껍질 하나만 끼어도 부지를 못하게 거북함을 느끼는 이빨이던가 했다.

넷 중의 한 놈이 속살을 이에 붙인 채 한 발 기어나간다.

영혼이 따른다고 떠드는 인간도 저렇게 덧없이 되는 것인가 고 생각하니 슬픈 마음이 하염없이 솟아나온다.

이때 나는 어찌 할 바를 아지 못하고 북적거리며 있는 아낙네들 사이에서 이런 소리가 나옴을 들었다.

“이게 암만해두 맹돌 아부지 같애!”

“벌써 간 지가 왼 보름이 되어두 안 돌아온다더니! 그렇지만 얼굴을 볼 수가 있어야 누가 누군지 알지 않겠나베?”

“보나마나지 뭐유? 이 옷 입은 걸 봐서두 몰루? 원.”

그러자 입맛을 다시며 혀를 차는 소리가 난다. 한 부인이 옆의 조그마한 계집아이를 돌아보자 그 아이는 쏜살같이 모래밭 위를 달음질쳐 동리로 향하여 뛰어간다. 심부름을 시킨 뒤 아낙네들의 눈에서 아침 이슬방울 같은 것이 반짝거리고 있음을 나는 알았다.

4.

문청문청 옷이 떨어지고 살이 묻어나는 시체이언만 그의 어머니는 가리지 아니하고 아들의 몸을 꽉 얼싸안은 채 발을 버둥거리며 울어대었다.

"아유 이놈아! 이게 무슨 꼴이냐? 아구 하누님아! 왜 나를 먼저 잡아가지 않누!"

어머니의 입 가장자리에는 허어연 게 거품이 끓어 나오고 있다. 목구멍에서 나오는 울음소리가 아니라 가슴의 복판을 뚫고 나오는 호통이었다. 옆에는 소리조차 삼켜가며 마나님을 따라 눈물을 펑펑 쏟고 있는 젊은 여인이 앉아 있다. 아무리 따져도 스물 다섯을 넘지 않을 젊은 여인이다. 면상조차 남지 않은 남편을 바라보는 이 여인의 마음은 시어머니보다 오히려 더 기가 막히고 쓰라렸을 것이다. 그 여인의 그칠 줄을 모르고 떨고 있는 왼쪽 손에는 두 개로 깨어져 있는 면경조각이 동그랗게 맞춰져 있다. 한 조각은 시체의 적삼 주머니에서 찾아 낸 것이다. 다른 한 쪽은 울고 있는 아낙네의 주머니에서 꺼낸 것이다. 이 두 쪽이 짬이 없이 바로 맞았을 때 여인은 남편인 것을 확인하였던 것이다.

이곳 사람들은 배를 타고 바다를 향해 나갈 때면 곧잘 면경조각 같은 것으로 자기의 표적을 지니고 나간다는 것이다. 서로 마음을 잇대어 가지자는 표적이기도 하고, 이런 때 본인 여부를 알 수 있게 하기 위해서라고 한다. 그들은 이별의 위험을 노상 당하고 있는 것이다.

나는 전날 정자나무 밑에 앉아 바다 위에 떠도는 흰옷과 아른아른한 그 그림자를 보았다. 그리고 그 곳에서 나오는 굵은 노랫소리조차 듣는 수가 있었다. 힘차게 들리는 뱃노래는 어깨를 으쓱하게 하였고, 심장을 뛰게까지 하였다. 그리하여 병이 다 나아진 다음에는 나도 저들과 함께 저 바다 위에 떠 있을 것을 머릿속으로 그려 본 적이 많았었다.

그러나 얼마나 어그러진 지금의 정경인가.

청춘의 피 끓는 몸이 마음대로 뛰놀 수 있는 곳이라고 믿었던 이 바다는 죽음과의 전장(戰場)인 것이다. 그들은 언제고 어디서든지 휩쓰는 폭풍과 더불어 싸우다가 지쳐 버리면 이 맹돌 아버지의 모양같이 될 것을 미리 각오하고 있는 것이다. 비극! 이런 것이 비극일 것이다. 살기 위하여 죽음의 길로 떠나는 남편과 그를 배웅하는 또 한편의 여인들보다 더 큰 비극의 장면은 없을 것이다.

이 지방에 이런 일이 있을 줄 생각지 못했었다. 안락스러운 생활을 할 때에 찾아오는 불행을, 불행한 사람이 감각하는 바보다도 더 쓰라린 것이다. 나는 석달 동안 즐겁게 생활하였다. 그리하여 오늘의 정경은 나로서는 감당하기 어려운 충동을 준 것이었다. 이 현실에서 나는 맹돌의 식구가 받은 설움과는 성질을 달리하는 다른 굵직한 한 가닥의 생각이 새롭게 솟아나는 것이었다.

그들 고부는 긴 여름날의 해가 거진 기울어가도록 울어 대었다. 아낙네들이 매달리듯 만류하건만 나중에 젊은 장정들이 들것을 가지고 와 시체를 담아 가려 할 때에야 겨우 그친다. 시어머니 얼굴에는 눈물이 주름 고랑을 타고는 햇빛에 번쩍거린다.

바람이 홱 지나간다. 괴상한 냄새가 한층 더 강하게 풍겨진다.

장정 세 사람이 참나무에다 가마니를 걸쳐 만든 들것을 가지고 왔다. 그들은 예사나 되는 듯이 말이 없었다. 아닌게 아니라 이런 일을 가끔 당한다는 것이다. 한 달에도 두 번 이상을 볼 때가 있다는 것을 동네 아낙에게 듣고 알았다.

들것을 내려놓은 장정들은 손에 베헝겊을 감기 시작하였다. 맨손으로는 차마 그대로 시체를 다루지 못하겠다는 모양이었다.

시체에 달려들어 마악 쳐들려 할 때 건드럭거리던 발목이 하나 떨어져 나간다. 시체의 어머니와 아내는 두 눈을 푹 가리며 소스라쳐 운다. 옆의 부인들 틈에서도 울음을 삼키는 소리가 난다.

나도 그 모양을 정시하지는 못하였다. 가슴이 뭉클하고 내려앉으며 눈시울이 찌르르하여 옴을 느꼈다. 맑은 오늘이건만 음울한 공기가 무거운 힘으로 누른다. 날카롭게 쏘는 태양 빛과 차가운 바람도 이런 때는 아무런 가벼움도 표시하지 못한다.

장정 두 사람이 동강동강 떨어져 나가는 몸을 기어이 들것 위에 올려 놓으려 할 때였다. 한 사람이 붙잡고 있던 시체의 잠방이 가랑이를 문득 도로 땅에 놓는다. 사람들의 시선이 그의 얼굴 위로 모인다. 그 사람은 한 곳을 바라본 채 까딱도 하지 않고 있다. 그의 눈초리는 시체의 배(腹) 위에 꽂히고 있다.

그는 팔을 걷어붙이더니 시체의 배 위로 달려든다. 그리고는 썩어 문들어진 살을 가린 적삼과 잠방이 허리를 헤친다. 또다시 내장 썩는 냄새가 확 끼친다.

헤쳐진 적삼 밑에서 불쑥 나타난 것은 붉고도 이글이글한 〈낙지〉의 대가리였다. 박통만한 커다란 낙지의 대가리다.

아낙네들의 사이에서는 '왁!' 하고 자지러진 비명소리가 났다. 맹돌네 고부는 그 자리에 쓰러지고 말았다. 무뚝뚝한 장정들도 여기 와서는 한꺼번에 '으크!' 하고 부르짖는다.

땅바닥에 꼬꾸라진 맹돌네 고부는 울고 있는지 까무러져 있는지 움직이지 않았다.

한참 동안 말뚝처럼 우뚝 서서 시체를 노려보고 있던 장정이 선선히 달려들어 그 낙지를 뱃속에서 끄집어 내기 시작하였다.

낙지는 불의로 자기 몸을 습격하는 외래적(外來敵)에 대하여 항상 방비할 것을 잊지 않았다. 몸이 그 요새지에서 끌려나오게 되자 시꺼먼 물대포를 놓는다. 그리고는 여덟 개의 수비병으로 하여금 불시의 적인 장정의 손을 홱 낚아채게 하였다.

장정은 시꺼먼 먹물을 날쌔게 피하며 손을 뿌리쳐 저쪽 모래밭으로 집어 던진다. 커다란 몸뚱어리가 길다란 다리를 쭈욱 편 채 보기 좋게 스미스식 비행술을 시험해 보고는 불시착륙을 해 버린다. 나가 떨어지는 소리가 펄썩하고 제법 크게 들린다. 그러나 최후의 일각까지도 싸워 볼 심사가 있는 모양이었던지 물대포 놓는 것을 그치지 아니한다. 사방의 모래가 까맣게 물든다. 사람과 낙지와의 격투는 결국 그것으로 끝난다.

이미 완전히 패배를 당한 낙지는 분함과 원통한 마음을 어찌할 수 없는 양 매서운 두 눈을 말똥말똥 노려 뜨며 어쩔 줄을 모르고 버둥거리기만 하는 것이었다.

주인을 잃은 성(城)은 커다란 뒤웅박같이 환하게 뚫려 있었다. 하얀 늑골(肋骨)이 뱃속을 통하여 보인다. 그리고 텅 빈 속에서는 썩는 냄새가 더욱 맹렬한 기세로 우리의 코를 문드러뜨려 하는 것이다.

사실 참을 수 없는 냄새였다. 아까까지의 냄새는 여기 비하면 향기에 가까웠다. 숨을 쉴 때면 부득이 뒤로 돌아서서 코를 틀어막고 입으로 바람을 들이마시지 않을 수 없었으며 일 분간의 호흡을 열 번쯤으로 주리고 견디어 나갈 수밖에 없었다.

나는 아까 이빨에 조개가 붙어 있는 것을 보고 몹시 놀랐다. 그러나 그것은 예다 대면 극히 평범한 일이었다. 시체가 물속에서 나오는 이상 조개나 굴새끼가 몸에 붙어 있지 않는 일은 별로 없다는 것을 들은 것이다. 그러나 뱃속에서 낙지가 나왔다는 노릇은 이곳에 사는 사람들에게도 아직 없었던 사변이라 한다.

동리 부녀들은 어처구니없는 이 사건에 모두 정신을 잃어버리고 혹은 서 있고 혹은 주저앉아 있다.

저들 중에는 아들의 장래를 그려보고 몸서리치는 어머니도 있을 것이다. 또는 이미 바다에서 곱게 바친 남편의 추억에 몸부림치는 아내도 있을 것이다. 저기 서 있는 머리가 치렁치렁한 처녀는 어떠한 꿈을 꾸며 저리도 슬프게 우는 것인가?

5.

모래밭 속에 낙지를 파묻어 버린 장정들은 내장이 하나도 없는 몸뚱이일망정 떨어지지 아니하게 고이 쳐들어 들것 위에 올려놓는다. 그리고는 아무 말 없이 양쪽 막대기에 손을 대었다.

그들은 처량한 뒷모습을 보이며 걸어갔다. 아낙네들의 바람에 퍼덕이는 치맛자락이 상여의 휘장으로 보였으며 디룩디룩 매달려 있는 바구니가 저쪽 땅속에 묻힌 낙지의 대가리처럼 보여진다. 맹돌네 고부는 가다가는 쓰러져 한참 가만히 있다가는 소리를 쳐 울며 기다시피 쫓아가고 있다.

해는 뉘엿뉘엿 잠자리를 찾아 숨어가고 있다. 바닷물이 출렁거린다. 섬들이 숨었다 나왔다하는 저 수평선 위에 저녁놀이 붉은 빛을 뿜고 있다. 전에는 그렇게도 황홀하게 보이더니 지금의 내 눈 속에는 시꺼먼 선혈빛밖에는 아무것도 아닌 것이다. 저기 집을 찾아 감도는 갈매기의 울음소리가 들려온다. 가늘고 고운 음률이었던 것이 죽음의 만가(輓歌)로 밖에 들리지 아니한다. 철렁철렁 들려오는 파도소리조차 내 몸을 집어 삼키려는 무서운 악마의 너털거리는 소리로 밖에 생각할 수가 없다. 저기 깊숙이 파묻혀 있는 낙지가 나를 무섭게 노려보고 있는 것 같다. 악귀(惡鬼), 바로 그놈의 눈동자다.

무섭다. 단 일각이라도 혼자 있기가 견디어 나기 어렵게 무섭다. 어서어서 이곳에서 몸을 피하고 싶다. 그러나 어디로 가야 할지 갈피를 잡지 못한다. 벌써 갈길을 잃은 것이 아닐까? 해가 완전히 시선에서 사라지도록 나는 백사장 위를 거닐고 있었다—가 아니라 갈팡질팡하고 있었다. 그러면서 이곳으로 오던 날부터 지금까지에 당한 일, 본 일, 생각한 일들을 순서없이 되풀이하고 있었다.

차차 내려덮는 검은 장막은 무서움을 더 안차게 북돋았다. 몸에 소름이 끼쳐 올라온다. 오한이 일어나며 몸이 오싹 오싹한다. 가슴이 답답하고 숨이 가빠진다.

나는 모르는 결에 빨리 걸었다. 그러나 마음은 조급하면서도 몸은 날래 잘 움직여 주지 않는다. 빨리 걸을 것을 단념하고 만다. 그리고는 될 수 있는 대로 마음과 몸의 혼란을 진정시키려 애썼다.

고개를 푹 수그리고 오는 동안에 마을 쪽에서 부리나케 달려오는 어떤 할머니와 마주쳤다. 전날 자식을 잃은 할머니인지도 모른다. 나는 인사를 할 용기가 나지 않는다. 할머니도 무엇이 바쁜지 그대로 바닷가 쪽으로 사라지고 만다. 어디로 가고 있을까! 아까 여러 아낙네들이 울고 있는 틈에 끼어 함께 눈물을 흘리고 있는 것을 보았는데 어두워 오는 이 저녁 길을 눈도 흐린 중에 무엇을 하려 달려가는 중일까?

얼마쯤이 지나갔다. 나는 자꾸 앞으로 발을 옮기고 있다. 그러다가 뒤쪽에서 다시 모래를 밟는 발소리가 가까워옴을 알았다. 돌아다보니 지금의 할머니가 부지런히 도로 달려오는 것이었다. 나는 그때 할머니의 손에 아까 보지 못하던 이상스러운 물건이 들려 있음을 발견하였다. 검은 장막속이고, 거리가 꽤 있는 곳이어서 똑똑히는 알 수 없었으나 컴컴한 중에도 유난스럽게 보이는 것이 흰 물건이 아니라는 것만은 알 수 있었다.

그러나 나의 신경은 그런 것을 자세히 살펴볼 수 있을 만하게 안정되어 있지는 못하였다. 무엇을 가지고 오는 길이라는 것을 알았을 뿐 더 달리 관심하지 않았다.

발소리는 점점 커 온다. 마침내는 도보 행진은 그 할머니의 승리로 돌아간다. 나는 조용하게 한 마디 말을 건넨다.

"어딜 갔다 오시나요?"

대답 인사를 받을 생각도 않고 그대로 뒤떨어져 걸어가려 할 때 할머니는 우정 옆을 돌아다보기까지 하며 말한다.

"강변까지 갔다 와유."

나는 말대꾸를 하려 고개를 돌린다. 그러자 고개가 미처 돌아가기도 전에 눈을 크게 뜨지 아니할 수가 없었다. 나는 황급하게 부르짖었다.

"아니, 그 들고 오시는 것 낙지가 아녜요?"

"이거유?"

하고, 들어 보이는 것은 아무리 오밤중이라도 청맹과니가 아니면 알아볼 수 있는 낙지임에 틀림없었다. 더욱 기절할 노릇인 것은 아까 썩은 송장 뱃속에서 꺼내어 모랫속에 파묻어 버린 그 지긋지긋한 낙지인 것이었다. 지금 갑자기 어디서 잡아올 수 없을 것이라는 사실보다도 아직까지 풍겨 나오는 괴상스러운 '냄새'가 더 자세히 설명하여 주었다.

그때 호기심에 끌렸다면 그것은 샛빨간 거짓말이다. 나는 극도의 공포속에 온 마음이 휩싸이게 되었던 것이다. 조급하게 소리치지 아니할 수 없었다.

"아니 저기서 아까 빼내 묻은 그 낙지가 아녜요? 그걸 왜 가져 오시나요?"

할머니는 대답 대신 거진 다 빠진 이를 내밀며 열적게 웃어 보인다. 질문할 때에 대답 대신 웃는다는 것은 더 한번 물어보라는 뜻이 되는 것이다.

"그래 그건 갖다 어떡허시려구 허세요?"

아아! 나는 이 말을 물었던 것을 절통해 한다. 저 할머니에게 먼저 인사를 한 것부터가 사실은 아무 소용도 없는 짓이었다. 나는 여느 사람보다 입이 퍽 무거운 편인데 오늘밤엔 무슨 환장으로 잘 알지도 못하는 노인에게 아는 체를 하였는지 모른다. 무슨 보이지 아니하는 신비력이 나로 하여금 이짓을 시킨 노릇이라고 밖에는 생각할 수가 없다. 왜 그대로 쑤꿋쑤꿋 지나가지 못하였던가!

이 말만 묻지 아니했어도 나는 오히려 이전대로의 이곳 생활을 계속할 터전이 있었을는지도 모를 일이었다. 오늘의 일을 한때의 비극으로 여기고 마는데 그쳤을 것인지도 알 수 없다. 그러나 안되는 놈은 자빠져도 코가 깨진다는 비유가 살뜰히도 들어맞는 것이다.

할머니는 무슨 생각인지 잠깐 머뭇머뭇 하였다. 입을 쭝긋쭝긋하고 망설이었다. 그러다가 분명하게 대답하여 주는 것이었다.

"어떻게 허는 게 아니라…."

"옮겨다 묻으시려고 그러세요?"

"아녜유. 묻지 않을래유."

"그럼 뭣에 쓰세요?"

"뭣에 쓰는 게 아니라 삶아먹으려구…."

노파는 말을 딱 그친다. 나의 독기있는 눈이 그녀를 쏘아본 까닭이다. 노파는 자세히 나의 얼굴을 따져 보더니 그대로 낙지를 내던지고 줄달음질을 쳐 버린다. 그 노파는 그제야 내가 가만히 있을 사람이 아니라는 것을 깨달은 모양이었다.

나는 노파의 말을 그대로 듣고 있을 힘과 마음을 가지지 못하였다. 나는 몸을 으쓱 솟구었다. 불덩어리라도 토할 것 같은 큰 소리를 쳤다.

"아! 무섭다!"

6.

나는 지금 캄캄한 모래 위에 우두커니 혼자 서 있다. 몸이 휘청거림을 깨닫는다. 머릿속에서 모기 우는 소리가 들리는 것을 안다.

나는 지팡이를 던지고 스르르 그 자리에 주저앉는다. 낙지가 나가떨어질 때와 비슷한 엉덩이 소리가 난다.

나는 다리를 쭉 뻗는다. 머리를 푹 수그리고 하아얀 모래를 뚫어져라 하고 쏘아본다.

나는 다시 머릿속을 진정시키려고 서글픈 애를 쓴다. 머리는 점점 더 산란해지고 모깃소리가 더 높아진다.

나는 아까 사람의 뱃속에서 낙지의 대가리가 불쑥 솟아나오던 광경을 그려 본다. 그리고 저 할미가 엉덩이를 하늘로 뻗치고 숨을 헐레벌떡거리며 땅속에 묻힌 낙지를 두 손으로 파고 있는 광경을 선히 눈앞에 그려본다.

나는 노파의 인상과 생활과 성질을 알지 못한다. 그러나 그런 것을 안다고 해서 마음이 풀어질 일은 아니리라. 왜 그것을 갖다 먹느냐고 캐어 보지 않았음을 다행으로 여긴다. 혹은 노파의 생활은 상상하고 있는바 보다 더 무섭고 기막힌 사실인지도 모른다. 그렇지만 세상에 사람의 내장을 먹을 수야 있을까?

그러나 물어보지 않아도 이 한 가지만은 알 수가 있다. 동기

(動機)를 준 것은 그 노파의 마음보가 아니고 이 현실인 것이리라. 나는 아까 바닷가에서 노파의 눈물을 보았다. 거기서 나는 거짓을 찾지 못했다. 그리고 힘없는 걸음을 걸으며 들것을 따라 마을로 향하던 뒷모양을 보았다. 나는 거기서 측은한 마음이 솟아나는 내 자신을 발견하였다.

문득 나는 현실을 욕하기 전에 그의 얼굴에 침을 뱉은 것을 뉘우친다. 저주할 것은 먼저 이 현실인 것을 채 생각지 못한 것이었다.

이것은 암만 생각을 되씹어 보아도 뼈에 사무치는 아픈 일이 아닐 수 없다. 비극이 아니라 참극(慘劇)이다. 세상에 또다시 없을 무서운 극이다. 사람의 고기를 먹고자 하는 연극인 것이다.

나는 이곳을 낙원이라고 했다. 현실에서 볼 수 없는 이상이라고 불러왔다. 나를 영원히 안아 줄 자연의 품속으로 보았다. 그리하여 나는 생명이 있는 동안은 늘 이곳을 떠나지 않으려 했다. 누가 나를 끌어내고자 하면 거침없이 그의 가슴을 떠다밀어 버리려고 결심하였다. 바로 아까까지만 해도 생명을 마음껏 축복하지 않았던가?

그러나 나는 이것이 아무것도 모르는 채 그저 좋아하는 헛된 생각이었던 것을 깨닫는다. 비로소 내 일생에 내려져 있는 운명이 어떤 것이라는 것을 깨닫는다.

나는 고개를 번쩍 쳐든다. 전신을 후다닥 일으키며 엉덩이의 모래를 턴다.

나는 두 팔을 활짝 벌린다. 허공에 활개를 키며 크게 심호흡을 해 본다.

내일 첫새벽이라도 이곳을 떠나지 아니하면 안될 몸이라는 것을 지금 깨닫는다. 그리고 제일 먼저 갈곳은 남편의 사진을 고이 간직하고 있는 H군의 미망인의 집이라는 것도 알게 된다.

현실은 영원히 현실인 것이다. 자연이 어디 있으며 낙원은 또한 어느 곳일까? 가슴을 떠다밀 그 상대자는 다른 사람이 아니고 결국 내 자신이었던 것이다.

무서움이 사라지고 답답해 온다. 나를 배반했다는 이보다 내게 배반을 당한 순이가 보고 싶다. T클럽의 일곱명 동료들의 얼굴이 주마등의 행렬같이 홱홱 눈을 스치고 지나간다.

뒷짐을 쥐고 있는 내 눈에는 서울 장안의 왁작거리는 광경이 눈에 선히 떠오른다. H군의 다 떨어진 양철지붕도 보이고, 경기도 경찰부의 피뢰침(避雷針)도 보이며, R순사의 족제비 눈도 보인다. 그중에도 뚜렷이 나타나 있는 것은 전날 유랑생활의 장면 장면들인 것이다.

파도의 음향을 따라 갈매기의 울음소리가 들린다.

(東亞日報, 1938.1.6-14)

안해

1.

아무리 무식하다기로니 그래도 나이가 거진 삼십은 바라보게 되엇으면 원 잘은 못한다 치더래도 그저 무식한 정도로서 웬만한 예사 범절에 대한 상식쯤이야 배우지 못햇기로 남이라 다 알라구, 자기도 사람이면 무슨 생각이 잇겟지 하다 못해 이웃 어린애에게 물어서라도 남만치야 더구나 내게 물으면 아니 내가 하라는 대로만 하면 도리혀 남에게 칭찬을 받게될 것이것만두 도대체 이건 원 귀다는 보리자룬지 주먹맞인 감투쪼각인지 도무지 하루 종일 아니 밤까지 겸해서 그 허구헌 동안을 한번도 빠질날이 없이 그저 바위ㅅ장처럼 뒤틀구만 잇으니 것도 그나마 차라리 누가 어떤 소리를 하던 아주 벙어린양 잠자코 가마니만 잇으면야 답답은 하겟지만 그러나 오히려 얌전하달 것인데 게다가 어떤 때는 성난 황소처럼 묵장을 고래고래치니 내야 이왕 팔자가 사나워 어디서 기껏 얻는다는게 저따위 뚱딴지로 되어 잇는 사주나 한탄하겟지만 그러나 그건 그러타하더래도 다른 하상들이 보고 외양은 그러치 아니한데 왜 그리도 못

난는고라는 등, 저런 뒤트러진 예편네도 소박을 맛지안는다니 하며 비웃는 것을 보면 내가 안해를 한껏 위한다는 것은 아니지만 듣기에 민망스럽다는거 보다도 내게 맞대노코 원 마누랄 어디서 개떡같은 것도 얻엇다.

어디 계집이 없어서 저런 따위를 데리고 사노하며 욕을 퍼붓는 것 같아 사실 가마니 잇으려도 주먹이 들먹들먹 하지만 그러나 욕을 이쪽에서 먼저 청해논셈쯤 되는 것이라 안해만 남과 같이 변변하다면야 누구 더러 욕을 하래도 아니할 것이라, 그래 쥐어젓던 주먹이 힘없이 스르르 펴질밖에 그러니까 속은 점점 더 상하고 부아는 자꾸만 끌허올라 어떤 때는 그래도 무슨 소망이라도 잇을까 하고, 물론 아무런 효과도 없을 것은 반넘어 짐작하면서 넌즛이 안해를 올려세우고 글세 좀 남한테 싹싹하게 굴어 덕잇는 소리를 들어야지 그래 자기 혼자만 사는 세상인가 남도 잇고 나도 잇는데 서방을 위해서라도 욕을 먹지 안토록 할 것이지 그래 나이 삼십이 되도록 그만 눈치야 못채리고 그만한 심속도 없어 공연한 아무까닭도 없이 욕을 먹느냐고 하며 타일르기도 하는 것이지만 이것도 한 두 번이지 몇십번은 고만두고 꼴천번을 지꺼린대짜 내게 생기는 것은 목 앞은 것과 속이나 더 상하는 것 뿐이니 천성이 그러케 뒤틀어저 먹은 것인데야 이르기 아냐 두드려패면 나어질턱이 잇나고 생각하니 기껏 몇마디 지껄이고 나서는 한숨만 자꾸 쉬일 것밖에 다 떠러진 천정만 멀거니 처다보고 잇어도 이건 그저 장승처럼 꿍하고 잇으니 도무지 기가막혀 어떤 때는 하도 화가나 소리라도 버럭 지를 지경이면 이것이 게다가 그때는 그래도 가마니 잇는 그대신 그날은 의례히 나 없는 사이에 그릇이 두 세 개씩은 꼭꼭 깨어지고야 마는 것이라, 애당초에 이것하고 살지 안흘말이면 모르지만 함께 살바에야 어쨌던 집안이 뒤숭숭하기만 하고 만가지로 보아도 손해만 날것인지라 그래 일어나는 화를 억지로 참어가며 조흔척하고 하여간 내 심사도 무던하지 안타고는 할 수 없을텐데 이게 이런 내 심사를 바늘귀만큼이라도 헤아리면은 그래도 그러지는 아니할 것이것만 도무지 이건 도야지 배창자에다 사람껍데기를 씨운 계집인지 밤낮 처들어질르기만 하고 가끔가다 묵장어나치며 원 쓰레질 하나를 할 줄아나 바누질 한가지를 제대로 꾀매놋나 도무지 살림이라고는 만에 한가지라도 제차례로 하질안호니 것도 내 살림이 넉넉하여 하인이라도 붙일처지면야 오히려 자기를 화초처럼이나 보고 잇을 것이게 그럴지경이면 밖으로 이런 안해의 못난 소문도 아니 나갈 것이고 해 조흔것이지만 그러나 하루 벌어서 겨우 하루 먹는 놈의 집안에 이런것이 처백혀 잇으니 글세 살림이 뭬 되느냐는 것 보다도 자기가 세상에 다시없는 보물이면 잠자쿠 견딜 놈이 어디 잇을라구, 그저 심사껏해서는 날마닥이라도 번쩍 들엇다 탁 노핫으면 속이 아주 시원하렷만 그래도 속이 이래저래 부글부글 끌혀 올러오는 것을 마냥 참고잇으면 설마 자기도 사람인 바에야 나이라도 차차 먹어갈땐 그 안에 좀 나어지겟지하며 그걸 유일한 히망으로 삼ㅅ고 여태까지 속으로 은근히 기대려 오는 중이엇으나 그래건만 이건 나어가기는커녕 도리혀 작년보다 올해로 아니 어제보다 오늘로 이러케 점점 날이갈수록 더욱 뒤틀어저 가는 것 같으니 도대체 내 마음이 무던하지 아니 부처님의 심사 ○번 어떠케 될 것이냐 말이다.

2.

하루 벌어야 겨우 그날 밖에는 더 못먹는 그 어려운 중에서도 그나마 그전에 그러케 조하하던 담배까지도 아주 끈허버리고 안해를 야학에 집어 너흔것은 것도 제가 공부를 허구퍼하던 것이라면 오히려 그 자신이 현인이지만 그런 생각은 꿈에도 해볼 위인이 못되지만 그걸 그래도 비록 야학이기는 허나 학교엘 다녀 뭘 좀 배우게허면 그도 자기의 처신에 대해서 점점 뉘우침이 생기게 되어 무슨 보람이 잇을 것이라고 믿은 때문이니 오죽이나 저절로 나어가길 바라다가 지처 빠저야 이런 마음을 먹는가고 생각해 보면 내 자신이 괜한 일이엇단 덧없는 한숨이 아니날 수 없는 것이라 그것도 돈 한푼 아니드는 일이면야 이왕 집구석에 두어뜬대도 아무 소용없는 물건이라되던 안되든가는 장래의 일이고 무관지사로 벌서 학교엘 다니라고 할 것이엇겟지만 한 달에 월사금 사십전 드는것은 오히려 약과요, 뭐 연필을 사안다느니 공책이 없다커니 책값을 가저오랜다느니 어떤 때는 또 무슨 기부금이라는 것까지 꺼성 이 핑계 저 구실로 잔돈푼은 다 딱가는 것도 적지 아니한데, 그러나 실상 이런 것쯤이야 미리 잇을 줄 믿엇던 바이라, 그래 먹던 담배까지 끈허버린터고 보니 이건 원 누가 짐작이나 햇엇을까.

처음 몇 달 동안은 아무 말없이 제법 곧장 다니더니 석달쯤이 지나니까 원 누가 머라고 그랫는지 어쨋는지는 모를 일이지만 하루는 갑재기 아닌밤중에 홍두깨 내던지 듯이 까만 그리고 꽃으로 모양그린 치마감을 사다내라고 드런데는 것이니 비단치마는커녕 신발도 실상은 집신밖에 못 신을 형편인 것도 나의 무던한 마음으로 고무신이나마 사 신겨준걸 생각하면 모양은 잇으나 없으나 간에 옥양목 치마라도 자기는 황송스러운 것으로 생각해야 올을 것인데 이건 말을 타면 경마를 잡히고 싶다는 격인지 이때까지는 가마니잇다 무슨 지랄로 새비단 치마를 사내라느냐고 무르니, 다른 애편네들은 거진 다 주세룻치마를 입고다니는데 그래 그까진 비단치마허나 사달라는게 잘못이냐고 아니 마구 발악을 하니 사주고 안사주는 것이야 물론 제가 암만 극성을 피운대짜 가기 수중에 직접 돈이 없는데는 내 마음에 달린것이지만 그래도 요사이 야학엘 다니기 시작한 뒤부터는 그러케도 돌부처같던 것이 오늘밤처럼 제법 먼저 말대꾸를 하는 걸 볼지경이면 귀신도 몇 번 듣는다고 그래도 돈드려 가리키니 나어지기 시작하는구나 참 공부는 누구에게나 시키고 볼 것이니 처음에는 그러케도 안 가려는 것을 억지로 밀어서 잡어끌다싶이하여 학교엘 다니게 한 그 보람이 잇구나라고 생각하니 아무리 뜻밖의 일이고 어려운 청이지만 일원이나 이원쯤 무엇을 해서든지 더 벌것다는 마음으로 따는 다른 사람들은 다 세무치마를 입엇는데 자기 혼자만 외톨리어로 광목치말 입고 다니는 것은 야속히도 역일일이라고 생각을 하고 그나마 이섯도 곧 말을 들어주지 아니하면 까닥하다간 학교엘 아니가겟다고 심술을 피울 것 같어 그러면 다시 도루아미타불이 될 것이기 그날 해필 때동전 한 푼 벌지도 못하고 하여 억지로 삼지사방 밤새도록 쏘다니며 아는 친구에게 돈을 궤어다 아주 무궁화꽃 그린 숙수인조로 치마감을 넉넉히 끈어다 주엇더니, 아닌게 아니라 꽤 조하하는 것이 제법 해죽이 웃음을 짓는데야 사실 일원삼십 전의 아까운 생각은 조금도 안닛고 이 다음에도 자기 말을 잘 들어주기만 하면 언제든지 저러케 싹싹하겟지 하고 생각하니 바루 저걸로 해 입는 치마가 어서라도 해젓으면 하는 마음이 아니 들을 수 없고 그래 이 다음부터는 내가 먼저 눈치를 차리어 어떠케해서 벌든지 애게든지 간에 돈을 작만해 가지고 자기가 청하기 전에 가령 책보라든지 분이나 '구리무' 같은 것을 사다주어야 겟다고 결심이 되는 동시에 그러면 안해는 말할 나위도 없이 나도 기뻐질 것이고 따라서 저와 나와는 아주 정말 정으로써 살게 될 것이고 그러니까 어때까지 캄캄한 굴속같이 답답만 하던 집안은 평생 두고 원하던 바가 이루어저 급작이 맑고 행복스럽게 될 것이니, 다른 사람이 그 전에 흉보던 놈들 까지도 끽소리 못할 것은 물론, 도리혀 은근히 부러워할 것이 분명한 일이엇으니 사람이란 과연 앞흘보고 살면 이런 수도 잇는 것이라고 생각되는 것이니 그러니까 나는 감격한만큼 행복을 느끼고 동시에 팔은 어느 겨를에 안해의 목흘 껴안게 되엇으며, 그의 턱에 내 입슬이 대어진 것이니 그때 안해는 째근째근 숨소리를 높이며 얼굴에 왼통 상기를 띠우고 나를 처다본 것이엇다.

3.

아닌게 아니라 그 홋부터는 우리들의 생활이 아주 그전과는 달러진 것이니 안해가 전처럼 퉁명스러운 짓을 아니하는 것은 말할것도 없엇고 오히려 이제는 자기가 먼저 어리광도 부리고 때로는 가진 아양도 떨어 하루 종일 죽도록 시달리고 온 나를 아주 녹여 버리는 것이엇으니 그러니까 나는 오히려 황송스러울만치 안해에 대해 사랑을 느끼엇고 또한 그러므로 나는 벌수 잇는데 까지는 무슨 애를 써서라도 안해를 위하고 애껴주지 안흐면 안될 것이라고 생각하고 다시 실행하엿으니 그런만큼 안해 역시 진정한 행복을 느끼는 듯 싶어서 우리의 살림은 이제야 비로서 아름다운 꿈속과 같이 된 것이라고 역여젓고 사십줄에 들어서서 겨우 첫 즐거움을 느끼는 내 지내 온 과거가 너무도 쓸쓸햇던거라곤 생각되기도 전에 이 앞으로 영원히 우리의 기꺼운 생활을 계속되어지이다 라고 기원이 되며, 또한 이것은 단순히 비는 것으로써 그치고마는 헛된 꿈이 아니라 진실한 히망인 것을 믿을 수가 얼마든지 잇는 것이니 더구나 요새는 그러케 시우들리던 흉들이 일절 그림자도 없는 것은 고사하고 그전에 짐작한 바와같이 도리혀 칭찬이 자자한 것도 겸하여 생각하면 저절로 어깨바람이 으쓱거러지며, 우리는 이 세상에서 그 어느 누구에게도 지지안는 참된 인생을 깨닷는 사람 중에 하나이라고 은연중에 뽐내지는 동시에 인간에 잇어 진실한 복은 결코 돈만흔 사람에게만 잇는게 아니라고 어디서 들은 이 말까지 아울러 생각나고 또한 우리의 살림을 보면 그러키도 하엿으니, 돈, 돈 한가지서부터 천만까지 모두가 돈타령 뿐인 세상 인심을 오히려 이해하기 어려울 뿐 아니라 그들의 심중을 비웃고 싶은 동시에 세상 어려운 사람에게도 반드시 적어도 마음속의 행복은 잇는 것이라고 만껏 소리치고 싶엇으며, 아울러 나도 이때까진 돈 아니면 인생에 아무것도 없다고 믿어버린 그 전의 생활이(물론 삼십이 넘도록 돈 때문에 장가를 가지 못한 노총각의 쓸쓸한 심사이기는 하엿겟으나) 그러나 하여튼 적윽이 어리석엇다고 느껴지는 것이고 더구나 이런 생각들은 안해가 야학에 갓다와서도 밤중까지 복습을 하고 잇는 것을 볼 때 더욱 강하여지는 것이엇으니, 이러므로 나는 안해를 내 생명보다도 더 중히 역이고 또한 믿엇다는 것을 의심할 사람이 없을 것이며, 설사 이것이 마땅치안흔 그릇된 생각이엇다치더래도 그러나 그 죄가 나 자신에게 잇을 것은 아니엇으니, 다시 모든 죄가 내게 잇는 것이라더래도 사랑에 왼몸이 빠저 앞뒤를 돌보지 못하는 나로서는 어쩔 수 없는 일이 아니고 무엇이라.

X

사랑은 눈이 어두워야라든가 하는 말을 나도 들엇거니와 사실 그러치안타고 할 수 없는 것이 무엇인고 하면 내가 그후 안해에게 엥가니만 미치지 아니하엿으면 그의 행동에 대해서 그다지 그야말로 마치 소경처럼 아무것도 분간을 하지 못하고 살지는 아니하엿을 것이니, 더구나 이 쪽에서도 귀 잇고 눈이 잇는 한 물론 자짝에서 숨겨가며 하는 일인 이상엔 한 두 번에야 자세한 것을 알순 없을 것이겟지만 그러트래도 약속빠른 사람 일지경이면 무슨 눈치든지 채일것인데, 이건 한 두 번은 고만두고 다섯 번 열 번 얼만지 누가아나 아주 맘턱 노코 하는 일보다도 더 자주하는 짓을 그러케도 까마케 몰랏엇으나 내가 숨맥이 아니면 무엇일까. 그러므로 사람마다 정이 서루들어 그저 속는 줄 알면서도 부터살게 마련된 조화겟지만 그러나 아무리 그러타 치더래도 서급은 일임에는 틀림없으니, 그야 내가 알어도 그다지 큰 문제로 생각지 안흘 것이라면 그 하는 짓이 비록 집의 무엇을 훔처다 팔어먹는 일이라도 아니 어떤 종류의 것이던 물론 가마니 잇으리라는 것 보다도 도리혀 나로선 안해를 사랑하는 단 한마음으로 정성껏 도와줄 것이지만 이건 상관없는 일이긴커녕 수째 내 심신을 한꺼번에 뒤죽박쭉을 맨들어 놋는 일이니, 이걸 서글픈 일이 아니라면 이 세상엔 따루 웃음만 차잇을 것인만큼 사람이란게 살어나가려면 이런 일 저런 일만 아니라 천가지 만가지로 어려운 일 기맥힌 욕 아울러 잘난 믿음도 외로운 뉘우침도 당할 것이겟지만 그래도 아무리 어려운 일이니 어쩌니 해야 그것들은 당할 때 곤난한 대신에 그 뒤에는 의례히 마음으로써라도 얻는것이 잇는 법이니, 이러므로 고진감래라는 비유도 이런 경우를 두고 한 말임에는 틀림이 없는 것이다.

4.

그러나 하찬은 안해에게 배반을 당한다는 것은 팔모로 헤아려 보아야. 그 뒤에 생기는 것이라곤 울화밖에 없는 것이니 것도 완만한 것이 아니라 아주 마구치는 판이기 이러케 때문에 한 개 계집 때문에 죽는다. 산다는 일이 함부로 버러지는 것이지마는 그까짓 것이야 죽는 사람의 하는 짓이니 산 사람인 내로선 별 문제될 건 없을 것이겟고 하여간 사랑에 빠지는 동안은 그야말로 맹목인양 미쳐 버리는 것이나, 그러나 소경 파발두드리기로 이런 사람에게 한번 슬픈지경을 당할 눈치만 채이게 하면 저절로 악이 나고마는 것이니, 그리고 이건 모든 사람의 본심인 것을 그래도 이런 제맘이 시키는 짓을 나는 눌르고서 그저 꽉 참ㅅ고 확실한 잘못의 눈치를 채인 뒤에도 어쨋거나 안해의 말만 믿으려하엿으나 이곳에 나의 크나큰 어리석음이 잇는 것이엇으나 그 때는 안해를 위하고 애끼는 마음으로 어찌 되엇던 그러케만 믿고싶엇으니, 이걸 지금 암만 뉘우친단들 소용이 무엇일까.

그래 하여튼 안해는 조하라고 나를 자꾸만 속엿을박에 그런 것을 나는 모르고—아니 안 뒤에도 그에게 주먹짐질 같은것은 한번도 안코 저절로 나어지기만 기다린 것이엇으니 이런 눈치를 보앗을 말이면 저도 남편의 심중을 헤아려 어느때든지 스스로 먼저 제가 처음부터 잘못하엿으니 이담엔 다시는 아니 그리겟노라고 말면 그 잘못이 비록 어떤 지경의것이든 정말로 이다음부터 끈허만 버린다면 나로선 백번 절하고 용서해 줄 것이겟는데 이꿜짜가 끝끝내 내게 숨기고자하는 일이 무엇이냐하면 야학에서 시간이 다 되어도 날래 돌아오지 아니하는 그 핑계가 다른 때문이 아니고, 선생들이 시간 외에 더 공불하라고 하여 모두 두 시간씩 더 배웠다는 것이 아니면 오늘이 귀돌이 생일이 되어서 그 집에 가 놀다 왔다거나 누구의 아주머니가 뭐 복습을 가치 하자고해서 늦게 돌아오게 되엇다는 것이니, 물론 믿고 잇는 사람이 하는 말이라 확실히 거짓말이라고 알어지기까지는 그대로 믿을 도리밖엔 없을 것이나, 그러나 그게 한 두 번의 일이면 모르거니와 몇 번 전까지는 늘 제때에 꼭꼭 돌아오던 사람이 갑작히 어디를 갓엇다느니, 무엇을 하게 됫다느니 하며 자꾸 걸러들러는 이례것 격은 자겟이되어 뭐니 아찍 어리고 들어오니 웬지 가도 실속이 잇을테지 남편이 기대릴 생각을 하면 물론 공부를 더 가르치겟다고 선생들이 붙잡는데는 모르거니와 그러치 아니한 바에야 복습같은 걸 하기 위하여는 동무의 집보다도 제집으로 발길이 더 먼저 떼어질 것이겟는데 그런 줄을 이젠 자기도 모르는 것이 아니고하니 알고서 행하지 안는 그 심사만해도 벌서 이상스러울 것이엇건만 그것보다도 사실로 내게 수상스러운 눈치를 차리게 한 것은 그전보다 늦게 돌아오는것만 가지고야 어찌할 수 잇느냐고 할 거라 치더라도 이건 어쩐 영문인지 나는 꿈에도 사다준 생각이 나질안는데 어디서 인지 화장품 그것도 요새로 내가 사다주는 따위의 값이나 적은 것이 아니고 겉모양부터가 제법 보기드믈게 생긴 구리무병하고 분갑을 갖다노코 날마닥 이걸 꺼내 상판대기에 발르고 잇는 것이엇으니, 내가 사준것이라면 그야 꺼내날마다만 아니라 쫏박으로 퍼 쓰려든대도 애끼지안는 심사는 야단을 칠것일망정 조금도 달러는 생각키울 것이 없겟는데 그나마도 내가 사다준게 아주 없어젓으면 또 모를일이어니와 아직 사온지 닷새도 못되어 이런 새것이 생기고 아울러 이게 벌난 물건이고 보니 내가 사다준 것은 두고도 아니 쓰는게 분명한지라 그 내해는 안 쓰고 다른 것부터 쓰려는 심사와 함께 아무래도 그 새것의 출처를 물어보지 안을 수 없는 것이 마땅한 일이다. 그래 하루는 그웬 다른 것이냐고 그래 보앗더니 동무가 주엇다고 성큼 대답하기에 그럼 어느 동무가 주엇느냐고 재차 물으니까 어쩐 일인지 잠깐 흠칫하는 것 같더니 귀돌이 아주머니라고 또 낼름 대답하기에 이것이 더욱 이상스럽지 안타고 할 수 없엇단 말야.

귀돌네로 말하면 내가 잘 아다싶이 우리 보다도 식구가 더 만허 외려 군색하게 지내는 형편이라 귀돌이 아주머니가 사 주엇다는 것은 자기도 변변히 사 쓰지 못하는 형편에 천만번 생각해도 말이 아니될 것 같거던. 그럴 리가 없지 안흐냐고 다시 그랫더니 이것이 얼굴이 붉어지며 아니라고 정말 귀돌이 아주머니가 주엇다고 하기에 오히려 더욱 이상스러워 그러면 어디 보자고 그 즉시로 아주 직접 귀돌아주먼네 집엘가서 그에게 무러보앗더니 아니나 다를까 이 분이 어디서 생겨 그런걸 선사해냐니 나도 쓸 것이 없는데 다른 사람을 주겟냐고 되처 묻는 것이엇다.

5.

그러나 내가 화를 내인 까닭은 그곳에서 헛물을 켯다는 때문보다도 이번의 일은 안해의 거짓말이 분명한 것인지라 그래 나는 그 화장품을 누가 사 주엇기에 남편에게 바른대로 그 출처를 못대이고 거짓말을 하는가 하는 생각이 들어 곧 안해를 힐문하고픈 생각이 불현듯이 솟아낫으나, 그러나 막상 그러려고 마음을 먹고보니 그러커면 내 심사는 풀릴 것이나 그대신 자연 큰 소리가 날 것 같애 요란스럽기만 하고 소득이라곤 공연히 안해를 덛들려 그의 심술만 살 것이엇으니 차라리 가마니 잇는 것이 나으리라는 것뿐 아니라, 그러나 그런 중에도 어떤 사내 여석에게 정답게 받은 줄이야 참말이지 꿈에도 생각지 안헛던 것이라, 그저 다른데 쓰라고 내가 맷긴 돈으로 그런 물건을 삿는가보다고 그래오니까 자기딴엔 어려운 돈을 제자리에 쓰지 아니한 간이잇어 바른대루 못대이고 얼결에 핑겔한다는 것이 생각이 미처 돌질아니하여 하필 살기 어려운 집만 끌어내게 된 것이라고 이러케 그 대답을 내 자신 속에서 도리혀 만족스럽게 얻고보니 그러니깐 안해가 한 거짓말에 대해서는 그다지 불쾌한 감정도 솟아나다 마는지라 그저 한 두 번쯤 하는 거짓말 같은 거야 보통이거니 하고 이담에나 또 딴전을 부리면 그땐 다시 따지리라 이러케 생각을 하며, 그대루 일터를 향해 나간 것이 엇으니 나도 어지간히 바보라고 할 수 잇을 것이겟으나, 그러타더래도 믿는 마음이 강한 때엔 저절로 의심되는 생각이 적어지는게 사람의 마음인지라 더구나 나로 말하면 마음이 워낙 유한 중에 잇엇으니 못된 짐작을 채리지 못한 것도 그다지 무리는 아니엇을 것인만큼 그러기에 지금 세상엔 될 수만 잇으면 남을 믿지말고 누구에게든지 마음을 모질게 먹는 사람이라야 살어갈 수 잇다는 말이 지금와선 꿈속같이 느껴지는 동시에 어리석은 놈은 하루이틀 더 산대짜 한 세상 살다가 어느때 죽어도 한번은 죽고야 말어 버릴것을 그까짓 암만 살어야 산뒤도 없는 이 세상에서 날마닥 고생만 죽도록 하지말고 하루라도 먼저 진작 스스로 뒤저버려 고된 놈의 세상에서 없어지는 것이 상책이라고 내 자신을 빗대노코 생각되는 바이니 이것이 물론 기맥힌 생각이기는 하겟으나, 또한 바른 생각임에는 틀림없는 공상이리라.

X

그러나 암만 자기는 다른 생각이 없이 다닐만한 사람하고 가치 다엿다기로 그래 밤 자정가까이 어떤 남자와 가치 거러가는 것을 제서방이 빤히보고 거기대해서 몇마디의 부드럽지 아니한 말이 잇엇다고 그게 무슨 남편의 잘못이 될일일까. 그것보다도 그건 남편된 사람의 권리나 책임으로서 마땅한 일일것이니 차라리 자기가 먼저 그 사람은 바루 누구인데 무슨 일이잇어 어디로 가치 갓엇다고 변명을 하면 그말의 진위는 둘째로 당장은 올케 생각할 일이겟지만 그러트래도 심야에 남자하고 다니것만은 남편에게 대해 자기가 잘못한 것으로 알고 잇어야하며, 또한 잘못 햇노라고 사죄를 해야 올을것인데 이건 자기의 잘못은 생각하려기도 전에 먼저 되려 왜 음침스럽게 남의 뒤를 밟고다니느냐고 되몰처 책망을 하니, 아니 세상이 뒤집히기 전에도 이런 말을 들을 수가 잇을까—라는 것보다도 먼저 정말 그의 말대로 내가 일부러 그의 뒤를 토파본 것이엇다면 하여간 그의 말대로 음흉스러운 행동이라고도 할 수 잇을 것이겟으나, 실상인즉 내가 그를 발견한 경로는 그러치 안헛으니 그날 일이 끝나자 곧 다른데로 이사ㅅ짐 날르는 딴버가 생겨 한 푼이라도 더 버느라고 꽤 늦게까지 일을하곤 총총히 돌아오는 길에 개명네거리 뒷골목에서 우연히도 어던 사내와 여편네가 자못 정답게 이야길하며 지나가는 걸 흘깃보니 여자의 뒷모양이 조금도 틀림없는 내 안해인지라, 그러나 혹시 내 잘못 보지나 안헛나 하고 다시 뜻어보아도 다름없는 안해이기에 이게 어지된 셈인지 몰라 그는 정말 큰 의심을 먹고 그 두 사람을 막질러 앞으로 숨어서 모앗더니 암만 어디로보나 목소리째 아울러 안해가 분명한 것이기 세상에 거반 비슷한 사람은 더러 잇달것이래도 그러나 아주 웃는 소리까지 똑같은 사람은 없을 것인지라 그래 이곳까지 생각이 미치고보니 갑자기 맹렬한 질투심이 복받혀 올러 당장에 그 속살거리는 연놈들을 한꺼번에 매어때리고도 싶엇던 것을 그러나 빤질하게 생긴 저 자식이지만 어던 관게가 잇는 사이인지 확실히 모를 일일뿐 아니라, 몸도 고단하고 해서 이따가 집에가서 물어보리라고 그대로 안해의 낯짝을 세워주기 위하여 모르는체 하고 담때가게 앞에서 헤어지는 걸 본채 곧 되돌아 부지런히 안해보다 앞서 집으로 왓던 것이다.

6.

물론 안해의 기척이 잇을턱은 없고 캄캄한 방문에 잠을쇠만 대롱대롱 매달려잇는지라 기분이 더욱 우울해저 '지까다비'를 벗어선 되는대로 내던지고 세수도 안코 옷도 갈아입지 안흔채 그대로 벌떡 들어누어 천정만 멀뚱멀뚱 바라보고 잇으려니 아니나 다를까 조끔 잇으니까 그제에야 안해가 살랑살랑 들어오는지라 황급히 일어나서 인사의 첫 마디로 아 오늘은 어째서 늦엇지? 하고 시침을 딱 잡아떼이여 말햇더니 요것의 앙큼스런 대답이 뭐 명히 언니넬 갓엇다고 하기에 그것이 거짓말로 짐작되엇다는 것보다도 앞서 그 명히 언니네라는 집으로 말하면 아까 그 사나히하고 함께 거닐던 쪽하고는 우리 집에서부터 정반대의 곳에 잇는지라 갑작스리 괘씸한 생각이 드는 것을 억지로 참고 그럼 어디루 해서 오는 길이냐구 물으니 어디루오긴 어디루와요 집으로 곧장 오는중이지 하기에 아 집으로 바루 오는길이 개명네거리 뒤ㅅ골이야? 하고 똑바루 빈정대엇더니 이게 이제는 내가 제행동을 본줄 알엇든지 잠깐 머뭇머뭇 거리면서 그러나 뭐 오히려 태연한 낮으로 그건 우리 선생님하구 가치 오게 되어서 그리루 돌아왓어요. 어쩌구 저쩌구 하는지라 그러트래도 하무리 제가 속이려하지만 인젠 벌서 이족에서도 다 알고 잇는 사실에 대해서 물론 이짝에서 아직지 모르고 잇다면 자기도 무엇이라고 꿔며다대이는 것이 상수이겟지만 그러치 아니한 이상엔 이만큼 내가 말할 때에 곧 자기의 잘못을 깨닫고 뉘우치는 마음을 이르켰으면 그만인 것 뿐일까, 도리혀 더 믿음직한 안해라고 생각되엇을 것이라는 것은 사람이란 언제나 체경 과실이 잇는 법이라 그 다음에 고치기만 하면 드리혀 더 진실한 사람으로 변하는 것이니, 그러므로 나는 분통이 당장 터지려는 것을 억지루 참ㅅ고 저쪽에서 무슨 말이든지 나오기만 기대렷으나 이건 한껏 한다는말이 사과는커녕 점점 뒤틀어저 나가는 것이기만 하엿으니, 가령 자기 말마따나 그 빤들빤들 하게 생긴자식이 진짜로 자기 선생이엇다치더라도 한밤중에 남편이 아닌 사나이와 거닐은 것은 어쨋던 잘못인줄로 생각해야 할 터인데, 오히려 딴구멍만 살살 찾고잇으니 이쯤되면 그의 심사가 괘씸하기 짝이 없다는 것보다도 먼저 아무리 참으려야 참을 수 없이 뭉칫든 분통이 댕구알처럼 터지는지라 괘니 바른 대로 발해! 하고 소리를 버럭질르며, 이년아! 누구? 선생? 선생이 무슨 빌어먹을놈의 선생야? 선생놈이면 그래 그러케 가치 붙어서 쏙살거리는 법이 어디잇어? 대관절 서너생놈하고 가치 왓으면 왜 애초부터 떳떳하게 바른말을 못하고 뭐 집으로 곧장 왓다느니 얻저구하며 제서방에게 거짓말이야? 그리고 너 그 자식하고 갈라설 때 머라구 그랫어? 뭐? 꼭 기대리겟다구? 무슨놈의 선생을 대체 기대리겟다는거야! 하며, 벌떡 일어나 너 이년아 다 들엇다! 그게 어떤 놈이냐! 괘-니 바른대루 댈테냐 안댈테냐! 하고 그의 머리채를 한웅큼 휘어잡엇으나, 그래도 아니라고 정말 죽어도 아니라고 애구구 하누님 맙시사! 어쩌면 사람을 이러케 굴어요! 애고! 차라리 죽여요! 어서죽여! 난 죽어도 당신헌테 죄진일은 없어요! 왜 음충맞게 남의 뒤를 밟으며 생트집을 잡는 것이예요! 하며, 머리를 제손으로 쥐어뜯고 땅바닥을 탕탕 발길로 치며 대성통곡을 하는지라 이러케 되고보니, 한밤중에 이웃이나 안집에게 시그러운 것보다도 정말 그의 말을 어떠케 색여야 올흘지를 몰라 아닌게 아니라 참말 죽여도 자기는 아무런 못된 짓도 하지 안흔것을 공연히 내가 그전부터 화장품까닭에 의심을 먹고 잇던 차이라 진짜로 선생과 함께 다른데루 돌아오게 된걸 내가 다른 남자하고 밤에 가치 다엿다고 야단을 칠까보아 바른대루 말하기가 거북상스러워서 그걸 숨기고 일부러 동무집에 갓엇다고 그런것을 무작정하고 내가 다른 사내와 속살거렷다고 야단을 친 것이나 아닌가 사실로 그런것이 잇다면 안해에게 잘못이 잇는것은 고사하고 도리혀 내게 안해를 윽박은 죄가 잇을것쯤 되는 것이라 그러니, 이것이 또한 정말일지도 모르겟고 그러니까 원 이 생각도 그럴듯 하고 저런 짐작도 올흘것 같고 보니 마치 도깨비에 홀린것쯤 되엇으나, 그러나 될 수 잇으면 일이 벌어지지 안는것이 피차에 조흘것은 두말할것도 없는 것인지라 나는 다시 안해의 말을 믿고픈 편으로 내 마음의 키를 돌리고 나종에는 그러니까 어쩔 수 없이 내가 잘못 햇노라고 빌어 내 괘니 그랫으니, 이 다음에는 아니 그러겟다고 말을 한 것이엇다.

7.

그러니까야 안해는 일어나며 정말 사람을 그러케 골리시는테

가 어딋어요? 이담에도 또 그라시면 나는 몰라요! 하고 눈물을 뚝뚝 떨어트리며 아주 원망스럽게 처다보는지라 이에 나는 별수없이 또 속어 떨어지지 안흘 수 없엇든것이니 그건 나로서는 어떠케 할 수 없는 정이라. 그래 무턱대고 응응하니까 안해는 다시 나를 보고 생글생글 웃어대니 이런대야 어찌 그대로 뭐 풀어젓을 수가 잇을까. 기어히 나도 마주 웃은것이 건하엿으나, 그러나 그날밤엔 아무래도 잠이 제대로 오지를 아니하는 것이라 암만 안해의 말을 믿고 잠을 청하려고 애를 썻으나, 그러나 아까 거리의 광경은 아무리 생각지 안흐려해도 오히려 그러면 그럴수록 더욱 뚜렷이 눈앞에 떠오르군 하는 것이니, 그러케 되매 점점 생각은 이끝에서 저끝으로 꼬리가 꼬리를 달고 솟아나 안해의 말이 올타고도 느껴지고 또한 아주 글타고도 믿어지는 것이고 하여 이쯤되니 잠이 올 가망은 아주 없는지라. 그대로 잘 생각은 멀리 접어치우고 달리 한가지 꾀를 내어 내일밤부터는 일직암치 집으로 돌아와 공부파할 임시에 학교근처엘 가서 기다리고 섯다가 이번에는 정말로 안해의 뒤를 밟어 무슨 짓을 하나 보겟다고 이러케 생각을 정하나 아닌게 아니라 이 생각은 안해의 행동을 바루 읽어 마치는데 가장 확적한 방법이라고 느껴질 뿐 아니라, 또한 이 도리밖엔 없엇으니 이러케 해가지고 차라리 안할말로 그의 조치 못한 행동을 실지로 본달지라도 그러케 되고보면, 물론 큰일은 날것이겟지만 그러나 한생전 두고 알지 못할 그 조마조마한 의심은 풀어저 버릴것이엇으니, 그만하면 대게 지워진 한짐은 덜어지는 셈이 될 것이라, 이런 생각을 하려니 그제에야 잠은 어렵지 아니하게 나를 찾어왓다.

X

작정해 노흐면 실행하고 싶은것은 사람마다의 마음으로써 당연할 것이라. 그러나 내 아무리 작정은 해 노앗다드래도 그날밤 학교 근처엘 가지 아니하엿드면 실상 아무일도 일어나지 아니하엿을 것이겟지만 어제 밤새도록 생각한 일을 그러지 안허도 가 볼터인데 중지할 조건이 별로 없는대야 아니가볼 턱이 없어 그래 그날밤도 약간은 고단한 생각이 들엇든 것을 좀 참고 슬슬 담배도 못피어물고 학교 문 앞엘 가서 기다리고 잇으려니까 자연히 무슨 도적질이나 하려온몸처럼 지나가는 모든 행인들에게 보엿을 것이겟으나, 그러치만 챙피한 이 생각이 드는것을 눌르고 숨어 잇으려니 이에 파할시간이 되어 여러 안부인네와 어울러 처녀들도 꾸역꾸역 나오는데 보니 모두 광목치마가 아니면 그것보다도 더 보기실흔 것들을 입고 잇는지라 그래 세루치마들이 무슨놈의 세루치마야? 저런것들이 세루치마람! 하고 생각을 하며 잇으려니까 그틈에 끼어 다른 사람에다 대이면 아주 멋쟁이로 차린 안해가 나오는데 집으로 가는길은 제처두고 쏜살같이 딴길로 가는지라 흥! 과연이냐! 하고 벙거지를 푹 눌러쓴채 멀직암치 쫓어가려니 바루 학교서부터 셋째되는 골목으로 한참이나 들어가다가 다시 꼬부라지는 모퉁이에서 발을 멈추고 사방을 두리번 두리번 하더니 기다리는 사람이게 없는 모양인지 등불앞에서 자못 안타까운 표정을 지으며 갈팡질팡 하는데 나는 컴컴한 벽에 기대어 장승처럼 서 있으려니까 저쪽에서 바루 어제밤에 가치 가던자의 옷차림을 한 사내놈이 오더니 안해의 손을 대번에 꽉 붙잡으며, 아! 기댈렷소? 하기에 그자가 남의 안해에게 암부로 손을 대인데 내가 놀란 것보다도 안해가 너무도 반색을 하며, 아양을 떠는데 더 크게 놀란것이엇으니, 어이 어쩌면 인제 오세요? 나는 벌서 한 시간이나 기둘렷어요! 하는 것이 단 오분도 못 기댈리고 한 시간동안이나 지냇다는 그 거짓말은 어찌 되엇던 헐길없는 색주가 계집애가 사내에게 대하는 태도인지라 이것만 보고도 내 눈은 두집힐 것이엇는데, 게다가 안해의 대답이 떠러지자 그자는 성큼그 기름독에 빠진 생쥐처럼 반짝반짝하는 대가리를 숙여 안해의 뺨에 입을 얼른 한번 맞추는 것이엇으니, 이걸 보구야 정말 장승이 아니면 바위짱이기 전에야 가만히 잇을 수가 잇나! 하는 것은 미처 생각도 돋히기 전에 먼저 눈에서는 쌍심지를 꽂어노은 것처럼 불통이 튀는 것같고 가슴에서는 북방맹이질 소리가 나며, 온 전신이 한꺼번에 부르르 떨리는지라. 앞뒤살피고 어쩌고 할 겨를이 없이 탁 내달어 이놈아! 내딴엔 벼락불덩이같이 그자의 멱루색이를 내 주먹으로서 한껏 드려 질른것이엇으니, 그때는 악이 극도로 치받혀 잇는터이라 단 주먹에 두 년놈을 마구 두드려 아주 죽드래도 상관치 안흐리라는 심산을 채린것이엇는데, 이자는 내 고함소리가 나자 벌서 내 주먹이 제몸에 채 미치기도 전에 홱 몸을 피해 저만치 물러서는 것이엇다.

8.

그래 이자가 아주 달아나 버리려는 줄로만 알앗더니 오히려 도망가려는가 하는 기색은 조금도 가지지 아니하고 물끄럼히 헛공중을 갈기고 씩씩어리는 나를 바라보는지라 이에 악은 더욱 솟어올를밖에 그래 안해의 두 번째의 애구머니 소리는 나기도 전에 다시 그자를 쥐어질르려 몸을 뒤소꾸니 이번엔 제와 나의 거리가 가까운지라 자기가 암만 피하려야 그 겨를이 잇을

턱 잇어야지 기어이 맞고 잇을줄 믿엇던 것인데, 아! 이자는 벌서 어디로 살짝 빠저 달아나고 이번엔 나만 되려 공중재비로 괙 고꾸라저지는 것이라 이게 도대체 왼 영문인지를 몰라 하여튼 벌덕 다시 일어서려 하는데, 채 중간쯤도 못일어나 방망인지 돌맹인지 분간도 못할것이 엥끄라! 소리와 함께 내 헛구리를 퍽 질르는지라 이엔 일어날 수 잇기는커녕 깩소리 한마디를 질르고 내 몸은 다시 괙 고꾸라진 것이엇으니, 이 한번 얻어맞인것에 나는 벌서 단순히 아품만을 지목하게 감각한데 그친것이 아니라, 아주 단번에 기절을 해 버린거니 이쯤되면 다시 일어나 싸워보고픈 마음이 잇기는커녕 어떠케해서라도 내 일신을 피케하야 매 안맞일 도리도 찾을 수 없게 되엇으니 아니 외려 사람살리라! 소리도 뚜렷이 질을 수 없게쯤 되엇는지라 그저 그대로 엎으러진채 아구구! 소리만 연달아 울리고 잇을 수 밖에 없엇으니 그러니까 이놈은 더욱 자기마음대로 두드려 패고 차고 할 밖에 그리하야 몸 전체에 안간데 없이 그것도 한번이면 녹어날 정말 견디어 나지 못할만큼 앞으고 결리게 두드려 갈기기를 거진 반시간 동안이나 연달어하더니 내가 그때는 아쿠쿠! 소리도 제대로 부르지 못하고 그대로 맞일적마다 킥, 킥! 거리기만 하니까 저도 그만큼 두둘겨젓으면 족하게 생각되엇음인지 어쨋는지 아무 말없이(물론 왼만큼 길르는 소리야 내게 들릴턱도 없엇지만!) 어디루 안해와 함께 없어졋는지라 한참만에 비로소 어떤 사람의 흔드는 바람에 정신을 어렴풋이 차리고 눈을 떠보니 그 두년놈은 보이지 아니하는데, 몸을 움직일 수가 없이 사지가 드리 켕기고 쑤시며 그보다도 입에서는 게거품이 나왓고 코에서는 여직 코피가 흐르는지라, 그러나 코피를 틀어막으려도 솜조차 없어 그제에야 아푼 생각도 쑤시는 생각보다도 이젠 까딱없이 죽어버리나 보다하는 무섭고 슬픈생각이 떠올라 그곳에 서잇는 사람에게 아-규! 나좀 살려달라고 아레턱이 이죽이죽해지는 아픈 입을 억지로 벌리고 눈물을 흘리며 부르짖엇더니 세상엔 이러케 죽도록 때려주는 놈도 잇는 대신에 그러치 안흔이도 잇어 과연 그 사람이 부드러운 종이를 꺼내서 입을 닦어주고 코피도 막어주고 하기에 그 사람더러 더좀 부탁을 하여 인력거라도 좀 불러다 달라 해 가지고 가까수로 차부와 그 사람의 부축을 받어 차에 몸을 실고 그러나 나같은 처지의 인간인지라 병원같은 곳으로 갈 생각은 용꿈이라도 꾸기전엔 엄두도 못 내일것으로 그대로 반넘어 죽은채 알른 소리를 연달어하며 방상이 드집혀 잇는지 어쨋는지 절벽 끝같이 아뜩아뜩하고 캄캄해 잇던 속을 통하여 그대로 집엘 온것이니 아무도 잇지안은 방안 그것도 음흉한 한밤중 더구나 찬바람조차 획획 끼치는 무시무시한 가운데 누엇잇는 것은 몸이 성터래도 그대지 편안할 것은 못될 것인데, 이러므로 누구든지 먼 객지로 나서면 일직 당해보지 못하던 외로운 마음에 사로잡히게 되는 모양이나, 하여튼 그와 꼭 마찬가지로 죽도록 만창이되고 멍이들고 부프른 몸을 다 떨어저나간 장판때기에 눕히고 잇으려니 아품은 점점 더 심해 올르고 머리는 점점 어지러워지는데, 그러나 그보다도 이 세상이란 것이 너무도 허무해지며 도대체 사람의 사는 보람이 어느곳에 잇는 것인지 알 수 없고 이러케 생각을 하니 그래 이런 기맥힌 짓을 아무죄없이 당하여도 꾸물렁거리고 살어야 올단말인가 하는 느낌이 아니들을 수 없어 이러케 되려면야 차라리 더 고생하기 전에 죽든지 하여 아주 세상사를 잊엇으면 하는 생각도 들어 그러고 보니 내가 지금 죽는 순간에나 잇는것처럼 마음이 먹어지고 그래 지금 내 죽어버린다면 어찌될까 하고 생각해 보니 뭐 죽은 뒤에 내 자신이 어떠케든 될 것이 아니라, 산사람 중에 내 주검을 설어해

줄 사람이 과연 몇이나될까 하는 것이엇으니, 암만 손가락을 꼽어보려고 하여도 진정으로 내 주검에 통곡할 사람은 하나도 잇을것 같지 안흔지라 이러고 보니 이때껏 참된 동무하나도 없이 이놈의 세상을 살어왔는가 하는 생각이들지 안흘 수 없어 허기야 믿고 믿엇던 안해년까지 마구배반하는 판에 누구가 나를 위하여 줄 것인고 하고도 느껴저 어느 겨름에 눈뚜덩은 뜨거워지고 하염없이 슬픈마음만 들어젓다.

9.

그러나 다른 어떤 사람들은 죽은 그 당장에는 물론 그 뒤에도 몇 천만 년을 내려가도록 그의 이름이 끈허지는 일이 없는 이런 사람도 잇는데, 지금 나를 거기다 비해보면 사람은 같은 사람일지나 마치 호랑이와 꽁지벌래 만큼의 차나 잇는것 같엇으니 이런것 저런것 다생각하려면 물론 한이 없겟으나, 그러나 저절로 이러케 생각되는 것만 주서모아도 모두가 나라는 사람의 비꼬인 우슴꺼리만 될 것이지. 그래 이러고 보니 세상은 아까 까지와 아주 달러진 것같고 마음속이 꽉 빼혀저 한없이 외롭고 허무한 정이 떠올라 몸의 아픔보다도 오히려 마음의 쓰라림이 더한 것이라 몸의 괴로움도 당할 힘이 없는데, 마음까지 덧없어지니 내 몸과 마음이 장사엿더래면 견딜 수가 잇을까 그러치 못한 바에야 고민에 왼몸을 뒤틀밖에 그리하여 나의 지나온 반평생과 아울러 안해와의 생각을 하고 더구나 요사이 정들엇던 안해와의 생활을 그려보며 하염없는 문물을 체통답지안케 줄기줄기 흘린것이엇으나, 그러나 그러던 중에 또 달리 생각을 해보니 사람이란 것은 살고잇는 동안에 이런일 저런일 겪고 당하고 그러나 마음과 몸이 눅으러질 임시에 가서 그 모든 일을 당할적마다 경겨지게 되는 것이니, 자연 젊은 몸의 피는 끌케 되고 그리하여 모든걸 익여 나가자고 씩씩한 활동을 하고 싶은 것이고 그쯤되면 또한 싸우고 이온생각도 들을 것이라, 이 나의 아까의 일로만 말해도 내 자신이 그전부터 여러 가지 어려운 일을 겪는 동안에 저절로 마음이 뒤흔들리게 되고 그래 그곳에서 일어나는 피솟는 정도엇을, 것이고 그러니까 그걸 단 하나밖에 없는 안해에게 뭍고싶어 그 마음이 즉 안해에 대한 사랑이엇으니, 그 때문에 안해를 언제까지나 나하나의 물건으로 삼고픈 생각이 솟어날 것은 당연한 일이라, 이에 안해가 그런짓하는 것을 보고는 분통이 아니 터질 수 없엇으니 뛰어들어가 싸우려던 것인데 노루꽁지에도 파리가 매달렷다고 힘이 없는 나는 아니엇지만 그러나 이길 수가 없어 그 자식에게 단번으로 업어걸린 것이니 내가 그를 이겻더래면 어떠케 될 것이엇든가는 둘째로 이러키에 내겐 또 화가 솟아나오게 되고 그러니까 또 복장이라도 치고싶어질게고 그러므로 다시 싸우고 싶게도 되고 그러다가 줄 이기기만 할 수 잇을까. 오늘처럼 얻어맞기도 하고—이러케 되고보면 정말 사내답게 사는것이란 결국 싸오는데 잇는 것이니, 그러기에 아무것도 안코 가마니 지내던 늙은이나 부자놈의 병든새끼들이 쉬죽는다는 것은 그들이 남과 싸오지 안는 때문으로서일 것이라. 그러타면 나의 오늘 당한 일도 그것이 정말은 가장 분하고 원통한 생각을 준 것이긴 하나 이러케 달리 되생각을 하여 보면 아무쪼록 씩씩하게 오래 살라고 비저내어진 운명의 척결이기도한 것이엇으니, 내 살라고 행하여진 일에 되려 죽는다는 것은 근본부터 말이 아니될 것이기, 그래서 죽지아니하엿다는 것보다도 이런 생각을 하고 잇으려니까, 어느틈엔지 숨은생각, 원통스러운 마음은 뒤도없이 흘러가 버리고 이에따라 안해에게 대한 이때까지의 참으로 끈적끈적 스럽던 마음이 급자기 어디로 가버리고 그따우짓하는 년은 너대로 가라. 나는 지금부터 나대로의 새로운 생활을 허리라는 이런 생각이 문득들어 드리혀 그 때문에 다시 태평한 마음이 솟어난 것이엇으니, 그전에 안해 없엇을 때에 곧잘 살엇을라구. 안해라는 것은 잇으나 없으나 결국은 지금의 내겐 마찬가지라고 느껴지며, 그대신 한식구 줄면 들 벌어도 살게될 것이니까. 몸편하게 될 것은 사실이고 따라 아무 근심도 없이 혼자살다 죽은 뒤엔 누가 알것 어디 잇느냐. 버는날엔 벌구 노는날엔 굶는대짜 겁날것 없어 살기로 결심을 하고 누어서 이러케 공상을 이어가노라니 나중에는 몸 아푼것조차 남의 일같이 무심해지는 것이라. 이쯤되면 모든 것이 다 우스웟스니 지금이 자리에서 죽는대도 겁안날 것인판에 안해의 정같은이 더구나 날리 잇을까.

이제 안해는 내게 쓸바가 조금도 없는 물건이라 물론 제가 다신 들어오지도 아니하겟지만 혹 어느날쯤 들러오더래도 본체만체 할뿐 아니라, 내 몸에 손도 얼신 못하게 하리라고. 그러타고 내가 아까 당한 분푸리 같은것을 안해에게 다 할것도 아니고 그대로 갈러저 나가라고 타 일르는 어조로 순순하게 말하리라. 이러케 마음을 먹으니 그리고 그때 나는 어떠한 표정을 지을까 하는 공상까지를 지으려니 어쩐 일인지 히미한 불빛밑에 텡그렁 누어잇는 내 몸이 애처러웁게도 생각이 되어 게슴츠레히 떠저잇는 눈이 생각지도 아니하엿는데, 안해의 입다 벗어걸어둔 저고리 치마로 가는 것을 금치 못하엿다.

(東亞日報, 1939.4.20-5.6)

마냥모

1.

비를 대구 맞으면서도 대복이는 뛸 생각을 통이 아니했다.

—우자자꼬 이누무 비가 이리 퍼붓노.—

대복이는 욕만하고 고만이다. 어깨를 처억 느러뜨리고, 뒷 짐을 잔뜩 웅켜지고 그리고 고개를 연성 끄덕이며 태평이다.

바람이 몰리고 컴컴하기 갑작스러워지더니, 빗방울이 풀떡풀떡 떨어지기가 무섭게 밀집 벙거지가 타악 무거워졌다. 연달아 잔등에 군정히 물이 흘르자, 사추리에 지록지록 스며 내린다. 찔거덕거리는 것이 석세 베잠뱅이에 스쳐 사뭇 쓰라리다.

손에 들려있던 참외를, 땅에다 내려놓고, 팔을 저채 허리띠 속으로 손을 집어넣는다. 찌적찌적한 손을 그대로 꺼내어 잠뱅이춤에다 쓰윽 문대기고는 맡아보니 퀴퀴하다.

비가 점점 더 심하게 쏟아진다. 바로 금방까지 들리던 청개구리소리는 없고, 따로 맹꽁이소리가 제 세상이다. 왈그락거리는 천둥번개 소리와 함께 이런 때는 귀가 먹었더라면 좋았을거다.

대복이는 지붕이 보이고 뒤미처 저이집 싸릿문이 눈에 띠일 때 생각난듯이 개울가로 달려갔다. 허부적거리며 가까수로 물골을 파 헤치고, 그런채로 들어서서 짚신 신은 두 발을 뒤 흔들었다. 시원하라는놈의건, 그러나 모래가 자꾸만 숨쳐들어와 발바닥이 온통 따끔거린다. 골 김대로 냅다 다리로 지랄을 치니, 보기좋게 신발이 벗어져 달아난다. 이걸 꾸벅거리며 주서다가 말끔 빨어놓고, 그제야 진흙이 너덕너덕 붙어있는 참외를 물에다 씻으며, 그는 생각이다.

—헤! 빌어먹을년 이거 갖다주믄 좋아서 헤 하겠지.—

그러니까, 저도 볼쑤록 탐스럽고 맡으면 침이 절로 꿀떡꿀떡 넘어간다. 작년엔 그래 생전두고 보며 맡으려다가 고만 문드려뜨린 일이 있다.

바람은 게다가 잤다. 아까는 꼼빡없이 쓰러질줄 알었던 보릿대가 그대로다. 왜 쓰러지질 않았는지 아무튼 망칙한 노릇이다. 좌악 깔려있는 보리밭은, 나중에 어쨌던 참 보기 좋은거다.

덕문이가 지나가고, 돌분이라는년이 지나가고, 문필네 강아지가 지나자고, 그리고 삼복이네 아저씨가 지나갔다. 다른놈들은 다 그냥 본척만척하고 지나갔는데, 아저씨는 괜시리 따악 우장삿갓에 종가레를 걸터메고는 어쭉잖게 시비다.

"그르시 이누무 자식아, 우얄락고 이 비를 맞이면서 이대로 섰노? 대관절 물꼬는 언제 볼락하노? 옷은 또 그게 머이가? 너 같은누무 자식이…."

대복이는 아저씨가 밉다. 나무래는것도 미운데 밤낮으로 하는 욕지거리는 더 밉다.

"제엔장, 그걸 누가 가 보능기요? 그 먼데루. 아부지가 갈거 아닝교?"

대복이는 등세이를 세넷이나 넘어야만 겨우 뵈는 논엘 가려니, 기밖에 막힐게 없다. 더구나 지금 집으로도 뛰어가기가 싫어, 이렇게 섰는 사람을 보고 하는 소리다.

"아! 그래도 쎄기 몬 들어가겠나!"

침을 타악 뱉고 눈을 한껏 흘기는 꼴이라니, 잡아라도 먹을 상싶다. 그러나 그도 바뿐 몸인데는 더 오래 있지 않고, 어깨를 우쭐렁거리며, 누구라도 쫓아가는양 성큼성큼 가버렸다.

그냥 가는데는 근심될게 없다. 그렇다고 때릴려고 뎀비면, 얼른 달아나버릴테니깐, 허긴 천생 태평이다. 뛰기로 말할 지경이면, 우장을 잔뜩 쳐 입고 삿갓으로 온통 눈을 가린, 게다가 아주 늙어빠진 아저씨 하나야 설마 못 이길거냐고 이렇게 장을 댔다. 그러다가 지랄을 해서 될것도 없고, 하게 되니까, 그는 퍽 좋았다.

여기저기서 물꼬를 보려 자꾸들 꾀져나온다. 한편에선 벌써들 나와 논빼미에서 왁짝거리며 지랄들이다. 맹꽁이 소리와 언걸른게 거 짜장 구성지기도 했다.

귀돌이네 집에서 연기가 나오는걸 따아 차차로 여기저기서 연기타령이다. 뭘 보고 아는건지, 해도 없는데, 저렇게들 한꺼번에 때를 맞훠 발들을 하는건, 아무리 처먹는 일이긴 하지만 용하다.

자기 집 굴뚝에서도 연기가 나는것을 보고, 대복이는 갑작스레 배가 고파진다. 따져보면 여태 아침을 아니 먹었다. 날마다 피우는 늦잠 탓으로 오늘 아침엔 안해에게 쫓겨난 폭이 잘 된다. 잠만 자는것도, 안해가 보면 기가 나는데, 그나마도 가만히 잠자는 법을 그는 모른다. 그 턱으로 기껀 안해가 공을 들여 길르려는 콩나물 동이를 냅다 걷어찬게 탈이다. 그냥 콩나물 대가리만 부서뜨려놓아도, 요새 콩이 한창 귀할 때니, 안해는 만상 투정일거라야 옳다. 그런걸 물을 가뜩하게 채운 동이채를 정수리로 쩌억 갈라 놓았으니 볼일 다 봤다.
잔뜩 입고 주무시는 버릇에서, 금방 뛰어 달아날 수 있었게 망정이지, 하마트면 벌거벗은채 엉덩이 찜질일뻔 했다.
원두막에 가서 참욀 먹은것도 벌써 아까다. 오줌 한번 나온 대로, 배는 금방 쭈루룩이다. 기나긴 복중에 참외 한개 먹고 배 겨나는 재주가 뭐냐. 그는 배가 고프다고 느껴지자, 어서어서 안해가 보고싶으다. 안해년은 밥 줄때하고, 밤에 말을 잘 들어 줄 때만 예쁘다. 그리고 새옷을 줄 때도 예쁘다.
안해 생각이 나고 옷 생각이 나자, 문득 그는 자기 가슴 아 레위를 훑어본다. 온통 호졸군 하다.
그러나 대복이는 지금 여간 재미나는 생각을 이르킨것이 아 니다. 자기로선 입때까지 토옹 몰랐던, 아주 신통하기 더 없는 생각이다.
—제엔장 이만 하문 자 빨래 할거 대신 해 줬지나.—
안해는 버릇이 빨래할 때 으례 투정이다. 그 구렝이라고 불 러야 꼭 옳은 눈깔을 번덕대며, 아규우 지긋지긋해!가 아니면 이놈의 빨래 죄다 메쳐라! 그리고 마구 잡어 방멍이질을 하는 것이다. 나중에 정말 구멍이 뚫어 졌나 하고, 슬그머니 가 볼때 아무데도 그렇지 않은게 이상하다. 허긴 빨래뿐만 아니라, 안해 는 자기의 일이라면 모두 눈깔을 뒤집는다.
그러나 미워도 못 뚜드려 주는까닭은 안해는 저보다 기운이 많다. 그러니 서뿔렀단 저만 골 밖에 딴수 없다. 그저 무턱 가 만히 있는게 큰 재주다. 그렇거면 안해도 어쩔수 없는대로 그 냥 으르렁거리기만 해대는 것이고, 또 자기가 마주 덥비지 않 을 지경이면, 저쪽에서 먼저 지쳐버리는게 고작이니까, 어려울 것도 없다. 허니까 안해의 짜증을 덜 나게 하기 위해선 제가 애만 쓰면 된다. 토옹 일을 아니 시키면 더욱 좋을거다. 그러나 세통 놀릴 턱은 못 되니까, 빨래 같은것은 이렇게 비를 맞혀 애벌을 빨어 놓으면, 안해는 한결 편하다. 그러면 안해는 힘이 안 들테니까 좋고, 자긴 안해가 좋아 하니까 좋다. 밤낮 이겨내지 못할바에야 미운대로 비위를 맞춰주는수 밖엔 없다. 더구나 요새처럼 보리머리에 온 종일 체머리를 흔들어 대는 땐 더욱 그렇다.

사릿문 턱에 가서 그는 가만히 섰다. 한껏 가만가만 부엌을 넘석거린다. 잔뜩 보리 짚이 쌓였는데, 지붕이 맘대로 새서 군데군데 물이 번지르르 배어있다. 바닥에도 질펑이 물이 괴어있어, 안해는 연성 아궁이에다 고개를 틀어박고, 싸워가는 불을 일으키느라 끙끙이다. 적삼을 훌떡 벗어 던졌다. 저만 쳐먹을 저녁이 아닐진데는, 딱하게 여겨야 옳다.

김이 무역무역 나는 솥에서, 맡으려기도 전에 뚜제비냄새다. 배가 고픈대로, 에라! 빌어먹을! 하고 그는 저녁을 메다 동댕일치고나서 막 퍼먹었으면, 그랬으면 똑 좋겠다. 어서 안해를 불러야 할 까닭이 있다.

다리를 비꼬아 엉뎅이를 삐뚜름이 내민채 처억 느러트렸던 한쪽 손을 문설주에 기대고, 참외를 쑤욱 내밀며, 대복이는

"이봐—"

피익 웃으며 소릴 쳤다. 안해가 마주 해해 할것을 생각하고, 그는 가슴이 울렁거린다.

얼결에 몸을 주춤하며 젖가슴을 가리우고, 홰액 돌아보더니, 안해는 남편이 서서 웃는것을 보고는 따악 몸을 젓긴다.

"응?"

그러나 그 다음은 고만이다. 고만이 아니고, 그 다음 말을 참는 기색이다. 안해한테 그럴 까닭이 없는데, 대번 얼굴이 짚세기짝으로 밟아놓은 쇠똥짜박이다. 가뜩이나 험상궂은 얼골인데

는 제 안해가 아니다. 아레위를 연성 훑어보고, 손에 들려있는 참외를 바라다보더니만, 끝마당에 가서 나오는 소리는

"홍!"

그리고 안해는 입술을 파르르 떤다. 한껏 무서운 얼굴이다.

"와 그라노?"

대복이는 실쭉 시무룩해진다. 일껀 기뻐할 줄 여겼던것이 뒤틀어진데는 뭣 때문인지 알려면 한참 생각해야겠다. 아주 싱겁다.

2.

안해에게 밀리어 방으로 들어오긴 했으나, 대복이는 맘대로 들어누울 자리가 없다. 지직을 죄다 걷어 젖히고, 거기서 물김이 무럭무럭이다. 콧구멍만한 단간방에 물 한동이 엎질른게 큰 벼락이다. 그제야 생각이 나, 봉당을 내다보니, 반은 펑하니 젖은 지직잎이 똑 부엌에 쌔있는 보리짚이다. 가운데가 처억 꾸부러진것이 암만 보아도 닭의우리에 있는 덥석 같으다.

옷을 벗고 빨거숭이채로 대복이는 앉었다. 어서 헌 옷을 갈아 입고 안해가 논으로 가라는것을, 대복이는 눈만 한번 흘기고 만다. 급할 땐 그짓말을 하는게 그중 났다. 대복이는 그짓말도 할줄 안다.

"나 벌써 갔다 왔닝기라! 인자 차미 논틀에서 따 가주고 안 왔능기요?"

시침을 따악 때는 남편에게, 그만 눈치는 장님이라도 채일것이라, 안해는 그 말을 믿고싶어도 안된다. 그래 그도 그짓말이다.

"인자 아부지가 논엘 갔다 왔는데, 안주 그대로 있닥하든데 무슨 말이고?"

대복이는 이 말에 고만 딱 질색이다. 정말 아부지가 논엘 갔다 왔능가 했다. 지금 그리더라니, 어느틈에 누가 여길 왔더랬는지 알수 없다. 자기가 아까부터 이 집을 바라보고 있었지만, 아무도 드나드는 사람이 띠이질 않았는데, 참 이상하다. 그러나 자기가 누구 오나 하고 지켰던건 아니었으니까, 혹은 고개라도 숙일 때 누가 지나갔는지 모른다. 그러니까 대복이는 자기말 푼수로 안해를 아니 믿을수는 없다. 대복이는 그래 잘못했다고 말하지 않으면 안된다.

"거 언제 왔드노?"

안해는 황당해지는 남편 얼굴에서 사뭇 우스워지는 자기 모양을 그려 보기나 하는듯이, 입술까지를 찡긋거리며 한참 가만히 있다. 그러다가 안해는 다시 열이 치받힘을 이기지 못하는 듯 벌떡 몸을 솟구기까지하며, 소릴질렀다.

"그리게, 아, 어서 논엘못가능교? 데껏이, 거즈말만 할락하능교? 느같응거, 아, 그래도 어서 안갈락하노?"

안해는 신발을 신은채 콰당탕 방 안으로 뛰어들어오더니, 옷을 갖다 타악 장뎅이에 메붙이고는, 사뭇 떼를 써서 입히는것이다. 아까는 아무리 남편이라도 뻘거벗은걸 마주 볼수가 없어, 머뭇머뭇 하던것이, 지금은 뒷다리 앞다리 할것없이, 막 잡아 늘쿤다. 기어코 옷을 입히곤 냅다 밖으로 고꾸라지거나 말거나 떠다 미는게, 그의 일인거다. 안해년은 이, 답답아! 소리를 연상 내가며, 주먹으로 밀고 치기만 하다 모자라, 한옆 농구석에 있는방맹이를 꺼집어 내고 덤빈다.

대복이는 꼼짝없이 나가지 않으면 안된다. 우장을 걸치고 삿갓을 들커버 쓰고, 게다가 종가레까지를 잔뜩 웅켜들고 거짓말로 백리는 되는 그 돌각담 고개를 넘어 논엘 나가지 아니하면 안된다.

그러나 부엌에서 강물 터지는것처럼 솥 넘는소리가 들릴때 안해는 방맹이를 팽개친채 내빼손이다. 뚜들겨 맞일건 면했으나 김이 무역무역 서리는 뚜제비는 안해의말대로, 논엘 갔다 오지 않을말이면 생전 가야 남의거다. 안해는 사뭇울상으로 부엌엘 가서 냅다 또, 투정이다.

"이 보리짚바라! 지붕이 온통 새서 모두 젖지 않았능교? 불을 땔수 있어야지 않나! 방은 물통인데, 우짤랑교? 밤에는 어디서 자나? 에규 부애가 나서!"

가서 정짬으로 우는지도 혹은 알수 없으나 대복이는 대복이대로 젠장, 와 지붕을 좀 틀어막아 애초에 비가 새지 않게 못했노? 그랬으면 와 보리짚이 젖겠닝교? 하고 이런 생각을 했다.

덜거덕덜거덕 개숫물 소리가 나는것을 듣고, 대복이는 안해가 자꾸만 밉다.

"거 그릇을 부서 뭐 하노. 똥 묻었나? 그릇 깨면 우짤락하노?"

마악 안해가 다시 뛰어올라와, 꼼박 없이 대판 쌈이라도 일어나렬 때, 역시 우장 삿갓에 왕가레 삽을 메고 아부지가, 기침을 컬컬거리며 찾어왔다. 그래도 단 두내외만 사는 살림이라, 아부지는 엉거주춤하니 서서, 한참을 넙석거린 다음,

"야, 대북이 있능교?"

그러면서 아부지는 가뜩이나 더 한 가레침을 일부러 끄르릉거린다. 삽자루를 타악 놓는 소리에 대복이는 아무래도 살았다. 대복이는 아부지가 이런 때 좋다.

안해는 황망히 치마에 물 묻은 손을 짓주물르며 뛰어나왔다.

허나 대복이는 안해가 말하길 기다리든가 할 까닭이 조금도 없다. 문찌방에 웅쿠리고 앉었다가, 그는 벌떡 일어나서, 고개를 투욱 내밀었다.

"아, 아부지는 저넌 좀 보교!"

대복이는 천생이 퉁명스러운 얼굴이다. 울줄은 잘 알어도 웃기내기엔 곰탕맛이다.

3.

안해가 무안한 얼굴로 부엌엘 도루 내려가자, 대복이는, 그러나 아부지가 고맙기 전에, 인젠 자기의 얼굴이 헷다발 친주낙장이처럼 찌그러지며 아부지가 자꾸 미워진다. 뭐낼것도 없이 아까 찾어와서 물꼬가 그냥 있다는 고자질을 한게 원수처럼 틀렸던 까닭이다. 그때문에 안해한테 욕먹은 생각을 하면, 대복이는 아부지와 싸우고싶다. 대복이는 아부지하고 싸우면 똑 이길것 같다.

그러나 아부진 저를 보지 않는다. 떠억 보고 하는 소리는 뵈지도 않는 안해에게다.

"인재, 느으집 논물 내 보고 왔는데, 하마트면 물 다 새버릴껄 내 제우 막어 놨다. 이왕 가가 안 가본것이니께 말할것은 없고, 낼 비가 개면 모를 씸어야 할텅이께, 자더러 일직 일으나서 논으로 나오락하고, 넌 일찍 밥을 지이라. 지금은 늦모가 되나서 여간, 사람을 구해보기가 어려우니께, 아무리 자가 일하길 싫닥하지만, 낼은 세상 없어도 일찍 일으나도록 해라!"

그리고 나서야 눈을 연방 헤번덕거리는 대복일 보고,

"그르시 느으 우짜자꼬 논물을 앙이 보았드노? 그 대가린 그게 머이가? 와 띠도 안 맺노? 느으 때가 어느 때락고 낮잠만 자노? 지직은 다 우짜고, 방은 와 적셨노?"

한참 다시 대복이의 아래위를 훑어본 다음, 그는 이런 말을 했다.

"내일은 새벽 진홍회 종소리가 나그든, 곧 일아나거라. 자가 밥은 일짝 해논닥했으니, 밥가지고 나온너라! 이번에 모를 못 내문 큰일이 날것이니께, 너도 잘 생각 해바라. 그르시 저 맡응 글 지가 안하고 누가 하겠노. 윈만치만 느으가 똑똑하문 내 와 속을 썩이겠노? 나이 서른살이 되도록 대님 하나 제대로 맬 줄 몰른닥 하는 놈이니!"

아버지는 툭! 하면 나이 서른을 꺼내낸다. 다른 말은 다 어째 뜬 나이 소리가 나오니 더 아부지가 밉다. 나일 많이 먹었으니, 대관절 어쩌라는 말인지, 아부지의 뒤틀어진 생각을 대복이는 모른다. 나이 서른살이면, 꼭 딴 버릇이 생기라는 법인지, 그래선, 혹은 아버지가 밥 바가진지도 모르겠다.

대복이는 그래 아부지의 말을 듣다 말고 코를 한번 휘잉 풀어서 던지고는, 손바닥을 쓱쓱 넓적다리에 문질렀다. 아부지의 눈살이 점점 더 찗으러져 가는것 따위는 대복이로선 아랑곳 할 까닭이 없어

—제엔장, 진홍회종소리 날 때, 모가지를뽑는대면, 무슨수로 일어나나? 일어나면 그먼데를 어찌 간다나? 제엔장, 나 안니가문 아부지 좀 할것 아니가!—

대복이는 제 앞으로, 아부지가 논 두말지기를 줬지만, 여태 세간난뒤로 삼년째나, 한번도 모를 아니냈다. 그냥 가만히 있으면 아부지는 만판 발광을 부리다간 그래도 한번도 빼놓질 아니하고, 제때에 모를 내어주었다. 아부지가 아니 내어주어도, 그까진 굶어죽을지언정, 보기조차 싫은 논일인 판인데는, 누가 뭐

라랴. 이렇게 자기가 놀고 있어도, 다른 사람이 얼마든지 일을 해주기로 말해서야, 대관절 땡이 아닐수 없다.

"아, 배가 고프니께, 거 뚜제비 좀 얼른 가져 오락항이끄네. 아부진 밥 먹었을테니께 느으, 나만 가저 오문 안되나?"

대복이는 사추리에 손을 집어넣으며, 가려운 대가릴 문 설추에다 대고 스윽쓱 문대긴다.

4.

오던 비가 밤새 그치고, 아주 날이 훌쩍밝어 해가 벌써 하늘 꼭대길 다 올라갔으나, 대복이는 여전히 잔다. 반평생을 두고 툇마루에 해가 들기 전에 조반을 먹어본 적이 없는데는, 그 버릇이 갑자기 나아진다니, 꿈속에서나 볼 일이다. 더구나 자기한테 조금도 달갑지 않은 일로 일찍 깨라는 데는, 차라리 매를 맞는게 좋다. 수박이래도 먹으랐으면 정신이 삼십리 앞은 내다 볼게다. 그래 대포소리 부럽지않게 대복이는 코를 디렵다 골아대며, 그는 네 세상이 내게 무슨 상관이냐 다. 마냥모가 아냐 발등에 떨어지는 불똥이 있다기로서니, 그는 모른다.

한참 재미낳게 참외를 파 먹고 있는 판인데, 하라부지가 확 왱깐에서 뛰쳐나와 이놈아! 소릴 지르며 들고 어기적거리를 참외를 뺏어 통채로 따악, 자기 정수리에 이마뚝이다. 아갸갸! 소릴 질르는것과 함께, 그는 비로소 눈이 떠진다. 대관절 이게 무슨놈의 가위람! 하고 느낀것은 헛탈이요, 터억 안해년이 머리맡에 버티고 서서 자길 노려보고 있는거다. 망할년이 또 구랭이처럼 눈을 흡떴는데는 자기 대가릴 저년이 때린게 꼭 맞는다.

"와 날 때리능교?"

대복이는 곤히 잠자는걸 깨우는덴, 밥 열끼 굶기는것보다 밉다. 그래 그는 꼭 또 들어 눕고만싶다. 그런게 아니라, 가꾸만 몸뎅이가 뒤춤으로 쓰려지는거다.

안해는 한참이나 자길 노려보더니,

"아규! 이 엉뗑아! 어서 일으나지 못하능교? 조반을 해논지가 벌써 온젠데 그르시 우짜작하능기요? 아, 어서 정신 채리소!"

그리고 철거덕 자기 어깨쭉지를 후려때리는, 버릇대로다.

대복이는 골이 아니 올를수 없다. 그런것이, 깨우기만 한것도 실상을 따질말이면 저로선 죄다. 헌데다 손찌검질이라니 똑 쇠백정이다. 년이 워낙 쌍것이다. 자기 보고 엉뗑이라고 지랄을 치기 전에 제년의 버릇을 먼저 잡아먹어야 할거다.

"여보오—? 일어나야지 안우—?"

소릴, 왜 못하느냐 말이다.

—체! 남은 졸리와 죽겠는대.—

"아, 그래도 얼른 못 나오고! 해를 바라!"

사뭇 끌리다싶은데는 아니 나올수 없다. 거짓말이 아니라 참말 해가 좋다. 울섶 버드나무 앞파리가 첨 보게 빤지르르 하다. 앞 산은 아주 새파란게 암만해도 가 딩굴고싶다.

부엌을 바라본게 학질이다. 전에 없던 그릇이 씻겨있는데, 그 속에서 닭알 익어나는 냄새가 멍울멍울 풍기는게 회가 꾸물렁거려 살아나는 재주가 없다.

—히잉, 저것 좀 주지 않을라나?—

그러나 그것들을 함지 속에다 잔뜩 푸개어 지게 우에다 올려 놓는걸 보고, 그는 차라리, 이런 생각을 일으켰다.

—제엔장! 그대로 달아나버리고 말까?—

그러나 대복이는 돼지 눈처럼 움푹 들어간 눈을 멀뚱거리며 코를 한번 쯔윽 훌쩍거리고는 별수없이 안해한테 불려 부엌으로 들어간게 한껏이다.

지금 보니까 지게 위에 놓여있는 함지가, 왼걸 이 동내에서 제일 투박스러운놈이다. 웬만한 힘으론 땅끔하기도 어려운 해필사 그 무거운 놈의 함지다. 그때 한꺼번에 작만했던 쇠꾕, 나막신은 벌써 문드러진지가 골십년이지만, 저건 백년이 훨씬 넘는다는데, 여지껏 금하나 가지 않었다.

얼어젖기는 소댕 뚜껑을 따라 밥김이 나오는걸 보고, 대복이는 꼭 밥이 먹고싶다. 암만 맡어보아도, 또 맡지 않는다 해도 그건 입쌀이 담북히 섞인 밥냄새다.

"그 왼 이밥을 줄락하능교?"

그러나 안해는 오이려 피익 웃기까지 하며 이런말을 한다.

"어여, 도랑에 나가서, 시수나 하고 쎄기 지고 갈 생각부터 해라!"

이에 할 말을 대복이는 잃는다. 그런 바에야 세수가뭐냐. 아무리 하고싶었댄대도 투정일시 자기 본심이다. 죽어바라! 밥 주기 전엔 세수 안 할테다! 그는 속으로 잔뜩 뻐둥댄다.

"으서, 밥을 주어야자. 거 이적지 잤으니께, 배고파 살겠닝교?"

그리고 대복이는 홋주머니에서 곰방대통을 꺼내, 담배를 있는대로 눌러 담고는, 안해를 헤치고 대가리를 아궁이에다 디려박었다. 안해가 냅다 어깨를 잡아다리지 않았더래면, 그는 달싹없이 대가리가 이맛들에 슬쩍하는 바람으로 엉망진창이 될 뻔이다.

"애규! 이 조다야! 보기 싫어 죽을락있다. 어서 이그 못 가지고 가노?"

"배가 고프다닝께. 그 달갈도 있고 항그, 나 주지 않을락 하능교?"

"아, 뭣이 어째고 이 뻔뻔아! 넌 묵능거 밖에 없드나? 묵기만 하문 사람잉교? 이 해를 보고 묵을락 해라! 해가 한나잘이 됐으면, 밥을 언제 내갈라나. 인재 조반을 가주가는데, 그래도 급하지 않닥하노? 세수도 하지 말고 어스 지고 가지 못하노? 갖다두고 오문 얼른 밥 줄거 아니가? 그래 다 해논 밥 좀 가주가기사 지랄잉교. 대관절 느, 서른살이 되두록, 그 뭐고? 사람이가? 짐승이가? 이 문둥아? 아규 속상하지! 내 너구 살다 와 안 죽으까. 대체 우짜면 이꼴 아니 보꼬. 아, 그래도 가만히 있노?"

마침내 넋두린대는 또 부지깽이가 들먹거린다. 들먹거리는마당에 돌어서서는 까딱하지 않어도 자기차례다. 그러니까 대복이는 꼼짝 없이 지겔 지고 나가야 한다. 그 먼놈의 논구텡이로 사뭇 혀바닥을 빼 물고 꾸벅 꾸벅 가야 한다.

그래 할수없이 지게 곁으로 가긴했으나, 그러나, 가본게 큰탈이다. 글쎄 왜 이렇게 큰놈의 함질 질머 주는것인지, 안해의 심통머리가 아무래도 눈꼴 시다.

"아, 함지가 이밖에 없드나?"

그런 다음에 그는, 자기 같은 사람은 그짓말로, 열도 더 들어앉을 함질 멀건히 보며 시무룩해진다. 지고 논엘 갈 생각을 하니, 논이 발바닥 밑에 있다드래도, 한숨이 날 차례다. 허나 가깝기만 하면, 사내 대장부로서 뭣이 어려울거냐고 대복이는 여긴다. 그러나 고개가 넷이나 되고 돌각담 진창이고보니, 더구나 비가 피분 뒤인데는 넘어지기가 체껑 쉬울것보다도 꼭 넘어져야 한다. 그래 대복이는 몸뎅이채 메태질을치고 끙끙거리는 자기 모양을 그려보고 쓴 입맛이다. 그렇더라도 짐이나 가벼우면 또 날 말이냐. 이놈의 지게까지가 밤새도록 비를 맞었으니, 지겐들 성할턱이 없다. 밀빵에 물이 잔뜩 겨먹어 대관절 팔때기부터가 들어가 주질 않는다. 무릎팍을 땅바닥에 비비적거려 온통 새잠뱅이에 흙투성이를 했다. 별 오물랠가지로 밥이랑 반찬이랑을 냅다 처담은 함지실은 지게를 안해년이 화당탕 몰아세우는대로, 가까수로 걸머메이고 사뭇 염병앓는 소리를 낸다. 대복이는 꼭 울상이다. 울고 싶은걸 안해년의 둥쌀에 참으려니, 거운 처량한 심사다.

아닌게 아니라, 이놈의 해가 한껏 따겁다. 어느 모로 뜯든지 조반 전이라고 할 사람은 자기 밖에 없다. 수꿋거리는 대가리의 농잎이 바작바작 오그라지고 대관절 보리밭에서 완연히 더운 김이 몸을 삶는다. 대복이는 벌써 더워 죽는다. 얼굴이 확확해지며 그는 흐르는 땀물을 쭈욱쭈욱 빨아 먹는다. 쇠파리가 온통 뒤끓어 더 따겁다.

—옘병할, 더워 살겠노?—

동내 앞에서들도 모두 마냥모내기들에 한창 눈깔이 드집혔다. 쫘악 둘러서서 온통 죽는소리로 악들을쓴다. 그 서로 잡아먹으려고만 드는 꼴이란, 허리가 부러져야 한다. 뭣 때문에 저렇게 끼룩대는지 알수 있다니 안된다. 모조리 그머리한테 뜯겨서 찔찔 울기나 했으면, 그 꼴이 보고싶으다.

그런중이긴 하나, 저기 있는 분이의 엉덩판은 참 예쁘다. 고년 꼭 껴 안어 주었으면 좋겠는데, 도무지 본척않는다. 접대밤에 막 붙잡으려다, 대복이는 그대신, 뺨때기만 한번얻어맞은게 고작이었다. 꼭 미워해야될텐데, 분이가 보이기만 하면, 언제든 이렇게 지게한테 잔뜩 결박을 당하고 있으면서도 만상 고개가 아프지 않다. 그러니까 제안해년은 잘 예뻐지지가 않는것이다.

동리 앞턱에 커다란 정자나무가 있다. 온 동리 사람들이 만일 이 정자나무가 벼락을 맞을 지경이면, 즈 아버지 내 쫓는 놈이라도 귀신 죽었다고 통곡일거다. 똑 산채 같은게 시원한거라니 멱 감는 때다. 고개겸 마루턱이라서 바람이 좋다. 게다가 그늘인데야 더 좋다.

자길 기다리기나 하는것처럼 우뚝 이 정자나무가 버티고 서 있으니, 쉬고 가지 않는 재주가 목을 뺀대도 대복이에겐 없다. 땀이 흐르다 못해, 이제는 숨이 콱콱 막히고, 다리가 후들후들 떨릴 지경이다. 바로 새것으로 엊저녁에 갈아입은 등걸잠뱅이가 또 어제 비 맞을 때가 되려고하니, 쓰라렵기가 더운것 담이다.

—푸우 이누무 날 사람 잡네!—

그리고 대복이는 저절로 지게를 정자나무턱에다 벗어놓게 되고 만다. 지게를 따악 버팅겨 놓고, 그는 풀을 한아름 뜯어다 좌악 펴고는 제세상이다. 날마다 사람사태가 쏟아지는 여기가, 오늘은 등겁쟁이 하나도 없다.

아규큐우! 하는 지기재 소리와 함께 다리를 망껏 뻗으려니, 그 후련함은, 지금엔 다른 아무것도 싫다. 펑펑 흘르는 땀을 적삼을 훌떡 벗어 쓰윽쓰윽 문질른 다음, 담배를 피려니 목이 마르다. 그는 엊저녁에, 뚜제비에다 간장을 들여붙다싶이 처먹었지만, 여태껏 물 먹은 생각이 안난다.

5.

지게로 간건, 그러나 뭐 밥을 꼭 먹으려고 한게 아니다. 그러나 물을 먹으려고 물병을 꺼내려하자, 타악 풍기는 기름 냄새, 밥 냄새, 닭알 냄새, 막 어울려 나는데는 그는 멋도 모른다. 뱃속에서 창자가 한번 꾸루룩대는대로 그는 그저 한옴큼, 덥썩 밥을 웅켜 입에다 넣은 다음에 본다. 또 한번 집어넣는다. 그저 입에움켜넣는 밖엔 아무 생각도볼것도 없다. 만일 무슨생각이 든 있다면, 자기를 나중으로 떼어돌리고 지금쯤 누른밥을 뜯어 쳐먹고 있을 안해년의 뒤틀린 심사다. 게다가 일꾼놈들을 위해 서방을 굶기다니, 이년은 다른놈들이 죄다 즈 아뱁이란 말인지 모르겠다. 그러니 그년의 넉살머리가 아니꼬와, 심사가 나서라도 그대로 저 무거운 짐을 지고, 꺼벅거릴 까닭이 없다.

더구나 배가 고플 땐 아버진들 쓰잘데 없다. 뭣보담 지금 이렇게 애를 망껏 쓰며 간대도 한껏 가야 늦게 나왔다는 타달일시 빤하다.

그래 대복이는 마냥 밥함지를 들먹거린다. 숫갈로 달랄것 없이, 물을 병채 연거퍼 들여마시며, 나박김치, 지지미, 뭐 닥치는대로 집어세운다. 배가 아니 고프더라도 오래간만에 보는, 이런 좋은, 한턱인데는, 당장 체해 죽는대도, 먹고 볼 판이다. 모두 자기만을 위해 사는 놈의 세상인데, 암만 먹으면 어쩔테냐.

앞뒤의 조심이란 통이 가릴턱 없이, 닥치는대로 퍼 먹으니, 밥이 반쯤이나 없어질 무렵에 배가 잔뜩 불러오는지라, 스스로도 엉뚱하다.

—어어 배가 터지도록 묵었네!—

이렇게 생각을 하며, 트름을 꺼억꺼억거리니 세상만사가 다 내것이냥 후무룩이다. 이렇고보니, 배가 너무 불러 이젠 일어나려도, 배창주가 사뭇 곤두 서 숨이 막혀 일어 날 재비가 없다.

잠시 배를 문지적거리며, 숨을 돌리고 나니, 또 다시 걱정인 것은 아침에 졸린 잠을 깬 턱으로 졸음이 갑작스리 몰려 온다. 몸을 꿈쩍할 기운이 죄다 달아나 버렸다. 인제는 무턱대고 잘 것 밖에 없다.

—에라! 그까진.—

이왕 있던 바에야 조금쯤 더 늦으면 어떨거냐. 더구나 어째

피 밥은 가주가야 늦었달거고 또 모자랄거니, 소용없을진대는, 그리 급할 것도 없다—고 그러니까 그는 좀 더 쉬어가자는 이 맘을 먹고는, 벌떡 들어누운데까지는 괜찮았다. 그러나 잠이 그다지도 심하게 올줄이야 예산에 없었으니, 알 재비가 뭐냐. 그는 어느 겨를엔지도 모르게 네 활개를 곤장맞은 놈처럼 처억 늘어트리고는, 제맘대로 코를 드르렁거렸다. 적삼도 내 동댕이친채로 괴침을 엉뎅이까지 내려까고는 그는 낼 모래까지도 아니 일어날 작정이다.

언제가 됐는지 그가 알턱이 없다. 그는 잠을 자면 통히 세월을 아니 따지는게 자랑이다. 또 시간 같은걸 구구로 따져볼 필요도 없다. 자면 그저 고만이다. 다 자기 세상이고 어쩌다 좋은 꿈을 꾸거나 할 지경이면 생전 굶어도 좋다. 분이를 만나다 깨서 그는 울어본 적도 있고, 그래 그는 오래 자는게 즐겁다. 기둥에 기대서라도 곧잘 자는 버릇이 있다.

6.

대복이가 깬것은 한나절이 꼭 넘었다. 아까까지는 그렇게 푸성하던 그늘이 지금은 쪼랑쪼랑 조악볕이다. 얼굴이 언제부터 타 죄었는지 일어나니까 뚝 조청을 디려 문대긴것 같이 팽팽 켱긴다. 그러나 해볕이 따거워서 일어났다면 잠 많은 그로선 말이 안된다. 실상은 그의 아부지가 밥 나올 때를 기다리다 못해, 기어코 수상쩍은 생각을 품고는, 시잉하니 내던 모춤을 집어던지고, 와 봤다. 지게 위에 함지박은 터엉 비었는데 그 위에 쇠파리가 새까맣게 들끓고, 자식놈은 저만침, 햇볕에서 냅다 코를 골아댄다. 아부지는 너무도 어이가 없어 말 한마디 제대로 내일 여미가 없다가, 너무도 기가 복받혀 대짜고짜로 지게를 메 동댕이치며, 그 지게를 버티었던 작때기로 대복이의 엉덩판을 그대로 후려때렸다. 대복이는 마악 즐거운 꿈을 꿀듯꿀듯하다가, 엉덩판이 별안간 떨어져 나가는판 같었으니, 아니 일어나면 무슨 수냐. 벌떡 뛰쳐 일어나 헤슴츠레한 눈을 비비적거려 보니 똑 받으려 뎀비는 황소같은 아부지 대가리가 따악 자길 노려보고 있다.

마냥모 때는 누구나 눈코 뜰새없이 바쁘다. 그래 그들은 서로 노려보고 있는 그동안에도, 여기저기서 모내노라고 왁작거리는 사람소리, 맹꽁이 소리를 들었다.

(文章, 1939.7)

나그네

1.

고향을 나온지 삼년입니다. 그는 이미 송진사의 막내아들이 아니었고 귀엽다 하는 도령님이 아닙니다. 집을 나오는 그 다음날서부터 그는 벌써 뜨내기 품팔이꾼이 아니면 남의집 머슴이었읍니다. 다비를 신고, 농닢모를 쓰는때가 고작인, 그는 히망없는 길을 가고있는 사람입니다. 남에게 '해라'소 리를 하지 않는 대신으로 언제나 '허우' 소리를 못 듣든 사람입니다. 그는 세상에서 가장 적적하다는 사람이 아니면 안 되었읍니다.

그러나 그에겐 언제나 고향이 있읍니다. 고향에선 아버지가 살어있고 어머니가 살어있고 형들도 그대로 있을 것입니다. 짧지 못한 동안이라 혹은 그들중에 죽은 사람이 있을지도 모르나 죽는 순간까지라도 그들은 그가 돌아오기를 기다렸을 것입니다.

자기 때문에 그가 집에 있지 않음을 잘 아는 그의 아버지는 항상 마음이 우울할 것입니다. 어머니는 어머니대로 아들을 찾느라고 가뜩이나 흐린 눈이 더 어두워 졌을지도 모릅니다. 그를 사랑해 주던 맞형은 부모들과는 다른 뜻으로도 또한 그의 나간 뒤를 찾고 있을 것입니다. 자기 때문에 죽어진 처녀 순히의 다음으로, 그를 사모 한다는 성매라는 여자는, 혹은 여직껏 시집을 가지 않은 채로 외로운 수물두살일지도 모릅니다. 그리하여 그가 집을 나간 그 날이 새로 돌아오면, 혹은 그들은 제각기 울기도 할 것입니다.

고향은 그의 돌아오는 날을 간절히 기다립니다. 그리하여 가기만하면 언제든지 그는 다시 귀한 진사님의 막내아들일 것이오, 이목이 수려한 도령님일 것입니다.

그러나 그는 고향에 갈 사람이 아닙니다. 고향이 아무리 저를 기다린다 하여도 또 다른 어느 사람이 저를 보고 싶다 하여도, 그는 제가 스스로 간다 하기 전에는 언제까지라도 고향을 못보는 사람입니다.

그는 지금의 그의 생활을 한번도 싫여해 본적이 없읍니다. 싫여했다면 그는 벌써 고향에 있을 것입니다. 허기에 아무리 여러 사람에게서의 천시가 있고 참기 어려운 고생 됨이 있어도, 그건 그의 스스로 바라는 바가 아니면 안 되었읍니다. 그는 한평생 지금의 이 생활을 계속하다가 혹은 다신 고향을 보지 못하는 나그네일 것입니다.

2.

밥 한끼를 얻어먹기 위하여 하루종일 지붕을 이은 적도 있읍니다. 정거장에서 석탄을 실었는가 하면 무당집에서 우물을 파주기도 하였읍니다. 허다가 남의 집에 머슴으로 있기 시작한 그는 작년엔 한 오십리가량 떠러져 있는 어느 마름집에서 살었읍니다. 그러다가 그집이 너무 아니꼬온 인심임을 알게 된 까닭으로 고만 두고 나와 그 다음에 다다르게 된 곳이 이 집이었읍니다.

언제고간에 두 팔과 다리와 남에게 지지않는 몸집을 믿을 수가 있는 그는 결코 마음에 들지 않는 한 곳에 있지를 않습니다. 한번 보아 맞지 아니하면 아무리 저쪽에서 청하는 말을 할지라도 그는 살기 싫다는 말과 함께 그집을 고만두어 버립니다.

전 집에서 나와 그곳에 친히 아는 동무를 만나보고, 읍내 장터에 함께 나왔다가 알게 된 것이 이번 이집 주인이었읍니다. 그의 동무는 마침 부탁을 받은데가 한군데 있어 잘 되었다 하며 주인 될 사람의 소개말을 이렇게 하였읍니다.

"보면 저절로 알게 될 일이지만, 참 좋은 사람일세."

과연 동무의 말대로 호사스러운 차림은 아니었으나 구지레한 데는 찾어 볼수 없었읍니다. 아무리 보아도 날카롭지 아니해, 흐뭇한 생각으로 그는 노인을 믿을 수가 있었읍니다. 히고 커다란 얼굴바탕에, 더북한 수염이 퍽 젊잖은데다 목소리 또한 조용하였읍니다. 그는 노인을 여러번이나 만났던 사람처럼 아주 마음이 늣거워졌읍니다.

그러나 동행하여 새집으로 가자할 때 그는 비로소 노인이 병신인 것을 알었읍니다. 한 가다리가 몹시 아푼듯, 그 노인은 두 발자욱을 띠어 놔야나 겨우 그의 한발 사이를 뗈을만 하였읍니다. 그나마 그는 두발을 띠어 놓아도 빠르다 하지 못할 거름에, 노인은 겨우 한발 거름걷기를 애쓰는 것입니다. 지팽이의 의지하여 겨우 몸을 움직이는 노인의 얼굴은 그때 쓸쓸하였읍니다.

그는 잠깐 머뭇거리지 않을수 없었읍니다. 이런 사람을 따라가다가 혹은 후회되는 일이나 없을까 하였읍니다. 그러나 그는 걱정할 것 조금도 없이 이 노인을 위해 그집에서 살고자 마음 먹었읍니다. 노인은 이런 말을 그에게 한 것입니다.

"보슈! 이렇게 병신이되니 거름조차 통이 걸을 수가 없구려. 허, 병신 보다 더 불상한 사람이 어디있겠오? 그저 사람은 튼튼한 시절 뿐이오! 허!"

3.

낯 모르는 개들이 짖어 대기에, 온통 고올이 빠지는 듯 하였읍니다. 여기 저기서 여펜네들이 오줌을 주느라고 논밭으로 매우 분주하였읍니다. 주뎅이가 새까맣고 얼굴에 범벅처럼 개흙칠을 한, 어린애 서넛이, 왼통 길을 막은채로 작난들을 치고 있었으나 그들이 오는 것을 보고는 그대로 다라나 버렸읍니다.

주인집에서도 누렇고 큰 개가 무섭게 짖어 대기 시작하였읍니다. 농닢모를 들커버 쓰고 조고마나마 보따리를 들은 시꺼먼 사람을 향하여 개는 세상껏 짖었읍니다. 그러나 어쩔 줄을 모르는 상 짖어대던 개도, 주인이 점잖이 손짓을 하자 어느듯 꼬리를 휘젓기 시작하였읍니다. 시굴의 개는 언제나 주인에게 순했읍니다.

"먼길에 더웠으리다. 저 시원하게 마루로 가슈."

노인은 앞서서 개나리꽃이 봉올진 사랑퇴를 돌아 그에게 마루를 가르쳐 주었읍니다. 반간통에 두간 기리로 놓인 옛날식의 퍽 두터운 사랑마루는 한쪽에 새끼기게를 놓은채 과연 시원하였읍니다. 나뭇가지가 가만히 있는데도 바람이 있는 듯한 여기는 그리하여 온동내를 늘 나려다 볼수 있었읍니다. 아지랑이속에서 지린내를 풍기는 보리밭에는 연성 닭의 떼들이 두릉댑니다. 앞 큰길에서 주정뱅이꾼들의 뒤퉁마진 방아타령이 들리고 그 소리를 따루는 어린애들의 욕지거리도 들렸읍니다.

이마에 땀 방울을 씻으며 다비를 벗고 대님을 끌르는 동안에 주인은 수건과 대야에 물을 떠 가지고 손수 절룸대며 나왔읍니다.

"세수허슈! 더운덴 그저 물이 그리운 것이니. 올엔 벌써부터 더위구려! 허!"

가르쳐 주는 방으로 들어가 그는 두간이나 되는 자기 방이라는데에 먼저 항송하였읍니다. 장판이 아닌 대신에 도짜리가, 새루 깔려 있었읍니다. 벽도 낡지 않었고 반자로 모양이 고았읍니다.

문 사이로 보히는데 뜰이 넓고 안마루가 사간은 되었읍니다. 안방 건넌방이 다 시원하고 부엌이 크고, 암난 보아도 적은 집이라고 할 재비는 없었읍니다. 과연 커다란 대문이게 모다 넉넉하였읍니다. 등넝쿨이 기장대에 설긴채 아직 푸를 날은 멀었으나 안 마당에 퍽 어울리게 보혔읍니다.

헛간에 볏섬이 아직까지 쌓여 있었읍니다. 일은 봄답지않게 채곡채곡 볏섬이 놓였는 것으로는 자못 부유한 집안이기도 하였읍니다. 참새들이 대여섯마리 날러와 앉어있다가 쑤욱 내미는 그의 머리에 그대로 날라가 버립니다. 둥어리속에 들어있던 암탉이 새소리에 놀라기나 한것처럼 꼬꼬댁거리며 튀어나왔읍니다. 혹은 알을 나려던 닭이라서 정말로 새소리에 놀랐는지도 모릅니다.

주인과 딸 하나와 학교 다니는 열두살 먹은 그의 동생이 이 집 식구 전부의 수효입니다. 그 까지 쳐서 네 식구, 큰집답지않게 적적한 집안이라고도 할 수 있었으나 그러나 그것이 이 산간에 조용한 운치일 것입니다.

4.

자유로운 몸이 못 되는 이번 주인은 오히려 지나치게 친절하였읍니다. 주인은 아픈 다리에 손수 일을 못하는 대신 온갖 일을 그에게 다 매끼기 시작 하였읍니다. 그리고 주인은 자식이 하는 일처럼 그의 하는 일을 근심하여 주었읍니다. 함께 있는 동안이 길어짐을 따라 주인은 그를 믿기 시작하였읍니다.

그리하여 급작스러운 손님에 밥이 모자랄때라도 있으면 주인은 기어코 자기가 굶었읍니다. 혹은 그가 머리라도 아퍼하는 날엔 어디서 살피든지 좀 쉬어하라는 말을 빼놓지 않는 것이 주인의 인정이었읍니다. 이면치레가 아니었으매, 온갓 일에 주인은 과연 다정하였읍니다.

그도 한 개 사람이었는데는 감사한 마음을 지나친 적이 한두 번만이 아니었읍니다. 언제나 객지에 있는 단지 혼자의 몸이매 더구나 그 고마움을 깊이 느끼게 되었읍니다. 자기만을 아는 세상에 이 노인은 그에게 다른 감격을 주었읍니다. 그는 언제 죽드라도 남의 은혜를 생각할 수 있을 때까지는 이 노인을 잊을수 없을 것입니다. 아버지를 생각하기 훨씬 전에 그는 노인을 생각할 것입니다.

5.

그러나 그는 결코 한곳에서 늙을 몸이 아닙니다. 고향을 나올때에 가장 큰 맹서가 이미 돌아다니는 몸이었는데는 그는 너무 긴 동안을 한곳에 머무를 수 없읍니다. 바른 말로는 그는 날마다라도 집을 옮기어야 옳았읍니다. 주인의 정은 정대로 간직하면서 그는 있은 동안을 비웃어야 합니다. 또한 이때까지 그랬음에도 틀림 없었읍니다.

그러나 정이 한 사람에게 만이 아닐 때에 그는 마침내 괴로웁게 되었읍니다. 맹서보다 더한 다짐이 있었다드라도 필경 그는 괴롭고야말었으니, 오히려 그런 다짐이 있었기에 그는 더 쉽사리 괴로움을 느꼈읍니다. 주인의 딸, 그가 주인의 딸을 먼저 사모할 까닭이 아닌데엔, 주인의 딸 옥이가 그에게 다른 정을 보이기 시작하였읍니다.

아버지가 덕이 있는대로 그 딸도 마음이 아름다웠읍니다. 뛰어나게 이뿌다거나 한 얼굴은 아니었지만, 아버지를 닮아 시원한 바탕에 부드러운 눈을 가졌읍니다. 물론 쌍까풀은 지지않었으나 곻은 살결은 동리 총각들의 한숨짓는 말대로 시굴에 있기 너무 섭섭하였읍니다.

말 없는 중에 옥이도 그에게 친절하였읍니다. 일을 하고 돌아오면 가끔 세수물을 떠다주고 부채를 찾어주군 하였읍니다. 더웁다하여 문을 모기장으로 발러주고 요사이는 손수 군불을 때어주고, 동생것과 함께 이불까지 펴 주는 때가 있었읍니다. 등잔이 마를 만 하면 옥이는 그의 손이 가기전에 가득히 석유를 부어 주었읍니다. 모든 일에 그를 위하는 옥이는 한 남편에게도 더 잘 할 수는 없을 것입니다.

그는 그것이 옥이의 착한 마음의 까닭이거니 하였읍니다. 그렇게 밖엔 달리 여길 수 없었고, 옥이도 또한 처음엔 그랬을 것임에 틀림 없었읍니다. 그리하여 그는 옥이 아버지에게와 함께 고마움을 느꼈을 뿐이고 또 얼맛동안은 늘 그 맘이기도 하였읍니다. 그러나 마침내 그의 마음이 움직이지 아니하면 안될 날이 돌아오게 되었으니 열달이 지난 어느날 밤이었읍니다. 달이 환하여 불을 켜지 않고 누었어도 갑갑하지 않을 때에, 주인

이 손수 찾어 나왔읍니다. 벌떡 일어나는 그를 연성 도루 누우라 손짓을 하며

"불을 켜지 않을만두 하구면."

주인은 거북한 다리를 꾸부리지도 못한채 겨우 앉어서 이런 말을 하였읍니다.

"괜히 묻지 않을 말이긴 하지만, 성수의 고향이 이 충청도는 아니지?"

"……."

6.

그는 하인 된 사람의 거이 본능으로 혹은 제게 무슨 잘못이 있었지나 않었는가 하였읍니다. 왜랄것도 없는 것이, 한발을 띠이려도 지팽이를 찾기 전에 부축을 바라는 주인입니다. 그런 불편한 몸으로 까닭 없이 사랑 방까지나와, 무슨 말 끝도 아니게 그의 고향을 물을 리는 있을상 부르지 않었읍니다. 그렇기에 잘못을 책망하는 순서로, 혹은 그런 말을 끄내기도 할수 있을 것입니다.

그러나 그는 지난 열달동안 무슨 일을 저질렀다고 느껴지지 않었읍니다. 언제나 그는 바른 말을 하고 싶기 까닭에 혹 무슨 실수로 잘못이 있었을땐 곧 주인을 찾었던 것입니다. 주인은 주인답게 시원히 웃어 버렸고, 성수는 성수대로 다신 일을 그르치지 않었읍니다.

오히려 그는 언제나 씩씩하게 그리고 부지런히 일했읍니다. 그리하여 논만 거운 한섬지기가 되는 커다란 농사를 혼자 도맡어 하면서도 어려운 빛을 띠인 적이 없었읍니다. 여든섬의 추

수 그것은, 주인의 힘이기 전에 그 한 사람의 수단으로 쌓인 것이 아니면 안 되었습니다. 큰집이 좁아라고 쌓여지는 볏섬, 볏섬, 작년까지 두 사람의 일꾼을 두었는데도, 일흔섬 추수였다는 농사입니다. 단지 혼자 몸으로도 두 사람의 힘을 지나친 그는, 과연 무슨 때에든지 남에게 진적이 없었습니다. 그리하여 주인이 사 달었다는 높은 종은 어느 새벽 빼 놓지 아니하고 그가 치고 있었습니다.

7.

그는 고개를 숙이고 퍽 난감하였습니다. 무슨 까닭으로 새삼스러운 말을 하는지, 아직까지 바뿌기 그지없는 때에 삭전을 준다거나 할 까닭도 없는데는 혹은 잘못이 없다고 믿어지는 반면에 뜻밖에 과실이 있는지도 모릅니다. 그대신 허긴 좋은 말을 해 주려는지도 몰랐습니다.

그러나 아무리 궁금하드라도 그가 고향이 경기돕니다라고 제 스스로 입밖에 내일 수는 없었습니다. 그는 객지에 있는 동안 언제나 제 행색을 숨기어야 합니다. 제 본색을 말 하게 되는 날 그는 다시 고향을 찾어 스스로 돌아가야 합니다. 그리하여 그는 국어를 가끔 쓰게 되는데에도 적지않은 위험을 느낍니다. 그는 입을 담은채 아무 말도 못 하고 주인의 다음 말을 가만히 기다리고 있을 밖에 없었던 것입니다.

한참동안 그를 굽어 보던 주인은 좀 어색한 기색이긴 하였으나 종당은 입을 열었습니다.

"나는 성수를 한 집안 식구로 꽉 믿고 싶어서. 내 눈이 틀리지 않을진덴 아니 누가 어데로 보든지 성순 귀한 사람이야. 결코 일에 있어서만 아니지! 그래 아무리보아도 객지에 떠돌사람이 아닌데 그것부터 이상해서 묻는 말이지. 성수는 아직 혼잣몸이겠지?"

8.

그는 차차로 주인 얼굴에 떠 올르는 숨길 수 없는 흥분 된 빛을 보았읍니다. 그리하여 그는 제게 대해서의 아무런 꾸지람도 아니라는 것은 느껴지기도 전에 주인의 끝의 말을 따라 그 말뜻이 다른데 있는 것을 펀뜻 알게 되었읍니다.

그는 열 아홉살 먹고있는 주인의 딸 옥이의 물 길는 모양을 보지 않으면 안 되게 되었읍니다. 서루 마주치게 될 때, 갑작스레 붉어지는 요새의 옥이의 얼굴이 달렀다고 깨달어 졌읍니다. 밖에서 돌아 올 때, 언제나 내다보는 옥이의 고흔자태가 눈앞에 완연합니다.

성수는 눈을 감었읍니다. 그러나 눈을 다시 뜰때 그는 태연한 기색으로 이런 말을 하고 있었었읍니다.

"쥔님 말슴에 황송하긴 합지만 저는 혼자 몸이 아닙죠. 고향이 실상 말슴대로 경기돈데, 편모와 안해하고, 지금 그러니까 네 살 먹은 딸년이 하나 있읍죠.

그 전에는 그저 그런대로 지나다가 부주께서 돌아가자 갑자기 생활이 골난 해져서 이렇게 떠 돌아 다니며 돈을 뫄 가지고 들어간다고 했읍죠. 소식은 잘 모르지만 그 동안은 어떻게 벌어 먹겠다고 했으니깐요! 그저 그게 남 부끄러워 여적 바른 말슴을 못 드렸읍니다만… 헤, 헤!"

이집에 와서의 첫번 하는 거짓말이 아니면 안 되었읍니다.

그러나 그는 지금에 있어 다른 어느 말이기 전에 이말을 해야 합니다. 자기를 속이는 그는, 아직 그런 경험이 없기에 혹은 참말로 불상한 사람인지도 모릅니다.

"그래? 허!"

곧 이어 주인은

"허지만 그렇진 않을텐데…."

얼굴이 붉어지려는 성수를 다시 한참 동안 물끄럼히 바라보더니

"허긴 그런수도 있는 것이니까. 걸, 통히 몰랐었구면! 그럴진댄 거 안됐지? 허! 용하이!"

그 다음 주인은 다시 부드러운 얼굴이 었읍니다. 조금도 다른 안색이 아니게, 주인은 자기도 경기도가 고향이라 하며, 이렇게 늙고 그나마 병이 드니, 한번도 보지 못한 고향이긴 하지만 어딘지 모르게 지금은 그립다하였습니다.

그리고 주인은 그에게 대하여 처자가 있는데야 오죽 할거냐 하며, 일이 좀 들 바빠지면 한 번 다녀오라 하였읍니다. 그리고 자기 집에 있기만하면, 언제나 과히 섭섭하지 않게 도와 줄 터이니 꼭 처자와 함께 다 오라 하였읍니다. 아무래도 타관은 외로우니, 집안이 좀 번화하길 바란다 하였읍니다.

문 창살에 그림자가 지는 것을 보자

"달빛이 흐려지는 걸 보면 추위가 가까운 모양이지?"

그리고 부축하는 성수에게 몸을 맡기며

"잘 자게! 날이 찬듯 하니."

참말로 하늘에 검은 구름이 오고 가고 하였읍니다.

9.

그 이튿날 아침, 우물길에서 옥이와 마주 쳤을 때 성수는 옥이 얼굴에서 어렵지 않게 울멍거리는 눈저리를 보았읍니다. 그리고 옥이는 과연 그를 원망지게 보았읍니다. 그날 성수는 하루 온 종일 집안에서 울섶을 뜯어 고치느라고 여러번이나 옥이를 만나게 되었지만 옥이는 한번도 웃는 빛이 없었읍니다. 무슨 말을 물으면 옥이는 부드러운 대답이 있기 전에 성수를 본채 실성한 사람인 듯 하였읍니다. 점심도 자기가 가지고 나오지 않었고 저녁상도 역시 동생을 시켰읍니다. 그날 옥이는 마루걸레질 조차도 하지 않었고 쓰레질까지 온종일 동생만 닦달하듯 시켰읍니다. 그러나 군불은 정성껏 때고 있었읍니다. 그리하여 옥이는 성수의 마음에 벌써 괴로운 정이 솟게 하였읍니다.

10.

그러나 성수는 첫사랑을 이미 간직한 사람입니다. 사랑이 어떠한 것인가를 벌써 오래 전에 경험한 그입니다. 그리하여 사랑에 지친 끝이 많은 맹서와 함께 고향을 등진채로 지향 없이 이렇게 떠 돌아 다니는 몸입니다. 부모가 있고 가산이 있고, 배운것도, 지체도 모든 것이 다 가추어 있는 그로서는 달리 부족해 하거나 할 일이 조곰도 있지 않었읍니다.

한 처녀를 사랑하던 그의 한 곬 된 마음, 그러나 그 여자 순히는 간수를 마시고 세상에서 스러져 버리고 말었읍니다. 얼굴에 재주에 다 빠짐이 없으면서도 다못 상놈의 집안에 태어 난 그 죄가 컸읍니다.

그 처녀 순희의 말대로, 집을 진작 그와 함께 나왔더라면, 자기는 지금 혹은 행복되어 있을지도 모릅니다. 아무래도 지금의 그는 아닙니다. 그런 것을 성수는 너무도 어리석게 부모를 기다리었읍니다.

마침내 그는 안된다는 순희의 말을 듣지 아니하고, 아부지에게 제 심정을 호소하였던 것입니다. 그는 제 신념에 그릇이 없음을 알고, 또한 부자의 의리를 믿었읍니다. 그러나 아버지는 성수의 말에 한편이기 전에, 과연 순희의 말이 맞었읍니다. 그런 상놈의 집안과 혼인을 하다니, 우리 집안이 그래 그렇게 망했느냐는 벌써 첫 한마디 부터가 호령이었읍니다. 다시 그는 그후부터 사람의 이목을 벗어나서 순희를 만날 수 없게 되었읍니다.

그후 보름만인날 저녁에 순희는 간수를 세 사발이나 마시고 피를 토하며 죽었읍니다. 그는 자기 사진 한 장과 피를 흘려 또박또박 쓴 슬픈 사연을 성수에게의 아니, 이 세상에의, 최후의 선물로 남겼읍니다. '님이여 나를 이즈시렴닛가'라고 떨리는 글씨로 쓴 성수의 사진을 품고 죽은 순희는, 그러나 성수를 위하여 아무도 원망치 않고 즐거히 열 여덟살에 죽는다 하였읍니다.

그리하여 성수는 표연히 집을 나왔읍니다. 어느 조용한 달밤에 그는 잔디도 푸르지 못한 순희의 무덤에 가서 가을 밤을 짧다않고 울었읍니다. 새벽녘이 가까울 때, 성수는 이미 동리 마루턱을 넘고 있었읍니다. 밤 이슬에 그의 몸이 호졸근히 젖을 때 그는 송진사의 막내 아들이 아니라 '김성수'입니다.

그는 순희를 언제나 못 잊습니다. 오히려 순희의 면모가 더욱 간절한 푼수로는, 아마 죽기까지 그 한 여자를 찾어 헤매일 것입니다. 그의 다라나가자는 말을 안들은 자기를 후회하기 위해서 그는 언제나 떠 다닐 것입니다. 상놈이라고 순히를 물리친 아버지를 반항하기 위해서 그는 한생전 이렇게 천한 머슴일 것입니다.

11.

그는 마음을 그리 쉽사리 작정하지 않는대로, 한번 먹은 마음을 굽히지 못 합니다. 한번 먹은 마음을 끝까지 행하기에 죽어도 애를 씁니다. 그러다가도 마음대로 되지 않을양이면 차라리 몸을 내던지는데에 사양이 없읍니다. 여차하면 자기 마음과도 싸와야 할 것입니다.

옥이의 태도는 확실히 다른 생각이 있는 그에의 수집음일 것입니다. 그가 성수를 보고 먼저 얼굴이 붉어지던 때 그는 이미 성수게 향하여 '주인아씨'가 아니며 성수는 그에게 있어 한 개 '일꾼'이 못됩니다. 옥이의 눈에 비최인 성수는 모름직이 씩씩한 사나이, 잘 난 사나이가 아니면 안 되었읍니다. 결코 '일 잘하는 일꾼'만은 아니었을 것입니다. 과년한 처녀의 순정, 그는 자기 아버지를 통하여 어느날 성수에게 다른 말을 하려 하였을 것입니다. 동기와 연유는 성수의 알바가 못 됩니다. 옥이는 성수를 사모했음에 틀림 없을 뿐입니다.

그러나 성수는 한곳에 있을 몸이 아닙니다. 죽은 순히가 아닌 다른 어느 여자도 생각할순 없는 몸인 것입니다.

그리하여 성수는 더 오래 있다간 아무래도 되지 않겠다고 생각하였읍니다. 저도 젊은 몸이매 까딱하면 제 마음조차도 잃어야만 할 것입니다. 더구나 순정으로 대하는 옥이에게 끝까지 무심할순 없읍니다. 허나 옥이는 웃음을 파는 여자도 아닌 것과같이 또한 한번만 볼 수 있는 여자가 아닙니다.

만일 일이 다 가는날엔, 그는 한사람의 싱거운 몸으로 한 생전 늙게 될 것이오, 고향을 떠난 아무 보람도 없어집니다. '성수'라는 사람은 차라리 파멸일 것입니다.

그리하여 성수는 비록 눈앞에서 옥이가 죽는 한이 있드라도 그를 부뜰지 말어야 할 것입니다. 언제까지라도 성수는 그와 인연이 멀어야 할 사람입니다.

그는 괴로움을 느꼈읍니다. 이때까지의 수양이 전부 건품인가 하였읍니다. 옥이도 괴로웠을 것입니다.

12.

그는 모든 저의 심중을 다 주인에게 고백할까 하였읍니다. 그대로 가 버린다는 건 그를 위하여 주는 주인에게의 배반이 아니면 안 되었읍니다. 자세한 이야기를 하고 주인의 허락을 받은 다음 어디로든 가는 것이 그에게 있어 가장 큰 도리일 것입니다. 설사 허락이 없을지라도 제 도리만은 지켜야 할 것입니다.

그러나 그는 그런 말을 할 수 없는 몸임을 잘 압니다. 어디로 보든지 그는 입밖에 아무말도 내이지 못합니다. 불상한 주인을 두고 어찌 갈 것인가는 둘째로 옥이의 얼굴을 봐서는 차마 할말이 없읍니다. 그에게 있어진 큰 책임은 끝까지 제것입니다.

그런일이 있은 그 다음날의 또 다음날밤, 달은 아직 없으나 별이 다정한 밤에 그는 조용히 누였던 몸을 일으키었읍니다.

그리고 옥이의동생 명식이의 책상으로 가서 그의 산술공책과 짧은 연필을 꺼냈읍니다. 자기가 가르켜 줄때 손수 수짜를 쓴 낯익은 공채과 연필입니다.

간단한 이야기를 정성드려 쓴다음 그 종이장을 뜯어 한번만 접어서 책상 한 가운데다 놓고 그 우에다 연필을 누여놓았읍니다. 초겨울의 싸늘한 바람이 문풍지를 울리자, 까물까물 하는 등잔불에 그의 그림자는 넋을 잃었읍니다. 그리하여 그는 마침내 한 개 죄인입니다.

그는 한참동안 벽에 기댔읍니다. 조용하지도 못한 머리 속에서 옥이의 입매가 나타나고 지팽이 짚은 불상한 주인이 보히고 소가 보히고, 산, 개울이 나타나고 순히의 피흘리는 얼굴이 완연하였읍니다. 그는 고즈넉이 몸을 일으키어 옥이 동생에게 걷어 내찬 이불을 덮어 주었읍니다. 그리고 그는 저도 모르는 겨를에 히고 누이를 닮은 명식이의 얼굴에 입을 맞추고 있었읍니다.

13.

그는 한곳에 있을 몸이 아닙니다. 그 몸에서 마음이 없어 질때까지 그는 언제나 떠 돌아 다니는 나그네일 것입니다.

(文章臨時增刊, 1939.7)

사공(沙工)

1.

나룻배다. 뱃사공 첨지가 뱃깐에서 연성 쓰레질이다. 모지랑 싸리비 끝에 거슬려 진흙물이 연다라 얼굴에 튄다. 그냥 손등으로 문대기며 그는 가래침만 타악 뱉는다. 텁석뿌리 수염에 침방울이 설킨다.

쓸고 뿌세미로 구멍을 트러막는체 하고는 아주 노상 앉었다. 강변을 내다 보다 담배를 피어문다. 성냥불이 확 퍼지자 첨지는 또 언짢은 심사다. 앉어 첨지는 자꾸만 처량해 지는 것이다.

따지면 십년이나 사는 나루턱이다. 난데는 아니지만 시방은 고향이다. 배도 남의해로 있긴 하지만 제것에 지다니 말이 안된다. 손수 함께 걸어 저만 팔년째 젔는 나룻배다. 다 떨어져서 곤창이 돼도 역시 없어질 때까지는 제것이라야 된다. 마누라도 없는 홀아비는 천생 날마다 길드리는 이 배가 제일이다. 저 담엔 배다.

배를 쥔이 팔았다. 으레 저는 머물러서 사공일수 있을 거라야 옳지만 새로 산 홍초시가 고집통 심술패기로 소문 높다. 될

거나 안 될거나 꼭 제 맘대로다. 인정이라곤 당장 죽는대도 못 갖는다. 다른 놈을 사공으로 갈아 들인다고 말해 놓고는 죽어도 고만이다. 무슨 까닭같은건 도무지 없는 채로 그냥 모조리 고집이다.

별 수 없이 첨지는 쫓겨나가게 된다. 홍초시가 죽기전엔 딴 도릴 애초에 찾지마는게 옳다. 오늘 온다나 낼 온다나가 보름째다. 오늘이거나 낼이거나 자기는 이 배를 젔지 말아야한다.

그러나 갈수가 없다. 누가 기다리고 있단대로 물리칠 판인데는 아무도 없는 호래비는 죽어도 고향에서 죽어야 한다. 시방이 교향을 떠나는 날은 갈 데가 땅속이거나 물속이거나 하여만 될 것이다. 굶어도 걱정 없고 언제까지라도 여기만 있고 싶으다. 사람은 젓개 놓고 배와 강이 정들어 있다. 정든 다음엔 죽어도 떠나기 싫다. 사람들까지라도 다 친해 놓았고 보면 저는 여기서 한생전 뱃사공이라야만 쓴다.

그런게 도리가 없다. 남은거라곤 떠나게 될 날을 기다리는 것 밖에 없다. 홍초시한테 가 빌어 볼 생각이 진작부터 굻었으나 초시의 고집보다는 우선 어쭉지 않게 여기서부터 할 것이기에 틀린다. 그렇다고 덕분을 바란다거나 하는것은 처음부터 어리석다.

허는 수 없어 최영감에게 빌어댔다. 초시하고 동무는 최영감밖에 없다. 가서 잘 말해 달라고 보기만 하면 절이다. 오늘도 이따가 건너갈 때 둘러 말을 해보매서 시방 기다리는 참이다.

그러나 영감도 그턱이다. 밤낮 보고 부탁인데도 밤낮 잊어버렸다거나다. 정신이 사나워도 분수가 있을 지경이면 영감의 심통도 도무지 배틀렸다. 아니꼬운 생각이 번번이 굻는 것을 그러나 참으려니 질색이다. 쪼고만 키가 왼걸 깝쭉대기만 한다. 그따위나마 믿어야 하니 나오는게 한숨이다.

그런데다 설혹 말을 해줘도 안 된다면 더구나 큰일이다. 십상팔구는 또한 안 될것이 빤한 노릇이기도 하다. 그렇다면 여엉 틀리고 만다. 암만 태평이려도 처량한 심사가 된다.

두대째 담배를 피었어도 여태 안 온다. 영감이 갤르거나 자기가 급하거나다. 제가 급히 구는지도 모르지만 금방 나온댔고 보면 꼭 영감이 버릇대로 길르다. 엉덩이만 달랑대고 걸음조차 제대로 걷지않는다. 얼른 와도 별순 없지만 하옇든 알고 싶으니까 급하지 않을 재주도 없다.

호연 꼬투리가 자꾸만 부푸러 올라온다. 연기는 안 빨리고 댓진만 찔꺽거린다. 몇 번 빨아대이다간 보지도 않고 담배통을 눌러댄다. 대통에 손꾸락만 되알지게 데인게 안꼈이지만 그는 그대로 앉어서 골도 안난다. 손을 얼른 귀에다 대다못해 그냥 엎디려 물에다 담거버리고

"체!"

했으면 고만이다.

여섯대째 담배를 부치려다가는 기어코 일어선다. 말뚝 그림자를 보아도 실컨 끼우러졌다. 영감을 찾어가봐야 할 것보다도 우선 따거워서 더는 못 배긴다. 농닢모자를 훌렁 벗어 물에 휘갈겨 쓰고는 그는 배를 뛰어 나오며 엉뎅이의 흙도 털 생각이 없다.

어실렁거리고 기어올라오다가 점심 가지고 갔던 삼돌어머니를 건니어다 주고 나니까야 그제야 달랑거리며 나려오는 영감의 모양은 담뱃대를 그냥 길게 빼물고 잠뱅이를 엉뎅이까지 홀딱 나려 깠다. 새깟만 한 갓을 뒤통수에 대룽대며 부채를 코밑에다 대고 까불락거리는게 천생이 할미새다. 별명대로 그냥 송사리다.

도무지 아무런 내색도 없다. 어찌됐느냐고 꾸벅대일 지경이

면 무슨 소리냐고 되돌따 호령일 파닥찌다. 안 올 때까지 무거웁던 심사는 그대로 트집으로 변할밖에 없다. 첨지는 무턱대고 골부터 내는게 순것을

"거, 어떻게 됐읍죠니까?"

그냥 웃는 얼굴로다. 참으려면 첨지는 얼마든지 웃는다. 천생이 골 내는건 죄다.

"해! 참, 해!"

담뱃대를 쏙 뽑으며 어린애 손바닥만 밖에 아닌 발을 콩 글른다. 갓이 대룽대다 아주 홀라당 벗어진다.

"행! 요놈의 갓이?"

할때 첨지는 기가 질린다. 저런 작자를 시킨 자기가 도무지 션치 않다. 저런 따윈 술을 먹여주면 안주내라고 재랄부터 대일 속알찌다. 굴뚝새처럼 새까만 얼굴로 달랑대는 품이 잔기침을 콩콩거리고 또옥 아울렸다. 그러니까 저따윌 믿고 있는건 언제나 자기가 할 일이 없는 때라야 된다.

"제에밀 헐!"

첨지는 주먹을 불끈 쥔다. 저런 늙은이를 그냥 두다니 어디로 보나 될말이 아니다. 애초에 모른다면 저도 애초부터 고만이다. 해 준다 해 놓은 지가 벌써 보름을 넘겨 두고 만날쩍마다 열 한번째다. 해 봐서 안 되면 그건 고맙다고 여겨야 될 일이지만 건성대고 시침을 파는건 업수히 굴어도 너무 넘친다. 그래 왈칵 달려들어야만 될 것이나 그러나 가마니 있다. 허긴 참지 않고 배길 턱이 없기도 하다. 저 영감을 건드리려면 차라리 동내 부군나무를 부러트리는게 옳으니까다. 오두방정이 초시의 심술을 찜찐다.

"조렇게 앙밭고서야…."

욕도 입안으로 내는게 고작으로 첨지는 뒤퉁거리지게 눈만

한번 흘길뿐이다.

조렇게 속알머리가 방정맞고 보면 초시로선 듣고싶은 말이라도 심술일게 으레다. 차라리 말 않았는게 좋을 수가 있다. 구레나룻이 찌끗거리는대로 자갈을 툭 차며 첨지는 영감 건너 주기가 죽기보담도 싫다.

"요놈의 영감, 빠지기나 해라!"

빼쭉 뒷짐을 쥐고 섰는 영감의 엉덩짝을 삿대로 한번 드려질르고 싶다. 배를 만판 휘둘러 댄다. 해앰! 하고 헷기침 하기를 기다려

"고만 두시죠니까, 지가 가보죠!"

한마디 하니 으례 핼낏 돌려다 보며

"해애! 거 마안하이!"

생쥐 이빠리 같은 주뎅이가 발아진채 고개만 까딱인다. 그저 자꾸 주먹이 들먹거리는대로 이젠 제가 즉접 홍초시한테로 가볼 차례다. 백날 기다려도 헷탈일 바엔 두판지사로 제가 가볼밖에 없는 일이다. 차마 어려운 생각 같은건 이제 있을수록 헷탈이다.

한나잘이다. 암만 걸어도 그림자가 없다. 쇠파리가 마냥 장뎅이로 들러 붙는게 똑 헌데딱지 떨어질 때다. 이렇게 더워선 여름이 무서워라도 죽어야 옳다.

숨이 질리는대로 머리가 다 우딱거린다. 땀이 세수하기 똑 참하다. 동리 앞길이라고 미루나무 하나 없는게 날마다 한증속이다. 워낙 별짜들이 많은 동내다.

초시네 집이 뵈자 첨지는 점점 걱정이 크다. 암만 제말을 들어주기 바라지만 첫마디에 호령일시 분명하다. 뭐라고 그리기도 전에 와락 목침을 들썩일 지경이면 할말이 화수분이라도 끝이다. 애초에 오기가 잘못인가보다고 생각이다. 차라리 영감한

테 더 한번 부탁일걸 그랬다고 여겨보나 이젠 별수없이 초시를 제가 만나야 된다.

허긴 귀신도 빌어서 안들을줄 모른다. 그저 뭐라거나 저는 저대로 죽여줍소사 하면 혹은 귀찮아서라도

"경칠놈!"

할지 모른다. 경칠놈소리만 나면 다음은 그냥 빼손일 쳐도 좋다. 으례 맘에 맞으면 경칠놈! 한다. 누가 차미를 한접 따다 일테면 한껏 선사인대도

"허! 이 경칠놈이?"

했는 것이다.

그래 경칠놈, 소리가 나는땐 일은 이미 제맘대로 될 수 있는 것이다. 나우기 어려운 대신으로 나오기만 하면 땡이다. 모조리 안되라는 법이 따로 없을 말이면 잘 말하는데 안될건 뭐냐고 떠억 마음 놓을 수 있기도 하다. 첨지는 눈을 찌긋이 감고 마음을 한곳에 몬다. 조용한 심사이길 기다려

"정성이 지극하면 지정이 감천이라는디…."

2.

심술패기 쥔에선 개새끼까지 늑때다. 놈의 버릇이 동내사람이거나 말거나 그저 짖어대는걸 수만 여긴다. 주뎅이가 코구멍이 덮이도록 홀떡 까진 흉물이 디렵다. 으르렁거릴 지경이면 왼만한 어린애는 기절을 해야 된다. 그러다가도 초시만 보면 사뭇 널부러지니 허긴 되게도 마련이다.

개가 몰려대는 바람에 첨지는 고만 따악 질린다. 대낮에 한 동내 사람을 보고 어쩌라고 저렇게 짖어대게밖엔 가르칠줄 몰

랐을까고, 또 초시의 비백인 누깔이 부릅 뜬다.

가까수로 행낭퇴를 돌아간다. 자빠라져 초시는 으레 거들떠 보지도 아니한다. 자는 것도 아니면서 개가 그렇게 짖어대는대도 도무지 꼼짝할줄 모른다. 심술패긴 천생이 뒤틀렸다.

“나리님, 안녕합쇼니까!”

하니까야 그제야 태극선이 놓인다. 두러누은 그대로 누깔만 이마 너머로 치뜬다. 나리님이라고 들으니까 으레 일어나지 않아도 좋으려니다.

한번 더 절을 하고 될수록 공손하다. 마음을 떨어가며 첨지는 퇴에도 올라가지 못하고 머리를 긁적대인다.

“나리님도 아실 일입죠만….”

한건 꽤 한참만이다. 그냥 마음만 덜렁거리고 도무지 제대로 입이 떨어지질 않는다. 진땀이 펑펑 쏟아져 모가지가 자꾸 쓰라려웁다가 초시가 도로 태극선을 집으렬 때 겨우 말이 나오는 것이다.

무턱대고 살려 달라고 한다. 지금 이 늙은이가 갈데가 어딜 것이며 있기로서니 어찌 가느냐다. 그저 살려주시는 푼수로 여기 있게만 해주시면 삯전이야 있으나 없으나다. 말 한마디마다 절 한 번씩이며 첨지는 거운 울상이 된다.

그리고 속으론 허긴 다른 사람 다려다 삯전 많이 주고 부리는 것보다는 그전부터 있어온 사람, 혹은 돈 안드는 맛에 자기 말을 들어줄지도 모른다고 여겨본다. 마당섶 포도덩굴에서 달킨한 꽃맺이 냄새를 맡으며 첨지 마음은 갈피를 못잡는다.

그러나 초시의 천성이란 심술 빼 놓면 없다. 경우 같은건 억수라도 쓰지 못한다. 죽어도 제 고집이라야 된다.

“으음!”

하고 돌아누울 무렵, 첨지의 마음이 사뭇 몸서리가 나도록 울멍댈때 초시가 할말은 으례 정해있는 것이다.

"허! 시끄럽다니께. 무슨 쓸데없는 말이여?"

이렇게 되면 아주 고만이다. 이젠 빌기 아냐 굿을 해도 안된다. 백날을 서있어도 말대꾸 하나 못들어 본다.

눈을 감고 초시는 그냥 그대로 잔다.

진작 돌아오는게 옳다. 더 있어 쓸데없을 말이면 공손히 절이나 하는게 수다. 코빼기가 저렇게 두드러지고서야 고집이 없고 될 말이냐고 생각이며 첨지는 차라리 한숨도 없다. 콧날이 코뿌리보다도 높다.

개가 무서워 옆길로 돌아온다. 마당섶 답싸리 밑에서 놈의 개가 자빠라졌다. 답싸리 밑의 개팔자가 정말 그럴상하다. 일어나는 나달이면 큰일이니까 집신을 벗어 들고 한껏 도독질 걸음이다.

앞길에 나와선 강으로 나갈 기운이 없다. 몸에 풀이라곤 몽땅 나갔다. 그냥 어디로 가는지 모르는대로 걸어나간다.

낼이든지 모래든지 저는 기어코 저 나루턱에 뱃사공이 아니라야만 될걸 생각하면 눈앞이 쇠 절벽이다. 오늘이라도 새 사공이 오기만 하면 저는 열죽이 있어도 볼일 다 봤다. 그러니까 저는 여기서 조상이 나랏님이라도 시방은 나루턱으로 나갈 기운이 안난다.

기가 꿀리는대론 실상 나가지 않고도 싶다. 나가 쓸데 없을 양이면 심천일시 나가지 마는게 좋다. 그저 널부러져 한잠 자거나 그렇지 않으면 차라리 초시에게 다시 올라가 주먹다짐이 옳다. 첨지는 가마니 생각이다.

"깐놈들이!"

뭣인데 첫마디에 사족을 쓰지 못해야 하나고 뒤틀어본다. 맞닥들어 두드려 패기로 말이면야 상대가 없기로서니 자기가 질 것이냐다. 곧 나는대로 따지면 이왕지사로 분풀이를 못할 것이 없기도 하다.

"그저, 한번 메다…."

동댕일 치는양 주먹을 쥐고는 허공에 휘저어 본다.

그러나 그건, 그런 생각만이라도 들키면 큰일이다. 초시를 뚜드리고 배기는 길을 제가 금방 더 훌륭한 초시로 태나야 된다. 그러니까 암만 서서 멀뚱댄대도 초시를 건드릴 재비는 애당초에 없는 것이다. 뭣 보담도 저절로 무서워지는데는 그저 괭이 앞에 쥐걸음이다.

다른 수는 없는가 따져 본다. 누가 초시를 닥달거려 주었으면 옛날의 콩쥐팥쥐 말마따나 거문암소다. 어떤 놈은 돌뿌리를 걷어 차다가 금테미에 올라 앉었다는데 저도 그렇다면 큰 수다. 그렇긴 고만두고 꼭 되어야만 할 일도 자꾸 뒤퉁구러지니 속이 터진다.

"배 건너어—."

소리가 퍼질 때에야 펀뜻 나루턱에 나왔다. 버릇대로 뱃줄을 걷어올리고 삿대가 저절로 아렛물에 나려온다. 노를 젔긴 하나 언제대로 홍이라곤 술을 먹여 줘도 못날 판이다. 뱃머리가 까딱하단 틀어진다.

뱃전이 철떡 물에 채일 때에는 그대도 사공인 천성으로 팔목에 힘줄이 선다. 울컥 치미는 기운에 따라 첨지는

"흑!"

소리를 내이며 놋목을 잡아 채일 수 있다. 뱃머리가 번쩍 들린다. 물결이 좌악 갈리며 물방울이 높이 튀어간다. 수염이 휘날린다.

첨지는 힘 솟는대로 놋자루를 휘둘른다. 늙음을 잊을 수 있어 그는 자꾸만 힘이 끓는다. 그러나 잠깐뿐이다. 잠깐이 지나

가서 첨지는 고만 타악 풀이 죽는다. 힘이 죄 빠진다. 쏠렸던 뱃머리가 그대로 핑그르르 아래로 기우러간다.

"푸우-"

한숨을 쉬며 첨지는 새로 온다는 사공의 얼굴이 허공에 떠오르지 않을 수 없다. 누군지 알순 없지만, 어떤 놈이든 하여간 시방의 자기로 바뀔 것이다. 여바란듯이 배를 저으며 그는 얼마든지 이 넓은 강을 혼자 떠맡을 수 있다. 강 한복판에서 뱃노래를 미친듯이 부를 수 있을 것이다. 노래소리가 지척에서 들리는듯 할때 첨지는 왼갖 기운을 다 잃는다.

첨지는 미리부터 이가 갈린다. 생각할 것도 없이 어떤 놈이든 자기하곤 웬수라야 한다. 원수 될 놈이면 진각 죽어도 좋다. 첨지는 그가 죽길 바란다. 아니 자기가 때려 죽여야 된다.

첨지는 입술을 물고 다시 팔에 힘을 준다. 힘줄이 또 일어나며 팔뚝이 쇳뎅이 같다. 늙은 빛이면서도 힘은 맘대로 솟아난다. 한참이나 눈을 찡그리며 팔을 흘겨보던 첨지는 그예

"어떤 놈이든!"

배만 건드려 봐라, 하고 부르짖는다. 저만 꿈쩍안하면 배는 생전가도 제거다. 초시나 최영감한텐 꼼짝 못하지만 다른 놈인데야 무서울게 뭐냐다. 뎀비기로 말해선 절 당할 놈은 그리 흔하지 않다. 어떤 놈인지 알순 없으되 절 이길상 같지는 않다. 그저 움찍을 못하게 이 팔을 휘둘러대면 어떤 찌덜배긴들 다라나지 않을거냐다. 아니 주거도 자기가 물러가지 않을 말이면 비록 항우라도 죽이기 전엔 저쪽에서 지쳐 나갈 것이다. 그래 새로 오는 놈이 견디다 못해 다라나게 될 지경이면 날마다 갈아 들인대도 걱정이라곤 없다.

홍초시가 와도 마찬가지다. 초시도 자기가 스스로 가지 않을 말이면 죽이기전엔 별 수 없다. 저만 여기 있으면 배는 한생전

가도 제 것일 수 얼마든지 있다. 이런 뱃심이라면 애초에 근심이라곤 있으래야 없을걸 그랬다고 여겨진다. 아주 더 없이 좋은 생각인걸 여태 못했다.

3.

아침이다. 동도 트기전에 첨지는 벌써 배안에 있다. 또 한번 쓰레질을 하고 모래를 한웅큼 건져 이를 닦는다. 담배를 한 대 피어물고 조반을 지으려 올라오는데 웬 보지 못하던 놈이 수건을 찔뜩 동이고 거드럭거리며 내려온다.

웬놈이 저렇게 부지런한가 여긴다. 허긴 요새 그르조가 한창이니깐 시방보다 더 빨리 일어날 수도 있다. 헌데 저작자는 암만 보아도 지게가 없다. 작대기 하나 없다, 대관절 누군지 알수부터 없다. 허면 밤새도록 걷다가 지금이 나루를 건느게 되는건지도 모른다. 어째뜬 어디로 가든지 부지런하다.

그가 새로 온 사공인줄은 펀뜻 생각이 나지 않았으니깐 으레 첨지는 그렇게 생각이다. 그러나 그 차림이라든지 걸음루가 그냥 나그내 같지는 않다고 여겨질 때 첨지는 얼른 수상쩍은 생각이 나지 않을 수 없다. 담뱃대를 쑥 뽑아 움켜쥐고 첨지는 당황히 물어본다.

"뉘기요? 건너가시랴오?"

말해 놓고 첨지는 가슴이 콱 내려앉는다. 목구멍으로 넘어가려던 침이 걸린채 그대로 도로 넘어 나온다. 그냥 나그내이길 바란다. 사뭇 떨린다. 그러나

"영감은 뉘깁네까? 나 사공될 사람입네다!"

하고 저쪽에서 떠억 버틸 때 첨지는 그냥 그대로 주저앉고

싶으다. 모두 허무러지는 것 같다. 집이 허무러지는 것 같고 절벽이 허무러지는 것 같다. 초시의 얼굴이 보인다. 누런 이빨이 보인다. 죽을 때 기 쓰던 어머니 얼굴도 보이고 달아난 마누라도 보인다. 귀속에서 '닝–' 소리가 난다. 모두 웃었다간 모두 울어대인다. 아우성소리가 들리는 것 같으다. 눈앞이 자꾸만 돌아가는 것 같기도 하다.

억지로 참고 겨우 숨을 돌린다. 어떤 놈이 오던 꿈쩍 않는다는 장담은 그냥 꿈에나 쓴다. 마음은 마음뿐으로 괭이 앞에 쥐 걸음이긴 누구에게나 매한가지니까다. 천생이 허질이다.

눈을 가다듬어 마주 치어다 본다. 가까수로다. 우선 시꺼먼 얼굴에 키가 돛대만 하다. 똑똑힌 안뵈도 누깔이 죄꼬만게 째어졌고 광대뼈가 탁 꾀져 나왔다. 게다가 아가리까지 찢어졌고 보니 애꾸눈이기전엔 첫눈에 백정 놈이다.

자기 몸집의 곱쟁이는 실할 것이고 보면 자기같은건 열이 뎀벼도 못이긴다. 마음을 벼락처럼 먹어도 틀릴판인데 우선 기부터 죽어버리니 될턱이 있을리 없다. 안되는 놈은 자빠라져도 코뿌리부터 뽑아진다고 걸리는게 하필사 저런 무지랭이다. 약골이길 바랄턱은 없어도 이렇게 황소대가린 줄은 참 몰랐다. 허긴 이렇게 새벽에 맞닥들일 것부터 몰랐던 일이다.

그러나 따져보면 키 큰 놈은 죄 싱겁다. 아무리 저렇게 우거지라도 싱겁기만 하면 그만일 수 있다. 싱겁고 약골일지경이면 으레 제 말을 들을거고 안듣는대도 겁날게 없으니까다. 혹은 저렇게 키빼기가 크고 험상이니까 더 잘 싱거울 수도 있다. 똑 그랬으면 한다.

그래 첨지는 또 맘을 크게 먹는다. 무서워할게 뭐냐고 생각이다. 억지로 먼저 큰기침을 하렬 때 저쪽에서 더 앞서서 말이다.

"이 사람, 황태식이라 합네다. 홍진사님의 말씀으로 어쩌녁에 왔외다. 오늘버텀 이 배를 맡게 됐읍네다. 영감이 아마 사공인 듯 한데 내가 오면 가기로 됐다고 합데다. 아침에 나와 쓰레질도 할게 있고 해서 이제 나오는 참입네다."

말을 들어보아 첨지의 맘은 또 틀어졌다. 투야 아무렇던 우선 그 소리가 꼭 보십 깨지는 소리다. 새벽이래서 더 요란하다. 상파대기하고 저렇게 험상은 또 다시 없다. 험상이거나 말거나 힘이 돼지 멱투세길거니 탈이다. 싱겁길 바라기는커녕 시방 보아선 흉악한 놈 중에도 그중 왕이다. 꼭 그렇다.

할말이 없다. 몽땅 기가 빠졌다. 있어도 못 지꺼릴바엔 없는게 차라리 좋다. 버릇이 돼 저절로 대가리가 올라가던 손이 그냥 주먹으로 쥐어진 채다. 침이 흘러 나오는 것도 미처 잊는다.

첨지는 가만히 한숨이다. 이제 남은거라곤 자기의 통성명이나 할 것밖에 없다. 마지막 인사다. 보따릴 꾸려들고 새 중이로 갈아입고, 이제 자기는 강을 건너가는 나그네로 이곳에 다시 나타나야만 옳다.

4.

그러나 첨지가 그냥 올라오다니 말이 안된다. 황태식의 길을 비켜 준채 그는 마냥 그대로 섰다. 우쭐렁거리는 태식의 뒷모양만 뚫어본다. 넋은 하나도 없다.

배로 들어가더니 비를 찾는다. 몇 번 쓰적이다가 쓸리는게 없으니까 비를 내던지고 노를 마추어 본다. 자기는 두손에 한껏 힘을 들여야나 들리는걸 그는 한손으로 밀기에도 그냥 편하다. 노를 마쳤다가 뽑아놓고는 이리저리 뱃전을 휘둘러보더니 화당탕 뛰어나온다. 배가 어찌나 세게 밀려 나가는지 버릿줄에서 저절로 으찍끈 소리가 난다. 수건을 빨아 북북 얼굴을 문지르며 올라오는걸 보고 첨지는 아니나 다를까 정말 장사고나 해본다. 수건을 짜서 다시 이마에 동여매길 기다려 첨지는 겨우 입이 열린다.

“거 오늘부텀 배 저으라고 합디까? 나리가 내얘긴 때루 안허십디까?”

딴엔 한참이나 장을 대고 있다가 하는 말이 해놓고 보니 아주 멋쩍다. 차라리 거, 왜 그리 무지스럽게 생겨먹었느냐고 농을 거는거만도 못하다. 첨지는 제면쩍은대로 수염을 한번 쓰다듬고는 웃을 줄도 모른다.

한번 흘깃 치어다 보고는 황가는 그냥 말이 없다. 그대로 수꿋거리며 올라오다가 딱 코밑에 맞 닥들겨 쾅 낸다는 대꾸는

“그럼 오늘부터 젓기에 내 이제 나왔는게 아닙네까. 진사님이 영감이야길 내게 뭐라고 하겠읍네까?”

그리고 황가는 눈깔이 또 찌그러진다. 그냥 털썩 앉어 담배를 꺼내 부친다. 성냥불에 비최이는 황가는 게다가 군데군데 얼검뱅이로 있다. 볼수록 험상이다.

서로 말 없다. 으례 할 말이 없다. 넓은 강가에 안개만 퍼져 내릴뿐, 느뤼는 흐젓하기 한껏이다. 이따금씩 들리는 횃닭소리도 그대로 바뿌지 않다.

동녘이 터 구름이 걷어지자 민서방이 지겔 지고 나온다. 다 찌그러진 지게면서도 민서방은 언제나 웃는 낮이다. 그래 첨지하곤 늘 동무다.

요샌 민서방이 그중 먼저 강을 건넌다. 친한 사람이 마수거리로 건너게 되면 서로 들 좋다. 민서방을 건니어다 주는 날 첨지는 더 흥이 날 수가 있다.

민서방은 줄창 첨지가 사공이다. 물어볼 까닭은 애초에 없어 그냥 뛰어내려 오는대로

"여, 어, 어서 가세! 오늘은 드링겨리로 몰 찌러 가는데 퍽 늦었서!"

하고 소매를 끈다. 그러나 첨지는 대꾸는 사뢰 웃을 수 조차 없다. 웃는다니 그게 우는상 보다도 더 찌그러지는 얼굴이다.

황가가 휙 일어난다. 볼 것도 없이 버릿줄을 타악 끌러 던지고

"얼른 타시교!"

민서방이 배를 탄 뒤 첨지는 정말로 울고 싶은 마음이다. 눈저리가 시큼거리자 그냥 눈물이 쏟아지려고 한다. 누가 제 맘을 조금이라도 따져준다면, 그는 체통을 가리지 아니하고 쓸어질거다.

슬픔이다. 입때까지 한번도 있어보지 않았다. 마누라가 달아날 때는 그래도 젊을 수가 있었다. 젊었으니까 이담을 믿고 산다는게 시방 이렇게 외로웁고 보면 차라리 그때 죽었어야 옳을게 아니냐다. 한번 죽는 몸은 진작 죽어도 좋다. 죽는 마당에 있어선 오히려 사고무친이 더 편하다. 죽어 까마귀가 파먹든 걸음이 되든, 그런 것까지 상관일건 당초에 없다. 참말이지 죽도록 슬퍼진다.

아직도 적막한 강변에서 홀로 노 젔는 소리만 높다. 안개에 가리어 보이지도 않는 곳에서 그냥 놋소리만 떠나온다. 여니때 같으면 으레 저 노가 자기에게 지어지고, 물소리가 제맘대로 철꺽대고, 생각하면 시방 이렇게 앉었는것 부터가 죽는 신세다.

시름 없이 팔자가 드쇠이다. 앉어 가랭이를 쩌억 벌리고 담배를 찾는 손이 갈피를 잡지 못한다. 담배 연기를 한껏 내어뿜으며

"제에밀 헐!"

흩어진 연기에서 자기 신세를 느끼는대로 그냥 울화가 치받힐땐 다음으로 건너가려는 강서기가 오는 기척도 토옹 모른다.

"안녕 합쇼!"

하고 호리호리한 키에 시악씨처럼 곱다란 얼굴을 방글거릴 때 첨지는 겨우 일어서며 웃는 낯이다. 입이 금방 찌그러지고 눈망울이 타악 불거진게 누가 보든지 울고난 얼굴이다.

"배 어떘죠?"

하니 또 말이 막힌다. 따지면 사공이 갈렸다는 말쯤은 내야 될건대 그런 말은 죽어도 아니 나온다.

가만히 생각에 넋만 죽는다. 저물도록 서서 생각해 봐도 저는 허수애비가 아니면 걸리적거리는데만 쓴다. 그건 승거운 것도 멋쩍은 것도 아무 것도 아니다. 그래도 차마 움직이지 못하는 심정에 안타깝기만 하다. 골이 또 우욱 치미는 대로

"깐놈들!"

해보나 그러나 입속에서 꺼지는 소린 입이 찢어진대도 소용이 없다. 암만 살펴도 째진 눈깔에 우그러들은 양냥이, 황가에게 저 같은건 뎀벼대일 염두부터 잘못이다. 내이려도 차라리 나지 못한다. 그냥 가만히 서서 미친놈 이사 시켜 논것처럼 배 돌아드는대로 먼산만 찾아본다.

담배를 피고 또 피고 움푹한 두눈에 꼭 눈물은 아니지만 차라리 땀도 아니다. 오고가는 사람이야 있거나 말거나 그는 시방 아무런 정신도 없다.

"배! 체!"

중얼대는 소리 마저 그대로 얼빠졌다. 모두 꿈속이다. 그예 그 자리를 움직이지 못한다. 넋 없는채로 왼종일 섰다. 앉었다.

5.

밤이 늦었지만 잠이 안온다. 모기가 들끓어 죽어도 자지 못한다. 이리 굴고 저리 눕고 암만 지직을 끌고 다녀도 도무지 찬 김이 없다. 더웁고 갑갑하고 오늘 밤은 그냥 아궁속이다.

"제에밀 헐!"

첨지는 자리를 걷어차고 벌컥 일어난다. 담배를 먹으려다가 엽낭이 비었다. 펀뜻 생각에 담배도 벌써 아까 다 먹었다. 담배 하나 제맘대로 피울 수 없고 늙으막에 있는거라군 그냥 몸뎅이 뿐이다.

기웃이 내다보면 물 건너 연두봉이 가린다. 날이 흐려 캄캄한 밤에 혹은 저 넘어 제 고향이 있거니 생각이다. 밤 따 먹고 매 맞던 일이 그중 뚜렷해 요니 저를 따리던 분네가 제 안해이기 때문이다. 그러다가 분네는 또 다라나 천생이 한 곳에 있을 몸이 아니었다. 시방은 그도 늙지 않았으면 죽었어야 할게 빤하지만 언제나 그는 젊고 이쁘게 나타난다. 눈을 감고 시름 없으면 첨지는 가만히 앉어 어린애처럼 외로웁다. 무서웁다.

생각하면 평생이 기구하고 그래 이렇게 수염이 뭉수리다. 코를 히잉 풀어 던지며 첨지는 저절로 눈시울이 더워진다. 진작부터 뺨에 달라 붙은 모기를 손바닥이 아니라 주먹으로 뚜들긴다.

달도 없고 별도 안난 속에서 오직 덥기만 하다. 진작부터 흐린 것이 혹은 비가 올지도 모른다.

주저앉어 무릎을 고추 세우고 종지꼽에 깍찌를 낀다. 고개를 치어들고 그냥 한곳을 본다. 지함이다가 수숫대가 높이 솟는다. 점점 더 넓히 퍼져 왼 세상이 죄다 수수밭이다. 다시 캄캄하여지다가 눈앞에 무지개 같은 둥그래미가 솟아나와 떠난다.

가만히 앉었기 한참만에 첨지는 휙 몸을 일으킨다. 엉뎅이 새에 끼인 잠뱅이를 뽑으며 첨지는 또 코를 푼다.

자리를 끌고 집으로 올라온다. 지척을 가릴 수 없는 속에서 보지 않아도 황가가 자빠라졌다. 코 골아대는 소리가 나귀 울음소리다. 가다가 숨이 막히면 깍깍 소리도 빼 놓지 아니한다.

등잔을 더듬다가 팔때긴지 다리목인지 밟았으나 홰액 불을 켜 봐도 놈팽이는 여전히 아가리가 매함지다. 모기가 끓거나 빈대가 있거나를 어느 겨를에 아랑곳이냐다. 발을 밟혔는데도 태평이니 저런 작자는 누가 보던 돼지다. 자빠져 자는 것부터 눈깔을 디렵다 우그리고 토막을 모가지에 걸칠게 개쌍놈이라면 외려 칭찬이다.

툇마루에 걸터앉어 또 한참 생각이다. 모기가 다시 얼굴에 달라붙을 때 첨지는 조용히 일어난다. 그냥 얼굴을 긁으며 될 수 있는대로 발소리를 죽인다.

홍가가 깨면 안된다. 머리맡을 간신히 돌아 시렁에 얹힌 도끼, 까뀌를 끌어내린다. 두손에 한 개씩 논아 쥔다음 불을 끄고 첨지는 또 발소리 아니나게 퇴아래에 내려와 있다. 황가의 코 고는 소리는 그대로 얼마든지 크게 들린다.

앞뒤를 삷히며 문을 나선다. 강가로 나오기에 그는 십리를 걷는 것 같다. 땀이 또 쏟아지나 허턱 더운 때문만이 아니다. 팔다리가 알아지도록 떨린다.

강이 보이자 허어연 물줄기가 한가로웁다. 건너 백사장이 보이는 듯 마는 듯하다. 겨우 꼬창바위가 모소리만 내밀었다. 사방은 그냥 밤이다.

조금만에 강위에선 도끼소리가 퍼져 나왔다. 젖은 나무 패어지는 한껏 무거운 소리였다. 적막하던 강변은 사방 절벽으로 울리는 도끼소리에 가득하였다.

하늘에 구름이 몇 천 겹이다. 그새 빗방울이 떨어져 여기저기 물 뛰는 소리가 요란하기 시작이다.

(文章, 1941.2)

신작로(新作路)

1.

얼룩소를 끌고 지나가면서 돌쇠 정이가 또 대문 중방 기둥에 기대섰는 걸 봤다. 한 발 잔뜩 될 댕기꼬랭일 앞섶으로 넘겨뜨리고 엉언이 연방 꺼벌거리는게 여전히 애를 업었다. 아침 저녁 날마다 지나갈 때 보는 똑같은 모양이긴 한데 오늘 더 늦게 왔는데도 만나진 것이 달랐다. 암만 적게 잡아봐도 늘창보다 한 시간 실히 늦엇으니 그 동안 섰더란 게 짧지않아 미안하다. 애가 자꾸 울어대는 바람에 못 들어가는지도 모르지만 돌쇠 하여튼 정이를 보면 맘 좋아진다. 조 명식이 녀석 편하든지 나쁘든지 그저 아침 저녁으로 업어 내라고 울어댔으면 돌쇠 저한테 똑 참할 일이다. 요새 날마다 매달고 섰는 걸 보면 혹은 때 맞춰 조르는 것 같기도 하나 암만해도 애삼악스럽게 생겨 있질 않아 자꾸 믿기 좀 어렵다. 해서 됨박처럼 뒤로 매달리며 떼쓰는 명식이도 그러니까 귀찮다고 오만상 찡그리는 정이도 돌쇠 그런 모양 여태 보지 못했다. 그래 정이 얼굴 늘상 귀여웁게 뵈지 않을 수 없는데 올에 열 일곱 살 먹더니만 아주 웃는

양 사람 녹인다. 이웃에 살면서 날마다 봐도 꼭 첨 만나는 것처럼 자꾸 반가워, 다른 데로 곧장 갈 일도 우정 정이집 문 앞으로 돌아간다.

밤낮 없이 제가 속 더 달아 있으면서도 돌쇠 언제든지 저이 앞에서 한껏 모른 체한다. 시침 뚝 떼고 곁눈질도 안하는 척, 으레 정이가 먼저 웃어주길 죽어라고 기다린다. 정이 편에서도 어떤 땐 새침할 지경이면 돌쇠 온종일 속 상한다. 그래도 저녁때 돌아오면서 여전히 본 체 안하는 것을,

"왜 너 오늘 성났냐?"

정이 꼭 기다렸다. 싹싹하기가 여간 아니다. 오늘로 말한 대도 지게목다리 부서뜨리느라고 잔뜩 늦게 나온 것을 그대로 섰는 것만 아니라 또 웃어 줘,

(이 기집애 내 너땜에 병 안 날 줄 아냐?)

속 생각 그러나 비칠 것 없이,

"오늘 너 된통으루 욕 먹었다, 인제."

"?"

정이 말 나오기 전에,

"거 기둥에 송챙이 겨가면 욕 먹는 거 몰라?"

"ㅅ피! 욕커녕 재수 있다데, 머."

한번 흘겨보는 시늉으로 입 삐죽이더니,

"뭘 쬐꾸 망게 아는 척 허구!"

"이게?"

왈칵 소리 질러대긴 했으나 마침 정이 엄마 매함질 들고 얼씬거리는 거 같아,

(네까징거 한 뼘이다, 한 뼘!)

소린 하지 않았다. 그러지 않더라도 뭐 싸우려고 한 수작은 아닐테니 암만 제가 싫어하는 '쬐구망게' 소리 들었대도 곧 한

푼 어치 안 낸다. 그러나 놀려댄다는 게 되려 기껏 흉잡혔는 데는 체면에 가만히만 있을 수 없어 즈 엄마 기색에 얼른 뛔 들어가기가 바쁜 등 뒤에다 대고,

"뱁새 죽는다!"

'뱁새'라고 하면 아무 때나 지랄이 나오는 정이, 아닌게 아니라 돌아다 보는 눈, 뱁새 눈 같기도 했으나 그러나 정이한테서 나오는 소리는,

"엄마, 팥 내 타 드리께!"

2.

기섭이네 모 내주고 늦게 나간 값으로 돌아오기가 저절로 더 디었다. 고습도치 영감, 날래 일손 놓려 안하고 기어코 늦게 나온 턱 받아 먹고야 만다. 제 말못 할 수 없는 대로 꼴 베가지고 돌아오려니 반소쿠리 밖에 못 벳는데도 열 나흘 달이 실컷 높다. 부리나케 대섭이네 가 소 찾아 오는데 아니나 다를까 여느 때 같아서는 아랫길부터 마주칠 정이 얼굴 그냥 안 뵌다. 뽕나무 샛길 다 지나가도록 아무 기척 없는 것은 고만두고 마당 섶에 다가와도 달빛만 가득한채다. 고놈의 고습도치 영감 때문에 늦게 돼, 고만 입때 섰던 걸 못 만난게 빠안하고 보니 영감미운 담에는 정일 다시 나오게 해얄테니 힘들 차례다. 잘 가는 소 괜히 큰 소리로 몰아대고 방울소리 크게 나게스리 고삐 흔들어 보는 참이나 한 번 들어간 사람 마찬가지가 아닐 수 없다. 대문 앞을 가도록 정이 그림자 안 뵈어 그냥 줄창 정이 섰던 자리달빛에 더 쓸쓸하다. 정이가 섰을 말이면 꼭 조 옹이 배기에 머리 끝이 닿더랬는데. …아까 뭐 '쬐구망게 아는 척 허

구' 소리 생각나, 한 번 가서 그 자리에서 볼까부다. 삼 년 전엔가 키 대봤을 땐 제가 머리통이 꽉 컸는데 이젠 암만 예산해 봐도 저도 저 옹이배기 턱 밖에 못 닿을 것 같다. 기집애가 올봄에 부쩍 컸으니 뭐….

(이리다가 오늘 밤엔 갈 데 없이 못 보는구나!)

자꾸 섭섭하기 짝이 없다가,

"팥 타 드리께!"

소리가 문득 떠 올랐다. 문 앞에 가서 가만히 들여다 보니 진짜로 첨 보는 구두, 달빛 환한 퇴 위에 콧부리 이쪽으로 내밀고 놓여 있다. 누렇고 빼죽한 게 암만해도 '하꾸라이' 가죽인데 바로 뽐내는 구장집 둘째 아들 구두 따위 열 켤레 덤빈대도 어림 없다. 그까짓 거 뭉뚱하기가 양돼지 주둥이 같은 거 걷어차도 아프지도 않을 것이니까다.

"온다고 하던 즈 오빠 오늘 온 모양이구먼."

뭐 팥 탄다고 한 소리 생각하더라도 하여튼 떡 시방 찌는게 분명한 건 마악 팥 익어대는 내 나는 걸로 알 수 있다. 정이 신발 퇴에 벗어 있지 않은 바엔 떡 찌기 바빠서 지금 부엌 속에 파묻혀 나 아니라 더한 사람이 불러도 못 나오는 모양이라고 믿어지자, 돌쇠 소리 질러 소 몬 것 싱겁다. 대문 턱에서 있지 않은 게 혹 토옹 저녁 때는 나와 보지 않은 때문인지도 몰라. 고슴도치 영감님 욕 안 먹어야 할걸 괜히 먹었다.

"제엔장!"

중얼거리며 꼴짐 한 번 출썩이고 담 모퉁이 돌아와 마악 저의 집 부엌 궁둥이 뵈려는데 뒤에서 짜박거리며 고무신 끌리는 소리 나더니 이내,

"너, 인제 오냐?"

정이 소리가 가늘다. 얼른 뛰어 오느라고 쌔근거리는 숨소린

데 애 업혀 있지 않은 걸로 따져봐선 꼭 절 만나러 우정 쫓아 왔다. 갈데 없이 반가웠으나 그러나 반갑기 전에 아침에 벌컥 지른 '뱁새' 소리 먼저 생각나지 않을 수 없다. 아까 고 흘겨보던 눈초리 빠안하자,

"일테면 온종일이 가도록 기둘렀다 시방 앙갚음하러 오는 거 아냐?"

하루 진종일 풀지 못하도록 골 올려 줬고 보면 분명 미안하기 대단한 일이긴 하나, 앙심 먹고 하지 않은 말 글쎄 여태까지 고깝게 품고 있을 건 뭔가.

"요건 뭐 밴댕이 속알머리두 아니구…."

미안하긴 커녕 외려 얄미운 심사 더 커졌다. 그럴 바엔 이담 어찌 됐든 까짓거 한 번 더 심술 펴 볼까부다. 그래 봤으나 만약 울고 뜯고 할퀴고 즈 엄마 부르고 오빠 부르고, 대관절 그럴 린 없지만 그렇다면 어쩌느냐. 애초부터 잘못 했다고 빌어대는 것이 상책일 노릇으로,

"원 도무지!"

침을 꿀꺽 삼키고 자꾸 가슴 울렁거리며 무슨 말을 첨에 해줘야 한담, 걱정하면서 답답한 예산에 몸 잔뜩 달아 있는데,

"이거 인절미야. 너 먹어."

"난, 또."

돌쇠 저도 알지 못하게 한숨 후루룩 소리 나도록 내쉬며 그러나 얼른 태연스럽게,

"햐, 이렇게 가주와도 너 괜찮아? 느 큰 오빠 왔지?"

"엊저녁에 전볼 치구 아까 점심 먹을 제 왔어. 근데 말야, 너."

금방 괜한 의심으로 얄밉게 여겼던 제 심사 그냥 울고 싶도록 고마운 마음으로 변해지자 아무래도 진정 못하고 씨근거리

는 돌쇠, 한 걸음 아주 얼굴이 맞닿기라도 하라는 듯이 다가보며,

"우리 집 증말 서울루 이사가게 됐단다. 너."

키가 이젠 너, 나보다 더 크겠구나고, 고 떡 주는 고운 손이며, 달빛에 하얀 얼굴이며, 때문에 가슴 꽉 막히도록 뒤범벅이던 돌쇠, 그만 어이가 없어,

"이살 가?"

"뭐 오빠가 올 때 도라꾸꺼정 다 말해 놨대. 낼 짐이랑 사람이랑 한꺼번에 다 간대."

"낼 그렇게 금방 가?"

"낼 한나절만 하믄 죄 시간짐 내갈 수 있을 거 아냐? 오빠가 바쁘니깐 그러지 뭐."

그 소리에 돌쇠 정신 사뭇 뒤집혀, 소가 파리 쫓는 바람에 꼬랭이 얼굴에 스친 것을 여느 때 같으면 그냥 무심할 걸 시방은 미친 듯이 화났다. 작대길 휘둘러 죽어라고 소 엉덩이 후려갈겼다. 갑자기 놀란 소 화닥닥 뛰느라고 돌쇠 고삐에 끌린 채 둬 발걸음이나 끌려 갔다. 소쿠리 안에 얹혀 있는 육모초 줄거리가 떨어져 다빗발에 밟혀지기에 쓰러질 뻔 하도록 미끄러웠다. 인기척이 요란하자 바로 마당섶 개울 속에서 군데군데 끼룩거리기 시작하던 맹꽁이 소리 개구리 소리 꼭 죽은 것처럼 토옹 그친다. 돌쇠 주춤거리며 소 도로 잡아 끌어대자 전찻길, 기차, 마차, 화신상회, '미쓰꼬시', 자전거, 구두, 닥치는대로 눈앞에 서울 장안이 얼씬거렸다. 눈꺼풀이 완연히 뜨거워지며 떡 쥐고 있는 주먹 저절로 콧등으로 올라 가,

"니가 없으믄 내 병 나 죽을 걸 너 몰라?"

하마터면 그렇게 불먹은 소리 꼭 나올 뻔하는 것을 죽어도 그렇게는 할 수 없어,

"서울 가은사 너 참 좋갔구나?"
이런 소릴 내고 있었다. 그리고 나니 저는 일테면 정이한테 한 번도 하고 싶은 말 바른대로 해 본 적 없어, 안타깝도록 제 맘 가리기 힘드는게 차라리 죽어 옳지 않으냐. 빌어먹을, 그러나 제한테의 화풀이 그대로 정이한테로 돌려,
"이놈우 기집애 놀리는 심두 아니구, 뭘 찾아 처먹으러 이렇게 쫓아와서꺼정 남 속 뒤집는 거야?"
떡 준 거 백 말어치 된대도 도로 동댕이 치고 싶어지다가 그래도,
"이렇게 나 위해 새 걸루 훔쳐다 줬는데…."
소 몰아대는 제 소리 듣고 시루 옆에 가만히 앉았다가 즈 엄마 잠깐 없는 새 날쌔게 치마 속에 떡 훔쳐 넣은 정이 모양 완연하자 그냥 그대로 목이 카악 메었다. 아무 상관 없게 절길다면 이사가는 얘기 뭣 때문에 이렇게 쫓아나와서까지 하느냐? 죽더라도 그냥 달려들어 꽉 얼싸안고 울어대고 싶은 것을 지게에 소에 꼼짝할 수도 없는데 그런데 정이 하는 말,
"여기가 좋지, 서울이 좋아? 그깐 데가 뭐 좋아!"
돌쇠의 대답 응당,
"증말 너 여기가 좋아?"
하고 물었어야 할 것을 그러나 돌쇠 자기 예산과는 상관 없는 말을 늘 버릇처럼 하고 있다.
"아, 으째 좋잖아? 그 으리으리한 데가 싫어? 나가 봤을 젠 거기서 살아봤으믄 생전 원이 없갔드라. 집 좋구 길 좋구 일 안허구 하이카라 서방님들 있구스리."
"ㅅ피! 네 따위가 뭘 안다구, 뭘! 이 밥통, 쬐구맹이."
흘겨보며 소리치는 정이 눈, 흰 자위가 없어지며 말간 눈물 큰 눈에 가득히 맺혀졌다. 달빛에 하염없이 번쩍거려 그러지

않아도 벌써부터 울고 있는 돌쇠 참지 못하게 눈물이 났다. 고개를 숙이니 인기척도 없는데 정이 빽소닐 치는 통에 멀리 바라다 볼 기력도 없이 몰래 자꾸 울었다. 손에 쥐여 있는 떡에서 고소한 팥김 솟아, 입에 넣자 배고픈 참에 곱쟁이는 맛 좋았지만 이내 먹기 싫어진다. 담 모퉁이 저 뒤에서 정이 코푸는 소리가 나자 바로 발 밑에서,

"맹!"

맹꽁이 소리 어지간히 컸다.

3.

소를 왱깐에 몰아 넣고 빗장도 지르기 싫은 돌쇠가 됐다. 저녁 먹으라는 걸 그러지 않아도 싫은 판인데 떡 있고 하니까 아주 들여다도 보지 않았다. 엄마야 뭐라고 그러든 말든 대꾸 없이 제 방으로 나와 문 암만 열어 놔도 자꾸 더웁다. 게다가 모기 하루살이 벼룩이 쏠려들어와 한 시도 배겨날 수가 없다. 생각 같아서는 몸뚱이가 불밤송이처럼 돼도 꼼짝하기가 싫은 걸 방 나오기는 어젯밤보다 더 금방이다. 그래도 저 맡은 일 안할 수가 없는 대로 빗장 위로 쇠골 던져 주며, 제 혼인 밑천이라고 자꾸 더 살찌는 놈의 소인들 대관절 쓸데가 뭐냐.

"찌러!"

소리가 헛간이 뒤집히도록 컸다.

암만 곰곰이 되새겨 봐도 오늘 아까 만난게 정이 하곤 영 고만이다. 밤 지나 금방 낼 넘어가면 아무리 넋두리에 내장이 뒤집힌단들 무슨 수로 정이가 뵈냐.

"서울 가서 네 생각 꼭 허께."

소리 같은 걸 통 못 들어놨으니 낼 저녁 때 떠나가는 걸 멀리서 바라다 본단들 소용이 뭔가. 정일 데려가는 까닭 꼭 오빠 때문인 것이 생각나자 그냥 오늘밤에 즈 오빠 죽었으면 싶어졌다. 만약 죽는다면 정이 서울로 아주 없어지긴 커녕 제가 가서 일 도와 주게 될 말이니 더 재우 볼 수 있게 되지 않겠나. 하얀 소복 입은 정이 부엌 마루 내려서며 절 보고 즈 오빠 죽어진 슬픔 더 처량한 모양 꼭 꿈속처럼 아른거린다. 푸우 한숨 나오며 못 된 생각 함부로 해대는 제 맘 자꾸 미워져 차라리 내 미쳐버리고 말까. 그러나 그런 막 된 생각이 끝나자 결국 아까 만난게 마지막으로만 그치지 않을 수도 있다. 해지자 급작히 좋은 마음이 된다.

4.

곧장 친구들 모인 데로 가기 전에 볼 일 제법 있는 체, 정이네 큰 집 마당으로 걸음 빨랐다. 그러나 아주 잘 되게, 채 다 갈 것도 없이 빠지직 구두 소리 나며, 한 번 만나고 싶은 정이 큰 오빠가 쫓아왔다. 일부러 천천히 걷는 시늉 하다가 짐짓 불시에 만나는 것처럼,

"아유, 명식 아부지 은제 오셨시오?"

서로 몇 달만에 만나 두 사람 인사가 형제처럼 정다왔다. 이 말 저말 그다지 길어지기 전에 정이 오빤 으레 이사가는 얘길 하게 돼, 돌쇠 바쁘고 더운 때 짐내기가 걱정이라는 말의 대답을,

"거 지가 낼 별일 없는데 이삿짐 같응 거 좀 날라다 드립죠. 다른 사람들은 요새 마냥 모 때가 돼서 아닝게 아니라 말씸대

루 줄장 바쁘지마서두 즈인 뭐 모 다 내구 일두 정헌데 없으니깡요. 그리지 않아두 낼은 그냥 집이서 뒴이나 치구 쇠괴삐나 드릴령인뎁쇼."

돌쇠 처음부터 하고 싶은 말이면서, 만일 정이 오빠가 이삿짐 내갈 거 다 마련됐다고, 아예 걱정 말랄 지경이면 그대로 기막혀 버렸을 것을 되려 시방 판에는 돌쇠 제가 한껏 인심을 쓰는 셈이 됐다. 시치미 떼고 정이 오빠한테 고맙다는 소리 된 통 돌으며 서울 얘기, 농사 얘기, 난리, 쌀배급, 호떡, 함부로 나와지는 얘기 무턱대고 신이 났다. 개울 건너는데 정이 오빠고 돌쇠고 힘들이지 않아도 뛰어 건널 수 있는 것을 돌쇠 제 기운 보라 하며 부득부득 우겨서 업어 건넸다. 고무신 철벅거리며 물에서 나오니 찔걱거리는 제 신발 소리 억지로 생각하면 정이 오빠 구두에서 나는 삐걱 소리와 같기도 하다.

축동나무 턱쟁이까지 와서 정이 오빠 왕굴모 우거져 있는 큰 집 마당으로 없어져 버리고 돌쇠는 돌쇠대로 곧바로 윤섭이네 집으로 갔다. 억센 일하기에 아주 지쳐 떨어져 곤쟁이처럼 잠들어 있는 윤섭일 깼다. 그렇게 모기 빈대가 들끓어도 생판 아랑곳 없이 자다가 세 번이나 소리지르고 엉덩판 떡메처럼 뚜들기니까야 겨우 눈만 꾸무럭거리며,

"어, 어, 왜 그랴? 이 새꺄."

"말야! 낼 나 느 일 하루 빠지게 돼서 왔는데."

"아니 또 무슨 까닭이람매이?"

채 잠이 다 깨지 못해 있다가 기껀 정해진 일 깨친다는 통에 그냥 정신 풀썩 났다. 드러누운 채 머리팍만 처드는 시늉이던 것을 화닥닥 뛰어 나오며 오줌동이로 달려가더니 오줌 깔겨대면서도 고개는 그냥 이쪽으로 틀어져 있다. 오줌 줄기 제 자리로 못 가고 으레 널판짝으로 흩어지는 바람에 훌떡 내려 깐 배

위로 될 밖에 없어 찡그리는 윤섭이 얼굴 똑 우는 놈 같다.
"사세 부득이 헐 수 없게 됐어. 실상은…."
가만 있자. 다른 핑겔 대는게 쉽지 않겠나? 생각해 봤으나 따져보면 저 이삿짐 져다 줄 건 서낭당 고개 넘어가려면 잔뜩 제 친구들한테 들키고 말걸, 시방 핑게 꾸며대자고 이삿짐관 상관 없는 딴 말 해댈 도리가 없어,
"실상은 명식 아부질 아까 만났는데 낼 이살 간다구 꼭 이삿짐 좀 날라다 달래서 말야."
돌쇠 잠깐 윤섭이가 바질 치켜 올리길 기다리며 그래 느 집에 일 정해 놔서 할 수 없대도 첫 번 붙들린 죄로 생각하고 눈 꽉 감고 좀 봐 달래, 우겨대다 못해 할 수 없이 그러마고 했다고 능청을 떨었다. 그리고는,
"대관절 그렇게 사정인걸 어떡해야 좋냐? 얘."
소리 듣자 윤섭이는 눈 가생이를 문드러져라고 네 번이나 비벼대며,
"이 X겉은 새끼, 대관절 우리 일은 으뜩한담매이? 자식 정이 땜에 괜히 신나서 그리지 뭔 뭐야?"
"자식 딴 소리, 왜."
그래 결국 거뜬하게 윤섭이 돌쇠에게 속아졌다.
"제엔장, 무슨 놈의 일 좀 해 먹을려니깡, 도무지."
잔뜩 두덜거리는 윤섭이 소리 아주 못 듣는 체 남 속여 먹기 하여간 힘들었다. 여름 달밤 훨씬 기울어지는게 빨라 길다랗게 쓰러진 그림자 제 키 삼곱쟁이는 돼 있다. 앞으로 성큼거리어 비틀거리는 것이 연상 무슨 흉물 같기도 해 시방 이렇게 가다가 저게 벌컥 일어나 덤벼들 지경이면 난 무슨 소릴 젤 먼저 낼 것인가고 여겨본다. 힘야 당하든 말든 우선 놀래자빠지기부터 할 것이니, 돌쇠, 종당, 난 힘이 많대야 무슨 수냐? 몸짓 가

만히 가지고 그림자 노려보다 얼굴 쳐들어, 허공 가운데 하릴없는 그림자가 떠있는데 짜장 허옇고 무지스러운 것이 꼭 도깨비 형상이다. 눈을 비비니까야 없어져, 왜 달밤에 그림잘 노려보다가 하늘을 보면 허연 괴물이 나타나느냐?

5.

이튿날이 밝자, 이사하는 날씨로는 아주 맞추게 갰다. 구름이 태평산에만 피어 남쪽 서울로 이사 가는 정이네 틀림 없이 잘 살 징조다. 이왕 가게 될 바엔 여기서보다 더 잘 살아야지…. 동녘 하늘 바라보며 돌쇠 눈 감고 정이네의 복을 빌었다. 서른 간은 되게 커다란 기와집 대청에서 여름인데도 하얀 버선 신고 사푼거리며 아장거리는 정이 모양 뵈어진다. 으리으리하게 차린 방치장, 마당치장 어유 나한테서 떠나가는 기집애 죽어버리기나 해라! 그러나 이런 생각 채 솟기도 전에 집 뒤 동산에서 소를 끌고 풀 뜯어 먹이며, 울타리에 가려서 반만 솟은 정이 뒷 모양 뵈자 무슨 거룩한 일을 해 낸 사람처럼 맘이 너그러워진다.

소가 밤나무 밑둥에다 대고 비게질 하는 통에 이슬이 빗발처럼 쏟아진다. 온몸 흠뻑 젖어지는건 견딜 수 없었으나 세수하고 들어가던 정이 이내 이쪽 기척을 알고 쳐다본다. 이살 가게 되는 때문이지 꽃 수 놓은 수건으로 얼굴 씻어대다 상그레 웃는 모양 아유, 촌놈으 기집애가 왜 조렇게 하얗담! 맘 먹는데 금방 새빨간 얼굴이 된다. 폭닥 수건으로 얼굴 가린 채 뛰어 제방으로 들어가고 나선 다리꼬뱅이가 저리도록 기다려도 안 나온다. 정이 조카애들이 잔뜩 법석을 대며 뛰어 다니자 이젠 기다리라고 일렀어도 가만히 있을 계제가 못 돼 터벅거리며 내려오려니 한숨 나온다.

"도모지 저것 땜에 내 밤새껏 잠두 못 자고…."

아까 엄마한테 제발 더 자라는, 사뭇 야단 맞던 생각 까마득해 그냥 식전부터 울어대고 싶은 것이 꼭 오늘 재수 없다.

소죽 먹이고 아직 조반 멀어 안 먹을 셈 잡고 정이넬 왔다. 꼭 정이처럼 생겨 정이 엄말 젤 먼저 만나,

"아유, 벌써부텀 이렇게 분주허세유?"

미리 꾸벅이고 속 생각으론 그 전에 뭐 이 골 안에서 젤 예쁘다고 소문 났다는 즈 엄말 정말 정이 쪼겨내게 닮았으니 제가 녹지 않고 배길 수 있나. 허기로 말이면 저도 아주 탐스럽게 잘 생겼다고 보는 사람마다 다 귀여워 해 그 덕에 정이도 절 좋아하는 모양이긴 한데…. 그러나 너 좋다고 대놓고 말하지 않는 데는 저도 생전 가도록 속말 못하는 거다.

툇마루는 둘째로 건너방 안방, 함부로 막 들어가도 괜찮았다. 정월에 세배 와본 후 토옹 들어오지 못한 집에 정월 아니면서 또 들어올 수 있는 것도 신통한데 그땐 고작 사랑방으로 몰려 들어 갔더래서 실상 정이 방엔 갈데 없이 삼년만이다. 그때 아무도 없고 정이 관격이 돼 돌쇠한테 밖에 없다고 동네에 소문난 '위산'을 쓰게 되느라고 추운 겨울 밤에 들어와 본게 마지막이었다. 긴 병이나 됐더라면 제 약쓴 사람이라고 병문안하는 핑계 대고 자꾸 들어올 수 있었을 걸 그 이튿날이자 여전히 씁쓸하게 일어나.

"흥, 난 뒈진 줄 알았더니만."

제법 기운나게 눈 쓸고 있는 정일 놀려 대느라고 얼음에 미끄러지던 생각 새삼스럽다.

"제엔장 그때 아주 죽어버렸더라면 시방 이렇게 애타진 않

지?"

반자 도배 그때보다 외려 새 거다. 저는 학교 졸업 맡고 곧장 책상 궤짝 모두 쌀독 팥독 올려 놓느라고 없어졌는데 정인 그대로 더 윤이 나 있다. 방 안만 들어와 봐선 그냥 서울 기와집처럼 반지르르하고 모기장까지 걸어 놨는데는 더할 치장 없다. 기집애, 다른 사람은 헛간에서도 잘만 자는데 요건 도무지 모양도 안달머리스러워서…. 저도 이런 데서 살아봤으면 꼭 좋겠는데, 또 어떻게 보면 못할 바도 아닐 것 같겠지만 실상 생각하면 토옹 안 될 노릇이 아니고 뭐냐.

책상을 들어 내려다 문득 흉계 한 가지 솟아나지 않을 수 없다. 슬그머니 앞으로 기울여뜨려 일부러 서랍이 뽑아지게 하고,

"이게 왜 이렇게 헐거웁담?"

천연스러우면서도 흘깃 안 마루를 돌려 본다. 마침 찬장그릇 꺼내느라고 아무도 이쪽 안 보고 있어 시침 떼고 서랍 속 들춰 대니 갈데 없는 정이 사진 두 장이 있다. 더 볼 나위 없이,

"집어 셔라!"

후닥닥 한 장 집어 넣는 통에 진땀 솟는다. 한숨 냅다 쉬고 서랍 도로 꽉꽉 닫아 넣고,

"아유 이거 더워서!"

반쯤 닫겨 있는 뒷문 타악 여는데 문 뒤에 누가 얼씬한 것 같더니 그대로 뒤꼍으로 뛰어가는 소리다. 깜짝 놀라 활짝 문 열어 고개 내뽑으니 흘깃 기둥 뒤로 없어지는 정이 치맛자락 보인다. 발소리까지 따져봐선 꼼짝없이 정인데 왜 문 뒤에까지 왔다가 아무 기척 없이 달아나는지 생각하기 힘들다. 하여간 들켰더라면 사진 훔치지도 못하고 무안 당하기 첩경일 걸, 들키기 전에 잘 훔쳤다. 아까 사진에다 손 댈 때만큼 가슴 도로 두근거렸다가 한참이나 돼서야 가라앉는다.

열린 뒷문으로 내다뵈는 울타리 밑에, 백일홍, 맨드라미 아주 한창 판이다. 온갖 색으로 어울려 쪼옥 깔려 있는 것이 장님이기 전에야 누가 싫을까 싶었으나, 아무리 정이라도 저 꽃 다 캐가진 못할테니 쥔 없는 꽃들 혼자 피고 있으면 뭬 신기할까. 모두들 떠나간 뒤 터엉 비어 있는 이 방안 이 자리, 다시 시방처럼 이렇게 내다볼 말이면 또 무슨 맘에 하염없을 거냐. 더구나 오늘 밤, 꼬옥 보름달인데, 그냥 이슬 반짝이고 벌레소리 더 처량하다는 생각 밖에 무슨 마음이 달리 솟을 거냐?

조반 모두 정이 큰 집에 가서 먹고 해 깜박 산에 눈부시게 퍼지자 차차 동네 사람들 모여왔다. 모두 바쁜 때를 만나 하루 쉬고 도와주지 못함을 퍽 섭섭히 여기며 그런대로 벌에 나가는 길에 한 짐씩은 짐짝 지고 나간다. 명숙이 할머니는 자꾸 울며 깊은 정을 못 이겨 해, 모인 사람 다 같이 슬퍼지는 마음이 된다. 노란 바가지 짝 꿰달아 오기도 하고 이거 배 아픈데 젤이라고 쑥엿 가져오기도 하고 알뜰한 정성에 정이 엄마도 눈물 글썽거리며 잘 돼 가나 못 돼 가나 고향 떠나는 것 못 견디게 어려운 노릇이었다. 두 눈이 여우 눈처럼 반짝거리는 길보 할멈도 오늘은 와서,

"아이구, 이웃이 없어지니 적적해서 어쩌나?"

정이를 코 흘리는 길보한테 손자 며느리로 달래다가 댓바람에 퇴짤 맞아 평생 거덜나라고 악담만 하던 고 마누라, 오늘 대체 무슨 바람으로 그런 정다운 말하는 것이냐?

6.

나인 적어도 기운 어른만큼 실해 돌쇠 그 중 무거운 뒤지를

졌다. 모춤 마흔단쯤 진 것만 해 맘 내키지 않고서는 누가 이걸 지고 벌판까지 고개 둘이나 넘어 가느냐? 그리고도 짐 실은 소 몰고 가는 판이니 정말 여간 큰 품이 아닌 것을,

"멀요, 까짓꺼!"

아무렇지도 않게 부엌궁뎅일 돌아나와 흘끔 뵈는데 정이가 자꾸만 이쪽을 본다. 그 눈, 강아지 눈처럼 똥그래 있어 혹은 훔친 사진 빠져나와 있지나 않나. 적삼 섶 만져봐도 그냥 깊숙이 있는 채 아무 표적도 없다.

"조 눈깔이 무슨 뜻인지 알 수 있어야지?"

무턱대고 저도 마주 눈 흘겨주니 똥그란 눈 금새 가늘어지며 뱅그래 웃는 얼굴이 사진 훔친 건 모르는 모양이다.

"또 날 죽인다, 조게."

정신 못 차리게 그냥 달아나는 쇠고삘 놓쳐 얼른 발로 밟고는 지겔 진 채로 허리 꾸부릴 수 없어 작대기로 집어 올리기 애를 쓰는데,

"하, 고것들 도무지! 고것들, 참 요노옴!"

눈치 빠르기로 생쥐 소리 듣기 똑 참한 견만이 녀석 놀려대는 소리가 어느 틈에 등 뒤다. 여느 때 같으면,

"자식 젠장!"

이거나,

"조 생쥐 맹랄부랄 해서!"

거나가 대꾸하는 말툰 것을,

"뭐 고것들아? 이 새꺄!"

정말 화난 눈치 벌써 알아 채고,

"뉘가 어쨌어? 짜식 같으니라구."

얼른 와서 쇠고삐 집어 주는 데는 저 화난게 도무지 싱겁지 않을 수 없다. 피익 웃으며 울안 들여다보니 고새 정인 어딜

갔는지 없다.

집 뒤 고개 넘어 윤복이네 밭섶 끼고 친구들의 놀려대는 소리 들으며 건너가면 서낭당 고개가 다가와 바로 눈 앞에 벌판 넓고, 그 벌판 건너 학교가 길다. 운동장 알 느티나무가 학교 높이의 곱쟁인 되게 크고 그 밑에서 애들 마악 '조오까이' 하느라고 라디오 소리 따라 팔들을 휘젓는다. 정이하고 나란히 학교 다니던 그림자가 자꾸 벌판에 서리어 있다.

가만히 앉아 있는 제 뒤로 정이 살그머니 와서 귀뻡아져라고 잡아 늘쿠는 모양 저 애들 틈에 완연하다. 같이 놀고 공부하고 뒹굴고 서로 첫째 한다고 싸우고, 그런 거 한 없는데 이제는 하나 빼놓지 않고 다시 볼 수 없구나. 지나간 일 전쟁처럼 그리운들 뭘하랴!

더운 폭양에 짐 나르기 정말 힘 들어, 논바닥에 거머리 물리는 것 따위는 물 속에 있을 수 있는 것 만으로도 시방의 몇 갑절 시원하다. 잔등이로 얼굴로 자꾸 땀흘러 세술 해도 괜찮도록 젖어 있는 위에 벌판모래 더 팔싹거려 우선 온 몸이 쓰라렵기부터 해 늘어질 노릇이다. 눈 사뭇 아리고 짠물 함부로 입안에 흘러 농립모로 암만 부채질해 대도 줄창 그턱이다.

7.

짐이 다 날라지자 식구들 모두 곱게 차려 입고 나온다. 더구나 첨 봐지는 정이의 모양 실상 비겨 댈 데가 없도록이다. 하얀 신 하얀 버선에 옥색치마, 갑사적삼, 꼭 맞게 해 입은 것만도 기막힌 치장인데 머리 빗고 분 바르고 그 이쁜 얼굴 양산 속에 아롱거리는 건 그냥 꿈 속에서 봐지는 정이다. 중이적삼

네물째 입은 돌쇠 따위 생심 갖다 댈 계제가 못 되니까 저절로 고개 숙이고 절하고 싶다.

"아유, 정분이허구 정이가 있는 호산 다 했구나!"

하는 정이 큰 엄마 소리 바로 옆에서 나는 데도 토옹 아득할 지경이다.

고개 넘으며 동네집 아낙네가 모두 벌판까지 좇아나왔다. 앞으로 먼저들 가는 길 쭈욱 내려다 보니 시방 저 사람들 모두 무슨 맘일까 궁금하다. 진력이 나도록 느린 걸음 답답해 못 견딜 지경일텐데, 여편네들 토옹 알 거 없이 무턱 애기소리 듣그럽다.

더구나 서낭당 고개 밑 길이 좁아진 다음에는 서로 한 줄로 가느라고 앞 뒤 사람이 얘기할 땐 사뭇 산이 울린다. 뭬 그리 할 말이 많을까. 암만 생각해도 그 만큼 했으면 실컷일 텐데 그냥 자꾸 되뇌고 하느라고 끝장이 없다. 아까부터 절 놀려대던 일군들이 두 논에서 기어 나와,

"안녕히들 댕겨 가시교!"

"가끔 내려 오세압죠, 뭐."

인사 소리가 나니까야 젤 수다스런 '호말' 소리가 잠깐 그친다. 그러나 볼 거 없이 도로 여전했다.

다들 커다란 그늘로 숨어지게 되자 여섯째번으로 즈 엄마 앞에 가던 정이 양산 접고 허리 꾸부리는게 뵌다.

"왜 그러냐?"

하는 엄마 말의 대답을,

"버선이 자꾸 거북해. 어서 먼저 가요. 내 좇아 가께."

모두 다아 지나가고 그리고 끝막 돌쇠가 옆에 갈때까지 연방 버선목 잡아당기고 발가락 오물거리고 엎드렸다 일어난다. 그러다가 돌쇠 마악 지나가자 얼른 일어서더니 홱 자기 뒤 가까

이 입 대고 무슨 소리가 났다.

"뭐?"

깜짝 놀라 고개 들었을 때는 머릿 속에서,

"왜앵!"

했을 뿐이지 무슨 소린지 알 수 없는데 정이 더 암말 않고 그냥 뺑소니 쳐 벌써 제 자리에 가 있지 않나!

무슨 고리 하긴 분명히 했는데 너무 뜻밖이 돼서 암만 생각해도 똑똑치 않다. 무슨 '편지'라는 소리가 분명한 것 같은데 편질 어떡한다는 말인지는 도무지 짐작밖에 되지 않는다.

"내 편지 해 주께!"

하는 소리 같기도 하고,

"내 편지 기두르께!"

가 아닌지도 모르겠다.

애가 뭘 알아듣도록 말을 해 줘야지! 답답하다 못해 불컥 부아가 치밀어 그냥 지고 나오는 짐짝 에라! 동댕이 치고 싶으다.

나중엔 바로 저 앞에 가는 귀석 어멈이 더 앞서 있는 귀먹쟁이 할멈하고 바꿔 섰지 않은 것까지 맘에 거슬려온다.

그랬으면 하여튼 정이 소리 좀 더 컷을 지도 모를 걸, 그러나 남나무래면 뭘 하느냐, 저 정신 못 차린 탓,

대가리가 묵사발 돼도 할 수 없다. 그냥 여러 사람 있는 어려운 속에서 그렇게 나마 꾀를 내어 저한테 무슨 얘기든 해 주는 거, 고 사풋이 일어서는 얼굴 모양, 풍겨지는 분내, 모두 한 생전 잊어지지 못할 거다. 여편네들 여전히 떠들었으나 돌쇠 아무 넋도 없는 중이다.

8.

벌판에 다다르니 이삿짐 실은 것이 큰 '도라꾸' 두 대에 모두 가득해 부피가 아주 장했다. 앞차 운전수 옆에 정이 오빠 앉아 내 먼저 가서 부려 놓고 여덟 시 반 기차 대서 마중 나갈테니 그 동안 정이, 느들이 도맡으라 일러 준다. 자동차표, 기차표, 미리 샀던 거 다아 내어주며 여섯 식구 보내는 부탁 빈틈 없다. 정이, 정식이 둘 다 똑똑해 기차 자동차 그까짓 거 타길 걱정이냐고,

"뭐, 오빠 안 나와두. 한 번 가보지 않았수?"

이런 말까질 듣고,

"그래, 그래두 내 나갈테니 까불지들 말아!"

마악 자동차 위에서 짐 다 매고 내려 와 얼굴에 땀 씻는 돌쇠한테 와서,

"돌쇠 오늘 너무 많이 수고했어!"

그것뿐에도 정이한테 듣는 것처럼 맘 좋은 것을,

"자 얼마 안 되지만 어머니 채미나 사드려!"

하는데 얼마 안 되는게 아니라 떠억 오원짜리다.

"아유, 원!"

것도 일 이원 같으면 혹은 모르되, 그러지 않아도 돈 생각 토옹 없었던 걸, 처억 오원짜리 정말 받을 염두 없어 그냥 지게 지고 뺑소닐 치려들었다. 그러나 한 번 내민 손 그대로 도로 넣을 길 없다며 기어코 우길 뿐더러 동네 아낙네까지,

"이사 갈 때 주는 건 암말 않고 받는 법야!"

소릴 모두 늘어놓아 실상으로 받지 않을 재주 없다. 정이 사진 안 들어 있는 이쪽 주머니에 돈 집어 넣어주고 정이 오빠 곧바로 '도라꾸' 속에 몸을 감추고 모두들 인사하는 대답으로

손수건을 내 흔든다. 꽁무니에서 뿜아지는 연기가 하필 정이 얼굴로 퍼져 가는 것이 딱했으나 정이 모르는 체 움직이지 않는다. 왜 그런지 정이 돌쇠 쪽 보는 듯 하다가도, 정작 돌쇠 짐작대로 고갤 돌릴 지경이면 암만 그 서슬에 흘겨봐도 양산으로 자꾸 돌쇠를 가리는 것이 아닌가!

9.

자동차 시간까지 아직 반 시간 남아 있어 그들은 버스 대합실에 가 여전히 들끓었다. 바쁜 농사철이라서 대합실 안 그들 밖에는 그냥 아무도 없는 세상이 되어 있다. 정이 큰 아버지 옆에 돌쇠 걸터앉자,

"돌쉰 언제 돈 와서 서울 가 사나?"

하고 묻는 말에,

"원 어느 세월에요?"

하고 대답하면서 돌쇠 정이가 들으라고 우정 소리가 컸다. 그 전부터 절 귀엽게 여겨주는 정이 큰 아버진 그냥 예사 묻는 말인 줄 뭐 모르는게 아니지만 그러나 시방의 돌쇠 꼭 비꼬는 것처럼 대답 안할 수 없는 것이다. 아무 대꾸도 없으려다 그나마도 가까스로 아오는 대답, 괴롭다. 시간 십분 전으로 다가오자 아까 꼭 '도라꾸'에 짐 실은 것만한 커다란 버스가 왔다. 정식이 형제가,

"와아아!"

소릴 치며 기어 올라가다 그만 미끄러졌으나 울도록 다치지는 않았다. 연달아 정이 엄마 정이 모두 올라가 제 자리 다 한 간씩 모두 크게 잡는다.

"칠석날은 꼭 내려와, 모두. 누름적 부치구 꼭 기둘를 테니."

정이 큰 어머니 친동생 떠나는 슬픔보다 더 처량한 심정으로 눈물 흘리자 이내 정이 엄마 따라 울고 정분이 멋도 모르고 따라 울고 모두 얼굴들 찌그러진다. 정이 큰 아버지만은 그래도 천연덕스럽게,

"올 해는 풍년이 드는 해라, 기찻 속에서 머시매와 눈 마주쳐도 괭기찮게 법이 마련됐다드라. 애들 뭐 너무 얌전 피지 말아!"

코를 찡그리며 이죽거리는 바람에 모두 웃어 봤으나 돌쇤 아까까지 제 얼굴 가리던 정이가 물끄러미 마주 바라보며 눈물 가득히 글썽거리자 그만 그대로 대합실 안으로 뛰어 들어가고 말았다. 그리고 한참 동안 숨도 못 쉬고 먼지 한 뼘 두께는 쌓인 채 매달렸는 저편 벽 불알시계를 건너다 보고 있었으나 암만 생각해도 더는 배길 수 없다. 돌쇠 벌떡 몸을 일으키며,

"나두 문산표 하나 주세유!"

차표 파는 '마도꾸지'에 오원짜리 내던지며 소리를 질러댔다. 하도 급히 서둘러 표 파는 안경잡이 한참 훑어 보고야 거스르는 돈, 표 내주는 걸 돌쇠 돈 세볼 것도 없이 쑤욱 긁어 호주머니에 처넣어 꼭 차 떠나는 시간에 나오기가 급했다.

"돌쇤 또 어디 가?"

으레 정이 큰 아버지가 묻는 것을,

"저도 문산 좀 가야겠시유. 고모집에 갈 일이 있어유. 마침 오늘 돈 있는 김에 아주 갔다 올 영으루요!"

그리고,

"이왕 배웅 나온 길에 아주 한 차에 가는게 좋잖아유?"

말해 버렸어야 더 천연스러웠을 걸, 그러나 알았으면서도 그런 말 못 나왔다. 발동을 시킨 조수 뒤를 따라 찻 속으로 매달

리다시피 뛰어 미처 정이 큰아버지 뭐라고 그러기도 전에,

"댕겨 오겠시유. 엄마 보구 이따 온다구 그래 주세유!"

돌쇠 마악 자리에 가자 앞 머리에서 쿠르룩 소리 더 요란하더니 차 그냥 뺑소니가 시작된다. 속력이 빨라지기 시작이자 앞으로도 옆으로도 바람 몰려 와서 함부로 시원하다. 덜커덩거리며 차가 달아나는 대로 곧바로 뻗어나간 신작로, 앞으로도 뒤로도 자꾸 길었다.

(文章, 1941.2)

옛 성터

세 번째 만날때는 그다지 서슴음이 없이 서로 혹은 세 번이상 여러번 만난 사람처럼 꽤애 친숙하다고 생각되리만큼 늦거운 생각으로 대할수 있게 된 것이었다. 두번째 만났던 것이 일갓집 K씨 집에서의 일이었을 때 나는 누이동생되는 사람한테서 비교적 자세하게 그의 내면 생활에 접근할 도리가 있었던 것이었으니 말하자면 홀어머니의 외딸인 그것부터가 벌서 한개의 평탄하다고는 할 수 없는 숙명적 고적을 깨닫는 사람이리라는 말을 들은데서 알게됐던 인민의 정으로 시초하는 여러가지 독선적 판단을 가질 수 있었다는 말이다. 그런데다 그가 자못 빈번한 가정에서 자라나는, 그랬으면서도 오히려 강한 기억력과 그 기억력을 자알 활용할 수 있다는 자력단정의 소유자였기 때문에 내 누이동생이 다달이 보내주는 학비에의 도움을 퍼억 감사히 잘 받아 간다는 말에 나는 대략 그가 과연 유난히 광채 있는 눈과 더부러 퍼억 날카롭다고 할 수 있는 코를 가질법 하다고 생각되었다. 또 한가지는 나도 거위 그와 같은 각도에 놓고 바라보여지는, 그러니까 나 역시 학비 써 나가다가 급작스러운 예산외의 돈이 필요하게 될 때는 K씨에게 일금 얼마

야의 도움을 받는 사람이기 때문에 그와 셋째번 만날때는 나로서는 이미 완연히 깨달아지는 동무로서의 즐거운 마음으로 그를 만날 수 있었던것이다. '요새원 더워서 전차속이 한증막 같은걸요.' 소리가 아마 첫대목일법한 말에서 시작하여 그날 나는 곧 좀 다녀 온다고 동무와 더부러 약속한 생각이 문뜻문뜻 솟아났는데도 고만 두고 아주 완전히 한가한 일요일인양 그와 함께 퍼억 오랜 시간을 가졌다. K씨 집에서 나와 벌써 어둡길인 사직공원을 나려 설 때 나는 좀더 그와 가까이 장소를 가질 수 없을까 하는 생각보다도 오히려 이 공원 문밖을 나서는 첫거름에서 그는 필운정으로 갈라져 가게되고 나는 그대로 광화문 동쪽으로 나오게 된다는데서 솟아나는 장차의 외로움이 더 크게 느껴졌다. 어두운 속에서 불쑥 유난스럽게 이야기한다는 것은 얼른 생각에 아무래도 조심성스러워 조곰 아까 소낙 비가 왔던 까닭에 거위 소리가 완연하다고 하리만치 떠러지는 빗물방울이 자꾸 내 목에 젖어지는 커다란 느트나무 밑을 지날 때에도 우리들은 아모 말도 하지 않었다. 공원을 다아 지나와 이제는 별수 없이 '안녕히 다녀가십시오.' 소리를 할 밖에 없다고 생각되어질 때 그는 오히려 주춤하는 듯한 모양으로 내게 고개를 돌려 그의 숨소리가 퍼억 거칠다고 들으리만치 가까운 소리로 하는 말은

"시방 곧장 이 큰길로 가셔야하시겠어요?"

"그럼 어는 길로 가야 좁니까."

"한참, 좀 돌아서 가 줍시사고요."

바라다 달라는 말은 차마 입밖에 내기싫은 일이었겠기에 그는 소극적으로 표시하는 자기요구에 내가 과연 무엇이라고 말을, 혹은 대답을 하나 살펴 보는 참이리라. 이 말을 하며 그는 정말 우스워서 그랬는지 혹은 부끄러움을 감추는 여자의 본능

적인 상식에서 그랬는지는 알수 없으되 '호오—' 하는 웃음소리를 두번이나 내이는 것이었다. 잠깐 생각하는 듯이다가 나는 역시 그와 떠러져 걷기싫은 내 마음을 혹은 저에게 설사 알녀진들 어떠랴는 생각으로

"보호병정이 되라는 말이세요?"

나도 웃고 그는 사뭇 앙뜰진 소리까지를 섞어가며 웃었으나 내가 미처 모자 벗노라고 한쪽손에 가방과 책 뭉테기를 껩쳐 쥐었던 것을 도로 한쪽식 갈라 쥐이기도 전에 그는 '네'라든지 혹은 '아녜요'라든지 할법한 그런 순서를 생각함이 없는채로 그냥 먼저 앞 서서 함부로 걸어가기 시작하는 것이었다.

농담으로 시작된 말이었으면서 끝으막에 가서는 저절로 필연성을 보지 않을 수 없게 되도록 내 누이 동생 되는 사람이 한 그와의 결혼이야기가 나로서는 퍼억 진중한 생각을 가질 수 있는 사이가 되고 있었다. 나와 그와를 한 개 부부라는 우리들의 사이에 있어 궁극에의 형태우에 놓고 생각해 볼때, 그는 내년에 학교를 끄치고 나는 후년에 졸업할 마당에서 생리적으로 거위 완성된 남녀가 살 세상에 출발하게 되기 비롯하는 첮지막에 당하고 보면 혹은 그다지 무턱하는 농ㅅ조는 결코 아니리라. 누이로 되서는 나에게도 들리키고 한편 그에게도 들리켜 주면서 그러나 결코 그와 나와 맞대 부치고 할 그런 시기까지는 아니었으면서도, 그 후 그와 나와 자꾸 맞나질 때 혹은 내 누이가 저에게 내게 하던 결혼 이야기를 이미 하고 있는 때나 아닌가 하고 간혹 눈치를 살피지 않을 수 없을 라치면 어느 겨를에 그도 나와 거윈 같다고 할밖에 없는 눈치가 보여지자 우리들은 결코 맞대지게 이야기 들은 일이 없었어도 서로 이미 지금의 눈웃음에 별다른 부자유는 없으리라 할 만치 고작 즐거웠던 것이다. 차차 아무 소리를 서로 할 지경이라도 자꾸 더어 듣고

싶게 되어지자 같은 길을 걸으면서 왜 해필 저앞에 있는 파출소 유리창 살대에 회색 '펭끼'칠을 했을까 하는 생각이다가 나는 문득 옆의 그가 저고리 옆자락에 쯤 떠러진 듯한 '푸라다나스' 잎사귀 하나를 잡아 곧장 던져버리려는지 혹은 얼른 버리지는 않는채 얼마간 그 꼭지대를 엄지손꾸락과 그 다음 손꾸락으로 쥐고 돌르래미를 할는지 채애 알아낼 수 있기 전에

"명선씨, 학교 나오시면 무얼 하실지 내 알아 맞혀 드리지오."

"그렇거세요."

"신문기자."

"틀렸어요."

구두 바닥에 길에 뽑아져 나간 구둣징이 백힐 때 까지 그냥 남이 볼지경이면 서로 토옹 알지 못하는 사람이듯이게 걸어 가다가 오늘 좋은 영화가 나와 저렇게 굉장한 '포쓰터'가 붙었는데 우리 가보지 않으려느냐고 하고 싶은 말을 문득 참고 그의 귀에 내 입을 가까워지게 하고 속삭인 말은

"참, 요전에 이사를 하셨다는데 여태 가 뵙지 못했으니깐 요담 공일날 한번 놀러갈테니 어머님께 인사드릴 때 잘 소개말슴 드려줘야 합니다."

"요담 공일날은 오지 마세요."

"왜요."

"제가 오시라구 여쭐 때 와 주세요."

"글세, 왜 그래요."

"영히네 집(K씨 집)에서 또 만나 주세요, 네? 저이 집엔 제가 오시라구 여쭐 때 와 주세요. 네?"

그 다음 다음날 나는 혹은 명선이가 아무 말도 없었드라면 구태여 내가 가기 쉬운 곳과 훨씬 떠러져 있는데로 이사 햇다

는 명선네 집을 찾어갔을 리가 없었음이 분명할 것을 학교 시간 왼종일 교련과 기계체조 시간인걸 타서 골치가 모옵시 아푸다고 핑계하고 슬그머니 나와 전차 못 타고 부지런히 걸어 한 시간반이나 걸리는 명선이네 집을 찾어 갔던 것이었다. 우선 누이가 가르쳐 주는 홍제정 사십 오 번지라는데가 도무지 가다가 두 번쯤은 쉬어지는 곳이 있어야만 될 것이도록 비탈 언덕인 곳으로 자꾸만 기어올라가는 것이 얼른 왜 해필 이런데를 골라 이사를 왔을까 하는 생각과 함께 혹은 이런데를 매일 오르나리는 사람의 구두는 필시 한쪽으로 찌그러지게 닳기가 쉬울것이 아닐까고 그러니까 요다음 명선이를 만날 때는 잊지 않고 그의 구두를 유심히 살피리라고 작정하는 것이었다. 그의 집에 다아 한 번 분명히 그 번지인것이 틀림 없는것을 살피고도 으레 한바퀴 조심스리 그 집 응저리를 비잉 돌아서 다시 그 집에 다다랐을 때는 안에서 누가 갑작스리 뛰어 나오다가 나를 보고 놀래 든지 하거나 할 지경이면 '아! 이곳에 호옥 화산학교에 다니는 최만호라는 선생 모르십니까.'고 공손히 그런 말이라도 함으로써 내가 그 집에 도적질 하듯 딴사람 모르게 방문하는 비밀이 탈로 됨을 방비하리라 하며 그집 문을 닫았어도 오히려 안 뜰이 빠안히 보히는 조각 조각 떠러진 대문틈으로 가마니 드려다 보는 것이었다. 구태여 무엇을 결정적으로 알아내려고 간 것도 아니것만 또 한번쯤 몰래 찾아 가서 속 시원히 그가 이담에 오랄 때까지 기다리라는 말로부터 생기는, 말하자면 그가 이미 약혼이라도 누구와 더부러 해 놓았다가 바루 도라오는 일요일 자기집에서 만나기로 약속했기에 다른 사람 오기 꺼리는 때문에 오지 말라든가 하는 그런 예측의 결과 같은 걸 화악 알아낼 수 있을것도 아니지만 마악 안에 얼굴을 삐뚜름히 비틀고 한쪽눈으로 드려다 볼때 아닌게 아니라 나로서 얼른 알아진 것은 그 어머니라는 사람이 거문 얼굴과 고수머리에다가 그 우에 퍽으나 뾰죽한 코의 소유자 인것으로 보아 그렇게 쉽사리 딸의 말을 쫓을줄 밖에 모르는 그런 어머니는 아니라고 생각되어 이 다음 공일날 오지 말나는 말의 까닭이 혹은 어머니의 승낙을 거친 다음에 오라는 말의 변형이나 아닌가 하는 생각이었다. 혹은 그집 생업의 전부라고 불러야 좋을법한 토끼 기르기에의 소제를 하느라고 시굴창과 변소와 부엌이 맞다으다싶이 한 좁고 어둡고 습한 속에 사람이 간신히 빠져 나갈 수 밖에 없는 그런 좁다란 통로를 남긴 외에는 토끼장 네 개나 다섯 개로서 꼭 차 있는 그런데서 그의 어머니는 기운 조각이 더 많은 수건과 저고리를 입고 대단히 화 난 사람인양 토끼를 몹시 휘 몰아대다가 푸우 한숨을 쉬고는 마악 자리를 옮기어 일어 서자 나는 저절로 얼굴을 돌려 저 앞 누구를 기다리다 마침 그 사람을 만난 것처럼 휘잉하니 큰길로 다라나는 것이었다.

아무 이야기도 달리 말았더면 물론 몰랐을 것을 내가 누이 되는 사람에게 한 그집 방문한 이야기는 그들이 여자였던 까닭에 더어쉽사리 명선에게 알리워 진것도 또한 그럴 법한 일이었겠지만 그러나 조곰도 명선에게 대해 중상될만한 이야기를 보태기는 새려 될수 있는대로 그저 그냥 가 보았다는 말을 함으로써 혹은 내 행동의 점잖지 않었음에 대한 변명을 한 것으로 끄칠 작정이었던 것이 그 다음 공일날 K씨네 집에서 맞나 자못 어색한 기색으로 나더러 함께 가치 나가자고 해 단 둘이 이야기 할수 있을 때 명선이가 몹시 안타까운 사람인양 숨결을 높이며 하는 말은

"왜 오시라기 전에 저이 집에 오셨댔어요?"

"까닭이 있어 그랬지오."
"암만 하셔도 그건 비루한 짓이세요."
"으쩨 비루한 짓이 돼요?"
그에게 대한 혹은 처음일법한 말로 언성을 높여 그를 바라보다가 엥찬한 북풍이 그의 머리카락을 막우 휘날릴 때 나는 그에게서 어떠한 눈치를 발견함이 가장 옳은지 알아 내일 수 없었다. 좌우간 내게 너그러운 표정이 아니라 쯤은 휘날리는 머리카락을 외투에 손 꼭 넣은채 꼼짝않고 내 버려 두는 것으로만도 넉넉히 짐작할 수 있었으니 도대체 이러한 표정을 가짐으로써 나와 더부러 무엇이 도움될까 생각은 고만두고라도 지금의 이 결정적인 노여움의 마당에서 무슨수로 피해 나갈까 가큰 힘이었다. 이리 되고 보면 나와 명선의 사이에 있는 감정의 교류를 조절 할 것보다 차라리 한 개 여성과 남성 가운데서 어떤 경우에 이런 장면이 일어날까 함을 생각해내어 그 까닭을 피하든지 변명하든지 하는 것이 더어 상책이 아닐까고 생각지 않을 수 없는 것이었다. 치운 바람곁을 피해 약간 해드는 곳까지 나려 와 큰 길 건너 잔디에서 누런 서양개가 뛰어 다니는 것을 한참 바라 보다가
"내 잘못이라면 용서를 빌텝니다. 그렇지만 명선씨 성 나신 걸 난 도무지 까닭 모르겠습니다. 그만 일에 성 내문 이 세상에 성만 내다…."
"당신께선 모르세요, 또 모르셔야 해요."
"뭐얼요?"
"……."
그 후 여러번 나는 K씨 집에 갔었던 것이지만 왜 그런지 날래 명선은 와서 만나 주는 일이 없어 한두번은 꼬옥 약속하지 않었던 까닭에 그가 왔을 때와 내가 갔을 때가 한때가 되지 않

을 수도 있으리라 하였지만 세 번째는 내가 먼저 명선이 어째 오지 않느냐고 누이에게 물어 보기전 누이가 나더러 도리혀 내가 물을 말을 물으며 대답 하라고 하는 것이었다. 여러 가지 공상을 해 보았어도 종내 나로서는 그 까닭을 알수 없는채 나종에는 혹은 욕이라도 한번 해 보는 것이 옳은 일이 아닐까고 생각지 않을 수 없어 누이에게 좌우간 좀 그 까닭을 생각해 보라하고 나는 나의 마음의 초려한 모양을 숨기고저 조차 아니하고 그에게 보채듯 졸라보지 않으면 안 되었다. 그렇지만 누이에게 들어서 알수 있는 것은 그가 대단한 자존심의 소유자기 때문에 일단 수틀려 당분간 오기 싫여 그래 안오거나 그렇지 아니하면 호옥 그 어머니라도 감기로 아파 못 오거나 할 것이라는, 말하자면 나로서도 곳잘 생각해 낼수 있는 그런 이야기 외엔 별로 딴 것이 없었던 것이다.

'넉넉히 가 뵈올 때 여쭈울수도 있는 것을 이렇게 편지로 사뢰오니 용서하라'는 말에서 시작되는 명선의 편지는 그와 헤여져 꽤애 오랜날 나마저 합숙소에서 빌어먹을 홍제정 내 다시 한번 가서 어찌 된 가리를 살필 밖에 없다고 자꾸 작정되는 무렵에 받아졌다.

—돈의 힘 있는 조건 하나 가지고 어머니는 그와의 약혼을 결정하고 또 나의 합의를 독단하였습니다. 내가 어머니 의견의 부당을 처음부터 진언하고 내 단독의 힘으로서라도 학교에서 나오는 날 어머니 봉양은 담당할 수 있습니다라고 말씀 드렸지만 어머니의 재산숭배에의 신앙적인 집념은 종내 나를 울리기만 하였습니다. 선생을 만나 내 진정한 사모를 느낄 수 있으리라 생각 된때 어머님은 내게 왼갓 욕설을 다아 하셨습니다. 내 자살하는 시늉으로 마침내 필운정에서 빠져 나와 홍제정 가장

누추한 집으로 이사할 수 있기 까지는 하였지만 이곳 와서 처음부터 어머니는 실성한 사람처럼 되었습니다.—

—선생에의 지향이 저의 결정적인 운명으로 변천하기 전 저는 선생에의 향념을 잊도록 노력하지 않으면 안될 사람입니다. 선생이 경제적으로 능동적이 못 되는 동안 저는 기엏고 선생과의 인연을 피하도록 애 쓸 사람입니다. 사랑과 결혼을 별체로 생각할 지혜가 차라리 저에게 도움입니다.—

—우리 집에 오셨다고 노여웁게 해 드린 일 어머님과 저와 집의 형편 모르시고 하신 일이시기에 무턱 그리하였사옴 기리 살피소서.—

끝장의 잉크빛이 그전장 씨어진것과 달른 것으로 보와 혹은 몇일을 두고 두고 쓴법한 그런 편지를 자꾸 되 읽으며 또 되 읽으며 나는 그러나 아무리 애쓰고 읽어 보아도 종내 나로서 그 편지 내용을 거부할 수 있는 몸은 될수 없음을 스스로 인정하지 아니할 수 없었다. 곱다란 봉투우에 될수 있도록 잘게 씨워진 글자가 자꾸 허공에 나타나며 나를 혹은 비웃는 것 같은 그런 환상속에 한 동안 두다리 뻗고 벽에 기대인채 있다가 울컥 울고 싶은 생각을 얼른 참아가며 포켙에 편지를 꾸겨지게 집어 넣으면 어떨 거랴 하며 그대로 아무렇거니 꿍쳐 넣은 채 역시 빠른 거름으로 K씨 집을 향하야 줄다름 칠밖에 없는 것이었다.

별로 눈도 오지 않았으면서 퍼억 치웁다고들 하던 겨울날이 한번 비가 나리자 곧장 꽃 피기 시작하는 어느 날 나는 몇일을 두고 해토물 질처귀는 홍제정 고개턱에서 기다리다가 기옇고 명선의 지나가는 모양을 잡을 수가 있었다. 학교 갔다 오는 길인 줄 알고 자꾸 기다리기 몇일동안이던 것이었으나 마악 만나 보아지는 그는 학교 교복이 아니고 그냥 부엌에서 일하다가 나오는양 자기 어머니의 저고리라도 빌려 입었는 것같은 그런 맞지 않는 옷을 입고 신발과 버선 역시 깨끗지 아니한 사람이었다. 만나 첫번에 어리둥절해지는 나를 용하게 그는 그대로 먼저 알아본 듯 나 없었드라면 더얼 질컥거리는 저편 가상사리로 필시 지나갈 것을 부리낳게 나 있는 곳으로 향하야 달려오는 것이었다. 인사하는 그의 얼굴에서 나는 무엇보다도 먼저 데면데면히 혹은 마지 못해 대하는 곤혹의 표정을 살피려 한 것이었으나 그러나 그의 얼굴에 나타난 아주 즐거워하는 기색은 도리여 지난 날 보지 못했던 다정한 얼굴같게 생각되었다. 내가 오이려 면구스러워 목석 모양 머엉하니 서서 무슨 말부터 시작해야 지금의 나로서 가장 적당할까를 자꾸 생각하는데 명선은 한편 손에 들리워 있는 보재기속에서 꽤애 커다란 손수건을 꺼내 내어 제법 땀방울이 솟아 있는 것 같은 콧등을 문지르며 하는 말은

"선생님께 이야기 드릴 일이 퍼억 많이 있어요. 또오 편지 내일려구 벼르던 참이예요. 어떻게 이렇게 여기서 뵙게 돼서…."

"……."

"바뿌시지 아니하면 저 가자고 여쭙는데로 좀 함께 걸어 주세요. 저 지금 문안 그전 집으로 잠깐 가는 길예요. 함께 걸어 주세요."

서로 함께 나라니 걸으며 한동안 아무 말도하지 못하는채 전차에서 나리는 퇴근하는 사람들이 자꾸 밀려 오는 영천 전차길을 들어서는 동안 나는 명선이가 지금 그렇게도 다급한 태도로 내게 말을 한 품으로 보아서는 내가 왼편 바지포켙에 손을 넣어 담배꽁추 끄내는 때문에 한참인 그 동안에 벌서 퍼억 많은 말을 숨소리 높혀가며 속살거릴 것이 분명한데도 옆으로 지나

가는 방갓쓴 상재사람을 한번 흐을깃 도라보고는 도무지 아무 말도 하려하지 않는 것이었다. 가마니 생각하다가 혹은 방금 저가 내게 한말의 대답을 하지 않었기 때문에 이번엔 으레 내가 말할 차례인 것을 기다리고 있는거나 아닌가 해 그렇다면 '내 당신 퍽억 보고 싶었습니다' 라거나 '편지 잘 보았습니다. 퍽억 울었습니다' 라거나 해야 옳을까 하다가 내가 명선을 목을 수건으로 졸라매어 죽여버린다거나 한다면 우선 저 서대문 감옥소에 가서 나도 죽어지리라고 생각되어지자 급작스리 이태 춘이란 분의『영월영감』이라는 소설 끝의 말인 '허어 서른 둘… 호랑이 같은, 호랑이 같은…'이라고 쓴 구절이 솟아오르며 내가 도대채 좀더 용감할 수는 없을까 보다도 차라리 무슨 말을 해야 과연 좋을까 하고 이마에 땀이 솟도록이게 걱정하다가 기엏고 불숙 한다는 말은

"그 동안 별일 없으셨어요?"

"네?"

"별일 없었냐구…."

역시 황혼의 서울 장안은 몬지와 연기가 뒤섞이어 마자 넘어가는 햇빛에 무턱 지저분만 해 가는 것을 명선과 나는 서로 아주 절교한 사람인양 걷고 있다가 물장사가 물지개 지고 지나가다 내 구두에 적지 아니 물을 업질러, 미안하우다 소리 퍽억 크게 들렸는데도 명선은 나도 물장사도 도라보지 않응채 벌서 열 대여섯발이나 먼저 올라가는 것을 나는 그제야 정신 펀뜻 채리고 행촌정 막받이에세 곧장 필운정인 자기 그전 살던 집 가는 길로 나려 갈줄 모르고 저 옛성터 우에 꾸부러진 가지 별로 없는 늙은 소나무가 외따로 서 있는 곳으로 마냥 올라가는 영선의 발자욱을 밟으며 부리낳게 뒤따라 올라가는 것이었다.

(女性文化, 1945.12)

정거장 광장(停車場廣場)

수백명이 아니 수천명이 함부로 널부러져 있는 정거장 앞마당의 밤이었다. 땅바닥에 그대로 자는 사람이 수태 많았고 지게에 기대자는 사람, 집신을 엉덩이 밑에 깔고 자는 사람, 고작가야 가마때기 아니면 떠러진 치마쪼각을 겨우 펼쳤다. 덮개도 없이 잠이 드는 날 밤 이슬이 나려 옷을 적시고 얼굴에 흐른다. 거문 얼굴에 이슬이 한겹 또 그 위에 먼지가 한겹, 또 이슬이 적시고 아침에 일어나면 암만 문겨대도 그냥 꺼멓다. 잠자는 처녀나 어린애의 얼굴은 천사와 같다든가, 그러나 이곳 이마당에 그런 처녀나 어린애를 누구하나 본 사람은 없었다.

등불이 있는 서울 거리가 더욱 안타까웠다— 파리가 불빛을 찾어 얼마든지 몰여 와서는 눈꼽을 핥고 콧속에 들어 가는 것이었다. 오줌 냄새가 바로 옆에서 썩어 나오고, 아니 자기 살과 옷의 땀 썩는 냄새에 절어 차라리 그들로서는 맡아지지 아니하였다. 징 박은 구두ㅅ발 자죽이 밤 하늘에 딱딱이처럼 시끄러운것을 그래도 이곳 이 마당의 지쳐 있는 사람들은 고시라니 잠이 깊어 있는 것이다.

십년 전, 혹은 이십년 전에 이 정거장 마당을 밟으며 기차를 타고 떠 나간 그들은 그때 혹은 자기가 가래침을 타악 뱉았을 그 자리에 해필 집신을 깔고 오늘 누어 자게 되는 것이었다. 그때는 기차라도 타고 만주로 떠날 수 있었으리라. 오늘 육노 삼천리를 걸으며 이곳에 다아 이젠 갈곳도 막힌 길을 그래도 이제나 저제나하며 지나가는 나그내의 드새는 밤이리라.

비가 오지 않는 밤에는 넓은 마당이 있고 축대 풀밭이 있고, 그래도 얼마든지 밤 새기가 편안하였다. 그러나 이 여름철 어느때 비가 쏟아질지 누가 아느냐, 흐린 날 저녁에 개찰구 추녀 밑에 놓여 좁은 자리에서 잠 들기가 힘드는 무렵에는 저편 앞마당 환한 불밑에 얼마든지 빗방울이 튀어나는 것이었다. 장화를 신은 승객들이 함부로 복도 안을 밟아 놓고 우산의 빗방울을 털어 마음대로 자리를 적셔 놓으면 그들은 진창에 앉어 그대로 마르기를 기다린다. 그러나 한군데 안준히 앉어 이 밤아어서 새거라 할 수는 없어 금테 모자를 쓴 순시가 기다란 작대기를 끌고 다니며 얼마든지 그들을 닦달하는 것이었다.

"글세 왜들 다른데로 가라니깐 이렇게 와서 웅성대는거야, 웅성대길! 글쎄 사람 댕기는 길을 그렇게 가로 막고 있으면 어떻걸 작정야!"

그러나 쫓이려면 너이들은 너이들대로 쫓아라, 당장 비오는 밤에 어느 추녀가 자기네들의 몸을 가리워 줄 것이며 어느 사람이 자기네들의 젖은 옷이나마 말리라고 하겠는가. 걸어 가다 길 막히면 섰어야 할 그들은 이곳 정거장 앞의 육십가솔의 슬픔과 경우를 밝힐 힘은 그들이 함께 뫃와 누가 나가라든 버티는 일이었다. 정거장. 이 넓은 집안에 천 가구가 살면 무엇이 좁겠는가, 기차 타려 나오는 사람들을 위해 지은 집이라면 그들에게 조곰만 발자욱을 피하도록 부탁하면 되지 않겠는가. 불과 수무평도 못될 좁은 자리에 뫃여있는 그들에게 유치장이 무슨 겁이며 위협이나 권고가 무슨 덕이냐. 나가라고 작대기 찜질만 하기 전, 서울시에서는 전재민을 위해서 주택을 주선한다고 언제나 외치면서, 그래 이 정거장 앞의 떼거지들은 전재민이 아니고 기차를 타러 나온 승객이란 말인가. 누구의 입이라고 지목할 것도 없이 그들 육십 가솔들은 비 안 오면 밖에서 새우기를 사양할 바 아니로되 비오는 날엔 개찰구 앞에 한데 뭉이기로 굳게 약속되었다. 그리하여 여기서 달리 갈곳 없을 바에는 비오는 날 밤 누가 무어라든 서로 배반함이 없이 얼마든지 이곳에 버티고 살 수 밖에 없었던 것이다.

동도 채 트기전 첫차가 와서 다으면 얼굴에 험집이 있는 삼보에게 곳잘 짐 질 차례가 왔다. 십원을 아침에 벌수 있는 날, 그날은 재수가 좋와 잘하면 백원도 넘겨 벌게되는 것이다. 그러나 날마다 그렇다면 어느 누가 지게 지기를 싫다고 하랴. 비오는 날 연달아 사흘을 놀고 공치는 날이 답답이 겹쳐지는 때는 그전에 오백원의 여축이 있었어도 굶을 밖에 없는 것이다. 마지 못해 같은 경상도 고향이라는 털보더러

"한장만 취해 주이소. 체, 이놈의 문둥이들 우리는 어얄라고 쌀 배급도 몬주노."

"임자 줄 쌀이 서울 썩은줄 아노. 이노무 문둥이들 죄 처 죽여야 되겠심이다. 내 어떤 놈이고 하나 죽여 엄쌔고 말지. 애쓰, 백원 받으소."

저녁에 얻어온 밥을 혹은 썩은 김치 쪼각을 데우려고 벽돌 깨진것을 버티고 냄비를 걸면 채 불을 때기도 전에 말도 들을 겨를 없이 엉뎅이나 어깨 쭉지를 얻어 맞는다. 쟁개비는 발길에 채어 그속에서 밥, 밥이 돼지죽처럼 흩어 진다. 얼른 가서 채 흙이 배기전에 집어 먹으량이면 순시나 순사의 구두발길은 땅에 업찔러진 밥이나 반찬을 군화로 문대기어 흙범벅을 맨들

어 놓는 것이었다. 삼보도 별수 없는 사람, 차에서 나려 우선 얻어온 썩은 밥이나마 냄비를 걸고 데워 먹으려다 냄비채 밥채 욱으러지고 만 것이었고 그리하여 이곳에 뫃여 사는 육십 가구가 죄다 한번씩 혹은 두 번씩 그런 일을 치르고 났다.

밥 얻으러 다니다 개에게 물리고도 호소조차 할수 없는 여인 하나는 어느날 밤 내 살아 뭘하겠느냐 죽으려 가겠다고 사라진 채 한달이 지나도록 아직 소식이 없고 날품파리 벽돌을 쌓다 다쳐 치료비로 던져주는 이백원을 그 자리에서도 모자라게 써버린 아직 수물밖에 못된 젊은 애는 오늘도 그 쥔놈을 가서 때려 죽여야겠는데 다리가 쑤셔 걸음을 못 걷겠다고 누어 있는 것이다. 어디가서 어떻게 천을 텄는지 자기 말노 구루마를 샀다고 하는 털보는 오늘 술 한잔을 톡톡히 얻어 먹고 이곳에 도라 왔다.

"여보, 임자네, 내 오늘 한잔 한거 모르겠심이까? 에, 신이 나시 몬견디겠다."

"또, 어느 술집일 했노?"

"체, 임자 뭘 안다꼬. 들어 보이소. 오늘 어떤 조고마한 애숭이놈이 도랑꼬를 실라꼬 합데다. 네, 하고 다틈질을 처 가니끄네 가회정 가는데 얼마야 하고 반말을 하지 않겠소. 어찌도 괘씸한지 한 대 갈기고 싶은걸, 그대로 참꼬 한 장만 주이소 하니끄네 아, 요놈의 새끼, 한 장 비싸, 이십원 받아, 하고 또 반말지거릴 합데다. 그레 내가 누군줄 임자네는 생각하심이까. 내 이래 뵈도 헌다헌 양반임이다. 그레 대빠람 호령을 하지 않았겠소. 이 괘씸한놈, 넌 네 에미 애비도 없느냐꼬. 아주 그놈 죽이고 나 죽을 작정을 낸 것이오. 그래 고놈인들 별수 있겠심이까. 한잔 톡톡히 내고 대까도 한 장 받고 한 것임이다. 오늘은 재수가 없기도 하고 있기도 하고, 허 취헌다. 하하하."

"거 나도 그런놈이 있은 것을 암말 못해씸이더래."
"이젠 우리에게 남은건 악뿐이오. 그저 닥치는대로 죽이거나 죽거나 그것뿐이오. 안 그러씸이꺼."
"털보 영감, 어지간 허구료. 아닌게 아니라 이젠 죽을 자리가 엄써 못죽소."
모도 잠이 깊은 널부러진 사람들 틈에 앉어 얼굴에 험집이 난 삼보는 안해가 안고 있는 어린애를 아까부터 드려다 보고 있다. 더러운 옷을 입은 애가 아니라 산산이 조각이 난 걸레속에 묻혀 있는 어린애 하나가 그냥 꿈틀대기만 한다.
"암만 해또 이 새끼 죽을려나 보군?"
"죽었으믄사 제 팔짜 좋지."
"거 젖좀 물려 보이소."
"암만 물어 뜯어도 젖이 나오지 않으니끄네 아니 물리지 뭐이고."
"가만 두이소, 그럼. 내일 아침엔 병원엘 좀 데루가 보까?"
"병원에 가믄다거저 보까? 돈이 몇갑절 더 든다는데, 약 사다 멕여도 낫어가지 않는걸 데리고 가 보이믄 뭘 하겠심이꺼?"
"으째 뭘 하는거야? 가 뵈믄 낫어 갈테지 왼말이꼬. 돈두 얼마 더 아니든다는 걸."
이튼날 일찍이 두 내외는 어린애를 등에 매달고 정거장에서 멀지 않은 삼판통 어느 병원엘 갔다. 한참 동안을 그나마도 문밖에서 기다려 그의 처가 어린애를 데리고 들어 가자 병원 사람들은 어린애를 보기보다 앞서 그 어비 아비의 모양의 더러움과 상상도 하기 힘들도록 썩어 나오는 어린애의 냄새의 고약함에 얼굴들을 찡그리었다. 의사는 대짜고짜로 소릴 질렀다.
"아, 그래 어린애를 씻기지도 못했단 말요?"
"씻길 물이 있었심이까? 또 요새 부썩 앓기 시작허니깡 어디

씻길 새가 있나요."

"그래두 병원엘 오려면 어떻거든지 좀 씻겨 가지고 올거지 그래 이런 애를 어떻게 진찰하라구."

물론 '패혈증'이 거원 고비에 차있는 어랜애였다. 그 부모의 말을 들어 볼것도 없이 중독증 호흡을 하며 얼굴에 아무 표정도 없고 잠시 동안에도 열이 불규측하게 높아 있었다. 피부와 염막에 출혈이 여러 군대 있었고 비장이 비대해 있어 벌써 패혈증에 의심을 둘 밖에 없었으나 최후로 혈액검사로서 이제 이 패혈증이 확실히 진단 된다면 그로서 두려울 사람은 그 애의 부모 보다도 먼저 의사 자신이었다. 우선 '스르파민' 주사가 다른것 보다 비싼 것은 치치 않고라도 매일 수혈을 해 주도록 해야 될 것이니 그러려면 우선 입원을 권고해야 할 것이 아니겠느냐. 그 부모들의 능력으로 입원비나 그 외 다른 비용이 나오지 못할줄로 알아질 때 의사는 분명히 민망한 표정의 소유자였다.

"선생님 죽지는 않겠심이까? 대관절 무슨 병이오?"

"뭐 괜찮겠소. 화가 있는 모양요. 약을 줄테니 갖다 써 보슈."

"약을 쓰믄 괜찮겠심이까? 사십이 가까워서 이거 하나 난거요. 살려만 주시면 그 은혜를…."

"글세 이젠 그만 데리고 가도록 허우. 또 딴 환자가 있으니까."

회충제를 한 봉투얻어 가지고 그들은 벌써 어린애가 나은상 고마울 수 있었다. 앵여 약 봉지가 꾸길가바 밖에 나와 신문지를 한 장 주서 고히 싸서 안해에게 주며

"오늘은 벌이 나가지 말구 정거장에 가서 조레나 시키이소. 앨 고쳐 놓구 봐야지 어떻건담."

그러나 그날밤도 그 이튿날도 애는 나아가지 아니한 채 약값

을 삼백원이나 고시라니 내었어도 그대로 보채다 못해 기진하여 있었다. 어린애를 물끄러미 바라다 보던 옆의 털보가 무릎을 탁 치며

"저 서대문에 용한 의사가 하나 있심이다. 낼은 그곳으로 가 보이소. 약값 싸고 병 꼭 낫게 합니다. 낼 그곳으로 가 보이소. 내 다리 삣을 때 그곳 가서 고쳤심이다."

"글세 횟병이라니끄네 이제 차차 날거 아니꼬. 그런나와 여적 돌리지 못하꼬."

"그래도 한 병원에서 수암을 못 보믄 다른데로 가봐야지 어찌 하겐노? 내일 두말 말고 서대문엘 가 보이소."

이튿날 서대문 털보가 가르쳐 주는 병원에 가서 그는 첫마디로 자기 아들은 횟병을 앓는 것이 아니라는 말을 들었다. 그리고 혈액검사를 하는 불과 십분동안이 지나서 그애는 '패혈증'이라는 것을 알게 된 것이었다.

"아니 패혈징이라는게 뭐입니까?"

"피가 썩는 병이조, 살 상처로 균이 들어가서. 이 애는 이쪽 손등의 상처로 들어 간것 같구먼요."

"선생님 아 그런데 그끄저께 삼판통 의사 선생님은 횟배라고 하십데다. 횟배가 아닙니까?"

"횟배요? 아니 의사가 직접 보구 횟배라고 그래요?"

"그집 쥔선생님이 분명허니끄네 그 말을 믿은 게 안임이까."

"하, 하, 알겠습니다. 댁에서 아마 치료비를 못낼 듯 하니까 그냥 애야 어찌되는 아무렇거니 횟배라고 한 모양이구먼요? 요샌 가끔 가다 그런 악착한 의사도 있습니다. 외려 그런 의사가 돈은 많이 벌죠. 부잣집 사람들만 상대 하니까. 그렇지 않고서는, 적어도 의사치고 애를 횟배라고 할리는 천만 부당이조. 애똥 검사도 하지 않았조?"

"똥 검사도 하지 않았심이다."
"그것 보십시오. 그런 때문에 이앨 진작 못 고쳐 이쪽 상처 난 팔목은 잘라야 되겠습니다."
"팔을 잘라요?"
"지금 가서야 목숨만 건져 주면 천행이죠."
그들 내외는 애초에 기가 질려 차라리 말소리가 제대로 도라가지 못했다. 그러나 목숨만 건져 주면 천행이라는 의사의 말, 물론 그날부터 입원을 시키고 그들 내외는 정거장에 가서 자면 무엇이 더 낳을까, 안해는 병원에서 애시중을 하였고 남편은 그 근처 담밑을 헤매며 꼬박 밤을 새는 것이었다.
막상 손목을 잘리운 애를 안고 병원문을 나설 때 그들은 차라리 죽은 애를 들고 나오는 것이 더 마음 편했으리라. 자기 얼굴의 손톱만한 험집도 걸핏하면 늘림까마리가 된 것을 여직도 얼마든지 기억하거늘 팔 병신인 아들은 얼마든지 더 큰 수모와 멸시를 받을 것이 아닌가.
"그냥 되지게 내버러 둘걸 그랬나 보지?"
"원!"
정거장에 나오면 우선 털보가 반갑게 인사를 건니었다.
"어떻십디까. 약값 싸게 받지오?"
"약값도 사게 받고 다른 것도 쌉디더. 그런데 큰일 날뻔 했심이다. 먼저 병원 의사 말만 믿고 횟배약만 멕였으믄 애 갈데없이 죽을번 하였심이더. 털보가 가르켜 주었지에 다른데 가서 고쳤지오. 허나 보이소 날짜가 늦어 애 팔목을 한 개 잘라 버렸심이다. 애 병이 횟병은 거짓말이고 패혈징이랍데더."
"아니 어떻게 된 애기인지 좀 자세히 하이소."
삼보에게서 더 자세히 애기들은 털보의 대답은 얼마든지 펄펄 뛰는 말이었다.

"아니, 그래 세상에 그 때위 백정놈도 있심이꺼? 아니 그런 놈을 그대로 두겠심이꺼. 아니 어떻게 생긴 놈의 새낀데 그런 놈이 의사 간판을 부치고 있노?"

"나도 설마 그런줄은 몰랏심이더. 내 돈이 엄써 병 못 곤치게 되믄 내 못 곤치겠다고 고만 두겠다고 할꺼 아닝교. 글쎄 그런 놈이 수채 생사람을 그냥 잡으려구 그러니 기가 아니 맥히겠심이꺼. 그래 그런 범또 세상엔 있심이꺼?"

"난도 그전에 못된 놈의 의사한테 걸려서 맞자식 새끼 하나 잃어버렸씸이더. 그놈이 살았으면 올에 수물 셋입니더. 이 고생은 시키지 않을 거시오. 그때 그 의사놈을 가만둔 생각을 하문 이가 지금두 갈리오. 여보, 삼보, 나허구 그 의사놈에게 가서 다리옹드라질 틀어놉시다. 아니 모두들, 그래 내 말이 글심이꺼? 약값 내지 않으까바 애 병을 아무커니나 일러 '패혈징'에 횟배약을 주는 놈을, 그래, 그런 멀쩡한 도둑놈의 새낄 그냥 두구 배겨야 옳씸이꺼? 이 손목 하나 없는걸 모두 보이소. 그나마도 하맣드면 죽을 뻔 했자."

그 이튿날 아침 털보는 삼보를 끌고 삼판통 그 병원엘 갔다. 혹은 말리고 혹은 가서 단단히 따지라는 여러 사람들더러

"임자네는 안직 이런 기맥힌 꼴을 몬 당했으니끄네 이런 사정을 몰르는 것이요. 당해만 보이소 이런 일을. 눈에서 쌍심지가 돋자."

하였고 뭘 그리 야단이냐는 삼보더러는 임자같은 위인이니깐 가서 그렇게 업신여김을 받았지, 뭐냐, 그래서 싸지 싸. 하고 젖을 물고 떨어지지 않는 애를 느닷없이 뺏어들고 달아난 것이었다. 대짜 고짜 병원 문을 박차고, 아직 시간도 되기 전, 일어나 겨우 터리개질을 하고 있는 간호부더러

"선생님 게이소? 선생님. 나 선생님 좀 뵈러 왔심이다."

그런 때 이 병원 간호부의 대답은 으레 정해 있어 선생님은 왕진나가셨는데 언제 오실지 모르는 일이니까 다른 병원으로 가보라는 말에, 그럼 좋다. 기다리겠다고

(—이런 걸상에라도 어디 싫도록 앉어 보자구나—)

암만해도 다른 기색인 것 같애 간호부가 들어가서 담뱃불 필 사이도 없는데

"아니 시간도 되기 전인데 어쩐 일이리쇼?"

"댁이 이댁 선생님이심이꺼?"

"그렇소."

"이앨 보이소. 댁이 횟배라구그린 덕에 손목 한개 잘라트렸심이더. 그래 패혈징허구 횟배허구 같은 병이요? 패혈징을 횟배로 밖에 못본단말이미꺼, 댁은?"

"아니 이 사람이 뵈는게 없나? 그래 그러니 어쩔테요? 어쩌려구 왔냐말요?"

"어쩌긴 뭘 어쩐담 말이요. 댁에서 멀정한 패혈징을 횟배로 속였으니끄네, 이 애 다른데서 고친 비용 일천백환 허구 또 댁에 낸 약값 삼백환 허구, 당장에 내노이소. 내놔! 당장."

"원 별놈의 소릴 다 허는군. 이놈들이 협박꾼이군 그래. 맘대로하렴. 여, 간호부!"

간호부가 나오길 기다려

"이 앞 고반쇼에 가서 윤상 좀 오라구그래. 유스리가 왔다구."

그리고 나서 털보와 또 밖에 그냥 멀끄러미 서 있는 삼보더러

"어서 도라들 가우, 구구루. 곧 도라가지 않으믄 괜히 재미 없소."

"흥, 순살 부른단 말이구? 이 멀쩡한 놈들. 순사가 네 놈들의 해래비이냐? 껄핏 허믄 순사니. 순사 올때까징 어디 기다려 보자."

반 시간도 못된 후에 그들은 파출소에 가 있었다. 저고리를 훌렁 벗은 애송이 순사가 벼락같이 닥달을 했다. 남의 집, 더구나 의사의 집에 가서 돈을 내라는 건 분명한 강도, 강도질을 하면 십년동안 증역을 간다고 얼러데는 것이었다.

"징역 가는건 겁날 것 없오. 그러나 우리들이 어째 강도란 말입이꺼. 칼을 가지고 갔소, 총을 가지고 갔소? 멀정헌 대낮에 애 하나 가지고 간것 밖에 없오. 그럼 왜 삼척동자라도 다알 '패혈징'을 터무니 없는 횟배라고 그래가지고 남으돈 일천 사백환을 손핼보게하구, 또 애를 병신이 되게 하느냐 말이요?"

"의사는 혹 잘못 봐서 병이 틀리드라도 아무 책임도 없는 법야. 아주 법으루 그렇게 정해 있는거야."

"아니, 무슨 놈으 법이 그런 법이 있습니까? 암만 법은 그래 또 우린 일천 사백환 받아가야 허겠오. 삼보 그렇잖소?"

"이놈의 늙은이가 여태 엿맛을 못 봤나?"

젊디젊은, 꼭 털보의 죽은 아들 나이인 수물 세 살밖에 더 안돼 보이는 그런 젊은 순사의 손이 털보의 빰을 후려갈겼다. 그리고 애를 안고 있는 삼보더러

"당신은 앨 데리고 가 있소? 이놈의 늙은인 치독을 앵겨 내보낼테니."

"나리, 그저 우리들이 아무것도 모르고 그랬으니 그냥 용서해 주셔야지 어떻겁니까?"

"글세 먼저 나가 있어요! 이 늙은인 좀 있다 내보낼테니."

별수 없이 먼저 나와, 그러나 삼보는 곳장 걸음이 걸어질 수 없어 그 은저리를 망서렸다. 잘못이 있다면 의사에게 가서 돈 달란 것 뿐일텐데 의사는 아무리 잘못해도 돈을 내거나 잘못한 죄를 지는 법이 없단 말인가. 돈을 내라하되 어린애 생활비를 달란 것도 아닐텐데, 응당 자기 때문에 손해가 나게 된 일천

사백환만 달란 것인데, 그게 그래 강도의 소행으로 몰려야 옳단 말인가. 의사의 말은 들어 볼 것도 없이 더퍼놓고 자기 아버지 낫새나 되는 사람을, 털보가 말을 입빠르게 한것 밖에 무슨 지저구니를 하였기에 그의 빰을 함부로 후려 갈긴다는 말인가.

이제라도 잘못 했다고 빌면 나올 수 있을 것인가, 뭐라고 조곰만 더 대들었다가는 자꾸 경을 칠 것이니 과연 법이란 순사한 사람의 맘대로 그렇게 쉽사리 규정돼야 옳단 말인가.

애를 정거장에 데리고 와서 그냥 영문 모르고 앉어 있는 안해에게 내어 주고 그리고 다시 파출소에 도라와 보니 털보도, 또, 털보를 후려갈기던 순사도 있지 않았다.

"여기 아까 수염 많이 난 늙은이가 나하구 왔드랬습니다. 어디로 갔습니까?"

"어, 거 수염난 구레나룻 늙은이 말요? 윤 순사가 데리고 본서로 갔소."

"본서가 뭐 입니까?"

"경찰서로 데리고 갔단 말요. 당신은 누구요?"

어이가 없어진 삼보는 우선 알아보려야 갈데 없어, 다시 병원엘 왔다. 또 왕진 나갔다고 잡아 떼울까 두려워 가까수로 이번엔 딴일 때문에 왔노라 해서 요행 의사가 나와 주었다.

"글쎄 털보가 경찰소로 넘어 갔다니 어떻게야 좋습니까? 선생님, 좀 살려 내보내 주이소."

"글쎄 내가 할 노릇요? 내 어떻게 하란 말요. 원."

"선생님이 말씀만 하시믄 나올거 안입니까. 그저 시방 좀 가이서 말씀좀 해 주이소."

"내 말해도 소용 없는거요. 고반소에 있을 땐 말을 허겠지만 본서로 넘어가면 말해도 소용이 없는 법요. 이제 곳 나오겠지 뭐.”

“언제쯤 나오겠심이까. 선생님?”

“그걸 내 아오? 좌우간 곳 나오겠지.”

그날 밤도, 정거장의 앞마당은 언제나 다름 없이 사람들이 많았다. 저녁을 먹고 혹은 산보로 나왔슴인가 아니면 혹은 내일이 공일이라서 막차를 타고 시굴가려는 사람이 더 많았음인가, 오늘밤 정거장의 오가는 사람들은 더 욱실거렸다. 양담배를 사라는 어린애들의 외침, 발등을 밟었다고 시비하는 사람들의 넉두리, 자동차의 까소링 터지는 소리, 전차 소리, 기적 소리, 이 정거장의 밤은 이슥도록 언제나 소란하였다.

삼보를 둘러 싸고 수군거리던 한축이 담배를 부치고 제각기 일어 섰다. 지게를 지고, 작대기를 들고 약간 간격을 두어 삼보를 따라 삼판통 쪽으로 향하여 갔다. 그날 밤 꽤 깊은 삼판통 삼보의 어린애를 맨 처음보던 병원은 대문이 부서졌다. 유리창이 깨지고 진찰실이 떠러져 나가고 수술대, 약장, 약병, 의료구, 닥치는대로 산산히 깨어지고 터지고 부서지고 하였다. 사람의 악쓰는 소리, 여자의 째지는 소리가 함부로 뒤섞여 나왔으나 물건 부서지는 소리는 날래 끄치지 아니하였다.

서울 장안은 정거장부터 아침이 된다는데 그런 정거장에도 아직 아침이 트이기 전이었다. 용산쪽에서 커다란 ‘트럭’이 한대 사람도, 전보대도 없는 거리를 죽어라 하고 달려 왔다. 정거장 넓은 앞 마당에 와서 우뚝 차가 서자 우선 그 위에 탄 순사 하나가 총을 들고 뛰어 나렸다. 잠귀가 밝아 이미 일어나서 서성거리는 헙수룩한 늙은 마나님에게

“꼼짝 말고 섰서! 움직이면 총을 쏜다!”

(新天地, 1947.7)

피난삽화(避難揷話)

1.

피난 권고(勸告)도 있기 전에 서울의 거리는 자동차, 달구지, 손구루마, '리야카', 자전거, 지게들의 행렬이 한간(漢江)쪽으로 달려 가고 있었다. 사이 사이에는 지게로 '륙쌕'도 없는 사나이와 여인들이 머리에 짐을 이거나 잔등에 애를 꾀달고 몰려 가고 있었다. 어디로 가려는지 스스로도 모르면서, 그래도 한걸음인들 밑지려고 들지 않았다. 한걸음의 갑어치가 목숨보다 더한 저울질인양 있는 악을 다 짜내어 달려 가고 있다. 앞서 가던 사람이야 짐을 내려뜨리거나 신발이 벗어지거나 몰려 가는 뒷사람들은 밟고라도 엄어가야 하였다. 내 방, 내 집, 내 고향을 떠나는 것이 아니라 멋 모르고 못 올 곳에 왔던듯이 서울이 어서 멀어져야만 했다. 추운 줄도 몰랐다.

2.

"왜 앉었우?"

아내의 말이 끝나기도 전에 웃목에 쭈꾸리고 앉았던 남편은 크게 지르는 말이

"내 얘긴 말구 어서 움직거려 보지 못해?"

크게 지르는 남편의 소리는 아내를—이 아니라 애들을 놀라게 했다. 올기 솔기 몰려 있던 애들의 눈이 남편에게 쏠렸고 넷째 아이가 별안간 울음을 터뜨린다.

"난 걱정 말래두."

아내의 말이 애 우는 소리에 섞갈리자 남편은 몸을 밀어 내려 아내 머리 맡으로 다져 간다.

"가다가 일을 당하드라두 움직거려 봐야 허지 않겠어?"

부드러운 소리다.

"움직일 수가 있어야지."

"억지루라두 기동을 해 봐."

"난 이왕 이리 되지 않았우? 산 사람이나 살 생각을 허래니깐."

"바꿔 생각을 해 봐."

"그렇지만 애들은 살려야 한허우?"

어린애를 난 뒤 보름, 내리 하혈을 잇대고 있는 아내의 흰 얼굴 가운데에서 두 개의 검은 눈이 뭉긋이 커지기 시작한다. 눈물이 그득하였다.

"업히기라두 해 봐."

"애들은 어떡허구? 젖멕이꺼정 다섯 씩이나."

"다 업어두 괜찮아."

"당신두. 농담이유?"

아내의 눈에서 눈물이 자꾸 흘러 내린다. 눈은 껌벅일 때마다 좌륵좌륵 흘러 내린다.

아내는 도저히 살아 날 수 없을 것을 알고 있다. 집에 반듯

이 누은채 좋은 약을 먹고 좋은 주사를 맞아도 오래 걸려야나 나을 못된 산후하혈, 움직만 해도 피가 홍건히 흐르는데 이 판세에 어떻게 살아 난단 말인가. 뛰기로 하여도 여인의 걸음새로는 따라 가기 어려운 바쁜 피난길을 어떻게 엄두인들 내랴. 업혀 간다 하여도 이렇게 추웁고 약한 몸에는 얼마 견디지 못할 일인데, 큰 애는 걸어 간다 하더라도 주렁주렁 매달린 젓먹이, 두 살짜리, 네 살짜리, 여섯 살짜리들은 어떻게 끌고 가는가. 업혀 갈 계제도 못되려니와 업혀 간단들 살아 날 수없을 바에는 차라리 자기만이라도 남아 애들이나 살리는게 옳지 않으랴. 남아 있으나 따라 가나 도저히 살아 날 수 없는 마당인데야 예서 앓다가 그대로 죽는 일이 옳지 않으랴.

남편이 차마 혼자 두고 떠나지 못할 것이야 처음부터 잘 알 수 있는 노릇이다. 가다가 죽더라도—자기뿐 아니라 남편 자신과 어린애들이 모조리 죽게 되는 한이 있더라도 가는 데까지는 가 봐야 하겠다는 마음일 것을 안다. 자기가 지금이라도 죽어 있다면 슬픔이야 깊든 얕든 이내 애들을 끌고 떠날 일이지만 살아 있는 동안에는 어쨌거나 발길이 떨어지지 않으리라. 살아야 하겠다는 본능 밖에 움직일 줄 모를 판국일쑤록 아내와 혈육에게 보내지는 애틋함은 더욱 강하게 휘감기는 일인상 싶다. 나만 살기 위해 떠나느니 함께 죽자는 심향이 남편의 취할 길의 전부인상 싶다. 다른 사람들은 벌써 떠났고 떠나며 있는 중인데도 남편은 아내가 움직이지 않으면 그냥 앉아 있을 심사인양 싶었다.

아내는 어서 죽어지기를 바랐다. 죽는다는 일이 결정된 때에는 며칠 더 산다는 것이 소중한게 아니었다. 며칠 더 살고 싶다는 욕심 때문에 남편과 애들의 삶을 주리라고 할 생각은 솟지 않는다. 희생이라는 것이 어째 거룩한게 아니랴. 자기와 애들과 남편이 이어진 한 줄기의 목숨이라고 치자, 자기의 며칠과 그들의 길고 많은 앞 날과 어느 쪽이 더 소중한가? 아내는 벌써부터 죽어지기를 바랐다. 약도 안먹고 주사도 굳이 싫다 하였다.

"자, 일으켜 주께."

이번에는 남편의 말이 채 끝나기도 전에 아내가 하는 말이

"반장 얘기 못 들었우? 되도록이면 오늘 안으로 떠나야 한다구…. 못 알아 듣겠우?"

"뭘 못 알아 들어?"

"애들 데리구, 어서 먼저 떠나요!"

남편의 눈에 아내의 성 난 입술이 비쳐 있다.

남편은 아내의 등 밑에 집어 낑구려던 두 손을 도루 뽑았다. 핏기 없고 더운 김도 없는 아내의 머리 위에 힘 없이 업혀 진다. 아내는 눈을 감고 있었다.

죽어 있는 아내의 얼굴에 손을 얹고 있는 자신이 연상된다. 앓다가 앓다가 지쳐 애들을 부탁한다는 아내의 말이 입 속에서, 눈 속에서, 코 속에서, 맴을 돌고있는 것 같이 느껴진다. 감겨 있는 눈, 다물고 있는 입술이 다시는 열려질 것 같지 않다. 정말 죽어 있는가.

싸움터의 모양이 머리에 떠 오른다. 적탄에 맞은 중상한 전우를 끌고 가는 병정의 모습이 떠 오른다. 빨리 가기 위해 업고 안고 끌고, 있는 재주를 다 쓰던 병정의 얼굴에 초조와 불안과 당황의 빛이 스쳐 가고 있다. 적의 추격이 자꾸 가까워 오고 있다. 빨리 빠져 나가려 하면 할쑤록 부상 당한 전우를 끌고 가는 병정의 걸음새는 느려 가고 적의 추격이 다급해 온다. 혼자 뛰어 가야만 될 최후의 순간이 다가 온다. 전우의 모양을 노려 보는 병정의 눈동자. 어서 놔 두고 먼저 가라는 부

상병의 헛소리 같은 부르짖음. 그대로 부상한 전우를 노려 보는 눈동자. 다음 순간에 솟아 나오는 부상병의 날카로운 소리.

"네 할 일이 있지 않는냐?"

그 말에 잇대어 나오는 병정의 울음섞인 목소리.

"안다! 알기는 안다!"

"알면 어서 총을 겨누어!"

솟아 나는 권총소리. 시체가 되어 있는 부상병. 뛰어 가는 병정의 뒷모습. 뛰어 가는 병정의 뒷모습이 차차 낯 익어 오고 있다. 점점 분명해 진다. 자기가 입고 있는 양복. 어느새 병정의 모습이 자기의 모습으로 바뀌어 있지 않은가.

남편은 몸을 떤다. 머리 속에서 자꾸 수벅 수벅하는 소리가 들려 오고 있다. 후닥딱 몸을 일으키어 문 밖으로 뛰어 나온다. 찬 바람이 스치자 이마에 땀방울이 느껴진다. 아무렇거니 이마를 문대기며 거리가 보이도록 발돋음을 하여 담 넘어를 내다본다. 자동차, 마차, 자전거들의 줄이 완연히 줄어있다. 물결처럼 내 닫던 사람의 떼도 어제보다 줄었고 아까보다도 준것같다.

3.

"또 반장이 왔다 갔우. 낼 아침 꺼정은 꼭 떠나라구."

"나두 만났어."

"곧바루 떠나우."

"안 떠날테야."

"어딜 안 떠나우?"

"피난이구 뭐구 안갈 작정이란 말야."

"내가 안 간다구 그리유?"
"그래."
"정신 나간 소리 그만 해요. 이번은 여름만 겉을 줄 알우?"
"총살을 당하든지 납치를 당하든지 다 상관 없어. 서울이 불바다가 되어 타 죽게 돼두 꼼짝 않을테야."
"왜 그렇게 터무니 없는 소리만 허구 있어요?"
"숙명적인 일야. 당신 혼자 병이 났다구 해서 혼자만의 일인줄 생각한게 당신두 틀렸구 나두 틀렸어. 피난을 가야 하는 것두 숙명이지만 안 가는 것두 숙명이야."
"정말 안 떠날 작정유?"
"농담인줄 알아?"
아내는 눈을 감는다. 남편도 눈을 감는다. 서로 보지 않으면서 서로 상대가 눈 속에 가득하였다. 남편의 눈에는 자기까지 합친 일곱 개의 시체가 떠 올랐고 아내의 눈에는 공산 괴뢰군에게 잡혀 가는 남편의 모양이 떠 들어 왔다.
아내가 먼저 눈을 뜬다. 오징어 조각처럼 말라 붙은 손을 뽑아 남편의 손을 더듬는다.
"나두 가 보겠우."
"어디?"
"오늘은 이왕 늦었으니 아침에 일찍 떠납시다. 가가다 어떻게 되더라두."
"왜 진작 못그래?"
남편의 손이 아내의 손을 쥐어 준다. 잠시 자고 있는 애들의 숨소리와 이 가는 소리만이 높다.
"일찍 자우."
남편도 일찍 자야할 것을 느낀다. 치운 길, 지향없는 먼길을 떠나려면 될 수 있는대로 편히 쉬어야 할 일이다. 잠이 날래

들 것같지 않아 시렁에서 남아 있는 술병을 끄집어 낸다. 입에 술이 들어 가자 이제까지의 홧술에 비길 양이면 처음인 것 같은 안윽한 맛이다.

남편은 이내 잠이 들었다. 붉은 코를 벌룩거리며 깊은 잠이 들어 버리었다. 쌓였던 불안이 모두 흩어져 내리자 편안하고 고단한 느낌 뿐이었다. 피난 길이 어떻게 괴롭다든가, 아내 같은 중병자를 어떻게 끌고 나가야 한다는가 따위의 걱정은 따질 나위조차 없었다.

남편의 숨소리가 높아 질 무렵에 아내는 눈을 뜬다. 한참동안 그대로 누어 천정을 지켜 보고 있다. 문의를 헤이는 것도 아니고 누구 누구의 모양이 떠 오르는 것도 아니었다. 파리 한 마리가 붙어 있다면 파리라도 바라 본달까, 힘 없고 시름 없는 눈길이다.

팔을 뽑아 한 옆을 짚고 몸을 일으킬 역에야 눈 앞이 아찔하였다. 이제까지 간혹 몸을 일으킬 때 아찔하던 것보다 더 아찔하다. 몸을 받치고 있는 가는 팔이 자꾸 흔들려 온다.

그래도 아내는 몸을 눕히지 아니한다. 아찔거리거나 말거나 아주 일으켜 버린다. 바로 고쳐 앉는다. 애들과 남편이 누어 있는 쪽으로 몸을 향해 앉는다.

진작 떠나게 할 걸 공연스리 끌게 하였다는 뉘우침이 솟는다. 진작 따라 간다고 나설걸 쓸데없이 늦게 하여 놓았다. 지금쯤 대전이나 대구에 가서 남보다 앞서 방이라도 얻고 있을 걸, 그런 줄 번연히 짐작하면서도 여직 끌게 하였다. 이제는 이미 때가 늦어 있지나 않을까? 여유 있게 가노라면 혹은 고생이 덜할것을, 내일 아침에 떠나려니 더 힘들 일이 아닌가. 남편과 애들을 위해 먼저 떠나라고한 말은 그것이 더없이 거룩한 마음이면서도 그와 반대되는 끝장을 매듭하지 않았는가. 고은 맘 고은 행동도 이런 피난판에는 차례가 함부로 뒤집히게 되는가. 허겁 지겁 넘어지며 달려갈 남편의 모양뿐이 자기가 기껏 마지막으로 보내 주게 되는 선물인가.

새벽 바람이 휘잉하니 불어 오자 아내는 젖먹이를 안은채 몸을 아주 일으키었다. 몸이 휘청거리지 못하도록 벽에 기대 보기도 한다. 젖을 물고 있는 애가 입을 오물거릴 무렵마다 정신을 다듬어 몸을 꼿꼿이 가눈다.

문을 열고 밖으로 나간다. 방안을 다시 한번 들여다 본다. 문새로 스며 드는 바람결에 걸려있는 젖먹이의 기저귀가 흔들린다. 아내는 못 볼 것을 본 사람처럼 눈을 악감는다. 문을 닫아 버린다.

부엌으로 내려온 아내는 허리 끈으로 젖먹이의 목을 조르고 자기의 목을 졸라 맨다.

4.

한강을 건너 가는 행렬 속에 애들 넷을 끌고 업고 섞여 가는 중년 사나이가 있었다. 눈이 부어 있고 이를 악물고 있었으나 앞 뒤 사람보다 그다지 다르르 바도 없게 보인다. 등에 업히어 있는 두 애가 찡얼거릴라치면 사나이는 목이 메는 소리로 애들을 달래고 있다.

"우지 마. 저 앞에 가면 엄마 있어!"

(1952년)

골목집

비만 오면 장화를 신어야 드나들 수 있는 부산 서면 골목길, 그 막다른 뭀에 뒤깐 같이 삐뚜러진 '하꼬방'. 방 두 개가 붙어 있을 뿐 부엌도 마루도 없는 '하꼬방'. 방은 구태여 들어오는 햇살을 막을 턱이 없으면서도 누리에 퍼저 나는 연기와 앞뒷집 그림자 때문에 어제나 음집처럼 눅차고 어둡고 가깝한 '하꼬방'. 아침 해가 뜬지 오래고 전차 소리, 자동차 소리가 요란한지 오랜데 그제야 아침밥 연기가 솟아나는 별난 '하꼬방'.

X

"언니! 일어 났우?"

웃방에서 자고 있던 명이가 아랫방에다 소리를 지른다. 일어났느냐고 물으면서도 아직 벼개에 묻혀있는 제 머리는 들려 있지 않았다. 눈도 이제 금방 떠 있는양 눈꼽이 그대로 붙어 있다.

"……."

대답이 들여오지 않자 명이는 얼른 몸을 일으킨다. 머리맡에 있는 호롱등잔을 칠번 했어도 그대로 이불걷어 내리기에 손이 바쁘다. 속 옷만 입은 것을 꺼릴것도 없이 그냥 옆방으로 뛰어 들어 간다.

"언니! 어디 아푸?"

"춥지 않니?"

"울긴 왜 울어?"

"아냐…."

명이는 언니의 이불 속으로 기여 들어 간다. 언니의 살이 뚜렷이 차다. 가늘고 까칠한 살이란지 간지럼도 타지 않은채 가만히 있다.

"자꾸 울기만 하면 소용이 머유? 이왕지사, 되는대루 살아 나가야지…."

"누군 생각이 없어서 그러니? 아무래두 안될것 같은 걸 어쩌냐?"

두 여인은 각기 말을 멈춘다. 언니는 오라지 않아 뱃속에서 나올 아이, 누구의 아들인지 딸인지도 모를 피덩이를 안고 와슬 와슬 떨고 있는 자기의 허트러진 모양을 생각하며 아까 부터의 울음을 다시 계속한다. 동생 명이는 대체 누구를 붙잡아야 언니의 해산비를 뽑아 내고 귀저귀감을 사 주고 미역을 구해 줄 수가 있을까, 벌써 부터의 걱정을 다시 계속한다. 두 개의 근심의 마리가 세벽 하늘이 내다 보이는 천정을 감돌다가는 서로 부디친다. 새벽 바람이 문풍지를 흔드는 대로 근심의 줄기는 팽팽했다 늦춰졌다—환자의 맥박처럼 길피없이 휘돌고는 하다가는 꺼진다.

"애! 암만 두해."

"암만해두…? 뭐유?"

명이는 언니에게로 얼굴을 돌리킨다. 언니의 머리카락이 눈

속을 들여 찔렀으나 따가울만큼 끝이 꼬실거리는 머리칼은 아니다.
"애가 달리기 전만 해도 게다가 이렇게 병이 들어 있지 않아? 죽는 수밖에 없어! 나 한번 죽으면 고만이야."
"죽으믄 되는줄 알우? 쓸데 없는 소리 작작 허구려."
"당장 시방이라도 애가 뽑아져 나올 판인데, 숫한톨이 어디 있어? 모구들 애를 낳을 임시해선 줄잡고도 몇십만원 마련해 놓지 않아? 단돈 오만원이 붙어 있지 않는 걸 무슨 수루 애를 낳구, 기르구 해? 생목숨 죽이느니, 진작 먼저 죽어 버리믄 고만이야. 누구 하나 서러워 헐 사람도 없어."
"돈 없이들 잘만 애를 납니다. 자꾸 약헌 맘만 먹으니깐 그렇지."
"약허게 맘 안먹으문 별수 없어."
명이는 XXXX가 가려움을 느낀다. 어제 밤에 자고 간 놈팡이가 암만해도 수상쩍었는데, 벌써 혹은 또 병이 터지는게 아닌가? 몸을 벌컥 일으킨다.
"추우냐 애 왜 그러니?"
"아냐…."
명이는 다시 몸을 눕힌다. 죽을 때는 누구든지 이렇게 송사리채 쓰러지는 것이 겠거니 생각된다.
"이달이 날 달이지? 날짠 꼭 언제유?"
"알 수 없대도 얜."
"짐작이 가지 않아? 그래두."
"무슨 짐작이 가니?… 넌 짐작이 가겠어?"
언니의 얼굴에 웃음이 솟는다. 명이는 까르륵 소리로 웃어 내인다. 언니를 부둥켜 안는다. 젖통이 멍울 든것처럼 팽팽하다. 벌써 젓이 뿔기 시작하는가. 언니의 손이 명이의 손을 감싸

안는다. 두 개 네 개의 손이 젖통 위에서 굼실거리다가 꽉 멎는다. 이불이 아랫배의 높이에 수평(水平)을 잡는다.

"너 돈 없지?"

"왜?"

"만원만."

"있어 있다 주께…."

둘은 다시 눈을 감는다. 명이의 느린 숨소리와 언니의 가쁜 숨소리가 번가르다가는 서로 합쳐지고는 한다. 가만히 들여다 볼라치면 잠이 들어 있는 줄 여길수 있으리라. 문풍지 소리가 아까 보다 더 잦다. 언덕 위로 기차가 지나가자 방이 들먹거리고 천정에서 석험꺼맹이가 이불위로 떨어진다.

X

"어딜 나가우? 춘데."

"좀 갔다 올 데가 있어."

"괜히 길에서 앨 나믄."

"그러믄 누가 머래니?"

언니가 나간뒤 동생 명이는 또 한번 서글픈 마음이 든다. 일찍부터 밖에 무슨 일이 있을까. 나도 나가야 할텐데, 잃어 버릴 물건이 없기야 하겠지만 집이 비지 않나. 노상 나더러 돌아 오는 길에 어디 어디좀 들려 달라고 하더니 오늘따라 왜 치운데 혼자 나가니. 죽겠다 죽겠다 하더니 돈 만원 가지고 맛 있는 음식 사먹은 뒤에 영 다리 위에서 떨어져 죽으려고나 하는 것이 아닌가. 아니 그럴리야 없지— 그렇지 않을 리는 어디 있어?

명이가 돌아 올때는 거리에 전등 불이 벌써 솟아 있었다. 어둡기 전에 얼른 들어 가야 골목쟁이에 빠지지 않겠다고 생각되어서가 아니다. 얼른 저녁을 먹어야 밤 손님을 만나러 나갈 수 있기 때문에 걸음을 빨리 하였다. 집안에 머리를 디밀 때는 얼굴에 땀이 흘러 내렸다. 언니 방에 불이 켜 있을법 한데 아직 비쳐지지 않는다. 혹은 불켜기에는 너무 이른가.

"언니!"

대답이 없다.

이상한 노릇이 아니랄 수 없다. 늦게 들어 올 일이 없기도 하려니와 늦을 예산이면 무슨 일이든 나갈 때 일러 주는 버릇이 있었기 때문이다. 오늘 따라 일찍 나갔고, 손수 나갔고, 나가면서 말이 없었고, 이제 벌써 들어와 괴롭더란대도 불을 피울 참인데 여직 들어와 있지 않다. 정말 길에서 애를 났나. 죽는다 죽는다 하더니 정말 영도 다리 위에서 빠져 죽은 것인가. 빠져 죽으면서 명이, 자기를 부르지나 않았나. 친형제처럼 일년 동안 서로 기대오던 명이 자기의 이름과 모습을 최후의 의식에서 짚어 불며 혹은 다리 밑으로 떨어지는 몸의 위치를 어서 어서 붓뜰어 달라고 악 쓰지나 않았나.

꼭 바다에 빠져 죽었을것만 같아 명이는 앞른 언니의 방으로 뛰어 들어간다. 안안력이 힘없이 아무 것도 눈에 띄지 않는다. 경대 빼닫이에서 성냥을 찾아 내어 불을 켜기가 바쁘게 빼닫이의 아래 위를 샅샅이 들척인다. 편지는 나오지 아니하고 이상스러운 병이 굴러 있다. 이상스러운 병이 아니라 약병이었다. 이상스러운 약병이 아니라 몇 번 보고 먹어 본 일이 있는 '루미나루'가 아닌것 이것 만 먹으면 영영 자버린다고 하던 개밖에 '루미나루'가 골라보지 않아도 쉰개는 된다. 그저께도 보이지 않던 약이 오늘 처음으로 보인다. 유심히 생각해 보지 않아도 어저께 사다 놓은 것이 틀림 없다. 어저께 쉰개를 한꺼번에 갖다 놓은 것이 틀림 없다. 어제도 오랫동안 나가 있더니 이 약을 사왔는가.

명이의 눈에서 눈물이 나오고 있다. 언니만의 일이라고 하기에는 자신이 너무 다겨진 자리에 있다. 남의 일이라면 슬픔이 느껴지기 전에 까닭을 다뤄 볼겨를도 있으리라. 좋은 일은 따로 잡으려도 힘들지언정 안타까운 대목은 노상 함께 지니게 된다. 이 '루미나루'는 언니의 소용이 아니라 언제든지 자기에게도 먹혀질 성질이 있다. 잠이 오지 않는날 밤 이 약을 두알씩 삼킨 것은 자기만의 일이겠지만 쉰알을 얼에 놓을 말이면 언니나 자기나 똑 같이 삼킬 까닭이 있지 않을까. 언니에게 '루미나루'를 한병 송두리째 먹으려다 그만 뒀다고 한 적이 바로 사흘전의 일이다. 언니가 불쌍하여 솟아 나는 눈물일텐데 그러나 자신도 얼마든지 불상하지 않는가.

(사내놈들이 나쁜 자식들. 병을 올려 주고 애를 배 준 자식은 간데도 없고 왜 우리만 이 지경을 당하게 되어? 나쁜 자식들. 아냐. 여자가 나뿌기 때문이다. 우리가 나빠.)

명이는 약병을 핸드빽에 집어 넣으며 불연듯 자신에게 약병을 감출 무슨 자격이 있나 하고 무서워 진다. 언니방에 불을 켜 둔채 제 방으로 뛰어 건너와 이불을 홀떡 뒤 집어씨고 누어 버린다.

X

"들어 온지 오래니?"

언니가 명이의 방문을 열고 하는 말에

"왜 인제 오우? 난 또."

명이가 벌떡 몸을 일으킨다.
"네 방엔 불을 안 켜구 왜 내 방에만 켜 놨어?"
"그렇게 허는 수두 있지."
"불좀 켜렴."
"덮어 놓구 들어 오구려."
"어둡구나 얘. 내 방으루 들어 가자."
명이는 언니 방으로 따라 들어 가며
"그게 뭐유?"
언니의 손에 들려 있는 종이 꾸러미를 보고 명이가 묻는 말에
"사과야. 나마까시도 있어. 오랜만에 한번 먹어 보자꾸나."
종이 뭉치를 풀어 헤치며 하는 언니의 대답이다.
언니는 웃고 있는 얼굴이다. 핼숙한 얼굴이기는 하였지만 깨끗한 얼굴이다. 지금 마악 목간을 하고 온 뒤리라. 제손으로 목숨을 없이하려는 마당, 마지막으로 몸을 깨끗이 차리려는 심사인가. 오리 오리 흘러 내리고 있는 머리카락이 마치 언니의 목숨의 상징처럼 간엷게도 느껴진다. 그리다가 문득 언니의 얼굴이 다르게 보여지기 시작한다. 모두들 천사 있다고 떠드는데 천사의 머리카락은 저렇지 아니할까. 그래, 언니는 죽으면 천사들과 함께 놀수가 있으리라. 목숨을 스스로 끊는게 죄라고는 떠들지만 제손으로 감당하지 못하는 천치들의 자기 변명야. 아무 때고 끝나기는 한가지일텐데 미리 다겨 놓기로 무엇이 잘못일까. 다른 죄만 없으면 천사들이 노상 놔 주지 아니하고 함께 지나리라. 언니는 죽으면 천사들을 따라 가게 될거야. 보아, 지금도 저렇게 깨끗하고 아름다운 얼굴이 아냐?
"언니, 언니는 꼭 천사 같수."
"뭐? 천사?"

언니의 얼굴에 당황하는 그림자가 아래 위로 지나 간다.
“나 다 알고 있어.”
“뭘 알고 있어?”
“약 사온거 말야.”
명이는 언니를 똑 바로 쳐다 본다.
언니는 느닷 없이 경대 빼닫이를 뽑는다. 들어 있는 물건을 마구 쑤셔 내기 시작한다. 손이 와들 와들 떨리며 있다.
“뭘 디지유?”
“너 어쨌구나?”
“내 ‘핸드・빽’ 속에 있는걸 뒤지믄 되우?”
“…….”
언니는 꺼내 놓은 물건들을 집어 넣지도 않고 빼닫이를 닫아 버린다.
“언니!”
명이의 목소리에 울음이 섞여 있다.
“얜….”
언니는 한순간 아우를 노려 본다. 그리고 나자 고개가 숙어 진다. 울음을 삼키고 있다. 삼켜지지 아니하자 명이의 무릎에 얼굴을 부비대기 시작한다.
“언니! 울지마.”
언니는 자꾸 울고 있다.
“언니, 언니 나허구 꼭 같이 죽자고 그리더니….”
명이도 울음이 나오고 있다.
한참 동안 둘 다 울고 있다. 한 여인은 소리 내어 울고 한 여인은 소리를 삼키고 울고 있다.
“고만 일어 나. 사과 먹어.”
언니가 알아 듣지 못하는 것을

"결국 돈 때문이 아뉴? 걱정 말아요."
잠시 생각을 이어 나가 다가
"저, 그리지 않아두 얘기해 논 데가 있어. 염려 말구 있우. 오늘 낼 안으로 한 오십만원쯤 마련해 줄테니…"
"돈을 주는 녀석이 누구냐? 너나 내나."
"그래두, 있어. 오늘 낼 돌려 준다구 약속한 사람이 있으니깐. 얼마를 줄진 모르지만."
"주긴 뭘 줘. 누군 돌려 보내고 애써 보지 않은줄 알아? 전에 십만원이구 오십만원이구 말이 닿지, 이리 된 바엔 하룻밤에 오만원씩 정가가 붙은 걸 누가 한푼이나 더서 내 놓느냐 말야?… 싱거운 소리 듣지도 믿지도 말아, 얘."
"간혹 정신 나간 사람이 있지."
"나두 약속을 받기는 열군데두 됐을 거야. 소용 없는 소리 말아."
"염녀 말구 사과나 먹읍시다. 밥두 짓기 싫은데…"
명이는 실과 봉지를 끌러 젖갠다. 언니는 마치 말리기라도 하려는상 손을 내어 젓는다. 동생이 사과를 집어 들자
"넌 괜히 야단 이구나. 암만해두…"
하자 언니는 방바닥에 벌떡 누어 버린다. 등 밑에 '핸드・빽'이 걸린다. 그대로 눈을 감는다. 또 다시 뒷덩이를 안고 와들와들 몸부림을 치는 자기의 모양이 떠 오른다. 머리를 흩어뜨리고 눈이 움푹 패어 들어간 귀신 같은 모양이다. 자기의 모양이 아니라 머릿빛갈이 하이얀 할미귀신의 모양이다. 무서운 모양이다. 눈을 뜬다. 잠시 동안 명이의 모양이 할미귀신으로 보인다. 명이 손에 들린 칼이 자기의 목을 향해 찍히는 것 같다. 화닥딱 몸을 일으키니까 명이도 사과깎는 칼도 제대로 떠 오른다.

X

"언니, 집에 있우?"

나가 자고 들어 온 아우가 신발을 버시며 방에다 소리를 들여 지른다.

"왜 그렇게 늦게 들어 와? 춥지?"

언니는 쑤세미 같은 머리를 내어 민다. 한나절이 가까웠는데 속옷바람 그대로다. 언니 풍로랑 냄비가 어제 저녁 나갈 때 처럼 그대로 놓여 있다.

"급작스리 추어 졌지? 언니도 춥겠우. 아침도 안먹구."

방으로 들어오며 말하고 나서 명이는

"자, 돈. 받어 왔어. 사십만원이야."

하고 새돈 사십만원 뭉치를 꺼내 놓는다.

"아니, 정말?"

언니는 돈을 보지도 않고 아우의 얼굴을 살핀다.

"내 뭐랬우? 간혹 내게 이렇게 돌려 주는 천치가 있다는 걸 알아야 해요. 갚기는 물론 갚겠지만."

명이는 재만 남은 양철 화루를 뒤척인다.

"작으만치 사십만원씩. 갚지 않아 세상없어도 우리들에게 돈 줄때 받으려니 하는 사람이 있다든?"

"언니 맘대루 쓰우. 나무도 좀 사고 기저귀 감도 좀 사고 먹도."

"누가 줬는지 궁금허구나."

"궁금헐거 없어. 알믄 뭘 허우?"

"노나 쓰자. 너도 급헌 용체가 많을텐데. 당장 치마가 없지 않어? 외투는 우선 없어도 괜찬다 치더라도."

"언니가 내 걱정을 다 허게 됐으니 다행이야. 호."

명이는 정말 우수운 듯이 웃고 나서

"아침겸 점심을 해야지? 언닌, 뉘 있으류? 아주 밥짓는 동안 나가서 이것 저것 사 오구려."

"우선 반찬 꺼리라두."

언니는 이불을 걷고 치마랑 저고리를 걸쳐 입는다. 경대를 끌어 당겨 머리를 가리는 동안 자기의 얼굴이 자꾸 명이의 얼굴처럼 보인다. 돈 사십만원을 끄집어 내기에 얼마나 애가 탓을까. 우는 체—가 아니라 울기도 여러번 울었겠지. 오만원씩만 주면 아무런 시비도 없이 하룻밤을 자 주는 여인에게 사십만원을 누가 만만히 내 주어? 이다음 여덟밤을 작정하고 미리 내어 주었다면 말이야 되지. 그럴 리는 없겠지. 무슨 귀한 것이라고 미리 돈을 내어. 단 하룻밤으로 실증이 나는 자기네들, 허구 많은 여인을 왜 다 버려 두고 해필 한 여인에게 단골을 터. 같은 값 주는데 왜 새 여인을 찾지 먼저의 여인을 찾아. 이제 까지 몇해 가까운 동안 한번씩 찾아 온 사내가 자기에게 꼭 한번, 명이에게는 한번도 없지 않아? 또 오마는 얘기를 번번히 남기고 가더라만 또 만나겠거니 한 적이 한번이 있었어? 누가 명이에게 이렇게 큰 돈을 내어 주었나, 세상엔 아직도 언제는 볼지 모르는 돈을 사십만원씩 내 놓고도 마음 편한 사람이 있나. 사람은 막다른 골목에 들어 서면 정말 살아날 구멍이 있는 것인가.

"배 고플텐데 아주 밥을 먹구 나가구려. 함께 나가지."

망태를 들고 나가는 언니의 등뒤에 대고 명이가 말하는 것을

"아냐. 우선 반찬꺼리만 좀 사오께."

하고 댓구해 놓고는

(나 좀 봐. 명이 생각은 도모지 하지 못했어. 미안해. 미안해.)

걸음을 멈추고 뒤를 돌아 본다. 명이는 풍로앞에 앉아서 저 건너 쪽을 바라보고 있다. 어젯밤을 회상하고 있는가.

X

"왜 나 좋아허는건만 사왔우? 옷감 같은건 있다가 다시 끊어두 아주 생선 겉은걸 사두지."

"암만해두 돈이 써 지지 않는구나. 같은 일이기는 허지만 차라리 네가 사오든지."

"원 언니는 똑 무슨 옛이애기 같은 소리만 허는구려. 사람이 그러니깐 애하나 낳는데 죽느니 사느니 해 싸치."

"단 너 처럼 칠칠치가 못해. 있다가 함께 나가자꾸나."

"어서 밥이나 먹읍시다. 죄 식어 버렸어."

두 여인은 밥수깔을 들었으나 모두 입맛이 당기지 아니하였다. 언니두 두수깔 떠 먹고는 물러 나고 동생도 두수깔쯤 뜨다가 물러 앉아 버린다.

"왜 고만 먹냐?"

"언닌."

잠깐 사이를 두고 나서

"어서 갔다 오우."

"어딜?"

"시장에 말야."

"넌? 안갈련?"

"몸이 으스스 해. 나 생각 말구 사십만원어치 다 사와요. 허라는 대루나 좀 해 주구려."

"병이 나는가 보구나?"

"잠을 못자 그렇지 뭐. 어서 갔다 오우."

할수 없이 언니 혼자 집을 나선다. 왜 그런지 발길이 가볍지 않다.

“병이 났어. 몸을 또끼 삼아 쓰고 대니니 무슨 수로 성해? 나 까지 치닥꺼리를 바치니.”

언니가 골목 밖으로 사라지자 명이는 누었다 몸을 부스스 일으킨다. 머릿 속이 철렁거리며 현기가 난다. 이마를 움켜 쥐어 본다. 이마 보다 손이 더 덥다. 몸살이 나 있는 것이 아니라 머리만 히잉한 것인가.

명이는 벽에 몸을 기대고 눈을 감는다. ‘캄바스’ 앞에 앉은 ‘모델’의 여인처럼 오래 움직이지 않는다. 숨소리가 거친 품으로는 잠 들어 있는 것이 아닌데 그대로 오래 움직이지 않는다. 언니가 되돌아 올때 까지 움직이지 않는다. 눈을 뒤 서너번 떠서 시선이 닿는 건넌벽에 거꾸로 붙어 있는 서양 잡지의 사진을 바라볼 뿐이다. 떴던 눈을 감을 때 마다 눈물이 꾸불어진 자죽을 내며 밑으로 굴러 내린다. 옷자락에 얼룩이진다. 언니의 발자죽이 들리자 명이는 얼른 몸을 눕히고 이불을 끌어 덮는다.

“자니?”

“으응.”

“몸살 약 져 왔다. 얼른 대려 줄테니 마시구 땀을 내.”

“누가 약 져 오래우?”

쏘아대는 소리다.

“몸살엔 양약보담 한약이 더 나아.”

“다른건 다 어떡했우?”

“다 샀어.”

지게꾼이 숯가마니와 쌀 푸대를 내려 놓고 천원만 더 달래서 받아 들고 나가자

"사십만원어치 다 샀우?"
"웬 찬값이 그리 비싸니? 십만원쯤 겨우 남은 가 부다."
"잘 했우. 그럼 혹 산파를 대더라도 둬요. 나 이만원만 주구."
"어디 나가련? 눠 있잖구."
"아까 오다가 고향 사람을 만났는데 꼭 좀 만나 자구 허겠지. 혹 늦을지도 모르지. 고향에 끌려 갔다 올지도 모르니깐 안 오믄 안오나 부다 허우. 내 옆집 산파 아주머니에게 일러 놓고 나갈테니."
"미쳤다구 고향엘 가? 곧 돌아 오너라. 약 대려 놀테니."
"약은 급헐거 없어."
명이는 제 방으로 들어 가서 얼뜬간의 보따리를 꾸려 가지고 집을 나선다.

X

언니는 애를 낳았다. 토실토실한 사내애를 낳았다. 물론 얼굴 살빛이 처음부터 푸르게 얼룩이 지고 머리에 웬통 험집 투성이의 사내애다. 산파의 말은 그런 애도 있다고 하지만 매독을 유전하고 나온 애가 분명하였다.
매독은 타고난 토실토실한 사내애는 토실토실한채 자라 났다. 치운 방 속에서도, 코가 나지부터 전혀 있었는데도 젖 한번 게우지 않고 잘 자랐다. 똥도 만히 싸지 않았다. 삼주일이 지났다.
명이는 돌아 오지 않는다. 고향에 간 것이 분명하기는 한데 여태 돌아 오지 않는다. 내일 내일 하고 기다리느라고 여직 편지도 쓰지 않았는데 대체 고향에서 뭘 하는가. 고향에 있는 것은 빈 집 뿐이라는데 대체 그런 데서 뭘 하는지. 가다가, 오다가 무슨 사고가 났니. 그렇지 않으면야 왜 편지도 없나.

오늘밤부터 다시 범일동 그 집으로 나가기로 작정한 언니는 하여간 동생 명이에게 편지를 썼다. 어서오든지 소식을 전하든지 하라는 글을 쓰고 애 났다는 얘기도 쓰고 잘 지난다는 얘기도 쓰고 불과 석주일 밖에 안되기는 했지만 오늘밤부터 다시 그집으로 나가겠노라는 얘기도 했다. 내일 아침에는 일직암치 등기우편으로 붙여야지.

범일동집 할머니는 느닷 없이 하는 말이

"배가 홀쭉허구먼? 뭐 났어?"

"머시매를 낳기는 했는데…."

"왜? 잘못됐담?"

"아내요. 집에 있어요."

"왜 데리고 오지 않어."

"낼 부텀은 데리고 오겠어요."

할머니는 담배를 끄집어 내어 불을 대리면서

"명이가 통 뵈질 않으니. 그냥 집에 붙어 있니?"

"고향에 간다고 가서 여직 오지 않아요."

"고향에? 고향이 어디야?"

"경기도 용인 안내요?"

할머니는 물끄러미 언니를 바라본다. 눈이 위로 끄저있다.

"아직 아모것도 몰라?"

"뭘요?"

"뭔, 뭐야?"

하고 나서

"명이가 그냥 앤줄은 몰랐는데. 손님의 가방을 털어 갔어. 사십만원. 손님이 펄펄 뛰며 야단을 치더만 낸들 그걸 어쩌누. 느들 집을 찾아 내라고 막 죽일 듯이 굴더라만 어떻게 찾을 수가 있어야지."

"……."

언니는 눈을 감는다. 가슴이 몽뎅이질 치듯 한다. 다 알수 있을 것 같다. 다 알수 있었다. 사십만원! 고향에 간 것이 아니라 부뜰릴까 달아나 다른 곳으로 숨어 버린 것이 분명하다. 똑 같은 부산 시내 어느 술집 아니 이런 손님 받는 집에서 그날도 그 이튿날도 어제도 오늘도 여일히 손님을 맞이하며 있으리라. 그뒤가 어찌 되었을까 하고 밤이나 낮이나 걱정하며 서면 골목집을 걱정하고 있으리라.

"그 뒤 며칠을 두고 받은 싱갱이를 생각하믄…. 그리지 않아도 이런 영업은 말썽 나지 않는 날이없는데, 어유!"

"……."

"요 얼맛동안은 오지 않더라. 저두 이젠 잊어 버렸나 보지?"

언니에게는 더는 할머니의 말이 들려 오지 아니한다. 명이의 얼굴이 커다랗게 떠 오를 뿐이다. 높은 하늘에서 으젓이 오락가락하기도 하고 자다가 악! 소리를 치며 소스라쳐 깨기도 하는 얼굴이다.

"세상에 명이년두 글쎄 누가 그런 지저귀를 할줄 알았어? 사십만원이나 세상에 믿을 년이 하나나 있어야지."

자꾸 너벌대는 할머니의 소리를 듣지 않으며 언니는 주머니에서 명이에게 보내려고 써 넣은 편지를 집어낸다. 갈기 갈기 찢어서 화로에 집어 넣는다.

"앤, 하루에서 연기 퍼진다!"

(文藝, 1953.6)

여비(旅費)

1.

날이 궂고 바람 소리가 거세더니, 부산에도 눈이 내렸다. 워낙이 진눈까비인데다 내린 뒤에 얼어 붙지를 아니하여, 송도의 은저리는 질다기보다도 수렁이 되어 있다. 밑바닥으로 번져 내리는 물이 간혹 호옵에 고이기도 할양이면, 펀펀하던 눈 뭉텅이가 덩어리로 뭉그러지기도 한다. 한낮에는 비얄길일망정 가녘을 살펴 미끄러지지도 않고도 곧잘 거닐 수 있었지마는, 지금 날이 아주 어두어 온 마당에는 아무리 애를 써도 제 자리를 딛어 낼 수가 없다.

"이이크."

윤은 또 한 번 몸을 휘청거린다. 이번에는 들고 있는 책가방이 땅바닥에 처박히도록, 발밑에 있는 허청이 깊고도 크다.

아무리 오랫동안 자라 온 동리는 아니라 하더라도 그래도 여러 달을 드나드는 자기 동리, 낯이 익은 길이다. 술이라도 마셨다면 탓이 분명ㅎ기도 할테지마는, 그렇지도 않은데 캄캄하다기로서니 왜 이렇게 눈앞이 가다듬어 지지 않는가. 송도 고개를 넘어 이 마을에 들어서자 벌써 네 차례나 궁글 번했다. 제가 들어 있는 저 건너 마루턱의 판자집까지 가려면 아직도 길이 멀었는데, 이 모양 대로라면 대체 몇 차례나 더 궁글어야 될 것인가.

윤은 오늘따라 이렇게 몸이 가누어지지 않는 것이 술의 혜산도 길의 잘못도 아니라, 정신을 딴 곳으로 땡겨 내는 나머지 앞을 살필 겨를이 처음부터 제대로 깃들지 못한 때문인 것을 알고 있다.

…얼마 전에 미국에 가 있는 친구에게서 편지가 왔다. 윤을 위하여 여러 가지로 애를 쓰고 주선을 한 결과, 그 곳 어느 대학에서 유리한 조건으로 '스칼라·쉽'(奬學金)을 받도록 결정이 났으니, 여비만 마련하여 속히 건너오도록 하라는 내용이었다. 윤은 인형을 얻은 어린애처럼 기뻐 날뛰었다. 월계수를 머리와 목에 걸치고, 수만 관중의 박수를 받는 자기의 모양이 떠올라 왔다. 김해 계시는 어머니에게 편지를 띄우고, 함께 있는 누이 동생에게 자랑을 하고, 그날 이후 여행권의 교부 수속과 여비의 마련을 위해 새벽부터 바빴다. 날씨야 춥거나 덥거나, 찾아가 볼 때야 멀거나 가깝거나 윤은 움직임이 빨랐다. 그러나 미국에서의 '스칼라·쉽'이나 여행권의 수속이 문제가 되는 것이 아니라, 가장 쉬우리라고 여긴 여비의 마련이 문제였다. 자기 집에서 단 몇 만원을 장만할 길이 없는 윤은 얼마가 들든지 결국 남의 도움이 있어야 될 노릇인데, 모두들 대하는 품이 처음과는 아주 달랐다. 염려 말고 갈 수 있는 절차만 이룩해 놓으라던 친척과 친구들이, 이제 막상 다 되었다고 하는 날에 이르러서는 모두들 어쩔 수가 없다는 핑계였다. 아무리 새빨간 사과가 나무에 주렁주렁 매달리어 있어도, 손이 닿지 않으면 그냥 보고 있어야만 되는 일이었다. 윤은 처음의 기새와는 달리

불안해 오고 가깝한 마음이었다. 드디어 모두 허사가 되는가 하고 눈 앞이 제대로 가눠 지지 아니하였다. 생각다 못해 마지막으로, 오늘 아침 약혼자 K양을 찾아가 도움을 청하였다. 그러나 K양도 별 재주가 없다. 하기는 다른 사람과 마찬가지였다.

"그만 두도록 하세요. 안 가셔도 여기서 공부허시문 되잖아요?"

K양은 울멍거리는 목소리로 댓구하였다.

"그런 소리야 하나 마나."

윤은 자리를 차다시피 뛰어나오고 말았다.

종일 다방에 앉아 넋을 잃고 있다가 이제 집으로 돌아가는 길, 길이 성해 있어도 휘뚝거릴 판인데, 진눈까비마저 뭉개어져 있으니 무슨 수로 미끄럼을 타지 않을 수가 있는가….

"빌어 먹을 놈의 길."

실상은 길을 욕하거나 진창을 욕하는 것이 아니라, 친척을 욕하고, 선배와 친구를 욕하고, K양을 욕하고, 자기와 집안 식구와 세상 모든 사람들을 욕하는 말이었다. 누구 부럽지 않게 귀염을 받고 가는 데마다 시스럼이 없었는데, 이제 K양에게 까지 기댈 근지를 잃고 보면, 세상에 자기보다 더 외로운 청년이 있을 것 같지 않다. 사람이 많이 모인 장날일쑤록 사람이 흩어진 뒤에는 더 허전하고 쓸쓸하였고, 마음의 당김줄이 자꾸 팽팽해 오면 끊어질 때 느껴지는 충격이 유달리 큰 노릇이었다. 윤은 저 앞바다의 물결—가실 날이 없이 언제나 어기찬 송도 앞바다의 파도소리조차 오늘따라 일부러 움직임을 감추는 양, 조금도 벅차거나 후련하지가 않다고만 느껴 진다.

"술 먹었수? 오빠."

누이는 구공탄 난로 옆에 쪼쿠리고 앉은 채 아직 저녁을 먹지 않고 오빠를 기다리고 있는 중이다. 흐릿한 호롱불 속에 오빠의 얼굴빛이 드러날 턱은 없었지마는, 몸이랑 책가방에 매닥진 진흙은 아무래도 술을 많이 먹었다는 본뵈기가 아닐 수 없다.

"왜 청승맞게 밥두 안 먹고 앉어 있냐? 너."

윤은 아차! 잘못 말했다고 생각키운다. 겨울날이라서 짧다고는 할망정, 저렇게 편편한 몸집에 아직 점심도 저녁도 먹지 못하고 자기를 기다리고 있지 않는가.

"옷을 닦아야 허잖겠수? 오빠. 수건 주까?"

"밥 먹자. 애, 배가 고프구나. 나두."

"K언니 봤수? 오빠."

누이는 밥그릇을 챙기는 손이 자꾸만 곱아오는 것을 느낀다.

"K구 생판 잡아 떼더라, 애. 너 부탁을 해 보라고 했더니 무슨 말을 했니?"

"오빠의 딱헌 얘기를 바른대로 말했지, 원 뭐라고 부탁을 허우? 그러니깐 어떻게 허든지 변통을 해 보마구 그랬는데. 어저께 만났대두 그류? 오빠."

"변통을 해 보맨 사람이 이 곳에서 그대루 공부를 해라, 말라, 그 따위 주둥아릴 놀리구 있어? 부탁은 그만 두구 암만 해도 헤살을 논게구나, 너?"

"헤살을 놓구 안 논게 문제가 아니라, 당초에 나를 통해서 부탁을 허러 든게 잘못이야, 오빠. 더 가까운 새가 어떘다구, 왜 해필 나를 쳐들어 얘길 시키느냐 말유?"

"넌 소위 약혼자란 녀석이 주제사납게 여빌 좀 마련해 줍쇼 하면 참 반갑겠구나? 처지를 바꿔 생각해 보란 말야."

"여성들의 심리를 그렇게두 모르구, 그래두 대학원엘 댕긴다구 허우? 못난 사람과 비둥그러진 사람과 오빤 어느 편을 골르겠수? 오빤 여비만 거절 당헌 데 끄친 게 아니라, 약혼꺼정 취솔 당헐찌두 몰라요, 괜히.”

“아는 소리 작작해라, 얘. 넌 심리와 체면이 어느 쪽이 더 바꾸기 힘든다고 생각하냐? 네 말대루 그렇다면 여비구 약혼이구 내가 받지 않겠다, 얘.”

“누가 겁날 줄 알구? 결국 나는 오빠가 아니구, 오빠와 나의 차이는 여비 일천만원 어치두 더 된다는 걸로만 알아둬요.”

“밥이나 먹자, 얘. 자살할 길은 언제나 남아있어.”

“피이! 여비 없이 자살했단 소문은 못 들었수, 난. 중학교에 못가 죽은 아이는 내 눈으로 봤어두.”

윤은 누이를 노려 보았다. 결국 자기는 자살을 할 수 있는 단순성조차 이미 잃은 지 오랜 사람으로 비쳐 있단 말인가. 집에 들어서자 마자 술을 먹었느냐고 묻는 풍으로 보아서는 자기의 서글픔을 처음부터 눈치 채고 있는 터인데, 이런 심래 속에서 아무리 허덕여도 아끼고 달랠 필요가 조금도 없는 사람으로 비쳐 있는가. K양에게 말하기 싫어 누이를 통해 보았고, 아침에 찾아갈 때도 정말 발이 움직이지 않는 것은, 따져 보면, 누이가 자기를 기다리며 밥을 먹지 않고 있는 체면보다도 훨씬 격이 떨어지는 일인가.

자기는 대학원에를 다니고, 누이는 학부에 갓들어갔으면서도 삼년 동안을 더 많이 배웠다는 사실은, 가령 ‘가’라는 발음은 두 살 때 해 보나 쉰살이 넘도록 오랫동안 해 보나 언제든지 마찬가지이듯, 동생이 알고 자기가 모르는 세계는 처음부터 노상 정해 있어야 하나. 정말로 자기는 K양의 위치와 자기의 자존심을 더 먼저 달음질 하였거늘, 누이나 K양에게 도리어 비뚱그러진 딴전으로 드러났다면 이미 자기와 동생의 나이와의 사이에도 서로 갈려지는 장벽이 막고 있는가. 그럴 리가 없겠지.

아무리 오늘의 하루가 이제까지의 한세기에 견줄 만큼 빨리 바뀐다 하더라도, 생리가 시간을 따라 똑같이 빨리 변해주지 않는 한 자기와 누이와의 사이에 그토록 감각이 다를 리야 없겠지. 결국 누이나 K양의 생각과 자기의 생각의 차이는 따로 온전할 수가 있는 개성의 문제리라.

"너 말야, 얘."

윤은 한참만에 중요한 얘기를 하려는 사람처럼 목소리를 고친다.

누이는 사발에 붙은 마지막 밥알 한 개를 젓가락으로 입속에 집어 넣으며 오빠를 바라본다.

"암만 해두 K에게 다시 한 번 청을 해봐 주어야겠다, 너. 내 일이라두."

"오늘 오미트를 당허구두 또 그류? 싫수, 난."

"아주 결렬은 된 게 아니야. 누가 얘기를 하는가는 문제가 안 될 테니 이왕 나선 김에 더 한 번 수고를 해 주렴아. 넌 가보구 싶으면서두 이런 말을 하는 내가 불쌍하지두 않니?"

"내가 뭐 가기 싫거나, 말을 해 보기 싫어서 이러는 줄 아우? 오빤."

"하여간 낼 학교 갔다 오는 길에 들려서 만나 봐."

"왜 저러까, 오빤. 요새 남자들은 다 오빠 같수?"

"네 애인은 나 같지 않을 테니 염려말아, 얘."

앞바다의 물결이 별안간 거칠기 시작했는가, 와르륵 부딪치는 소리가 연거푸 크게 들린다. 판자 벽 새를 스며드는 바람은 구공탄불의 운기 쯤 도무지 퍼져나지 못하게 한다. 오빠는 이 따위를 난로라고, 차라리 집어치우라는 말이 목을 간질거렸고, 누이는 만일 밤새 다 사위어 가면 아침에 어떻게 또 피울까를 걱정한다.

2.

웬 멋진 여학생이 찾아왔다는 바람에, 윤은 책도 챙겨넣지 아니하고 강당에서 뛰어나왔다.

"어떻게 왔니, 너?"

"강의 다 끝났수? 오빠."

누이는 찬바람 속에서 걸음을 빨리 했는 듯 얼굴이 붉게 물들어 있다.

"급한 일이냐? 무슨."

"K언니한테 다녀왔수. 오빨 꼭 좀 만나자구."

윤은 아직 한 시간이나 남은 것을 그대로 책가방을 들고 나섰다.

"너두 가잣구나. …뭐래든?"

"금방 알게 될 걸, 뭐. 그렇지만 밀회장소에 침입허는 건 숙녀의 예가 아닐 텐데, 오빠."

"초청을 거절하는 게 숙녀의 예가 아니란다, 얘. 구역질 나는 소린 말구 함께 가잣구나."

오빠와 누이는 얼마 떨어 지지 아니한 다방으로 들어갔다.

셋이 자리를 잡고 앉은 뒤였다.

"다른 수속이나 절차는 남아 있는 게 없으세요?"

K양의 목소리는 오늘따라 더 침울하게 들린다.

"여비 문제만 아직."

윤은 K양의 목소리가 침울하게만 들리지 않았던들 혹은 얼굴이 붉어졌을찌도 모른다.

"어떻게 허든지 가시지 않기를 바랐는데…. 저엉 그러시다면 드리도록 허겠어요."

K양은 윤이 미처 뭐라고 말하기도 전에 가방을 연다. 일천만

원 짜리 수표가 윤의 앞으로 밀려온다.
"아버지가 주십디까?"
윤은 침이 꿀꺽 소리를 내고 넘어가는 것을 느낀다.
"벌써 오래 전에 받았어요. '스칼라·쉽'의 통지를 받으신 이틀 뒤에요. 그런 걸 그냥 가지고 있었죠."
"그런 줄 누가 알았니? 괜히 죽을 애를 썼지."
"K언니두 이만저만 아니구려. 왜 그렇게 애를 태우?"
누이도 눈이 둥그래서 댓구를 한다.
"넌 뭐 괜히 놀리고 싶어서 여태 그냥 웅구리고 있는 줄 알아?"
"그 중 먼저 K언니헌테 얘기를 허지 않구, 나중에 얘기를 헌다는게 떠억 나를 통해서 무슨 감투운동이나 허듯 허니깐…."
"내가 언제 그런 얘길 했어? 그런 생각은 건방진 사람이나 허는거 아냐?"
"그래두 못나게스리 자기가 헐 말을 남을 시키니깐 그렇지."
누이는 옆에 앉아 있는 오빠를 흘겨본다.
"그런 게 아냐. 누가 얘길 허든지 무슨 관계가 있어? 좀 더 심각헌 까닭이 있어."
K양은 오빠를 바라본다. 오랫동안 마주 보고 있다.
"급한 데 쓰거나 아주 어려운 돈은 아니유? 너무 힘들든지 하면 일부분은 딴 데서 구하도록 하게…."
윤의 말에,
"돈이 어렵다거나 당신이 직접 오시지 않았다거나 해서가 아내요. 이 돈을 드림으로써 당신과의 약혼을 취소해야 옳지 않을까 해서야요."
하고 K양은 입술을 떤다.
"여비하구 약혼하구 무슨 관련이 있다구 그런 소릴 하우?"

윤은 들고 있던 찻잔을 탁 소리가 나도록 내려 놓는다.
"여비가 마련이 되시문 틀림 없이 떠나신 거 아내요?"
"그런 말이야 하나 마나지."
"유학을 허시는 기간이 하루 이틀이나 한 두달이문 몰라두, 삼 년 동안이라구 허시지 않았어요?"
"……."
"삼 년 동안을 어떻게 믿구 있겠느냐 말애요."
"삼 년 동안이 뭐 길다구 그류? 염려 말아요, 틀림없이 총각 그대로 돌아올 테니."
윤은 비로소 K양의 뜻을 알 수 있었다.
"…대개들 유학을 하는 사람은 그 동안이 아무리 짧다 하여도 그대로들 있지 않는다. 고국에서는 눈이 빠질지경이도록 돌아오기를 기다리고 있는데, 한 번 가 놓으면 부인이 있거나 약혼녀가 있거나 으레 그곳에서 달리 이성을 찾아 들인다. 여성이거나 남성이거나 모두 그렇다. 유학을 하는 본인이야 모자랄 바 없겠지마는, 고향에서 기다리게 되는 사람이야 무슨 턱이 있어 떠나가 있는 남편이나 아내를 기다리는가. 오랜 동안을 두고 본인에게는 물론, 기다리는 자기에게도 빛이 되는 바램을 가졌거늘, 막상 돌아오는 마당에 버림을 받게 되는 자기라면 차라리 건너가 있게 하느니보다 건너가지 못하게 하는 편이 잘 생각하는 일이 아닐까. 더구나 건너오기라도 할 양이면 분풀이라도 할 길이 있겠지마는, 몇몇 사람을 빼놓고는 이미 돌아올 시기가 훨씬 지나 있는데도 여직 소식조차 없지 않는가…."
"아무 일 없이 그대로 돌아오신다구 무슨 수루 장담을 해요?"
K양은 가벼이 웃음 짓는다.
"그대로 돌아오지 않는다는 징조가 없는 것이 증거지 뭐람?"

윤도 빙긋이 웃어 보인다.

"K언니, 예외라는 걸 한 번 생각해 보구려."

누이도 마주 입을 열었다.

그러나 K양은 금새는 아무 댓꾸가 없이 그냥 윤을 마주 바라보다가 하는 말이,

"내가 약혼을 취소해야 되리라는 건 실상은 그런 때문이 아내요."

"……."

"당신이 그대로 돌아오시리라는 건 넉넉히 믿을 수가 있겠어요. 그렇지만 문제는 당신에게 있는 게 아니라, 내게 있는 거애요. 아무리 생각을 되뇌어 보아도, 난 도저히 아무 탈 없이 당신이 돌아오실 때까지 있어 질 것 같지 못해요."

"그건 또 무슨 말유? K언니."

누이가 K양을 쳐다본다.

윤은 입을 다문다.

"지금의 하루는, 그 전의 10년과 견준다는 말이 있지 않아요? 그 만큼 우리들이 처해 있는 사회는 변화가 많고 빨라요. 신념이나 환경이나 약속두 그 만큼 빨리 변한다구 볼밖에 더 있어요?"

"외부의 변화야 빠르겠지만 자의식이야 그렇게 빨리 변하는 게 아닌데."

"그러니까 더 문제가 심각헌 거에요. 생리나 심리두 시간의 비중대루 똑 같이 빨리 변해 나가문 그야말루 '바란스'가 맞게요? 생리와 관련되는 조건은 그대루 있는데 객관현상이 자꾸 변해 나가니, 미쳐 대비할 방도를 채릴 수가 없다는 말애요. 가령 당신이 떠나신 뒤에, 크게 잡을 것도 없이 아버지의 사업이 실패에 돌아간다고 쳐 봐요, 도루 피난 와서의 처지허구 같아

질 거 아내요?"

K양은 말을 끊었다가….

"당신이 그 동안 다른 여자하고 어떻게 된다든지 허는 건, 돌아오실 때 내가 용서를 헌다든지 거절을 헌다든지 방법이 분명히 있어요. 그렇지만 여기 앉아있는 내가 무슨 수루 삼 년 동안 아무 변동두 느끼지 않는다구 장담을 해요?"

오빠는 여전히 댓구가 없다.

"피난을 갓와서 일단 약혼이구 뭐구 백지로 돌아 갔다가 최근 다시 살려 놓듯이, 이 번에두 떠나시려문 아주 관계를 깨끗이 끊구 가셔야 될 거애요."

"K언니! 언니는 애정이나 약혼을 그냥 기계 뜯어 고치듯, 어떻게 그렇게 따지러만 들우? 더구나 삼 년 뒤에 꼭 잘못되리라는 그런 조건은 어디 있구?"

누이가 묻는 말에,

"넌, 누가 애정까지를 청산허자는 말인 줄 알어? 약혼만을 취소해 놓구 보자는 말이야. 순조롭지 못헌 운명 속에 살고 있으니깐, 요행일랑 아애 바라지 말자는 말이야, 얘."

K양은 큰 소리가 나도록 한숨을 쉬는 것이다.

윤은 말이 없다.

…K양은 결론까지를 찾아내어 보았다는 뜻에서, 자기보다도 좀더 진지하고 애쓰는 생활내용을 갖는 사람이나 아닌가. 결론이 어떻게 나타났다든지, 또는 당치도 않은 그릇된 단정을 갖게 되었다든지 하는 것은, 결국 진지하고 애쓰는 사유과정을 모독하는 조건은 아니니라. 문제는 매듭에 이르기까지의 기술면이 아니라 태도나 교양면에 있으리라. 유학을 다시 없이 큰 승리로 여기는 나머지 다른 일체를 썹어 발기려던 자기의 태도나 교양에 비길 말이면, K양은 좀 더 앞 선 자리에 서서 발돋

음질이라도 하여 좀더 높은 곳을 보려 하였고, 본것이나 아닌가. 당장을 가려낼 수 없는 요새의 환경 속에서, 아닌게 아니라 삼 년의 앞날을 무슨 재주로 다짐한단 말인가. 알 수 없는 앞날인 바에는 차라리 알 수 없는 백지의 자리로 돌아가자는 말이 현명하리라. 자기가 그런 생각을 한 번인들 해 본 일이 없는 것은 무슨 때문인가….

"난 당신이 될 수 있는 대루 나와 함께 있으시길 바랬어요. 오빠나 동생처럼 무슨 일이든 협의가 되지 않겠어요? 그렇지만 기여코 가신다면, 가신다는 그 자체는 나도 남에게 지지 않게 반갑게 여겨요. 진작 수표를 드렸어야 헐 걸. 이런 것두 한 자리에 있으니까 허는 얘기지만…."

K양의 눈에서 눈물 방울이 서리어 난다.

"오늘 내일 떠날 일두 아니구…."

윤은 말을 끊었다가,

"나도 깊이 생각해 봐야 할 일이라고 보우. 오늘 하구 싶은 말은 이 담 번에 하기루 하구."

윤도 한 숨을 쉬며 수표를 집어넣는다.

"K언닌 너무 신경질이 돼서 똑 탈이야, 오빠."

다방을 나와 K양과 갈린 뒤에 누이는 곧 입을 연다.

"신경질이라는건 사실이야. 그렇지만 오늘 한 얘기는 그런 범위에 속하는게 아니야."

오빠는 외투 깃을 여민다.

"그렇게꺼정 어렵게 생각허문 땅바닥이 꺼지까바 못 댕기겠수."

"……."

오빠는 말이 없이 걸음을 자주 하다가,

"애!"

"왜, 학교루 또 가야 허우?"

"나는 이제껏 아무것도 제대루 배운게 없구나, 얘. 아무 것두 아는 게 없지 않니?"

"그리게 자꾸 배워야지, 오빠."

"유학을 한다는 건 뭐냐? 여기서는 도저히 더 배울 것이 없게 된 때, 다른 나라에 가서 마저 배우는 게 유학이 아냐? 구경을 한다는 건 결국 구경을 한다는 거구."

"그래두 유학은 해야 해, 현대인은. 이 좁은 데서 뭘 자꾸 배울 게 있어? 오빠."

"나는 유학을 해야만 될 계재가 아니야, 여기서두 첫걸음두 못 알구 있다, 얘. 약혼이라는 게 어떤 건지두 도무지 알지 못하구 있는 주제가 아니냐? 나는."

누이가 대답이 없다.

"도대체 배운다는 것의 내용을 우리들은 잘못 알구 있는 거나, 아냐? 학교만 댕기는 걸루 다 배운다구 여기 있는게 틀린가부다. 당연히 그 중 먼저 생각할 일을 막다른 골목에 이르도록 통 모르구 있었으니."

"……."

"유학은커녕 지금 댕기구 있는 학교두 집어치워야 헐까 부다, 얘."

"원, 오빠두 K언니의 태도 같구려?"

"학교 댕길 방침을 연구헐 게 아니라, 안 댕기구두 될 방침을 연구하자, 얘. 현재 학교에 댕기지 않구 있는 K가 훨씬 나보다 나아."

충무로 고개턱에 이르렀다.

영도를 저 쪽에 두고 있는 부산의 앞바다가 사뭇 미친듯이 꾸물댄다.

"애!"

"왜? 오빠."

"낼은 일요일이지? 너 오늘낼 어디 약속한 데 없니?"

"없수. 왜?"

"지금부텀 떠나두 될 거다. …김해에 계시는 어머니 헌테 좀 댕겨 오자."

"집엘 갔다 오자구? 그래, 그리잖아두 가고팠는데."

오빠와 누이는 그냥 발길을 되돌리었다.

"어머니가 굴비를 잡숫구프다 했지? 자갈치루 가서 굴비 한 두름, 사 가지고 가자, 애."

(首都評論, 1953.6)

행로(行路)

1.

"더워! 어유 더워!"

조금만 더 더우면 서울 거리는 여기 저기 불이 붙어 오를지도 모른다. 부채질이나 얼음 물을 먹는다는 노릇이 용광로 속에 입김을 불어 넣는 힘에도 미치지 못할 상 싶다. 금시 냉수를 몇보라기씩 들이켜 쓰고 산지사방 터져 있는 대청마루에 이렇게 기대있는 데도 온통 땀이 매닥질을 하려 든다. 호식이는 다시 물통신세를 질 수 밖에 없다고 몸을 화닥닥 일으킨다.

"들어 오셨구려? 학생."

하숙집 식모할머니가 장에서 찬거리를 사들고 들어오다가 걸음을 멈추며

"편지 왔우, 학생한테. 집에서 온가부지? 아마."

부산 집에서 보내온 편지였다. 이번에는 어머니의 글씨가 아니고 오래간만에 아버지의 글씨다. 몇해동안 노상 어머니가 겉봉이고 속알이고 썼기 때문에 이번의 아버지의 글씨는 이상스럽다는 생각을 주는 이상으로 커다란 불안을 일으집어 놓는다.

편지를 뜯는 손이 와들와들 떨린다.
"아!"
호식이의 얼굴이 점점 헬쓱해 간다. 검으래한 살결이 노랗게 이즈러져 가고 입술이 뭉긋뭉긋 흔들린다.
"왜 그러우? 학생 무슨 좋지 않은 편지유?"
"야단났어요."
호식이는 가까스로 댓구하고는 제방으로 들어와 벌떡 드러누워 버린다. 눈길에 천장이 비치는데 천장의 무늬가 뱅글뱅글 돌면서 이 방에도 이젠 마지막 누웠구나! 하고 희롱대는 것 같다.
(드디어 끝장이 났구나!)
호식이는 눈을 감았다 떴다. 편지를 다시 읽고 되읽고 하였으나 자리에 그대로 빼겨날 재주가 없다. 발길로 채운 사람처럼 일어나 나오는 것이 아니라 굴러 나온다.
"나갈유? 학생. 이 더운데."
"나가봐야겠어요."
호식이는 덥고 답답하고 그런 것이 정신 속에 없었다. 어디를 둘러 보아도 벼랑과 바닷물 밖에 없는 얕은 자리에서 그래도 어디든지 가봐야 되겠다고 버둥거리는 자신을 느낄 뿐이다. 실상 하숙집을 튀어 나왔다 뿐이지 어디를 가봐야 되겠다고 목을 내놓은 것도 아니다. 한곳에 앉아서 새겨내기에는 편지의 내막이 너무도 텅무하고 질릴 일이었기 때문이다.
(영희를 만나자!)
영희는 고향 충청도 한 고장에서 어려서부터 알던 K여자대학 2학년 학생이다. 그리지 않아도 호식이가 오늘밤에 찾아 보기로 약속이 된 사람이다. 어려서부터 은연히 정이 들어 있던 사이에서 서울 올라와서는 남매처럼 가까이 굴며 종당 결혼하게 될 것이거니 생각하는 사이다. 무슨 일이 있든지 영희나 호식이나 뻔질낳게 찾아 다니지만 아는 사람들은 번잡스럽다고 놀리거나 하지도 않았다.

"어떻게 오셨어요? 더운데."

영희는 집에 있었다. 호식이가 벌거벗고 견디려도 안되는 더위 속에서 옷매무새 하나 흩으러뜨리지 않고 다소곳이 앉아 있다. 워낙 깔끔하기로 소문이 나 놓아서 어려서도 맨발로 다닌 일이 없다는 여인이다.

"급한 일이 생겼어요. 야단 났어요. 영희씨!"

"어서 올라 오세요."

급한 일이 있어도 허둥대지 않는 영희는 호식이가 앉을 자리를 비켜 놓고 대야를 들고 뒤뜰 우물께로 걸어간다. 그 동안이 급하다면 따라와서 이야기 해 보라는 심사인지도 모른다.

2.

"세수하세요. 씻으시문 나아요 그래두."

"이것 좀 봐요. 어서 올라와요."

암만해도 호식이가 전처럼 태연스럽거나 진득하지 못하다. 무슨 까닭일가? 문득 영희의 머리 속을 쑤기고 기어드는 불길한 생각이 였다.

"편지 왔어문? 왜 뭬 잘못 되었어요?"

"큰일 났어요. 집안이 완전히 파산이 되었수. 파산 정도가 아니라 알거지들이 되게 되었어."

"……."

영희의 얼굴도 별수 없이 노오랗게 변색이 되어 간다. 편지를 받아드는 손이 아까 호식이가 떨던 때 비슷이 후들대고 있다.

"…애비에게 마지막이 닥쳐왔다. 네게 보내 주는 그 얼마 되지도 않은 학비를 앞으로는 아주 보내지 못하게 되고 말았다. 남은 학교 과정을 어떻게든지 지탱해 주려고 애써 보았으나 집안 전체에 파멸이 왔으니 그런 지향마저 짓밟이게 되었구나. 집안이야 어찌어찌 목숨을 이어 나가게 되겠지만 애비 노릇을 이에서 그치려 하니 가슴이 터진다…."

벌써부터 일이 꼬이고 얽히기만 해서 걱정이라는 소식이 있더니 드디어 꼬이고 얽힌채 끝장이 났다. 이 편지는 아버지만으로서의 마지막인 말이 아니라 호석이와 그 집안의 사이를 아주 가로막아 버리는 높고 두꺼운 장벽일 것이 분명하다. 끈아불 끝에 매달려 빙글빙글 돌아가던 돌맹이가 별안간 줄을 끊기운 셈이다. 그 동안 편하고 흐뭇하고 즐거웠던 일이 많았으면 많을수록 돌자체는 이제 어디를 어떻게 날아 가다가 딩굴게 될지 까마득한 노릇이다.

"어떻게 해요? 이 일을 호식씨."

"돈이 오기만 꼬박이 기다리다 이 일을 당하니 정신이 돌아줘유 말이지."

"가 보세야죠? 집에."

"가 봐야죠. 차비가 생기문."

"차비는 내게 있어요. 천오백환쯤."

"영희씨가 무슨 돈이 있수?"

호식이가 영희를 빠안히 바라보며 눈을 굴리는데는 까닭이 있다.

영희는 동생과 올라와 학교를 다니고 있는 중인데 이제까지 고향에서 학비나 하숙비를 보내온 일이 없다. 그런 것이 아니라 호식이가 아버지에게서 받은 돈을 아껴 써가며 남는 돈으로 영희 형제를 불러 방을 얻어주고 학비를 내어주고 하는 중이다. 호식이가 아버지에게 돈을 많이 갖다 썼고 그 돈이 꼭 필요 하기도 한 까닭은 영희 형제가 있기 때문이다. 호식이의 아버지도 아들의 태도를 짐작하고 있다. 호식이는 앞날 결혼을 할 수 있는 여인의 학비와 생활비를 대어주는 노릇을 당연하다고 여겼고 영희도 굳이 사양하거나 괴로워 하지 않았다. 이렇게 2년이 계속되어 오고 있는 중이어서 호식이는 영희의 주머니에 얼마가 들어 있는지를 자기 주머니처럼 잘 알고 있다. 이미 자기에게 돈이 동이난지가 오란데 영희에게 천오백환쯤 숨겨져 있으니 어찌된 일인지 알 수 없다.

"집에서 방학 때 내려올 차비에 쓰라구 처음 보내 왔군요."

영희는 우체환표를 아직 찾지도 않고 두었다가 내어 보인다.

"내가 되려 신셀지게 됐군."

"곧 올라 오시게는 되겠죠?"

"곧 오겠어요. 그리고…."

호식이는 눈을 지긋이 감다가 화악 치켜뜬다.

"이제 어떻게 했으믄 좋겠수? 나두 나지만 영희씨의 학비랑 생활비."

3.

"나야 뭐. 호식씨부텀 마련을 해 보세요. 순서루 봐서두."

영희는 아무렇지 않은듯이 말하였으나 얼굴 빛으로 보아 머리가 띠잉해 있는 것을 짐작할 수가 있었다.

"나는 그래두 나아요. 사내라는 점에서라두."

"덕택에 여직 고생모르구 지나댔는데 이젠 고생줄이 들었어요."

"궁리를 대 봅시다. 참!"

호식이가 번쩍 고개를 든다. 생각에 잠기다가 고개를 번쩍 치켜 들게되면 좋은 수가 있는 증거가 된다.

"가실래요? 벌써."

"영희씨 문제 말유. 생각이 한가지 머릿속에 들어 왔어요."

"무슨 생각이예요?"

영희의 눈이 수정빛처럼 번쩍 빛난다.

"내 대신 나와 똑 같이 영희씨를 원조해 줄 사람이 생각이 났어요."

"누구예요? 그런 사람."

"영희씨도 아는 사람 홍수군 있잖아요? 그 아버지가 큰 무역회사 사장이구 해서 돈이 넉넉해요. 나하구는 친구구. 말만함은 될 거야."

"홍수씨 말이세요?"

홍수는 영희도 잘 알고 있는 호식이의 친구다. 아주 친하게 여기는 사람이어서 영희에게 인사를 시켜 준 일이 있다. 첫 번 만날 때 존경을 베풀던 영희는 두 번, 세 번에 이르러 증오하기 시작하였다. 불과 두 세 번 만나는 동안 벌써 정도 이상 친절하게 구는 품이 싫었고 번연히 친구의 애인인줄 알면서 옆에서 가로 낚으려고 하는 심보가 더 미웠다.

그 뒤 만날 기회를 일부러 피해 오늘까지 반년쯤 소식을 모르고 있다.

"그래. 홍수군을 만나도록 합시다."

떠억 그 홍수를 대 주는 호식이가 도리어 원망스럽다. 자신이 홍수의 도움을 받겠다고 해도 말리러 들고 말려야 될 호식이가 먼저 서둘러 그를 대어주는 품이 원망스럽다. 호식이는 사람을 한번 믿게 되면 다시는 변하지 않는 줄로 아는가.

"생각해 볼 일이예요. 딱 싫다구 자를 까닭이 있다는 이야기는 아니라두요."

"생각해 볼 일이 뭐 있어요? 그럴 여가는 어디있구. 내가 부산 내려가서 언제올지 모르니깐 어서 서둘러 만나야지."

"갔다 오셔서 만나두록 해요. 신세를 질 때 진다구 하더라두."

"괜한 고집. 연락을 대 놓을테니 내일 여섯 시에 종로 아세아다방으루 나오세요."

고집이라고 하는 텍거리에 들어서서는 정말 고집을 부릴 속이 아닌 한 더 우길 나위가 없다. 자기가 싫다거나 사양을 하는 것은 기실 호식이에게 예의가 되도록 하기 위함이니 호식이가 좋다는 일을 핀찬 줄 수는 없다. 핀찬을 준다고 하더라도 핀찬을 핀찬으로 여기는 꽁한 사람이 아니기는 하였으나 지금의 호식이는 조금만 마음에 차지 않아도 끝고까와 할 사람이다. 아버지의 편지를 받아드는 찰나 스스로를 패인이라고 여기기 시작했는지도 모른다. 나중 일은 나중 일일 것, 여적지 호식이의 말이면 무턱대고 따르던 중이니 이번에도 시키는대로 군말 말고 조ㅊ는 도리밖에 없다.

"나가겠어요. 여섯 시에."

"꼭 나오세요. 딴 생각 말구."

"나간대두요. 꼭."

꼭 나와야 된다고 다짐을 두는 것은 무슨 조간인가. 모든 일이 다시답지 않으니 영희 너도 믿기 싫어졌다. 그런 말인가. 그렇지 않은 말인가.

4.

호식이를 보내놓고 영희는 비로소 깊고 넓은 바다에 혼자 버를 짓고 있는 몸이 되었음을 느낀다. 어디로 어떻게 배를 놓은지 우선 탓없이 자꾸 말려 갈 수 있을 테지만 삐끗하게 되는 날 쿨렁쿨렁 터져 뚫일 뱃 밑창을 대체 무슨 수로 막을가. 호식이에게 맡겼던 노와 키를 홍수에게로 돌린다 해서 금새 무슨 사탈이 날 일은 아니지만 결국 홍수가 호식이를 대신하는 뱃사공이 아니다.

홍수와 영희의 단 둘이 출발이 될 일이 두렵지 아니한가. 저녁도 먹히지 아니하고 일찍 자고 보자고 누워도 잠도 오지 않는다. 모기 파리가 떼지어 물고 발아도 고만하던 노릇이 오늘은 모기도 파리도 없건만 따갑고 군실거리고 몹시 덥다.

이튿날은 더 더웠다. 여섯 시가 되도록 무진 더워만 간다. 아무데도 나가지 말가보다 하는 생각이 진정 들락날락하는 것을 영희는 입을 악물고 남을 내 몰듯이 신을 신고 집을 등진다.

"어서옵쇼. 더운데."

호식이가 홍수가 벌써부터 와 앉아 있는양 유리 찻잔이 비어 있다.

"오래간 만예요, 홍수씨."

영희가 앉자

"레지! 파인 주우스."

이어

"호식군에게 얘기 들었습니다. 영희씨 문제는 맡았습니다. 염려히셔 놓으십쇼."

홍수의 말을 들으니 다시한번 교양없는 녀석이라는 생각이 드는 것을 영희는 미리 그럴줄 몰랐더냐 하고 속으로 자신에게 귀뜸하는 것이 아니라 호식이를 나무랜다.

"신세를 지겠어요, 앞으루."

영희로서는 달리할 말이 없다.

"조금두 어려워 말구 지시만 하십쇼. 즉땡같이 뭐든지 대령할테니. 자, 어서 쭈욱 들이켜십쇼. 앵간히 더워야지, 빌어먹다 죽을 날이."

"난 밤차에 부산으로 떠나겠네. 지금 말한대루 모든 일을 잘 돌봐 줘."

"꽤 걱정이 되나보군. 수표장이라두 맡길테니 염려 말래니깐."

세 사람은 시원한 차를 마시고 이어 중국 요리집에 들어가 저녁을 함께 시켰다. 그리고는 잇대어 부산으로 떠나는 호식이를 배웅하러 모두 정거장에로 갔다.

정거장은 더우나 추나 매한가지로 북적거렸다. 이 많은 사람들이 당장 이곳으로 뭉겨들지 않으면 생벼락을 맞게 되는가 싶게 움치고 뛸 틈바구니가 없게 꿈적도 하지 않는다. 그런 빽빽한 사람 속을 비비 대기를 치며 차표를 사야되니 호식이의 옷은 빨아 놓은데 진배없이 땀이 배어 온다.

"덥겠어요, 호식씨."

영희는 호식이의 눈치를 살피고 섰다. 차표를 사느라고 얼마나 화가나 있는가 하는 눈치를 살피는 것이 아니라 이렇게 홍수와 나란히 서서 차표 사는 호식이를 바라다 보고 있는 자신을 어떤 눈초리로 살피나 그 눈치를 보고 있는 것이다. 홍수가 비록 친척이나 스승이라고 하더라도 사실만으로 호식이의 눈에는 불안이나 질투가 그런 싹을 도러내고 있음찍 하다. 그러나 호식이는 끝까지 사람이 무심하였다. 두 사람이 나란히 서서 구경을 해 줘야나 표를 살수 있는지 싱긋 웃어 보이기조차 하며 표파는 창문가를 비비적 거리고 있다.

(못난이. 천지. 덜된 사람.)

영희의 눈에 모멸하는 그림자가 서리어 온다. 모르는 사이에 홍수와 호식이를 똑 같이 치사하게 여기는 마음이 무럭무럭 고개를 든다.

5.

부산으로 내려 가자마자 호식이는 편지를 보내어 왔다. 곧 올라 오지 못하게 될 형편이니 그 동안 홍수에게 단단히 부탁하여 생활비와 하기금을 얻어 쓰라는 이야기였다.

(지지콜콜히 잔소리를 하고 있네. 홍수를 경계하라거나 조심하라거나 그런 이야기는 한 토막도 없으면서.)

영희는 호식이의 편지가 호식이를 만난 때처럼 그토록 즐거움을 주지 않는 것을 깨닫는다. 친구답지도 못한 청년을 하나 떠억 들여뜨려 놓고는 할 일 다 했다는 듯이 배포 유하게 군다는 생각이 든다. 비겁한 사람으로 여겨진다. 독실한 신앙자일수록 호된 지저구니들 저지르고 문을 뛰어 나오 듯 호식이에게 보내던 애정이 디웅박이 너무도 단단했기에 이즈러지게 되자 후딱 부서져 버리고 만다. 편지를 아무렇게나 꾸겨 던지고 후닥딱 밖으로 뛰어 나간다.

"어딜 나가우? 언니."

"밖에. 홍수씨 만나러."

"뭘 날마다 만나러가?"

"모르는 소리. 말아, 넌."

실상 오늘은 홍수가 만나자는 것을 논문 쓸것이 쌓였다고 거절을 해둔 날이다. 꼭 만날 일이 있어야만 만날 상대는 아니라고 하더라도 날마다 만나자는 것은 투정이지 된 노릇이 아니다. 편지가 오지만 않았어도 안나가고 파리라도 잡을 것을 따지고 보면 호식이의 등살에 홍수에게로 피난을 가는 셈이 된다.

"으쩐 일이세요? 논문 쓰신다더니."

홍수는 언제나 영희가 반가운가.

"가깝해서요. 무슨 시원한 노릇이 없나 하구요."

평소에 새침하던 영희의 말로는 어이가 없다.

"놀러 나가실가요? 모처럼 말씀하시니."

"어디루요?"

"어디루든지. 옳지, 한강 아니면 뚝섬."

"시간이 자랄가요? 지금부터."

"하이야루 달리기를요. 늦으믄 뭐 뭐랩니까? 그까짓."

"가십시다요, 그럼."

홍수는 누구와 수표관계로 만날 일이 있지만 영희씨가 놀러가자는데야 수표가 다 뭐 말라 빼들어진 물건이냐고 호기를 쓴다. 정말 수표를 동댕이 치고 나오는지도 모르고 홍수의 심통으로서는 그럴 수도 있으리라.

"뚝섬까지."

자동차 속에서 홍수는 공연스리 영희에게 몸을 기대기도 하고 흘금거리며 돌려보기도 한다. 영희의 눈치가 누구러지면 족히 손을 붙잡을 심천인지도 모른다.

"편지 왔나요? 호식군헌테."

"안 왔어요, 아직."

영희가 호식이의 이야기를 하기 싫어 거짓말이다.

"어째 소식이 없을가요?"

"있으문 멀해요."

"하기는."

뚝섬은 정거장처럼 사람들이 와글거리고 있었다. 또약볕이 되어 한시도 견디기 어려운 모래밭 위에 사람은 돈이 있으면 때가 지나도 시장끼를 모르듯이 옆에 물이 있는 것만으로써 물속에 들어간 듯 시원한 상 싶었다.

"뽀오트를 탈가요?"

"코카콜라를 마실가요?"

홍수는 연방 영희의 눈치를 살피며 눈치에 맞도록 은저리와 홍정을 한다. 이런때는 우연히 만난 사이라고 하더라도 몸은 빼치면 안되는 법이어서 영희는 고삐에 끌리우는 송아지 모양으로 홍수가 굴자는대로 굴었다. 해가 저물고 '카아바이트' 불이 모래밭과 강물 위에 기름처럼 깔려나가도 홍수와 영희는 뭍에 오를 줄을 모른다.

6.

이튿날부터 홍수는 점잖게 버젓이 영희네 집에 찾아오는 사람이 되었다. 더위에 그대로 기어올라 오려는 몸이 비꼬일판인데 수박과 복숭아와 설탕까지 매달고 올라온다. 짐군을 시킬 생각이 없을리 없을 것을 정성과 호기를 보이느라고 손수 두 손에 매달고 온다.

"이러지 마세요. 이러하심 괴로워요."

첫 번은 수박, 그 다음은 핸드빽, 그 다음은 미국제 순모 보오라 투피이스 한점, 그 다음은 도토리만한 금시계, 그 다음에는 구두, 이렇게 미안하다거나 괴롭다는 이야기를 일부러 들으려는 듯이 꾸역꾸역 걸머지고 올라 온다. 무슨 담배를 한 대 내어주는 것처럼 그 비싼 물건을 닥치는대로 휘몰아 들여온다. 영희야 싫다거나 반기거나 자기는 이렇게 사다가 대령을 해야 사주팔자를 때우기나 하는 것으로 생각이 들었는지도 모른다.

"이스시래두요. 진정 다시 오시지 마세요. 도로 가져 가세요."

화를 내도 한 두 번이 아니고 마구 덤벼 들어 보기까지 하였다. 차지하고 마땅치 않다고 맞대놓고 몽댕이를 치다 싶게 업신여기기도 하였다. 그러나 모욕이라거나 존경이라는 것은 상대와 이쪽의 운명과 약속이 같은 몫에서나 맥을 추고 이롭다. 언젯적부터 영희의 눈살 찌푸리는 것을 겁냈다고, 홍수는 영희가 뭐라고 덤벼 들든지 자꾸 갖다 바치기로 작정을 대고 있는 것이다.

한달쯤 지난날 저녁이었다. 이날은 어제와 달리 가을밤처럼 바람이 솔당거려 더워서가 아니라 거닐는 맛을 얻으려는 사람들로 거리가 웅성거렸다.

"걸어 가실가요? 집까지."

달이 대낮 부럽지 않게 발밑을 비치어 영희도 진작부터 걸어 가고 싶은 중이다.

"아무 커니나 하세요."

영희의 집에 곧바로 접어드는 데까지 이르도록 홍수는 아무런 이야기도 꺼내지 아니한다. 발 빛이 조올졸 흐르는 이 아름답고 맑고 밝은 밤을 왜 말 소리를 내어 흐려 뜨리랴싶었는지도 모른다.

"영희씨."

전에 없이 팽팽한 홍수의 말 소리다. 영희는 깜짝 놀란다.

"네?"

"나하구."

"네?"

홍수는 더 말하지 아니하고 영희의 손을 꽉 잡아 쥔다. 어찌자는 다음 말이 없어도 결혼을 하자고 정식으로 청하는 말이다.

오늘의 이런 소리가 나오고야 말리라는 것은 호식이가 부산을 내려가던 날부터 짐작하고 있었던 바다. 뚝섬으로 함께 간 일은 영희가 꼬트겠다치더라도 구뒤 영희의 눈치를 살피며 뭐니뭐니 사다 안길때마다 영희는 실상 언제까지 사다바치기를 이을 것인가 미심쩍었다. 오늘은 차라리 늦은 셈이다. 늦은 셈인데 당연히 짐작했던 일인데, 영희의 가슴은 오닥지게 뛰기를 시작한다. 자다가 생벼락 소리에 깨어난 사람모양 옷이 터져 나리다싶게 가슴이 뛴다. 짐작한 일인데 가슴이 뛴다.

"영희씨."

"……."

"나를 못마땅히 생각하시는 줄도 잘 압니다. 그렇지만 나는 진작부터 영희씨를 사랑하고…."

어쩌고 어쩌고 하는데 홍수의 말 소리가 끝에가서 떨린다. 자꾸 붙들어 쥐는 손아귀도 덜덜덜 떨린다.

"놓으세요, 손."

"네? 네."

"돌아 가세요, 오늘 밤은."

"그럼 영희씨는…."

달빛에 비치는 홍수의 눈알이 번쩍거리며 빛난다.

7.

"그런 것이 아니예요. 오늘 당장 어떻게 대답을 해요?"

"호식군에게는 내가 따루 사유를 얘기하겠읍니다. 친구를 배반한 듯 해서 그냥은 있지 못하겠어요."

"그건 제게 관계되는 문제에요. 그 점은 내게 맡기세요."

"내일이구 모래구 영희씨의 대답이 있을 때까지 기다리겠읍니다."

홍수는 진실한 태도로 진실한 소리를 하고 있다. 조금 전까지 어떤 알심과 근턱거리를 들고 감추고 왔건 이제는 적어도 거짓과 강제와는 떠나 있는게 틀림 없다.

(어떻게 할가? 아니지. 어덯게 되는 것일가?)

홍수를 보내 놓고도 영희는 들어 갈 열의가 솟아나지 않는다. 하늘에 걸려있는 둥그런 달이 이곳에 그대로 서서 생각해 내라고 눈을 부라리는 것처럼 여겨진다. 달에게 마음의 갈피를 해쳐 보이고 달의 가르침을 듣고도 싶다.

(모르겠다.)

옳은 대답이라고 생각이 든다. 그러나 과연 모를 일이며 몰라야 할 일이며 모를 수가 있는 일일가.

(아니다. 무슨 결론이 있을 것이다. 마땅히 가려내야 될 뚜렷한 결론이 멀지도 않은 곳에 있을 것이다.)

들어 갈 생각이 솟아나지 아니하였는 데도 방에 들어와 있었고 방에 들어와서 또 생각을 잇댄다.

(결혼을 한다는 가정부터 세워보자. 지금 나는 홍수의 청을 거절할 수 있는 처지인가?)

천장 한편 구석에서 호식이의 눈과 입술이 한꺼번에 울멍거리며 내려다 본다. 바로 그 옆에는 홍수가 마음대로 울어 보렴, 이미 때가 늦은 걸 누구인들 어떻게 하랴 하는 듯이 지긋이 내려다 보고 있다.

(별 수 없다. 홍수의 청을 받아 들이는 길 밖에 없다.)

결정을 내리고 보니 생각도 않는데 눈물이 주르르 흐르고 눈앞이 가물거려 온다. 그러나 두 길을 가운데 놓고 어느 길이든지 하나를 골라 잡지 않을 수 없는 이상에는 지난날 호식이에게 애정을 느끼고 믿음을 기울였다고 해서 지금 산더미처럼 커다란 덩치로 몰려오는 홍수의 거세고 으웃한 힘을 피하는 길로 접어 들 수는 없다. 애정의 문제가 아니라 보다 앞서 있는 생활과 생존의 그림자가 더 다급하고 엄숙하다.

(길게 생각할 일이 아닌 것을 길게 생각하는 것도 잘못이다.)

호식이와의 지난 날이 가지런히 채곡채곡 솟아났다 쓰러졌다 한다. 즐거움도 있었고 포부도 컸다. 사랑의 전무를 보내면서도 모자라지 않을가 안타까워하던 일도 생각이 든다. 마음이 아프고 다시 한번 눈물이 솟친다.

뜬 눈으로 밤을 새우고 그 이튿날 일찌감치 홍수에게 편지를 썼다. 홍수의 얼굴에 호식이의 얼굴이 자꾸만 겹처저서 안달이 나는 것이었으나 영희는 청혼을 수락한다는 글발을 요령껏 써 내려갔다. 절필 끝이 움직이지 않을지도 모르리라 싶었는데 막상 글씨를 쓰기 시작하니 쉽에 내려간다. 더 두고 생각을 더해야 별 수 없는 결론일 것이라고 여겨저서가 아니라 더 두고두고 생각을 마물리는 동안 만일 지금의 열정이 뭉그러지면 어찌나 하는 두려움에서 이튿날 일찌감치 편지를 썼다.

영희의 편지는 그날로 홍수의 손에 들어갔고 홍수는 받아 본 편지를 손에 그대로 든채 영희네 숙소로 뛰어왔다. 이번만은 진정 불안했던 모양으로 면도도 하고 있지 않았고 그리고 보니 얼굴이 꺼칠하여 있는 듯 하다. 홍수는 영희의 방에 들어와 입학시험에 합격된 중학생 모양으로 앉지도 서지도 못하고 있다.

8.

홍수가 영희에게 결혼을 하자고 청하던 날밤, 그 시각, 부산에서는 호식이가 아버지와 학비문제에 대한 최후의 마듭을 대고 있었다. 아버지는 사업이 완전히 실패된 사람이었고 아버지 스스로가 학비를 잇대어 줄 기운은 애여 없었지만 직접 내려가서 사방으로 수소문한 결과 아버지와 동업관계에 있는 친구 한 사람이 얼마남지 않은 학교를 그만 두어서야 쓰느냐고 나섰다. 그것이 이야기의 언턱거리가 되어 마침내 아버지가 대주던 액수를 언제고 보내주마는 다짐을 얻게 되었다. 아버지도 그 사람 말을 믿을 수 있다고 눈물겨워 하였고 호식이도 새 세상을 만난양 후련하였다. 자기만 살아난 것이 아니라 자기에게 부축을 받고 살던 영희에게도 구원의 손길이 생기게 되었다.

(고생이 심하겠지. 홍수에게 수모도 받겠지.)

이제 한시인들 부산에 편안히 배길 등걸은 없다. 불현듯 영희가 보고싶고 그립고 마음이 뛴다. 어서 가서 실컷 만나고 만나서 걱정없이 공부에만 정신을 팔자고 다짐을 주고 다짐을 받고 싶다. 두달 가가이 편지를 한번 밖에 보내지 않았거니 여북 답답스러워야 편지 낼 마음도 솟지 않았느냐 하고 위로를 주고 위로를 받고 싶다. 그 동안 이 벼랑끝처럼 아슬아슬 하고 괴로웠던 것이라고치자, 앞으로는 다시야 그럴 일이 없으리라고 웃음을 주고 웃음을 받고 싶다. 오늘 밤 아버지를 만나 마지막으로 학비에 대한 의논을 매듭짓고 내일 아침에는 첫차로 서울로 되돌아 가고 싶다. 날마다 밤마다 영희가 정거장에 나와서 나의 오는 모습을 기다렸다고치자, 그때 마주치는 영희 눈길과 내 눈길 끝에서는 무슨 빛의 불꽃이 솟을 것인가. 부산의 밤도 달이 마냥 밝고 맑은 속에서 호식이가 벅찬 가슴을 가누지 못하는 때 서울에서는 같은 달 밑에서 홍수가 영희에게 결혼을 청하고 있었다.

"내일 아침 떠나겠느냐?"

아버지의 말.

"내일 아침 떠나겠어요."

"애비하나 없는 세음치고 부디 잘 공부 해 나가거라. 다시 애비 노릇할 날을 찾도록 하마, 나두."

이튿날 호식이는 서울로 달리는 새벽차에 몸을 실었고 저녁에는 서울역에 내렸다. 물론 영희의 모습은 마중하는 사람들 틈사귀에 없었고 영희 비슷한 사람만 많았다.

호식이는 그 길로 영희의 집으로 달려 갈가 생각해 보았으나 아무리 마음속에 맺혀있는 일이라고 해도 기차 속에서 복닥질을 친 얼굴과 옷을 보일 수는 없다. 우선 하숙으로 가서 하숙집 식모할머니가 잘 간수해 두었을 샤쓰라도 갈아 입고 그래도 시간이 있으면 가 보도록 하자.

호식이는 그날밤 영희의 집에 나타나지 않게 되었고 하마트라면 홍수와 영희가 마주 앉아 혼인의 다음 고비에 대한 이야기를 꾸미는 장면과 마주칠 운명을 맞이하지 않게 되었다. 그런 장면과 마주 치게 되어 주먹질이나 칼부림이나 그런 지저구니가 솟을 뻔 하였다면 호식이는 알았건 몰랐건 그처럼 무섭고 괴상한 운명을 스스로 멀리하여 몇 사람의 목숨과 체면을 구했다고 할 수도 있다.

이튿날 아침 일찍 어제 기차를 타러 정거장으로 나올 때의 마음처럼 사뜻하고 즐거운 마음으로 집을 나섰다.

"영희씨!"

호식이는 제방 들어가듯 영희의 방문을 열어 젖혔다. 문턱에 사내의 신발이 없었으니까 방안에 홍수는 보이지 않았다. 그러나 영희는 시체의 얼굴처럼 표정이 싸늘하였다.

9.

"아!"

영희의 입에서 나온 소리가 아니라 호석이의 입에서 나온 소리다. 생각했던 모습과 너무나 등이 떠 있는 모양이 솟구칠 때는 누구든지 놀라는 소리를 내게 된다.

"깜짝이야. 언제 오셨어요? 호식씨."

영희는 치만지 저고린지 손으로 주름을 잡고 있다가 저만치 밀어 놓는다. 깜짝이야 소리를 하면서도 손끝이 떨려 있지 않다.

"어젯밤. 궁금했어요. 편지두 못허구 어떻게 지나셨어요? 영희씨?"

아무래두 무슨 문장을 외는 것 같은 소리가 되어 나온다.

"덕택에 이렇게 지나고 있어요. 곧잘. 학교에두 잘 나가요. 어째 별안간 나타나세요?"

영희의 말이 얼마간 부드러워 지는 듯 한데 그제야 말끝이 흔들리는 것 같다.

"별안간 만나는 반가움을 즐길려구요. 걱정허던 학비 문제가 뜻밖으로 해결이 잘 되었읍니다. 물론 영희씨의 학비 문제두요."

호식이도 이제야 말 소리가 제대로 나와 준다.

"어떻게 해결 되었어요? 그렇게 큰 문제가. 아버님이 다시 사업을 회복하셨나요?"

"하늘이 무너져도 솟아날 구멍이 있다구, 다아. 나중에 자세한 이야긴 하기루 하구, 그래 홍수군 어때요? 사람이. 좀 도움을 받았어요? 그동안.”

“네에.”

“당장은 갚을 길이 없겠지만 이제 갚아줄 마련을 대ㅂ시다. 도합 얼마쯤이나 되어요? 신세 진게.”

“…….”

“하여튼 전처럼 걱정 없이 학교를 다닐 수 있게 되었읍니다. 그 동안은 고생두 심하였겠지만 다 잊읍시다. 모두.”

“…….”

“오늘은 학교에 안 나가는 날입니까? 나가려면 나가십시다.”

“나가는 날에요.”

영희의 책을 챙기는 손끝이 이제야 완연히 떨리기 시작한다. 바로 홍수가 사다준 그 비싼 책가방에 책을 넣게 되는 때문이기도 하려니와 지금 부산에서 뛰어 올라와 아무속도 알지 못하고 기뻐만 하는 호식이에게 무엇이라고 말을 해야될 지 갈피를 잡을 수 없기 때문이었다. 아까는 가슴의 문을 워낙 단단히 잠그고 있던 중이어서 도리어 눈하나 까딱하지 않을 수 있었는데 이제 가슴의 문을 열고 가슴 속이 어렇게 되어 있읍니다 하고 드러내 보여야 될 무렵에 이르니 그러면 호식이의 몸과 마음이 그 새에 문틈으로 비집고 튀어 들어와 따악 앉아 있단 말인가. 눈앞이 삼삼해 오고 목이 메어 오고 입과 손과 몸이 자리를 찾지 못하고 있다.

“왜 그래요? 얼굴이.”

“아무렇지도 않아요. 날이 좀 찬가 보죠? 오늘 아침은.”

밖으로 나와서도 발걸음이 제대로 때어지지 않는다.

(내가 지금 무엇을 애쓰고 있으며 무엇을 애써야 되는가?)

결국 호식이에 대한 향수 때문에 일어나는 마지막 흐느낌에 아무 것도 될 수 없는 일이다. 마지막 조상 소리가 더 서럽 듯 지난 모든 일을 불사르려는마당, 으례 있어야 될 괴로움이며 섭섭함일 것이며 그럴 뿐일 것이다.

(침착하게 굴자. 나는 벌써 할 말을 지니고 있는 사람이 아니냐?)

영희는 옆에 걷고 있는 사람이 그토록 애듯하고 안타깝던 지난 때의 호식이는 아니라는 생각이 이제사 솟아 오른다.

"여쭐 말이 있어요, 한가지."

영희는 넌지시 호식이의 얼굴을 살핀다. 영희의 눈과 호식이의 눈이 날카롭게 마주 친다.

10.

"내가 호식씨를 버리구 배반하구 그랬다는 말이세요?"

영희는 호식이의 이즈러진 얼굴을 자신도 이즈러진 눈길로 바라 보다가

"이번의 경우는 적어두 호식씨가 나를 먼저 버리신 거에요. 호식씨에게 버림을 당하자 나는 나를 구해 내기 위해서 스스로 흥수씨의 곁을 찾아가는 행동조차 취했어요. 호식씨에게 버림받은 상처들 그냥 무진장으로 지닐 수는 없었어요. 매음녀라구 하시지만 순정을 쏟은 처녀가 버림을 당할 때 무슨 지서구니를 못하겠어요?"

날카롭기는 하였으나 말 소리에 헛갈리는 데가 없다.

"아아니, 내가 영희씨를 버렸다니? 아아니 말은 아무렇게나 해두 되는 거요?"

호식이는 수렁 속으로 미끄러져 들어가는 듯한 답답함을 느

낄 뿐이다.

"가령 말에요. 홍수씨의 이야기가 첨에 나왔을 때 나는 학교를 못다니구 비럭질을 했으믄 했지 그 사람의 원조는 받고 싶지 않았어요. 그런걸 호식씨가 반 강제로 그 사람에게 나를 떠맡겻어요. 생각해 보세요. 호식씨가 나를 사랑하였다는 것이 사실이문 사랑하는 사람을 어떻게 그런 사람에게 맡길 생각이 드시느냐 말에요. 호식씨가 나를 사랑하셨다 하문 내가 그의 원조를 받는다 해두 막으셨을 거에요. 죽는다 해두 붙들구 놓지 않으셨을 거에요. 어쩌자구 나를 그런 사람에게 맡기세요? 그게 버리는게 아니문 뭘 버리는 것이라구 그래요?"

영희의 눈에 눈물이 글성거린다. 이제사 진정 원망스럽다는 듯 호식이를 바라보는 눈줄기에 서러움과 절망이 으리으리 서리어 있다.

비로소 알 수 있었다. 호식이의 머릿속을 파헤치고 들어오는 하나의 뚜렷한 빛깔이 있었다. 은저리에 잡히는 것이 없어 두 손을 허위적 거리고 있는 자기의 머리 속을 환안히 비쳐 주는 것 같다. 영희는 영희대로의 갈 길을 간 것이 분명하다고 제시해 주는 것 같은 빛깔이다.

(어떻게 할가? 어디로 갈가?)

고개를 뒤로 젖개고 있던 호식이가 느닷 없이

"영희씨!"

"네?"

"홍수와의 약속을 취소허세요. 내가 잘못 했어요. 다른 얘긴 할 것 없구 우선 홍수와 약속헌걸 취소허기루 해 주어요."

"취소를 해요?"

"학비가 문제라문 그럼 염려 없어요. 모자라면 나는 학교를 그만두더라도 영희씨만은 부족 없게 해 드리겠어요."

"학비 문제라문 간단 하겠어요. 그렇지만 취소를 하면 이번에는 정식으로 홍수씨를 배반하게 되지 않아요? 정말 매음녀가 되지 않겠어요? 정말 갈길 없는 여인이 되지 않아요?"

"……."

호식이는 걸상에서 몸을 일으킨다. 더 앉아 있을 수 있도록 마음도 몸도 편안하지가 않다. 핏줄기가 눈속을 비집고 나오는 것처럼 앞이 허청거린다.

"어디루 가시겠어요?"

"……."

호식이는 대답없이 저 앞으로 걸어 나간다. 출근 시간이 되어 지나가는 사람들의 바쁜 걸음 속을 툭툭 채이며 천천히 걸어간다. 대답없이 천천히 걸어가는 호식이의 뒷모양을 보고 영희는 홍수네 집으로 가려는 것이라고 생각이 든다.

(어디로 가야 되는가? 나의 갈 길은 어디인가? 몸의 갈 길은 어디이며 마음의 갈 길은 어디인가?)

어디라 정해지지 못한 호식이와 영희의 걷는 방향은 어디라 정해지지 않은 채 자꾸만 멀어 간다.

(京鄕新聞, 1955.8)

황야(荒野)에 홀로

1. 피난(避難)

단기 4280년 12월 00일.

수백, 수천, 수만명의 남녀들이 서울에서 수원으로, 수원에서 천안, 조치원, 대전으로 행길 위를 떼지어 줄지어 걸어 가고 있었다. 지저분한 옷차림에 허술한 봇짐들을 지고, 아니야, 허술한 옷짐 밑에 매달린 거지처럼 지저분한 사내와 여인들이 행길 위를 걸어 가는 것이 못되고 흘러가고 있는 중이었다. 어디서부터 와서 어디까지 가려는 노릇인지 스스로도 알지 못하는 길을, 어디까지 걸어왔으며, 얼마나 더 걸을 기력이 남았는지도 모르는 아득한 길을, 수천, 수만명의 피난민들이 한결같이 밀려 내려 가고, 아우성을 치고 하였다.

"쉬었다 가, 언니. 응? 언니."

며칠동안이나 낯을 씻지 못하였는지 스무살의 여자대학생이라고는 도무지 생각할 수 없는 험스룩한 처녀가 울상으로 언니의 손을 잡는다.

"조금만 더 걷자, 얘. 저기 사람들이 많이 앉아 있는 곳까지만. 응?"

언니라고 불리우는 여인도 동생과 진배 없이 검고 너줄한 얼굴로 옆을 돌아본다.

"여기두 사람이 쉬구 있지 않아? 더 못 가겠우. 아휴!"

"한 발자욱에 목숨이 달린 줄만 생각해. 못가구 가구가 어딧어? 야."

"오늘안에 들어 가긴 갈 수 있을까? 조치원까지."

"……."

두 여인은 더 말을 주고받지 않는다. 말 자체가 아무런 도움도 주지 않는바에 굳이 말을 꺼내어 이 거센사람의 물결의 한 끝을 조금인들 놓칠까브냐, 그런 심사인지도 몰랐다.

"언니! 응, 언니."

"그래 쉬었다 가자. 나두 더는 못 걷겠다."

언니와 누이동생은 길옆 조금 후미진 곳, 지난날 정자나무로 모시던 듯한 고목밑으로 발길을 옮겨선다. 나무밑에는 이제 더는 걸을 수 없는 어른과 아이들이, 얼음이 갈라진 듯한 차가운 땅바닥 위에 자리 없이 누워 있기도 하였다.

"여기가 조치원이램 좋겠지? 언니."

"애엔!"

언니는 여러 사람들 틈사쉬에 몸을 앉히려다 말고 동생의 허리를 꾹 찌른다. 입을 다물라는 신호다. 동생은 곧 언저리를 살펴 본다. 아무도 그들을 유심히 바라 보는 사람은 없다.

"참! 자꾸 버릇이 되어서."

"조심을 단단히 해. 넌 너무 대범해, 무슨 일이든지."

언니가 동생의 허리를 꾹 찌른 것은 당장 눈앞에 누가, 또는 어떤 사태가 위험을 보여준 때문은 아니었다.

"이렇게 앉아 있으니 행결 살 것 같수, 오빠."

"그래! 그래."

언니는 '오빠'라고 부르는 동생의 말을 받아 대답을 큰 소리로 하였다. '언니'라고 부를 때는 죄를 짓고 들킨 사람처럼 기겁을 하더니 '오빠'라는 칭호를 듣고 태연해지며 태연한 말소리로 대답을 한다.

그럴 밖에 없었다. 언니 숙영(淑英)이가 동생 숙희(淑姬)와 함께 길을 걷고 있으되 언니만은 여인의 옷을 입지 않고 사내의 옷을 입었기 때문이다. 어디라 끝간데를 알 수 없는 창창한 피난길을 떠나면서, 다 자란 처녀 단둘이 생각다 못해 꾸며낸 몸차림이었다. 어제도 오늘도 낯설은 먼곳에의 길이기에 언니와 여동생이 차리고 나설 다른 재주가 없기도 했으려니와, 다행이랄까, 언니 숙영이는 몸이 듬직하고 목소리가 우렁차서 사내옷만 입으면 누구든지 청년으로 보는 터였다. 머리를 짧게 깎고, 군대에 나간 오빠의 옷을 입은뒤, 동생 숙희를 이끌고 이곳 조치원 어구리에까지 다달았다.

조치원이라 해서 그들이 내려오기를 기다리는 집이 있는 것은 아니었다. 아버지 살아 계실때 크게 신세를 끼친 친척이, 언제든지 은혜를 갚아야 되겠다고 내려 오라고 해서 그 집을 무턱 찾아갈 뿐이었다. 친척이라고 꼭 믿고 내려가는 터는 아니지만 그래도 단 두 형제, 다만 며칠 동안의 잠자리나마 아무 근턱 없이 내려가는 것보다야 낫지않으랴 싶을 뿐이었다.

"앞으론 단 둘이 있을 때라두 오빠라구 불러라. 큰일 나겠다."

"그러나 시집두 못가문 어쩔려구?"

"너언. 헐 애기가 없느냐?"

저어 앞에 여전히 사람의 떼들이 밀려가고 있다. 저렇게 밀려가는 사람의 떼들을 맞이하고 담아 넣기 위해 남쪽으로 뻗은 행길이 있고 마을이 있는지는 모르지만, 누구라 오라는 길도 아닌 터에 어저면 저렇게 똑같은 걸음씨로 향하는 일도 있을까, 이상해진다.

알이 어두워 가자 바람이 더 매섭게 불어온다. 앉아있는 이 정자나무가 지난 여름에 얼마나 시원한 바람과 풍경을 보여 주었는지 모르지만 지금 바람을 휘감으며 나타내는 앙상한 가장귀들의 앵앵소리는 그대로 얼굴을 예이려는가, 속속들이 드리며 파고 들어오는 것만같다.

"조치원 들어서면 찾기는 찾겠우? 그집. 오빠."

"가봐야지."

"산다는 노릇이 죽는 것보다 더 괴롭구려, 오빠."

"죽는 일보다 더 괴로운 일은 있을 수 없어, 얘."

"이 고생을 하문서 살려구 하는 오빠의 심정은 뭐유? 대체."

"어서 일어 나자."

숙영이와 숙희는 다시 몸을 일쿠어 큰길로 몸을 옮긴다. 실컨 쉬지 못한 걸음은 그대로 내쳐 걸을 때보다 더 뻐근하고 휘청거린다. 어제부터 부풀어 오른 발뒤꿈치가 벌써 터져나갔는지 다리하나는 불에 덴때처럼 쑤시고 저리다.

어디서 불어오는 바람인지 별안간 먼지와 가랑잎이 뒤섞이며 언저리를 감감하게 한다. 저물고 바람부는 이즈음을 조상이라도 하는 듯 가마귀가 떼지어 언저리를 감돌고 있다.

"까우욱! 까악! 까악!"

죽음의 세계에서 솟구쳐 오르는 듯한 몸서리나는 공한 소리가 바로 머리위에서 한 발자국 눈앞에서 이리저리 햇갈린다. 살썩는 냄새에 재빠른 저 검칙하고 무자비한 가마귀떼들이 사람들의 머리위를 감돌아가는 숫째 걸어가는 사람의 머리채에 달려 들기도 한다. 한동안 저 가마귀떼들을 저주하고 무서워하는 소리가 요란스럽기도 하더니, 이제는 눈앞에서 날개를 펴도 같은 새가 태연하였다.

조치원 장안에 들어선 것은 해가 진지 오래인, 통행금지 시간이 가까와 올 무렵이었다.

집들이 부서져 있어서 어디가 어디인지 도무지 분간이 어려운 거리에 사람들의 오고가는 틈새가 더욱 바쁘고 초조하였다.

"큰일났우. 오빠. 오늘두 거리에서 새게 되나보우."

"아무렴 어떠니?"

청년들이 나와서 통행금지 시간이 되었다고 큰 소리를 외칠 무렵에야 아슬아슬하게 ○○동에 있는 친척 집 문앞에 다달았다.

(살았다!)

두 여인은 푸우하고 한숨을 쉬며

"여보세요!"

숙희가 먼저 내달아 소리를 친다.

안쪽에서 감감한채 대답이 없다.

"여보십쇼! 계십니까!"

숙이이 가슴 더 크고 점잖은 소리로 대문고리를 흔들어도 기척이 없더니 네번 다섯번 소리를 치니까 그제야 식모인 듯한 중늙은이가 나온다.

"여기 안석준씨 댁이시죠? 주인 계세요?"

"안계시는데유."

주인은 가족을 데리고 어제 아침 부산으로 떠나버렸고 지금은 자기와 자기 조카벌되는 청년과 청년의 어머니, 이렇게 집을 지키고 있다는 이야기였다.

앞이 칵 막히는 듯한 소식이었으나 이제 이 늦은 밤 갈데가 있어도 갈 수가 없는 제제다. 숙영이와 숙희는 될대로 되기밖에 더하라는 마음으로 식모를 따라 안방으로 들어갔다.

검은 천으로 문을 가리운 방안에는 촛불이 반딧불처럼 감박대고 있는데 그 밑에 청년이 누워서 자고 있다. 그 옆에 청년의 어머니인 듯한 중년부인이 무슨 바느질을 하고 있다.

"고생을 허는구려! 젊은네들."

부인이 몇마디 말을 물어보니 주인 안씨의 친척인 것이 확실하게 되자 안심을 하고 자리를 가리키며 자기를 권한다.

"고단하겠우. 어서자우."

부인이 자리를 정해준다. 맨 웃목에 숙희, 그 다음에 숙영이, 그 다음에 청년, 그 다음에 청년의 어머니, 주인 식모는 맨 아래쪽, 이런 순서로 어서 누우라고 권한다. 남자의 복장을 하고 있는 숙영이와 청년이 서로 살을 맞대고 잠들라는 것이었다.

"자지 않아도 괜찮습니다. 어서 주무십쇼."

숙영이가 난처한 기색을 숨기고 사양을 하니

"어서 누우슈. 잠이야 누운 다음에 들일이니깐."

청년의 어머니와 식모가 우기다싶이 자리에 눕힌다.

숙영이와 숙희의 눈이 서로 마주 치며 번쩍 빛났다. 그러나 할 수 없는 일이었다. 밖으로 나가 버리려면 몰라도 이 집, 이 방에서 밤을 셀바에는 숙영이와 청년이 살을 맞대고 잠들지 않을 수 없게 되었다.

2. 부산(釜山)

조치원의 한기슭, 한기슭 조그만집, 조그만방, 다섯사람을 누인 굴속같은 공간에도 밤이 자꾸 깊었다. 누우면 잠이 올테고, 잠이 들면 억천만가지의 걱정과 생각속에서 모르는 듯 벗어날 일이면서도 이 방, 비좁은 방에 누워있는 다섯사람은 한사람도 잠이 들지 않았다. 청년, 초저녁에 잠들었던 부인의 아들, 경수(慶洙)라는 청년도 아까부터 깨어있었다.

"저엉 못 자겠군."

옆의 사람이 알아듣지 못하게 혼자 중얼거린 경수가 몸을 부스스 일으키더니 담배를 피어 문다.

"왜, 잠이 안오세요?"

경수의 뒤를 이어 숙영이도 벌떡 일어난다. 자신은 사내처럼 자랐으니까 위험스러울 바가 없다고 하더라도 옆에 자고 있는 숙희에게 어떤 사람이 덮칠찌 모를 일이기 때문이다.

"주검의 행렬에도 휴식이 있다. 이런 식이군!"

경수가 담배갑을 내어 민다.

"어디까지 가세요? 선생님은."

"우선 여기까지 왔으니까."

촛불밑에 비친 경수는 숙영이보다 대, 여섯 살 나이가 더 먹어 보이는 매끈한 청년이었다. 얼굴은 여니 사람처럼 검고 지저분하게 허트러져 있었지만 눈이라든지 입매가 피로해 보이지를 않는다. 눈이 자그마하고 새쭉한 품으로 보면 인정이 없고 욕심이 많은 사람인지도 몰랐지만 인상 자체는 상냥한 편이었다.

"부산은 아직두 길이 멀죠?"

묻는 숙영이의 말에

"예서부터 부산을 찾아요? 허어!"

경수는 왜 그리 사람이 순진하냐는 듯 한참 바라보고나서

"저분은 누굽니까? 부인인가요?"

"누입니다."

경수의 눈이 가벼이, 그러면서도 날까롭게 빛난다.

(미인이다! 귀엽다!)

흐릿한 불빛이 숙희의 얼굴은 옆으로 빗기어 지나가는데, 그 불빛에 드러나는 얼굴이 희고 곱다. 경수는 이제까지 사귄 여러 여인중의 누구와 비슷한 얼굴인가를 잠시 생각해 본다.

"가는데 까지 가봅시다. 나두 어머니 모시구. 방향은 부산이니까."

이튿날 경수의 모자와 숙영이의 자매는 잠들어 있는 식모를 남겨놓고 일찍감치 집을 나섰다.

"여럿이 걸으니 훨씬 몸이 가볍군."

경수가 여러 가지로 앞장을 서서 일행을 인도하고 보살핀다. 몸도 날세고 행동과 인심히 깨어있어, 숙영이와 숙희는 이 사람 아니더면 어쩔번 했나, 하는 생각을 여러번이나 갖게 되었다. 어디를 돌아보나 남이요, 낯선 길과 집에서, 이런 친절한 사람의 능난한 보살핌을 맞이하자니 긴장과 경계가 모조리 뜰어서온다.

조치원에서 부산까지, 지겹기도 하고 무섭고 억세기도 한 먼 길이었다. 경수의 재치있는 괴와 움직임으로 군대차를 얻어 타기도 하고 따뜻한 방안에 들어앉아 보기도 하였기 망정이지 그대로 꼬박이 걸어 내려갔다면 언제 어디서 걸음을 끝냈을찌 모를 일이었다.

경수는 내내 친절하고 자상하였다.

(숙희에게 관심을 가졌구나!)

한동안 이런 생각에 더욱 조심을 하던 숙영이 자매도 나중에는 설사 그렇다고 한들 신세는 신세가 아니랴싶은 생각까지를 품게 되었다.

부산에 닿았다. 더 가고 싶어도 갈 자리가 없는 마지막 지점이었다.

"어디루 가시겠소? 종성씨."
경수가 숙영이의 자매를 돌아본다.
(그는 숙영이의 이름이 종성(鍾成)인줄 알고 있다.)
"광복동 친구의 집으루 가 보겠어요."
"아, 동창생인가 하는 분?"
"선생님은 어디루 가시겠습니까?"
"난 염려 없대두 삼촌집이 서면에 있으니깐."
경수와 숙영이는 서로 주소를 적어가지고 헤어졌다. 사흘 뒤 숙영이가 경수를 찾아 가기로 하였다.
"저 사람 서 단단히 보았지? 숙희야."
광복동을 향하는 길이었다.
"덕은 본 셈이지만 사람이 흉측해 오빠."
숙희는 숙영이가 없이 혼자 있던 때 여러번 이상스런 눈초리와 입매로 자기를 쏘아보던 경수의 얼굴이 떠올랐다.
"그만한 사람두 드물어, 야 남자옷을 입구 있으니깐 비로소 남성들을 알 수 있겠더구나."
"그게 뭐, 오빠에게 친절한걸루 알우? 워언."
"허긴 너만 없었다면 내게 그렇게 친절했을 턱은 없지."
광복동의 동창생 명순이는 서울에서 내려오는 불쌍한 자매를 기쁘게 맞아주었다. 워낙 친척과 아는 사람이 없이 외롭게 지내던 명순이는 진정 숙영이의 남매가 올 것을 믿고 있었기라도 한 것처럼 방 하나를 송두리채 내어주었다.
"이런 꼴이나 되어야 오구. 미안해서 말이 안나오누나."
"어서 옷을 갈아 입어요. 그렇게 하구 있으니까 꼭 남자갔구나. 무섭다."
"당분간은 남자 옷을 입고 있어야 되겠어. 그럴일두 있구, 또 그게 편하단다, 야."

숙영이는 내려오는 길에 경수와 만난 이야기를 하였다. 앞으로 한동안 사귀어야 되겠는데, 그러자니 여자로 둔갑을 할 수는 없지 않느냐고 하였다.

"그 사람두 그 사람이지만 최건식씨는 언제 찾아보렴?"

"건식씨두 찾아야 되겠지. 낼부텀 광고두 내구 찾아 댕기기두 하께. 난 부산이 생판이니 이래저래 네 신셀져야 되겠다, 얘."

건식이라는 청년은 서울 왕십리에 사는 숙영이의 약혼자다. ＸＸ회사에 다니고 있는 청년, 이번에 피난사무의 일부를 맡아 일행과 함께 벌써 이주일 전에 서울을 떠났다.

남한 차지에 널려 있는 지사와 사업장을 일일이 거쳐오게 되기도 했거니와 어디까지 내려 가서 멎는다는 실정이 없어서 숙영이도 그의 거처를 모르고 있는 중이다. 모두 이곳 부산으로만 몰려 들어오고 있는 중이니 혹 벌써 다달아 자기를 찾고 있는지도 모르리라는 생각뿐이었다.

"내일부텀? 왜 낼부텀 찾우?"

숙희와 숙영이와 명순이를 빠금히 치어다 본다.

"그럼, 얼른 서둘러서 찾아 봐야지, 속히. 낼 아님 언제 찾자는 거냐?"

숙영이의 말에

"딴소릴허는구려, 오빤. 낼이 아니라 지금부터 찾잔 말에요, 내말은."

"애앤. 우물을 들어마시겠다. 뭐하나 정돈이 된 뒤라야 찾구말구 안허니? 목욕도 좀 하구."

"그게 말이야? 오빠. 지금 건식씨를 찾는 일보다 더 급한 일이 오빠에게 있우?"

"……."

"한 발자욱에 목숨이 달렸다 어쩐다 할 때와는 딴판이구려. 명순언니!"

숙희는 옆에 머엉히 앉아있는 명순이의 손을 잡아 이끌며

"염치두 뭐ㅅ두 없지만 용서허세요. 지금 나허구 신문사에 함께 가서 광고 좀 내 주어요. 오빤 집에 있구요."

듣고 보니 말릴 수도 밀수도 없는 일이었다. 어제와 오늘의 형편이 다른 것이 아니라, 지금과 지금, 생명이 마구 이어지고 끊기고 하도록 어기차게 바쁜 때 내일을 기다린다는 노릇은 내일을 기다리지 않는다는 이야기와 통할 일이기도 하리라.

"숙희 등쌀에 문밖에 좀 나가 보두록 하자."

명순이와 숙희가 밖으로 사라진지 좀 지나서다.

"여보십쇼."

남자의 음성이 들려온다.

"누구세요?"

댓구가 하고 싶어서가 아니라 숙영이 자기 밖에는 집에 남아있는 사람이 없다. 구두를 다듬어 만든 '스리퍼'를 끌고 대문께로 나갔다.

"명순씨 계십니까?"

"명순씨 계십니까?"

헌칠하게 생긴 청년이 서 있다.

"나갔읍니다."

"다른 분도 안계세요?"

"나밖에는 없어요. 누구십니까?"

청년은 어물어물 서성거리더니

"실례지만 선생은 누구십니까?"

하고 숙영이를 돌아본다.

"나 명순씨의 친굽니다."

"……."

청년은 더 묻지않고 발길을 돌려 버린다. 돌아 서면서 가슴이 급격히 요동하는 것을 느낀다.

(명순이의 친구. 버젓이 집을 혼자 지켜줄 수 있는 늠늠한 남자친구!)

청년 김도열(金道悅)이는 명순이에게 가장 소중한 이성이었다. 다시 말하면 도열이가 명순이를 못잊어하는 것이 아니라 명순이가 그를 몹씨 사랑하였다. 명순이가 제발 한번 오라고 청해도 도무지 오지 않다가 오늘 처음으로 찾아왔던 길이다.

찾아오니 명순이는 없고 그의 애인인 듯한 남자가 튀어 나오는 것이 아닌가?

3. 위기(危機)

명순이와 함께 나간 숙희는 해가 다 넘어가고 어둠이 짙어서야 돌아왔다.

"누가 찾아 왔었어, 명순아."

"누구야? 어떤 사람이야?"

"멋이 있게 생겼더라. 이름이나 용건은 대지 않구. 별 말없이 갔어."

"또 오겠지. 종일 돌아다녔더니 몸이 움쭉을 못하겠다."

도열이가 찾아온 줄로 알지 못할 밖에 없다. 찾아오리라고 생각조차 들지않았고, 오늘따라 도열이가 옷차림을 바꾸고 왔기 때문에 명순이는 늘 찾아오는 친척의 한 사람으로 여겨버리고 말았다. 이튿날이 되어도 명순이는 도열이를 찾아가지 않았다.

다음날부터 숙영이와 숙희는 거리의 모퉁이와 골목에 건식이를 찾는 종이쪽지를 써 붙여 놓으면 내일이 되기전에 다른 사람이 누덕누덕 같은 종잇장을 덧붙여 놓는 것을 숙영이는 그래도 멎지 않았다.

종이쪽이 매닥질이 되어있는 벽이나 판자 위에, 그곳에 무슨 보배가 있을라고 사람들은 종이쪽을 붙이다가 씨우기도 하였다. 명순이는 틈만나면 숙영이의 일을 도와주며 다녔다.

“종이쪽을 붙이려니 부산두 어지간히 넓수, 오빠.”

숙희가 풀묻은 손으로 머리를 쓸어 넘긴다.

“대강 그만두구, 서면으로 가 보자. 우경식씨네 집.”

하는 숙영이의 말을받아

“오빤 그 사람한테 반한게구려? 말끝마다 우경식, 우경식 하구 부르니.”

“떼 쓰지말구 어서 가 보자.”

경식이가 들어있는 집은 서면 ‘로타리’를 채 못간 곳, 깨긋한 지역에 으젓이 자리잡고 있었다. 부산에도 이런 점잖은 집이 있으랴싶은, 크고 시원한 반양옥 주택이었다.

“어서 오슈, 기다리구 있었읍니다.”

경수가 마침 집에 있다.

“미안합니다. 자주.”

경수는 이 집에서도 그중 깨끗한 방이라싶은 남향 조용한 방을 혼자쓰고 있었다. 들어서니 불도 지펴놓았으려니와 남향이 되어 그것만으로도 따뜻하였다. 경수가 먼저 입을 연다.

“요전에 말씀하신 그 건식씨라는 분 말예요.”

“네, 구분 어떻게든지 좀 만나야 되겠는데요.”

숙영이가 반색을 한다.

“종성형은 어떤 방법으루 찾고 계슈?”

"광고를 냈어요, 신문에. 그리구 여기 저기 쪽지를 써 붙이구."

"그것 뿐입니까?"

"다른 방법이 있어야지요?"

경수는 잠시 자리를 떠서 구석에 놓인 책상서랍을 열더니 서류뭉치 같은 것을 꺼내 온다.

"이걸 보십쇼."

숙영이가 들여다 보다가 눈이 번쩍 떠진다.

"아! 건식씨가 나니는 XX회사의 지점과 사업장의 주소록이군요!"

"이런 식으로 찾아야 됩니다. 신문이나 벽보를 만날 붙이면 소용이 뭐ㅂ니까?"

경수는 어떠냐? 싶은 표정으로 숙희를 바라본다.

(꾀가 있구나!)

숙희는 벽보를 붙이지 않게 되는 것만 해도 얼마나 도움이라 싶은 생각이 든다.

"어떻게 이런걸 구하셨어요? 선생님."

"다아, 내게는 재주가 있읍니다. 무슨 일이든지 내게만 맡기시라니깐."

"여기 부산 관계의 주소두 있구먼요? 부산지점."

"벌써 연락을 해본 뒤ㅂ니다. 아직 부산에는 오시지 않았읍니다. 오시거든 곧 알리도록 일러 둬ㅅ습니다."

"찬찬두 하세요, 선생님."

"이왕 돌봐 드릴 바에야 철저히 돌봐드려야지. 최건식씨가 종성씨 남매분과 어떻게 되세요? 자세히 묻지를 않았구먼."

"사촌이래두요."

"성이 다르지 않으세요."

"내종 사촌이예요. 어머니의 형님의 아들."

그제서야 경수는 안심이 되겠다는 듯 싱긋이 웃고나서

"내게 맡기십쇼. 그려잖아두 부산 이외의 지방에를 다닐 일이 있으니 간데마다 소식을 열람해 보겠읍니다."

"……."

"찾아드리면 뭐루 한턱을 내시겠읍니까?"

또 숙희를 돌려다 본다.

"뭐루든지 단단히 한턱을 내겠어요."

그뒤 숙영이와 숙희가 방문을 할때마다 경수는 건식이를 찾는 새로운 재료와 방법을 꺼내며 안심과 기대를 차차 강하게 갖게 하였다. 숙영이와 숙희가 생각하기 어려운 재빠른 방법과 극성스런 노력으로 오래지 않아 만나 보게까지 되리라는 확신을 갖게 하였다.

보름이 지난 날이었다.

"오늘 서면 경식씨에게 가 보는 날 아니유?"

숙희가 숙영이의 머리맡에 서서 큰소리로 서두른다.

"가보는 날이야. 오늘은 정확한 소식을 들을 수 있다구 그랬어."

"알문서 왜 그대루 누워 있는 거유? 어서 일어나 갔다와요, 오빠."

"못 일어 나겠으니 어떡험 좋으냐?"

겨우 고개를 내밀며, 숙영이가 대답한다. 그저께부터 몸살이 난듯하더니 오늘 아침에는 꿈쪽을 못하고 있다. 그동안 낯선 땅에서 낯선 일을 겪어나가노라고 몸도 고단했거니 약한 체질에 지나친 노심과 노력이 병으로 터져 버렸는지도 모른다.

"그래두 가 봐야지, 오빠. 왼만허문 일어나 보구."

"죽겠구나 골이쑤셔. 일어나기 틀렸으니 너 혼자 갔다 오느라."

"누가 내가 혼자 가우. 싫수."

"몇번 가본델 뭐 무섭니? 낯이 설어서 그러니?"

"혼자 가긴 싫어. 남자 혼자있는 방인걸."

"그렇지 않아. 뭐니뭐니 해두 그 사람은 친절해, 얘. 신사야. 어서 갔다 와."

"신사? 그 사람이 오빠에게만 신사지 내게두 신사야? 피!"

숙희의 눈에 다시 한번 경수의 샐죽한 얼굴모습이 들어온다. 숙영이의 눈을 피할 수 있을 때마다 때 놓지 않고 보여 주는 음흉한 얼굴이다. 음흉한 얼굴에 비렬한 웃음—숙희는 몇번이나 외면을 했던 경수의 얼굴이다.

"그래두 가 보아 투정부리지 말구."

"싫대두."

진정 싫은 노릇이었으나 숙영이의 청이 있거나 없거나 가 보지 않을 수도 없는 일이었다.

"어째 혼자 오시유. 오늘은!"

경수의 얼굴에 더 기뻐하는 빛이 분명히 떠 오르고 있었다. 두 눈이 더욱 접속해 보인다.

"나보구 먼저 가 보랬어요."

우선 둘러대었다.

"알았읍니다. 건식씨의 자료를. 여기 어제 밤에 오도록 연락을 해 놓았읍니다."

"찾으셨어요? 아유!"

머리가 아찔해 오는 것을 느꼈다. 도저히 맞이할 수 없던 일이 짝짝 눈앞에 떠오를 때는 누구나 눈이 부시지 않을 수 없다.

"내 수완을 보시라구 안그랬어요. 이젠 마음 터억 풀어 놓슈."
"꿈 같아요. 정말. 어디 계세요."
"지금 군산쪽에 있어요. 하여간 닷새 안에 두 눈앞에 나타날 것만은 절대루 보증합니다."
"……."
고마운 일이라고 마음이 꿈틀해진다. 눈물이 흐를 것 같다.
"숙희씨!"
아참 말이다.
"네?"
"숙희씨에게 할 말이 있어요."
"……."
"나하구 결혼을 해 주십시오. 내가 변변치 못하기는 한줄 알지만."
"네? 무슨 말이세요? 그게."
숙희는 반사적으로 몸을 뒤로 빼치었다. 남녀의 간격이 급짝이 멀어진다.
"진정입니다. 나는 진작부터 숙희씨를 사랑하구 있었읍니다."
"무슨 말씀을 그렇게 하세요?"
"숙희씨, 나하구 결혼 해 주시겠다구 약속을 하십시오."
"가겠어요, 나는."
몸을 일으키려한 것이 경수의 등작에 더욱 다급한 자극을 주게 되었다. 숙희가 일어서자마자 경수의 두 팔이 숙희를 감싸쥐고 만다.
"앗, 안돼요! 노세요."
"숙희씨!"
경수의 목에서는 말소리도 제대로 나오지 아니한다. 식식거리는 숨소리와 몸을 뒤트는 숙희의 옷 소리만이 방안에 그득할 뿐이다.

"노세요! 소릴 지를 꺼야요!"

그러나 경수의 팔은 숙희의 허리를 휘감은채 자꾸만 조여드는 것이다.

4. 상봉(相逢)

피하느냐 못피하는냐의 고통이 아니라 죽느냐 사느냐의 각박한 위기에 다달았다. 방 안에 사람이 없고 방밖에 사람이 없다. 방에서 어떤 일이 일어나도 방안에서 한발인들 바깥으로 나서줄 사람이 없고 방안에서 목놓아 외쳐봐도 이곳까지 대답을 이어줄 사람이 없다. 앞과 뒤에 갈길이 없다—몸을 내 맡기는 수밖에는 이때를 지나칠 어떤 방법도 없게 되었다.

"보세요! 놓세요!"

"……."

경수는 대답이 없다. 이미 서 있는 두 몸이 아니라 딩굴어 방안을 헤매는 적과 적의 몸부림이었다. 질서도 없고 낮과 밤의 구분도 없고 기운과 기운의 겨름이 있을 뿐이었다. 이길 사람과 질 사람이 처음부터 정해 있었기에 여인은 싸울 것을 단념하였다.

죽음의 직전에 이르렀다고 느끼며 눈을 감았다.

(안된다! 정신을 잃으면 안된다!)

눈을 버쩍 뜬다. 다시 눈이 감긴다. 미인을 먹고 잠드는 사람이 있다고 치자, 눈을 감으면 번연히 죽음에 이를 것을 알면서도 깜박깜박 조으는 사람과 같은 의식의 최후를 느낀다.

"우구운! 우군 있나아!"

밖에서 커다랗게 외치는 사내의 목소리가 들려 들어온다.

"누, 누구야아?"

경식의 얼굴이 낭패와 증오와 불안으로 새파랗게 빛이 변한다. 흥분과 긴장의 절정에서 몸과 마음을 남김없이 태우던 중에 생벼락과 폭포를 뒤집어 쓴 사람과 같은 얼굴이었다.

"방에 있나? 날세! 들어가도 좋은가?"

들어가도 좋으냐는 목소리가 벌써 문턱에서 솟아나고 있다.

"누구야? 깜짝 놀라게!"

경수가 몸을 젖기며 옷 매무시를 대강 고치고는 화닥닥 문을 연다. 경수가 문을 열고 나서자 숙희도 몸을 일으키어 도사리고 앉는다. 머리가 아찔하여 어디가 어떤 자리인지 알 수 없었으나 머리를 쓰러넘기고 얼굴을 매만질만한 동작의 여유가 회복되고 있었다.

"손님이 계신걸 그랬군. 미안하네."

경수의 친구인 듯한 청년이 경수에게가 아니라 숙희에게 고개를 숙인다.

"아니야, 어서 들어 와."

이미 경수도 평상시의 표정을 회복하고 있었다. 숙희의 시선이 마주치지 않도록 외면을 하는 품이 부끄러움과 회오를 느끼는 모양이었다.

"가겠어요, 나는."

숙희는 청년에게 말없이 고개를 숙이었다. 목숨을 건져준 이 거룩한 사람에게 고맙다는 말한마디 못하는 것이 안타까왔다.

집에 발을 들여놓으니 그때야 아까의 일이 차례를 찾아 머리에 떠 올라왔다.

"죽일녀석. 나쁜녀석!"

"큰일 날뻔 했구나? 너."

"그 청년 아니더면."
"잘못 했다! 내가."
그날 밤 숙희는 숙영이에 못지않게 열이 올랐다. 숙영이는 자기 때문에 큰일 당할 뻔한 숙희를 돌보며 밤을 꼬박히 새웠다.
(우경수를 만나지 말자!)
밤새껏 되뇌이며 새악을 마물리지 못하였으나 닷새가지나 지정한 장소로 나갈 시간이 되어서는 저도 모르게 나갈 차비를 하고 있는 자신을 깨달았다.
"어디 가우?"
"나가 봐야지."
"참! 오늘 만나자는 날이지?"
"넌 안나가련?"
"오빠 혼자 가우."
숙영이는 중절모를 쓰고 외투를 걸치고 터덜터덜 지정한 다방으로 향하였다. 경수가 또 속이는 농간인지도 모르기는 하였으나 속는 일이 있더라도 나가보지 않을 수 없다.
다방에는 사람이 와글거릴 뿐 건식이는 물론 경수의 얼굴도 보이지 않는다.
(오지 않을 것을 왔나보다!)
나갈까 말까하고 서성거리는데 문이 열리더니 낯익은 사람이 들어선다.
"아! 최선생님!"
바로 건식이었다. 머언 길을 헤매며 싸다니노라고 옷과 얼굴이 새까마ㅎ게 찌들었으나 알아볼 수 없는 정도로 변모는 되어 있지 않았다.
"아! 아니 어쩐 일유? 당신이."

건식이의 경우, 숙영이가 나타나리라고는 생각하지 않았다. 사촌동생인 종성인가 하는 사람이 몹시 찾는다는 이야기를 듣고 이곳에 오기는 하였으나 혹 숙영이의 오빠인 군인일찌도 모르리라는 생각은 들었어도 숙영이가 와서 기다리리라고는 생각하지 않았다. 숙영이가 나타났더라도 좋다. 이렇게 사내의 옷차림을 하고 있는 것은 뜻밖이었다. 숙영이가 먼저 아는체를 하지 않았더면 도저히 누구인지 분간을 못했을 일이었다.

"얼굴이 상하셨어요, 선생님."

"처제랑 함께 왔소?"

숙희를 처제라고 부른다.

"광복동에 있어요. 지금 있는데는 불편치 않아요."

"누군가 했소. 왜 남장을 하구 나왔소?"

"몰라 보셨겠어요."

숙영이는 남장을 하게된 경위와 도중에 경수를 만났고 지금부터 만나고 있기 때문에 부득이 남자의 복장을 그대로 입고 있지 않을 수 없는 사실을 설명하여 주었다.

"우경식이라는 사람이 연락담당을 한다더니, 바로 그 사람이군."

"만나본 일은 없으세요? 아직."

"못 만나 봤소. 오늘 이곳에 온다구는 안했소?"

"올찌두 몰라요. 안올찌두 모르긴 하지만."

숙희에게 그런 무지스러운 행리를 하려들던 녀석이 이곳에 버젓이 나타나리라고는 생각되지 않으나 알 수 없는 일이었다.

"덕택에 우리가 만나게 되었구려. 한번 찾아라두 가서 인사를 드려야 될터인데…."

"차차 만나시게 되겠죠. 어디 기숙을 하구 계세요?"

"친구 집에 있수. 처제랑 이제는 모여서 살두록 합시다."

"불편하시문 저희들 있는데루 모여요, 당분간은."

"결혼식은 어떻게 되든지 우선 함께 모입시다. 처제한테 안부 전하우."

이제야 다시는 떨어지랴싶은 두 눈과 눈이 식탁을 사이에 두고 허공에서 부디ㅈ힌다. 절망과 고뇌속에서 헤매인 사이일쑤록 느끼는 감정은 벅차고 애틋한 것이었으며 이런 계제에 이르르면 옆 사람의 눈초리도 두려운 바가 없다.

두 사람이 마주 앉아 나긋하고 거룩한 이야기를 주고 받는 때 였다.

다방 문을 들어서는 사람이 건식이와 숙영이가 이야기하고 있는 광경을 보고 몸을 흠칫한다. 들어 설까말까 망설이는 기색이 얼굴을 쓰쳐간다. 이내 망설이는 기색이 사라지고 들어 설 결정을 취한다. 외투 깃으로 머리를 감추고 숙영이의 뒤를 돌아 멀지않은 곳에 자리를 잡고 앉는다. 자리를 잡은 뒤 귀를 건식이와 숙영이의 대화하는 쪽으로 쭈볏이 기울인다.

"뭐 드시겠어요?"

래지애가 차주문을 오자 그는 입으로 대답을 않고 손가락으로 옆의 사람의 찻잔을 가리킨다. 생강차 한잔 가져오라는 명령이되 말소리가 나지 않도록 조용한 손짓이다.

"담번에는 처제두 데리구 나오우!"

"선생님은 나보담 숙희를 더 위허셔!"

"당신은 남자니까 그렇지. 참, 그럼 그 우경수라는 사람 앞에서는 역시 당신이 종성이구 내가 그 사촌형님인 최건식이가 되어야 하겠군!"

"그렇게 해요. 남복이 더 좋은걸요."

건식이와 숙영이는 옆의 사람이 들리지 않으리만큼 가만히 이야기를 주고 받으며 혹은 웃기도 한다.

두 사람의 이야기가 흘러나가자 말소리를 엿듣고 있던 청년의 두 눈이 자지러지듯 번쩍 빛난다. 어찌된 영문을 몰라 잠시 빛나는 눈을 쩌ㅁ벅인다. 이내 중대한 사실을 발견한 사람처럼 놀라움과 기쁨이 한꺼번에 서린다.

청년은 눈을 지긋이 감고 말없이 고개를 끄덕인다. 입가에 벙긋이 웃는 모습이 지나간다.

청년의 앞에 생강차가 놓인다. 청년은 차를 입에 대는 체 하다말고 가만히 자리에서 몸을 일으켜 드나드는 사람과 사람사이에 휩싸여 미끄러지듯 문 밖으로 나간다. 다른 손님들 중에는 이 청년의 들어오고 나가는 모양을 바라본 사람도 있었으나 건식이와 숙영이는 한 번도 보지 못했다.

청년이 나간 뒤 담배 한 대를 태웠을까, 말까한때 였다.

다방문이 또 열린다. 마침 나드는 사람이 없어 모두 시선을 문쪽으로 돌린다. 청년 한 사람이 서서 안을 휘이휘 둘러본다. 아까 가만히 들어왔다가 가만히 나가버린 바로 그 청년이었다.

청년의 시선과 숙영이의 시선이 마주친다.

숙영이가 자리에서 일어서려 하자 청년이 얼른 숙영이의 곁으로 다가서며

"종성씨 오랜만입니다. 편치 않으시다더니!"

하고 모자를 벗는다.

"어서 오세요. 오랜만예요. 경수씨."

숙영이도 마주 허리를 구부리고 나서 마주 앉았는 건식이에게

"이분이 이번에 형님을 찾아 주신 우경수씨에요."

하고 소개를 한다.

"최건식입니다. 동생들과 나 때문에 너무 많은 수고를 끼쳤읍니다. 앉으십쇼."

건식이의 인사가 끝나자 세 사람은 얼굴을 모아 한자리에 앉는다.

5. 유인(誘引)

경수를 위해 차를 시키고 나서 건식이가 먼저 입을 열었다.

"동생 남매가 우선생 아니더면 어쩔뻔 했는지 모릅니다."

경수도 머리를 치켜 들며

"그저 반갑습니다. 이렇게 형제분이 쉽사리."

경수의 목소리에 자랑하려는 티가 조금도 보이지 아니한다.

(경수는 전날 숙희에게 행패하던 태도를 후회하고 있다.)

숙영이는 미워하고 경계하던 생각이 차차 줄어져 가는 것을 느낀다. 숙희에게 못된 지저구니를 하려 덤비던 일만 없었다면 숙영이 그는 눈물을 흘리면서 고맙다고 예를 하여야 된다. 숙희가 욕을 당할 뻔한 노릇은 결국 자기가 따라가지 않았던 때문이다. 죄가 있다면 자신에게도 얼마쯤은 차례가 와야될 일이다. 일의 인과관계를 살피면 경수만 나무랄 수도 없는 일이 아닌가.

"앞으로도 끊임없이 지도해 주십시오."

하고 건식이가 말하자

"내가 뭘요."

하고 나서

"그러찮아두 청이 한가지 있읍니다."

"우선생이 되려 우리들에게요?"

숙영이가 묻는다.

“내게 이종벌 되는 남매가 있어요. 어머니 모시구 내려올 때 그런 말씀 묻지 않으셨어요? 그 애들이 아직 어리거든요. 당장 돌봐줘야 될 형편인데 나는 수일내루 어딜 가 봐야 되겠어요. 그래 부득이 누구에게 맡겨놓아야 일이 되겠는데….”

“서면에 있나요? 애들은.”

전날 가 보았을 때 안에 애들이 있다는 말을 하던 것이 생각난다.

“현재 서면에 있어요. 내가 떠나기 전에 좀 만났었다가 뒤에 인계를 해 주십시오.”

“글쎄 우리들이 뭐….”

“그러잖아두 벌써 종성씨 남매 얘기를 해 놓았답니다. 어머니두 지금은 다른데 가 계시지만 요전에 오셔서 종성씨 남매분 이야기를 얼마나 칭찬해 놓으셨다구요.”

경수는 담배를 피우며 숙영에게도 권한다. 전날부터 담배 피우지 않는 것을 번연히 알면서도 일부러 잊은 체 한다.

“글쎄! 어떡할까요? 형님.”

숙영이가 건식이를 돌아다 본다.

“가서 돌봐 드리렴. 집에 있어야 그대루 놀구 있게 될걸. 먼저 자청해서라두 돌봐 드릴 일이 아니냐?”

“마땅할까요? 내가. 내 주제두 변변치 못한터에.”

건식이가 말리는 눈치만 보인다면 숙영이로서는 무슨 핑계를 대든지 경수의 요청을 물리치리라 했는데 건식이가 즐겨 권하는 일이니 혼자 앙탈을 댈 수만도 없다.

“꼭 좀 맡아 주십시오. 대단한 일두 아닙니다. 집은 어엿이 있는 애들이니깐 하루 이틀만큼씩 둘러봐 주시기만 하면 될거에요. 꼭 맡아주십쇼.”

“감당이 될 일인진 모르지만 저엉 그러시다면….”

"고맙습니다. 백배사례하겠읍니다. 그럼 언제쯤 만나실까요? 함께가서 애들을 봐두셔야 될테니."

"아무때라두 우선생님 좋으실대루."

"모레 만납시다. 모레요, 꼭."

경수는 무슨 급한 일을 잊고 있기라도 한 것처럼 손목을 걷어 시계를 들여다 보더니 부랴부랴 몸을 일으키며 모자를 집어 쓴다.

"왜 벌써 가세요? 우선생."

"형제분 얘기 더 하세요. 한턱은 이담에 얻어 먹기루 하구. 모레 나오십쇼."

경수가 나가버린다.

"저이와 앞으루 더 접촉을 해두 괜찮을까요? 선생님."

숙영이가 걱정스러운 말로 묻는다.

"아직 당신이 여자라는건 전연 모르구 있겠지요?"

"단 한번두 여자라는 눈치를 보인 일은 없어요. 그렇지만 왜 그런지를 안해요."

"지금은 불안하지 않은 일이 한가지두 없는 때라서 그러수. 목숨에 대한 자신이 없으니까 무슨 일인들 불안하지 않을 수가 없지. 그렇지만 불안하다구 해서 불상사가 생기는 법은 아니야. 안심하구, 아주 버젓이 남자노릇을 하우그려."

어디로 살펴보나 남자, 아주 거세고 우악스러운 남자로 보이는 이 숙영이가 설사 일이 잘못되어 여자라는 것이 사탈이 난다고하더라도 경수쯤은 저항해 낼 수 있을 것 같았다. 사랑하는 사람끼리는 상대가 세상에 그중 힘세고 재주있는 사람으로 보인다. 건식이의 대상으로서의 숙영이는 오직 건식이 자신에게는 약하게 굴고 약한 사람인지 모르지만 그밖의 사람에게는 누구에게도 굳샐 수 있을 것이다. 경수 따위 가나르픈 몸집이 몹시 부닥친다한들 어떠랴 싶다.

"잘 되었수 오빠. 오빠가 드나들문서 중간에 서는 일이 의례 필요할거야."

숙희마저 경수의 이종동생들을 돌보아주는 일에 찬성하였다. 숙희라도 반대를 하였더라면 숙희를 핑계로 돌러설수도 있었으나 숙희는 숙영이가 오고가고 하게되면 저절로 자기와 직접, 또는 단독으로 만날 기회가 없어져 버리게 될 것을 알았다. 숙영이가 남장을 하고 남자로 행세를 할 수 있는 동안 숙희는 숙영이의 그늘에 숨을 수도 있고 숙영이의 힘을 마음대로 빌릴 수도 있는 일이었다. 숙희는 애여 물리지 말고, 애여면 겁내지 말고 경수의 청을 받아들이라는 공감해 쌌다.

만나자는 날, 만나자는 자리, 오늘도 어제처럼, 지금도 아침처럼 사람들이 미어지는 다방 한 구퉁이에 경수가 숙영이보다 더 먼저 들어와 앉아 있었다.

"오늘은 내가 먼저 왔읍니다. 종성씨."

놓인 찻잔이 다 비어있는 폼으로 보아 기다린지 꽤 오래다.

"어떻게 이렇게."

"청하는 사람이 먼저 와서 대기를 해야지요. 특히 어머니가 종성씰 꼭 좀 뵈ㅂ겠다고 집에서 기다리고 계십니다."

"어머니라문 나두 한번 찾아 뵈어야 될텐데, 어서가 뵈ㅂ시다."

"형님두 별고 없으십니까."

"고맙다는 말씀 전하라구 하더군요."

길이 헛갈리고 부푸고 멀고 하여 서면에 도착되었을 때는 이미 해가 넘어간 뒤였다. 난리가 천하를 뒤짚고 대포소리가 귓전에서 터지는 듯한 어기찬 속에서도 저녁해가 넘어가고 나니 집집에 밥짓는 연기가 자욱하였다. 경수가 들어있는 집에서도 연기가 대문간에 서려있었다.

"가만 계슈. 안에 들어가 어머니를 찾아 볼테니."

전날 들어와 본 일이 있는 남향권 경수의 방, 며칠 전 숙희가 하마터라면 욕을 들번한 으슥하고 떨어져 있는 그 방안에 숙영이가 혼자 남게 되었다.

얼마만에 경수가 나타난다. 손에 실과와 술병같은 것을 들고 들어온다.

"어머님이 기다리시다가요 근처 친척집으로 다니려 가셨답니다. 식모를 보내났으니 곧 오실 겁니다."

"애들은 어디 갔읍니까? 돌봐 주기루 된 아이들."

"애들도 어머니를 따라 간 모양이군요. 곧 올겁니다."

"날두 어둡구, 돌아 가알텐데요."

"곧 오겠죠. 염려맙쇼."

경수는 멀리 찾아온 젊은 친구를 위하여 손수 실과를 깎아주었다. 실과도 깎아주고 술병 같은데서 술을 따라 부어 주기도 하였다.

"술 싫습니다."

"……."

경수는 싫다는 술을 더 권하지는 않았다. 또 시간이 지났다. 창살로 밖이 내다 보이지 아니한다. 밤이 꽤 깊어있는 모양이다.

밖에서 문여는 소리가 난다.

"누구야?"

"나예요."

식모아이의 목소리인상 싶다.

경수는 더 말없이 방밖에 뒤어나간다. 조금 있다가 다시 들어왔다.

"곧 오신답니다. 무슨 회계인지 회계가 잘못되어 여태 앉아 있다구. 저녁자시구 기다려 달라더랍니다. 얘기나 더 하면서 기다립시다."

조금 있다가 식모아이가 떡국을 들여온다. 저녁을 먹고 기다리라고 일렀으니 지녁상인지도 몰랐다.

"떡국입니다. 아무거나 먹구 좀 기다려 보십시다."

"곧 가야 되겠는데요."

"워언 형두 시간이 늦으면 자구 가구려. 사내대장부가 뭘 그리 조급히 구오?"

경수는 나무래듯 큰소리를 치고는 너야 먹고 싶지 않으면 그만 두라는 듯이 떡국 그릇을 들고 후을훌 혼자 들여마시기 시작한다.

"실례하겠읍니다."

숙영이도 얼굴을 들었다. 종일 시장했던 속이라 떡 조각이 혀에 착착 붙는 듯 맛이있다.

"그릇 내가라아! 얘!"

그릇을 치우고 실과를 한입 비여 물고 나니 급작이 노곤해 온다.

(곤하다. 시장한 때 음식을 먹어 이럴까?)

몸을 음치고 기동을 할 수가 없이 곤하다. 눈이 저절로 감겨 온다. 당장 쓰러질 것 같더니 어쩔 수 없이 쓰러지고 만다.

(안된다. 왜 이럴까?)

소용없는 부르짖음이었다. 몸이 천 길 절벽아래로 내려솟는 듯 자꾸 까물어져 온다.

경수의 눈이 번쩍 빛난다.

밤은 이미 깊었고 방안은 죽은듯이 고요하다.

6. 침범(侵犯)

"앗! 누구예요?"

숙영이는 분명이 소리를 지른 듯 했다. 어딘지 알지 못한 곳에 가만히 누워있고 어느 때인지 알 수 없는 무렵에 반듯이 누워있는데 커다라고 길다란 손길이 자기의 손을 잡는다. 자기의 손처럼 부드럽고 미끈거리는 손이 아니라 느티나무 밑둥처럼 검고 억세고 거치른 손이다. 손이라기 보다는 바위라고 불러야 될만큼 비틀리고 모양 흉한 큰 손이 어디서인지도 알 수 없는 곳에서 미끄러지듯 그림자처럼 밀려 든다.

"치세요! 비키세요! 비켜요!"

숙영이는 손을 날쌔게 물리치려 하였다. 손이 물리쳐지지 아니하게 되자 몸을 뒤적여 옆으로 굴러 달아나려고 하여 보았다. 몸이 움직여지지 아니한다. 시커먼 손이 자기의 손을 움켜쥐고 있으니 한자 한치만 몸을 비키면 되겠는데, 움직일듯 움직일듯 하면서도 곰짝을 할 수가 없다.

숙영이의 손을 감아쥐ㄴ 검고 크고 거치른 손은 지네가 기어가듯 빠르지도 느리지도 않은 속도로 숙영이의 팔목을 더듬어 올라간다.

"아! 비키지 못해? 어떤 녀석야!"

숙영이는 머리에 있는 피가 모조리 쏟아져 나오기라도 할 것처럼 격분한 태도로 소리를 지른듯 하였다. 그러나 팔목을 더듬어 올라가는 검고 크고 거치른 손길은 놀라지도 움츠리지도 아니하고 천천히 팔목속을 근실근실 기어올라간다.

"안된다! 어떤 자식이냐? 비켜라!"

팔목속을 기어 올라가던 검은 손이 어깨쪽지에 까지 파고 기어 올라가더니 또 하나의 손이 숙영이의 이마에 내려 앉는다.

먼저의 손과 똑같이 크고 검고 거치른 손길이다. 이마를 더듬어 턱이 있는 곳에서 잠시 멈추더니 점점 미끄러져 내려와 가슴위에 와서 또 머ㅈ는다. 한참동안 숙영이도 두 손길도 동작이 없다.

"비켜라! 어서 비켜라! 갑갑하다!"

손 하나가 숙영이의 웃옷 단추를 벗기기 시작한다. 웃옷을 헤치자 흰 와이샤쓰가 드러난다. 와이샤쓰의 단추를 또 벗기기 시작한다. 와이샤쓰 자락이 헤쳐지자 털실로 짠 자색 속옷이 드러나는데 속옷 양쪽에 남자의 가슴과는 훨씬 다른 융기(隆起)가 있다. 손이 또 머ㅈ는다.

조금 있다가 검고 거치른 손이 또 움직인다. 두 손이 한자리에 모여 있다. 이번에는 두 손이 가늘게 떨리기 시작하고 있다. 몹시 추운날 모자기를 끄르는 두 손처럼 가만히 배기려 해도 어쩔 수 없이 가늘게 흔들린다. 흔들리는 두 손이 숙영이의 가슴을 감싸고 있는 자색 속옷의 한켠을 이르집고 그 속으로 가만히 숨어 들어간다.

"악! 치어라! 사람살려!"

숙영이는 또 거치른 소리를 질러본다. 그러나 아무리 큰 소리를 지르고 몸을 뒤적거려 버둥대어도 목소리와 몸이 음쭉도 하지 않는양 가슴속 살위에까지 더듬어 들어가는 두 손이 머ㅈ지 않는다.

"푸우…."

두 손을 지니고 있는 숙영이 아닌 사람의 입에서 깊고 무거운 한숨소리가 퍼져 나온다. 방안을 뒤 덮으려는 듯 황소의 숨길처럼 숨을 모으는 소리가 크다.

두 손이 급작스레 더 크게 흔들리기 시작한다. 수경이의 부드럽고 풍만한 가슴 살위를 미끄러져 지나가는 것이 아니라 사뭇 두드리며 더듬는다.

"푸우…."

한번 더 숨을 몰아 내쉰 두 검은 손의 임자가 그 큰 몸집으로 숙영이의 가슴 위를 덮어 누른다.

"아악! 사람살려! 사람살려요!"

커다란 흙산이 덮여 누르는 듯 무겁고 답답하고 더운 감각이었으나 숙영이는 나오지 않는 소리를 자꾸 지르려고 애쓸 뿐이다.

(안된다! 가슴이 헤쳐졌다! 옷의 단추를 끼어야 된다!)

잠간 의식이 돌았다가 또 까물어 진다.

흙산같은 큰 몸집이 덮쳐 누르고 그 몸집 밑에서 다시 두 손이 움직이기 시작한다. 가슴에서 더 헤치고 더듬을 것이 없게 되자 방향을 달리 내리키어 바지를 졸라매고 있는 혁대고리에 닿는다.

"아! 아!"

숙영이는 최후의 비명을 울려 내 본 듯 하였다.

그러나 흙산같은 무거운 몸집 밑의 두 거치른 손은 움직이는 손가락을 멈추지 아니한다. 혁대고리를 풀어놓고 나서 바지 단추를 하나하나 빼 내려간다.

불이 꺼졌다. 언제 어떻게 불이 꺼졌는지 끈 사람 밖에는 아무도 알지 못한다.

부산 서면 '로오타리' 근방의 밤은 드새도록 자동차의 붕붕거리는 소리로 잇대어 시끄러웠다.

몇시쯤 되었는지 모른다. 이튿날 아침이었는지도 몰랐고 여러날이 지난 저녁나잘이었는지도 모른다. 햇살이 창사이를 스며 들어 얼굴을 따갑게 비친다고 느끼자 숙영이는 잠이 깨었다. 흐릿한 잠속에서 깨어나 은저리를 두루 살피려니 가느다란 햇줄기가 먼저 눈에 뛰인 것인지도 모른다.

"후우…."

우선 자신이 늘 거처하고 있는 방 광복동 친구의 한칸 방이 아니라는 것을 알았다. 이어 천정과 벽빛과 방의 넓이가 아주 다른 서면 경수의 방이라는 것을 알았다.

언제든지 어느날엔지의 저녁나잘 이 방에 경수와 함께 들어와 떡국 먹던 생각이 떠 올랐고 떡국을 먹고나자 이상스레 고단하여 그대로 꼬꾸라지 듯 쓰러진 일이 떠오른다.

"이상 하다! 이상 하였다!"

숙영이는 눈만이 아니라 고개를 돌려 은저리를 살핀다. 바로 옆에 낯모를 사람이 저쪽을 향하여 누워있다.

"앗!"

몸이 거북하다고 느껴진다. 옷은 그전대로 단추가 채어있으나 옷이 아니라 몸이 이상하고 거북하고 아프다.

벌컥 몸을 일으킨다. 머리가 아찔거리고 몸이 자구 꺾어지는듯한 것을 죽을힘을 다들여 일어앉는다. 그래도 휘청거리는 몸을 팔로 기대어 가까스로 바로 앉는다. 몸과 팔이 못견디게 후들린다.

"아, 아!"

모든 것을 다 알 수 있었다. 자기의 몸이 어느 악마의 침범을 받았고 바로 그 악마가 옆에 누워있는 경수인 것도 알게 되었다.

이십 몇년동안 고이 간직하고 있던 처녀!—약혼자 건식에게도 건드리지 못하게 하던 아깝고 애트ㅅ하고 깨끗하던 몸이 완전히 무참히 어이없이 파괴되어 버린 것을 확연히 알게 되었다. 처녀의 순결을 생애의 크고 넓은 구분이라고 치자, 숙영이는 아름답고 귀하고 순결하던 어제에서 무섭고 어둡고 더러운,

이어질 수 없는 오늘에로 크고 넓게 뒤어건넜다. 이미 어제의 자신이 아니고 깨끗한 처녀가 아니고 살아있되 살아있는 것이 아니다.

(어떻게 하나? 어떻게 했으문 좋아! 어떻게…)

눈앞이 다시 캄캄해진다. 방안이 방안이 아니고 캄캄한 동굴로 변해온다. 방안 저편에 불길을 뿌ㅁ는 뱀의 혀가 넘실거리고 그 혀끝에 경수가 악귀처럼 불빛을 푼다.

흐윽!"

두 손으로 얼굴을 딱 가린다. 목이 막히더니 막힌 목을 핏줄기가 주먹질을 하듯 치켜 뚫는다. 눈물이 터지듯 흘러내리고 목에서 핏줄기가 쏟아지듯 울음소리가 튀어 나왔다.

"……."

소리내어 울기 시작하는데도 옆에 누워있는 경수는 저편을 본채 꼼짝을 아니한다. 잠이 깊이들어 있는가, 깊은 잠을 청하고 있는 중인가, 또는 자는 듯이 죽어있는가.

소리 없는 방안에서 숙영이의 흐곡하는 소리만이 가늘게 퍼지면서 사라진다. 숙영이의 가는 울음소리에 섞여 경수의 자고 있는 숨소리가 간신히 퍼지다가 사라진다.

(이 악마놈! 너를 죽이구 나도 죽어버리자!)

이를 바드득 갈며 경수를 노려본다. 독한 눈줄기를 타고 숙영이의 모든 저주와 원망과 증오가 남김없이 경수의 얼굴로 파고 든다. 숙영이의 지난 모든 생애가 서리서리 뭉쳐들어 독한 눈줄기로 변하여 경수의 얼굴 위에 마구 쏟아진다. 그래도 경수는 움직이지 않는다.

얼마가 지났을까.

떨리는 것을 벌떡 일어난다. 벽에 걸려있는 외투를 채 입지도 않고 밖으로 튀어 나온다.

"가십니끼여? 진지 안잡숫고요?"

어제 떡국을 나르던 식모 계집아이가 쪼르르 내달아 묻는것을 돌아보지도 않고 거리로 튀어 나온다.

거리는 어제와 변함이 없다. 이제와 다시 만나지 못하도록 갈려나온 숙영이에게도 부산의 피난거리는 어제와 다름없이 번잡하고 소란하게 비친다.

(갈데가 없다. 집으로 돌아갈 수도 없고 거리를 헤매고 있을 수도 없다!)

천가지 만가지가 머리에 파고들고 가슴을 옥죄이게 휘비어 놓는 것이었으나 어디를 가는 것이 그중 옳은 방향인가는 도무지 생각나지 않는다. 그냥 자꾸 걷는다. 걷다가 죽을 작정이라도 한 사람처럼 자꾸 앞으로 달려가기만 한다.

7. 두 사람

분노와 슬픔이 시작과 끝을 섞바꾸며 몸을 휘감고 눈앞을 아찔거리게 한다고 해서 달리 길이 있는 것이 아니었다. 낯선 거리, 갈피잡을 수 없는 혼잡속을 진종일 싸헤매었거든, 밤 깊어 통행금지 시간이 맞닥칠 무렵에는 역시 제 집밖에 닿을 곳이 없었다. 후들거리는 손으로 대문을 뭉짓거리니, 동생 숙희가 문턱에 서 있던양, 얼른 문고리를 벗겨주며

"으쩐 일유? 오빠."

어둠속이기는 하지만 숙희의 처다보는 눈이 패팽해 있는 것을 알 수 있다.

"그럭 저럭 못왔다. 들어가자. 춥다."

"그 집에서 잤우? 서면 경수씨네 집!"

"어디 또 잘데가 있든!"
"걱정했우, 오빠. 밤새도록."
어제 밤에 아무 일도 없었더냐 하는 물음을 달리 고친 말이다.
"걱정은 뭐. 염려 말아, 야. 누가 내 걱정하래든?"
자기도 모르게 대꾸가 크게 나온다. 소스라치게 놀라며 목을 돌려 등잔을 가로 막는다. 얼굴에 그늘이 진다.
"내가 걱정이 아니야. 형부가 더 걱정을 했우."
"형부? 형부가 못나게스리 무슨 내 걱정을 하구 앉았어?"
"조금 아까까지 기다리다 갔어요. 낼 또 올거야."
"오지 말라구 그래. 만나기두 싫어."
"왜 그류? 오빠."
하고 나서 숙희는
(무슨 일이 있었다!)
"……."
숙영이는 그대로 자리에 누워 버린다. 피로가 너무 심하여 무슨 소리도 귀에 들어서지 않는다는 시늉이다. 진정 무슨 소리도 제대로 귀에 들어오는 것이 없다.
(차라리 건식이를 만나지 않았더면!)
이제 뭐라고 하랴. 뭐라고 보낼 말이 있으며 뭐라고 받을 말이 있느냐. 이미 그에게 보낼 마음의 터전이 무너졌거니, 무너진 터전 위에 무슨 그림자를 새우며 무슨 근력으로 건식이의 손길이 머무르게그랴. 지금까지 애여 갈라질 수 없을 터인지라, 두 사람이 꼭 같이 살고 죽는 앞날을 따침했다고 하더라도 이제 그 부질없었음을 자꾸 비웃어야나 할까. 어제의 너와 내가 있었기로니, 오늘 마저 그럴 수는 없다—숙영이에게 있어 건식이는 끝내 남이요, 남이라야만 된다.

(잊는 재주를 찾자! 건식이가 오더라도 울지도 말자!)
지겹고 어두운 긴긴 겨울밤이 지나가면 그 다음날은 오지 말라고 빌었는데도 건식이가 일찌감치 찾아왔다. 만난 다음에야 다시는 놓치랴 싶은 건식이의 애타고 뜨거운 마음이 새벽걸음을 시켰는지도 모른다.
"어디 아푸? 몸이 피로해 보이유."
건식이가 걱정스리 누워있는 숙영이의 이마를 짚는다.
"네. 좀."
"쉬질 못허구 자꾸 돌아댕기게 되니깐 그렇지. 이젠 좀 쉬우. 내가 대신 다닐테니."
건식이의 머릿속에 그저께 밤의 걱정이 어렴풋이 되살아 오는 것이었으나 스스로 방정맞다고 지어 버린다.
"괜찮아요. 걱정마세요."
"미안해요. 내가 변변치 못해서."
건식이가 한숨을 쉰다.
(그래요 당신이 변변치 못했어요. 당신이 변변치 못해서 나를 놓친거예요.)
숙영이가 입술을 지긋이 깨문다.
"참! 오빠."
옆에 앉아 있던 숙희가 재빨리 몸을 일으키며
"나 나가서 편지 좀 전허구 오께."
튀어 나간다. 언니와 형부를 한방에 남겨두고 싶은 마음은 동생된 처녀의 의무라기 보다도 차라리 자랑에 속하는 일인지도 모른다.
"무슨 약을 좀 먹우."
한참 만이다.
"먹었어요, 해열제. 땀두 났어요."

숙영이가 돌아 누우려고 애를 쓴다. 건식이를 보지 말아야 되겠는데 몸이 말을 듣지 않는다. 숙영이의 내 젓는 손이 건식이의 손바닥에 쥐어진다. 숙영이의 손만이 더운것이 아니라 건식이의 손도 더워 있다.

"노세요. 싫어요."

"원!"

호젓한 밤, 아늑한 자리, 밤과 낮을 헤아리지 않고 찾아 헤매던 사람이 지금 이 방안에 있다. 부르면 알아들을 가까운 곳에 있는 것이 아니라 잡으면 금새 안기울 바로 내 가슴 밑에 누워 있다. 얼굴을 움직이기만 하면 그대로 입술이 맞닿을 바로 내 손속에서 나를 똑바로 치어다 보고 있다.

"숙영씨!"

"……."

건식이의 두 손이 숙영이의 두 손을 마주 쥐ㄴ다. 마주 쥐고 나서 마주 모아 들인다. 숙영이의 가슴 위에 모은채 얹어 놓는다. 잠시 사이를 띄었다가 건식이의 고개가 차차로 숙어진다. 반듯이 누워 있는 숙영이의 얼굴을 향해 자꾸 숙어져 내려가고 있다.

"참."

숙영이가 건식이의 가슴을 떠 받으며 몸을 일으킨다.

"……."

"나두 나가봐야 되겠어요. 깜짝 누구와 만날 시간을 잊어버렸댔어요."

"지금 나가긴 어딜 나간다구 그류?"

"나가 볼 데가 있어요."

숙영이의 태도에 고집이 풍겨있다.

(이상하다. 숙영이가 이상하다!)

아까부터 이상하다고 생각된 대목이 있었더랬는데 지금에 이르러 더욱 뚜렷하다.

"숙영씨!"

"앉어 계서요. 그러구 난 서면에 가 머물러 있을찌두 몰라요. 날 못 만나시게 되더라두 그리 아세요."

"좀 얘길 자세히 해야 알지 않우?"

"얘기야 또 할 얘기가 없는걸요."

주섬주섬 옷을 차려 입고 나가 버린다. 어제 입은 그 사내옷을 입고 그 외투와 모자를 쓰고 나간다.

(서면에 간 동안 무슨 일이 생겼구나!)

모처럼 만난 약혼자를 그대로 방안에 혼자 남겨 두고 나가버리는 사실보다 더 가혹한 처사는 없을 것이다.

급작스리 방이 캄캄해 온다. 자기가 별안간 자리를 옮겨 앉은 것 같다.

"왜 형부 혼자만 계서요? 오빠 어디 갔어요?"

숙희가 뛰어 들어온다. 해가 한나잘이 겨워 있다.

"숙영이가 어딜 갔을 것 같우?"

"내가 어떻게 알아요? 형부."

"숙영이가 뭐라구 이상스런 눈치 보이지 않습디까? 어제 오늘."

"아무런 이상스런 일도 없었어요."

"물어 봤어요. 염려마세요. 그런건."

"뭘 염려를 말란말야? 알구있는대루 얘길 해 봐요."

건식이의 목소리가 만만할리 없다.

"……."

"반드시 무슨 일이 있었어. 처제는 다 알구 있을거야."

"아무것두 몰라요, 난."

“…….”

건식이는 할 것이 또 겨울도록 그대로 앉아 있다. 다 저녁때가 되어

“암만해두 늦는가보군, 숙영씨가.”

“…….”

“찾아봐야 되겠어. 함께 나갑시다.”

“어딜 나가요. 형부.”

“우선 서면. 경수네 집부텀.”

“싫어요, 그 집엔. 난 경수씨 만나기 싫어요.”

“싫더래두 가요.”

서면 경수의 집이 점점 가까워지자 건식이도 숙희도 몸이 가누어지지 않을만큼 떨려온다. 경수나 숙영이가 눈에 띠길 바라고 찾아 오기는 하였으나 와 보니 도리어 눈에 띠면 어저나 하는 생각이 자꾸 잇대어 솟아난다. 골목엔 경수가 숨어 있다가 당장 튀어 나와 건식이와 숙희의 등덜미를 후려 칠것 같다. 길이 어둡다.

“잠간, 여기 세세요.”

경수의 집이 보인다. 일단 발걸음을 머물러야 한다. 전에 들어가 본 일이 있는 숙희가 먼저 형편을 살펴 볼밖에 없다.

(아!)

과히 고생할 할 것도 없이 경수의 옆 골목이 드러난다. 발걸음 죽이며 걸어 들어가 본다.

(아!)

숙희의 앞에서 다시 한번 놀라는 소리가 새어 나온다.

휘장친 유리문 사이로 반안이 훤히 들여다 보인다. 진정 숙영이와 경수가 마주 앉아있다. 무슨 이야기를 주고 받는다. 몸을 맞대다싶이 하고 마주 앉아 있다.

(아! 아!)

숙희가 놀라고 한숨을 쉰 것은 두 사람이 마주 앉아있는 사실때문이 아니었다. 언니 숙영이가 웃저고리를 어엿이 벗고 있었기 때문이다. 저고리만 벗은 것이 아니다. 와이샤쓰도 벗고 있었다. 샤쓰만 벗고 있는 것도 아니었다. 어젓이 통통한 가슴을 내어 밀고 있는 일이었다. 스물 세 살의 건강한 여인—키크고 몸이 실한 여인의 젖가슴이 그대로 높다랗게 비쳐 오르고 있다. 두 개의 젖가슴이 하마 젖꼭지라도 내어 소꼬치리 만치 남김없이 통통하게 튀어 오르고 있는 일이었다.

더 볼것도 들을 것도 생각할 여지도 없다. 자기 자신의 젖가슴이 풀어져 나온 사람처럼 가슴이 닳아 오르고 크게 뛸 뿐이었다.

숙희는 골목 밖을 향해 달음질을 하다싶이 뛰어 나왔다. 발소리가 쾅쾅 소리를 내도 가만히 걸을 수가 없다.

8. 오해(誤解)

어디서 무슨 일이 나타나 있는지도 모르고 건식이는 추운 길위에서 춥다고 생각하지도 않으며 숙희를 기다리고 있다.

“만나 봤수? 그 집에 있읍디까?”

“없어요. 오지 않았어요.”

숨이 차고 얼굴빛이 변해 있었으나 어두운 속이 되어 모양이 드러나지 않는다.

“여기 아님 갈데가 있나? 나 보구두 서면에 온다구 그랬는데.”

“안왔어요. 다녀 가지두 않았대요.”

"좀 더 기다려 볼까? 늦게라두 혹 올찌 모르니."

"한 밤중에 뭘하려 오겠어요. 돌아 가요. 집에서 기다려요."

춥고 어두운 길위에서 더 서 있기도 어려운 노릇이다. 건식이는 숙영이 없이 걷는 걸음, 숙영이 대신 숙희와 걷는 걸음이 언제까지 이어질 것인가를 생각하며 걸었고, 숙희는 숙희대로 다시는 언니와 형부가 나란히 걷는 일은 없으리라 생각하며 안타까이 옆을 따랐다.

이튿날 건식이는 또 새벽같이 나타나서 숙영이를 찾으러 나가자고 졸라 대었다.

"오늘은 못나가겠어요. 열이 올라요."

숙희는 자리에서 일어나지도 않는다.

"그럼 어떻게 해? 찾아봐야 되지 않겠어?"

"형부두 참. 어련히 돌아올라구. 걱정 작작 하세요."

"내가 혼자 갔다 오지, 그럼."

건식이는 부석부석한 얼굴을 비비며 몸을 일으킨다. 어젯밤 새도록 잠을 자지 못하여 얼굴과 눈두덩이 병에 걸린 사람처럼 부어 오르고 있다.

"갈거 없어요, 거긴. 오지두 않았대는걸요, 뭐."

"……."

"앉어계세요. 나가신 동안 오면 어떡허실래요?"

어떻게 하든지 서면에는 가 보지 못하게 하여야 될 일이다. 언니가 얼마나 무안해 할까가 걱정이 아니라, 언니를 만나는 건식이가 얼마나 분하게 될까가 걱정이기 때문이다. 분이 지나치면 건식이인들 그대로 있을 수만은 없을 것이다. 언니가 건식이에게 매를 맞게 된다든지 죽는 것이 걱정이 아니라, 건식이의 몸에 해가 끼칠가 보아 걱정이었다. 서면에는 가 보지 말아야 된다.

"안집 언니한테 부탁을 해 둘게, 형부 가만히 있으세요."

숙희는 진정 안에 들어가서 언니를 만나거든 알려 달라는 소리를 커다랗게 외치고 나온다.

"암만해두 불안해. 언니에게 무슨 일이 생긴 것만 같아."

건식이는 연방 담배를 피워대며 눈망울을 제대로 가누지 못하고 있다.

"만나 보문 알걸 뭘 그러세요? 걱정마세요."

언니를 위해 차마 그 기괴하고 추악한 장면을 일러 바칠 수는 없었지만 그렇다고 언니를 옹호하고 두던할 도리도 없다.

"푸우우!"

경식이는 한나절이 지나도록 자리를 뜨지 않고 그대로 담배를 피워대기만 한다.

"돌아가 보세요, 형부. 오늘두 안오는 모양이예요."

숙희가 언니에 대한 증오의 분노를 더 감추지 못하고 들여덤비듯이 외친다.

"가야 되겠지. 이게 무슨 일야?"

마악 자리를 일어서려 할 때 인기척이 난다. 무슨 장사꾼이나 아닌나 한 것이 바로 숙영이가 들어 닥친다.

"으떻게 된 노릇이야? 언니."

숙희는 눈에 불이라도 켜붙인양 독찬 소리로 대어들었다. 숙희의 심정을 알 리가 없는 숙영이는

"좀 늦었다, 얘 왜 오빠라구 부르지 않니?"

"오빠? 뭐ㅅ 말라 빠진 것이 오빠야? 오빠가."

숙희의 앙칼진 소리에 뒤이어 미닫이가 열리며

"인제 오우?"

건식이가 고개를 내어 민다.

"인제 온답니다."

숙영이는 분명히 깜짝 놀랐으나 말소리가 누눅하지 않았다.
"몸이 괴롭다드니. 나가서 으쩐 일이유? 대체."
"볼일이 좀 있어서 그랬죠. 어련히 이렇게 돌아오지 않아요?"
말소리가 도무지 순순하지 않다.
(언니가 미쳤는가? 사죄라든가 미안해 하는 기색은 조금두 없구 도리어 저렇게 이기죽거리는 것은 무슨 노릇인가?)
숙희는 당장 패액 쏘아 주고 싶은 충동을 가까수로 누르고 옆에 앉았다. 전번에 언니와 형부를 위해 자리를 피했지만 오늘은 나가라고 야단해도 움쪽도 않을 작정이었다.
"볼 일이 있는거야 모르우? 왜 그렇게 소식이 없었느냐 말이지."
"소식이요? 소식은 무슨 소식을 전해요?"
"어디 가서 뭘 어떻게 한다든가 알아야 될게 아니유?"
"뭘 어떻게 한다든가 알아서 뭘 하시게요? 어련히, 적당히 알라구요."
"어련히? 적당히?"
건식이의 목소리가 별안간 높아진다.
"날 못만나게 된대두 그리 알구 계시라는 말을 하지 않았어요? 미리. 무슨 소식을 또 따루 알려요?"
숙영이도 지지 않는다. 두 사나이—두 사나이가 마주 노려보며 목소리를 낮추지 아니한다.
"그게 말따위야?"
"……."
"그따위 소리 좀 더 해봐! 이틀 사흘씩 나가 있다가 들어와서, 기다리구 있는 사람에게 하는 말이 그따위 밖에 없소?"
"그따위 말이라구 하시지만 그따위 말밖에 없어요."
"……."

건식이는 그 자리에 숙희만 없었더라도 재떨이나 무엇을 집어 던졌을 것이다. 몸이 후들후들 떨리고 입술이 새파랗게 질려 가는 것을 가까수로 참는다. 두 손이 신장내린 사람처럼 어쩔 수 없이 흔들리고 있다.

"나 또 나가 봐야 되겠어요."

숙영이의 목소리가 메어나온다. 더 어쩔 수 없이 괴로운 마음인 것을 누르고 있으면 누구인들 목이 메고 가슴이 터지려고 하지 않을 수 없다.

숙영이의 가슴에 어떤 마음이 오고가고 하는지를 건식이나 숙희가 알 리 없다.

"나가봐야 되겠다고? 그래!"

하고 나서 건식이는

"내가 나가겠다. 더럽다!"

몸을 후닥딱 일으킨다.

"형부! 그러지 말아요!"

숙희가 매달리다싶이 말리는 것이었으나 건식이는 그대로 뿌리치고 나간다.

건식이가 나간 뒤 숙희는 방에 들어가기도 싫은 것을 참고 억지로 태도를 태연히 한다.

"뭐래든? 건식씨."

숙영이가 울멍대는 소리를 하는 것을

"뭐유? 언니. 건식씨가 뭔 잘못했다구 야단이유?"

숙희가 기어이 큰 소리를 친다.

"잘 못한게 아니라 보기 싫여서 그렇다."

"보기 싫기는? 건식씨가 언니를 보기 싫여 할텐데 되려 언니가 그런 소리야?"

"보기 싫어졌다. 누가 어쨌든지 건식이는 싫어졌다."

"그걸 말이라고 해?"
숙희가 언니를 매섭게 노려본다.
(이런 여인이 나의 언니였던가? 나의 언니가 이토록 치사하고 거짓덩어리였던가?)
당장 그저께 밤의 광경을 들어 쏘아대고 싶은 것을 가까수로 누른다.
"말 아님 뭐냐? 넌 내가 어쨌다구 바락바락 대 드는거냐?"
"대들지 않음 뭐야? 당장 어떻게 그렇게 태도가 변해?"
"어떻게가 아니라 싫여졌다. 까닭도 없이 싫여졌다."
숙영이는 태연히 말하고 나서
"내가 싫여하더란 말을 전해 다우. 다신 찾지두 기다리지두 말라구 전해 다우."
목소리가 울멍거린다.
"흥!"
하고 비웃고 나서 숙희는
"싫여졌다구 전하지 않음 그분이 다시 또 언니를 찾을 줄 알우?"
"안찾는게 좋아. 그리고."
숙영이는 외면을 하면서
"난 서면으루 가 있겠다. 어린애들이 와 있어서 곧 가봐야 되겠어."
"맘대루 하구려! 어린애들이 와 있겠지!"
숙희는 조금도 유순한 태도가 아니다.
"가끔 들리께. 너두 들려라."
"내 염려는 말우."
"넌 왜 내게 그 뽀ㄴ새냐? 대체."
그러나 마지막 발악에 지나지 아니하였다. 숙영이나 숙희나 이제 서로 통할 수 있는 실마리라고는 한 줄기도 남아있지 않고 끊기어져 있는 것이다.

"간다."

"……."

거리를 나오며 숙영이는 비로소 눈물이 난다. 자기가 버림받은 구렁에 빠져 있다고 해서 은저리의 사람들도 그토록 자기를 버려야할까? 단 하나 밖에 없는 숙희는, 숙희는 대체 어쨌다는 것이기에 갈곳없는 자기에게 그토록 냉냉한가?

갈곳 없는 사람처럼 앞으로 터벌터벌 걸어 가는 숙영이는 할 일 없는 사람처럼 눈동자가 제자리를 찾지 못한다.

(韓國日報, 1955.10~1956.3)

(신문사 사정에 의해 계속 연재분을 찾지 못해 기재를 못한 점 사과를 드립니다. 그리고 뒷부분의 신문을 가지고 계신분이 있으시면 연락을 해 주세요. 다음 5집에 기재토록 하겠습니다.)

가학생(假學生)

1.

나는 A여대의 교표를 달고다니는 젊은 여인입니다. 학교에 이름을 등록하고 수업시간에 교실에 들어가 있는 마땅하고 떳떳한 재학생이 아니라, 불과 한학기동안 다니다가 학비를 감당하지 못하고 제적을 당해버린 거짓학생인 것입니다. 학교가 워낙 컸고, 재학생의 수효가 또한 적지않기 때문에, 거짓학생 노릇을 하는 여인이 흔하다 하고 있거니와, 내가 그 거짓학생의 하나인 것입니다.

여기서, 구태어 학생이 아니면 아니었지 왜 교표를 달고 거짓학생 노릇을 하느냐의 설명을 하려는 것은 아닙니다. 앞으로 어느때까지 이 교표를 그대로 지니고 다니려는가의 예정을 얘기하고 싶은 것도 아닙니다. 학생아닌 사람이 학생노릇을 하고 있는 대부분의 여인이 그러하듯이 나도 학교를 다닌다는 핑계와 자랑과 외누리로써 좀더 쉽고 많은 수입을 얻어야 했고, 그 수입으로 어머니와 동생의 쌀값과 나무 값을 보태고 있다는 사실만 알리는데 그치렵니다. 진정, 나는 A여대의 재학생의 자격으로 이 집에 머물러 가정교사 노릇을 하고 있는 것이며, 월급으로 내어주는 일만환씩을 인천에 있는 어머니에게 매달 거르지 아니하고 보내는 것입니다.

내가 거짓학생인 줄도 모르고 이 집에서는 나를 극진히 위해주고 있습니다. A여대에 갖들어가자마자 이 집에 왔으니까 시일로 가리어 어느덧 삼년이 지나고 있읍니다. 산천의 모습도 변하게 된다는 삼년동안을 이집 사람들은 끊임없이, 변함없이 나를 믿고 아껴주었읍니다. 이제에 이르러서는 나는 어느 모로 보든지 이 집의 어엿한 식구이며 살림살이의 마련에도 언제나 입을 열게되는 친구이기도 한 것입니다.

거짓학생이라는 사실을 빼놓고는 모든 태도와 생각이 이 집을 위해 이롭고 성실하다는 것 뿐이 이집 사람들로 하여금 나를 믿고 아끼게 하는 까닭이 되는 것이 아니었읍니다. 이 집에는 나를 빼놓고는 모두 나이가 지나친 노인들이 아니면 나보다 어리고 약하디 약한 아이들이 식구를 이룩하고 있기도 한 때문이었읍니다. 집안에서도 노인들과 애들의 중간에서 여러 가지의 마땅치 않은 일을 살펴주기도 했으려니와 바깥사람들과 대하는데에도 별일이 아니면 젊고 기운이 들어있는 내가 나서고 해결하고 하게 되는 때문이기도 하였던 것입니다.

할아버지와 할머니, 그리고 부모 잃은 손녀 손자들, 도합 일곱사람이 집안식구였읍니다. 젊은 사람이라고는 나 하나 뿐이어서 애들을 상대로 하는때가 아니면 늘 조용한 속에 시간을 보내고는 하였읍니다. 간혹 부산 K대학에 다니는 외척 윤형식이라는 청년이 올라오게 되면, 그제야 집안이 좀 번화롭고 시끄러워지고는 하는데, 그 사람이라야 방학이나 되어냐 잠시 올라왔다 내려갈 뿐이었던 것입니다. 그밖에는 이 커다란 집, 넓직한 뜰악을 드나드는 사람이 사실상 없었읍니다. 나는 남의 집에 기거하고 있는 사람이면서도, 늘 편안하고 자유롭고 따라서 만족스럽기도 하였던 것입니다.

지난 여름이었습니다. 방학동안 부산의 형식이가 주욱 묵어 있었던 관계로 우리집은 진정 사람이 사는가싶게 밝고 기뻤습니다. 형식이는 보기에 차갑고 모진 데가 있기도 하였읍니다마는 꾀가 있고 눈치가 빠른 사람이었읍니다. 우리들 젊은 떼들이 놀때는 말할것도 없고, 할아버지 할머니처럼 나이 많은 노인이 섞여있을 때에도 어떻게 하든지 자리가 즐겁고 유쾌하게 마련을 대어 놓고는 하였읍니다. 어디서 어떻게 알았는지는 모르지만 모자속에서 참새가 튀어나오는 요술까지를 부리어 집안 사람을 놀라게 해주고 웃겨놓고는 하였던 것입니다.

"거, 형식이녀석, 그런줄 몰랐더니만 재주가 무궁무진허구나! 허어! 허어!"

할아버지가 어린애처럼 입을 벙싯거리며 형식이의 동작에 도취하게 되면,

"집안이 느을 쓸쓸하더니만 네가 와 있으니 심평이 피는것 같구나! 뭘험 아주 올라와 있으렴아! 공부도 서울서 허구!"

할머니도 눈을 가늘게 뜨며 형식이를 기특하게 여기는 것이었읍니다.

"그래, 할머니! 아저씨 우리 집에 와 살도록 해요. 응?"
하고 나서 제일 큰 아이 영이는,

"그렇죠? 선새님! 아저씨가 와 있음 심심한걸 모르겠죠?"

하며 나의 찬성을 구하는 것입니다.

"오시기만 하문 좀 좋겠니?"

약삭빠르고 집안이 생기있게 할줄 아는 그 사람이기 때문에 내가 형식이를 환영하는 것은 아니었읍니다. 큰 딸아이 영이가 이미 여자고등학교 삼학년에 재학하고 있는 사실때문이었던 것

입니다. 내년 봄에는 대학에 들어갈 계제입니다. 아직까지 영이가 필요로 하는 지식을 내가 지니지 못했다고 느낀 적은 없었읍니다마는 이제까지가 문제가 아니라 앞날이 걱정입니다. 내년 봄, 대학에 들어가는 시험에 만일에라도 떨어지게 된다면 삼년동안 따로 돌보아준 발자취가 한꺼번에 무너져버리는 슬픔에 앞서 영이와 할아버지 내외분을 한시인들 마주 볼 낯이 없어지고 말게 되는 것입니다. 이지막에 영이의 학습에 도움이 되는 일을 생각하는 것은 지난 어느때보다도 절실하고 다급한 일입니다. 다른 사람 낯선사람도 아닌 부산의 형식이가 올라와 영이의 학습을 도와주고 일깨워주는 노릇은 영이의 욕심이 아니라 진정 나의 소원인 것입니다. 누구보다도 나는 형식이를 간곡히 환영하였던 것입니다.

형식이도 집안 사람들이 한결같이 환영한다는 사실을 금방 눈치챈 모양입니다. 사람들가운데 허트러졌던 놀잇감을 얼른 한옆으로 비켜놓으며,

"그리잖아두 부산구석이 넌덜머리가 나는데 서울사람노릇 좀 해 볼까요?"

"너만 좋다허면 누가 마다허겠느냐? 그렇지, 사람은 역시 서울에서 치어 나야지, 서울학생 노릇 좀 해 보려므나!"

할아버지의 댓구였읍니다. 이러한 대답이 나온 이상에는 이 집에서 누구도 그를 마다할 사람은 없는 것입니다.

"학골 옮기는건 문제없지만 거처가 문제에요. 아저씨댁에서 멕여만 주시면 새학기부텀이라두 올라오겠어요."

"자알 생각했다. 방이 수두룩허겠다, 언제든지 올라오느라!"

결정이 나자 형식이는 집안식구에게 더욱 싹싹하고 친절하게 굴었읍니다. 할아버지 내외분에게는 물론 나에게도 한층 더 상냥하고 부드러운 언동을 보였읍니다.

형식이가 내려가자 집안은 몇해동안 함께있던 사람이 떠나간 때처럼 쓸쓸하고 허전해졌읍니다. 애들도 서운해 하였고, 나도 그의 웃는 얼굴이 늘 머리를 어지럽게 하는 것을 느꼈읍니다.

2.

형식이가 부산을 향해 돌아간 다음 날 저녁나절이었읍니다. 내일부터 내가 교표를 달고 있는 A여대가 개학을 하는 날이었읍니다. 내일아침이 되면 나는 마땅히 책보퉁이를 들고 집을 나서야 하는 것입니다. 집을 나서서 도서관에 있다가 학교가 파할 임시해서 집으로 돌아와야 하는 것입니다. 도서관에서 종일 책을 읽고 공책을 정리하고 나올라치면, 집에 돌아올 무렵에는 일부러 모습을 짓지아니하여도 피로한 기색이 떠올라 있게 됩니다. 집에서는 으레 내가 A여대에 나갔다 돌아온 줄 알게되는 것입니다.

내일 학교에 나갈 채비를 하노라고 방안의 책상을 이리저리 뒤녀놓고 법석을 떨고 있는데, 할아버지가 나를 좀 만나자고 부르는 것이었읍니다.

"부르셨어요?"

일부러 만나자는 일이 별로 없기에 저절로 속이 두근거릴 밖에 없읍니다.

"좀 앉지! 물어볼 얘기가 한가지 있구먼!"

언제나 다를바 없이 낮고 조용한 말투입니다. 고개를 숙이고 마루 끝에 걸터앉았읍니다.

"그래, 낼부터 학교가 개학인가?"

"네에!"

"물어볼 얘기라는 것은 다른 것이 아니라 학생이 학교엘 잘 나가지 않는다는 소문이 있어서 그게 정말인가 하는거야. 학교를 빠진적이 있었던가? 그동안."

"……."

나는 입이 꽉 다물려졌읍니다. 동시에 가슴속의 피가 얼굴위로 화악 밀쳐 올라오는 것을 느꼈읍니다. 평생에 이때처럼 얼굴이 진하게 붉어졌던 때는 없었을 것입니다. 숨이 막히고 심장이 터질듯이 뛰기 시작하였읍니다.

"그럴 리가 없다구 말을 허기는 했지만서두 얘기가 그렇더라니, 물어보지 않을 수가 없어서 물어 보는거야. 학교를 나가지 않거나 그러헐리는 없을터이지?"

"네!"

얼떨결에 대답하였읍니다.

"그러헌데 어째서 그러헌 말이 나왔을 꾸? 으음…."

할아버지는 더 물어보지도 아니하였고, 더 다른 이야기도 하지 않았읍니다. 한쪽에 있는 목침을 찾아 비스듬히 몸을 눕히며 이야기가 끝났다는 표시를 하였읍니다.

그날밤, 나는 아직도 날이 더운데 문을 꽉꽉 닫고 머엉하니 벽에 기대 있었읍니다. 수백가지의 생각과 그림자가 오락가락하였으나 어떤 한가지도 뚜렷이 머물러주는 것이 없었읍니다.

할아버지가 어디서 내가 거짓학생이라는 것을 들었는가 하는 의문이 그중 많이 떠 올라왔읍니다. 방학이 시작되기 전이라면 몰라도 방학이 된 뒤에는 할아버지 내외분이 집밖에 나간일도 없고 누가 드나든 일도 었었읍니다. 그전부터 알고 있는 이야기를 가려 두었다가 이제야 들려 주는지도 모른다 싶었으나, 할아버지의 성미는 순하고 착하기는 하였지만 알고 있는 사실을 감춰 두는 일은 결코 없는 분입니다. 요 며칠사이에 들은 이야기인 것이 분명하였읍니다. 그러면서도 어떤 경로를 밟아 아시게 되었는가에 이르러서는 날래 생각이 마물려지는 것이 아니었읍니다.

문득 간단하고도 뚜렷한 생각이 뒤를 이었읍니다.

(형식이가 일러 바쳤다!)

틀림없는 일이었읍니다. 며칠 전 형식이가 서울 이집으로 오도록 작정이 났읍니다. 이집에서는 나를 내어보내고 형식이를 대신 들여세운다는 생각을 아무도 할 사람이 없었지만 형식이로서는 내가 머물러 있다는 사실이 치명적인 장애가 되리라고 생각되었을 것입니다. 내가 이집에 머물러 있는 동안에는 아무리 올라와 있으라고 재촉을 한다하여도 한갖 농담에 지나지 않게 되리라고 생각하였을 것입니다.

자신이 들어서기 위하여 나를 내어보내도록 하지 아니할 수 없었고, 그러려니 나를 내보내는 조건을 들어내야 하였을 것입니다. 올라오도록 하라는 결정을 보자 부랴부랴 나를 내보낼 수 있는 자료와 핑게를 조사하기 시작하였을 것입니다. 다른 조건도 얼마든지 있을 수 있겠지만 거짓학생이라는 사실보다 더 훌륭한 재료는 없을 것입니다. 그리고 내가 거짓학생이라는 것을 알아내기란, 마음만 먹으면 그보다 더 쉬운 노릇이 없읍니다. A여대에 정말로 다니고 있는 학생에게 물어보면 내가 거짓학생이라는 것이 그 자리에서 들어날 것이기 때문입니다.

가장 훌륭하고 뚜렷한 재료를 찾아내인 형식이가 바로 어제 이 집을 떠날무렵에 할아버지에게 이야기를 하였다 하면, 오늘 저녁때 나를 부른 일이 오히려 늦은 노릇인 것입니다.

(모든 일이 끝났다!)

이 집 대문을 터벌터벌 나서는 나의 초라한 모습이 떠올라 왔읍니다. 나의 등뒤에 형식이를 비롯한 모든 사람의 싸늘한 눈줄기가 가득히 부어져 있읍니다. 언니처럼, 어머니처럼 따르며 좋아하던 영이의 시선도 그 동생들의 시선도 형식이의 시선에 못지 않게 차갑고 날카롭게 보였읍니다.

나의 초라하고 찡그린 모습은, 인천 초가집 조그만 골방에 병들어 누어있는 어머니와 동생들의 눈앞에 나타납니다. 어머니와 동생들의 눈길이 마주 닿는 순간 나는 땅에 쓰러지며 소리내어 울게 됩니다.

"선생님!"

밖에서 영이의 뛰어오는 소리가 들렸읍니다. 문을 첩첩이 닫고 있으니까 이상한 생각이 들었던 모양입니다.

"그래! 들어 와!"

나는 얼굴을 북북 비벼대며 아무렇지도 않은 듯이 문을 열었읍니다.

"왜 문을 닫구 계서요? 선생님."

영리한 영이가 놀라는 눈으로 나의 얼굴을 살피고 있읍니다.

"덥긴 뭐. 이젠 가을철인데…."

"어디 아프세요? 얼굴빛이 아주 이상해요. 선생님."

"아아니! 그저 좀 피곤해!"

"그리다 내일 학교에두 못나가심 어떻게 해요?"

"……."

댓구를 하지 않으니까 영이도 더 말이 없었읍니다. 괴롭고 안타까워 하는 모습을 이윽히 지켜보다가 더 무슨 말을 내지 못하고 그대로 들어가 버리고 마는 것이었읍니다.

이튿날 나는 그대로 방안에 있었습니다. 애들이 함께 나가자고 조르는 것을 천천히 갈테니 먼저 가라고 쫓아 놓고 그대로 누워버렸읍니다. 학교에 나가는체 하기가 낯이 뜨거워서 뿐 아니라 밤새껏 잠을 자지 못해 몸을 가눌 수가 없었기 때문이기도 하였읍니다.

"아아니, 학생, 어디 아픈가?"

펀뜻 몸을 일으키니 할아버지가 문턱에 서 계시는 것이었읍니다.

"아니예요!"

"개학 첫날부터 그렇게 못 일어나면 어떻게 허누우?"

"어디 아파서 그러는게 아니예요. 괜찮아요."

그러면서도 나는 가만히 앉아있을 뿐이었읍니다.

"어제 학교에를 빠진다구 나무래서 그러허는가? 애들의 말이 선생님이 학교를 빠지는 일이 있다는 얘기를 들었다고 하여, 학생을 아끼는 마음으로 그렇게 나무랜 것을 그러는가? 허어!"

"……."

고개를 숙인채 그대로 있었읍니다.

할아버지도 더는 말을 보내지 아니하고 들어가 버렸읍니다.

(왜 일부러 미안하다는 표시까지를 할까?)

또 몇 가지의 생각이 뒤를이어 솟아났지만 워낙 고지식한 할아버지의 태도는 결국 나타나는 말뒤에 숨은 어떠한 속마음도 알려주는 것이 없었읍니다. 그러나 한가지 거짓학생의 소문을 형식이가 전하지 않은 사실이 뚜렷하여졌읍니다.

(애들이 이야기를 하여 나를 걱정하는 말에 불과하였다!)

애들의 말은 형식이의 말의 뜻과 작용과 효과가 다릅니다. 애들의 말은 아무리 야무지고 사납더라도 언제나 나를 아끼고 위하는 마음의 터전에 세워지는 것이기 때문입니다. 친어머니의 처사를 아무리 오닥지고 가혹하게 반항하는 어린애라 하더라도 마음속에 잠자고 있는 어머니에의 애정은 조금도 섯들려져 있지가 않은 것과 마찬기지인 것입니다. 애들이 전하는 말을 근거로 하여 어제 저녁의 이야기가 나왔다면 지금의 괴로움이나 안타까움은 조금도 그럴 까닭과 필요가 없는 것입니다. 아이들은, 나중에는 어느 때 내가 거짓 학생이라는 것을 알아내게 될는지 모를 일이기는 하지만 지금까지는 도무지 그런 눈치가 없었기 때문입니다. 삼년동안이나 애정과 신뢰를 퍼부은 나를 애여 의심해 보려들지 않을 것이라는 추츠에서가 아니라, 그들의 학습을 지도해두는 내 능력은 A여대를 이제까지 그대로 성심껏 다닌 사람도 차라리 따르지 못할만큼 충분한 것이었기에 그들은 내가 A여대에 다니지 않는다는 사실을 농담으로라도 시인해 볼길이 없기 때문입니다.

어지럽고 괴롭던 마음이 차차 안정되기 시작하였읍니다.

그날이 지나자 나는 여전히 A여대의 교표를 달고 문턱을 나와서는 도서관에를 들렀다 집에 돌아가고는 할 수 있었고, 하루 이틀이 또 건너가자 삼년동안이나 끌어나온 습관 그대로 과히 어색하지도 아니하게 되었읍니다. 겨울방학이 될 무렵에는 여름의 그 일이 가마득한 옛날일처럼 억지로 생각해 보아야 흐릿하게 되살 정도로 희미해지고 말게 되었읍니다.

3.

바로 그저께, 겨울방학이 시작된지 나흘이 지난 날의 저녁나절이었읍니다. 밖에 잠시 나갔다가 돌아와보려니까 안에 낯설은 구두가 놓여있는 것이 보였읍니다. 누구일까 하고 생각이 들자마자 곧 낯익은 목소리가 들려나왔읍니다.

"그래서 어쨌다는 얘기냐?"

형식이의 목소리였읍니다. 방학을 보내기 위해 부산에서 올라온 길이라고 짐작이 되었읍니다. 그러나 반가운 마음으로 문을 열려던 내 손이 누구에게 잡혀버린듯 굳어지고 말았읍니다. 형식이의 목소리로서는 처음 들리리만치 크고 팽팽한 것이었기 때문입니다. 누구에게 향하는 말인지는 몰랐으나 단단히 흥분되어 있었던 것입니다.

"빠안하지 뭐예요! 나는 아저씨가 보기두 싫단말예요! 보기두 싫어로! 어서 도루내려가세요!"

오닥지게 튀어나오는 영이의 목소리였읍니다.

나는 방안에 들어가려던 생각은 그대로 누르고 부엌옆에 우뚝 기대서고 말았읍니다. 무슨 일인지 알길은 없었으나 흥분이 극점에 다달아 있는 이들의 틈사귀에 끼어들 계제가 아닙니다.

"내려 가라구? 너 그게 어디다 하는 말이냐? 그런 버릇이 어디 있다는 말이냐?"

"그래요! 나는 버릇도 무르구 말두 할줄 몰라요! 그러니깐 나 같은 애가 있는집에 계시지말구 어서 도루 내려 가세요!"

"자알한다! 가짜학생을 가정교사루 모시구 있더니 과연 자알하는구나! 야, 야! 네가 있으라구 빌어두 안 있겠다! 당장 내려가겠으니 그 가짜학생하구 평생 자알 살아라!"

"왜 선생님 얘기는 또 끄집어내는 거에요? 아저씨가 얘기하지 않아두 벌써부터 다아 알구 있었다는 밖에, 어쨌다구 자꾸만 가짜학생, 가짜학생 그리는거에요? 그래요! 가짜학생을 선생으루 모셔서 이렇게 자알들 여대는거니 어서 내려가세요!"

"......."

"똑똑히 들어 주세요! 아저씨 나는 선생님이 가짜학생이구 아니구를 살피려구 모시구 있는 것이 아니에요. 공부를 하기 위해 모시구 있는거에요. 공부만 잘 가르쳐 주시문 가짜학생보다 더한 학생이라두 상관 없어요. 선생님은 우리들을 잘 가르쳐 주셨구 지금두 몸을 애끼지 않구 정성껏 가르쳐 주세요. 왼만한 진짜학생 따위가 문제가 되지 않을만큼 훌륭하고 만족해요. 그래서 벌써 일년 전에 가짜학생이라는 것 알구두 도무지 모른체 했든거에요. 학비가 없어 가짜학생 노릇을 하구있는 것두 불쌍한데 무엇이 부족하구 미워서 선생님을 내 쫓느냐 말에요?"

"……."

"선생님은 좀더 나를 돕기 위하여 아저씨를 모셔오는걸 기뻐했어요. 나두 선생님과 아저씨가 함께 있으시게 되기를 바라구 믿었어요. 그런데 그게 무슨 짓이에요? 비겁하게두 그분을 내쫓구 들어설려구 가짜학생인 것을 조사해다가 할아버지에게 일러바치구요? 할아버지가 말을 잘못 하셔서 하마트라면 선생님이 나가시게 될번한 것을 가까스로 얘길 드려서 무사하게 했어요. 그런데 올라오시자마자 아저씨 무슨 태도에요? 그따위 가짜는 왜 여태 두구 있느냐구요? 여태까지 나가지 않은 선생님이 철면피라구요? 선생님이 철면피가 아니라 아저씨가 철면피에요!"

영이는 말을 마치더니 홍분과 분노를 이기지 못하고 드디어 흑! 흑! 소리내어 울기 시작하였읍니다. 울음소리만 방안에 차 있을 뿐 숨소리하나 새어나오지 아니하였읍니다.

굳어진 사람처럼 꼼짝하지 않고 서 있던 나는 떨리는 다리를 끌고 가까스로 내 방에까지 들어왔읍니다. 들어와서는 망치에 얻어맞은 사람처럼 책상 위에 풀썩 고꾸라지고 말았던 것입니다.

내가 문을 열고 들어서는 소리를 들었는지 안방에서는 더 이야기가 들려 나오지 아니하였읍니다.

얼마가 지났을까. 날이 저물어 있다는 것을 느낄 수 있을 무렵이었읍니다.

안방문이 열리고 사람들이 나오는 기척이 있었읍니다. 이어 형식이가 신은 구두소리가 바깥으로 뻗쳐나갔읍니다. 그리더니 아주 가버린다든가 다녀오겠다든가 하는 인사도 없이 멀리 사라져 버리고 마는 것이었읍니다.

그러한 기척을 들으면서도 나는 그대로 책상에 매달려있을 뿐이었읍니다.

조금 있더니 영이의 가벼운 신발소리가 들려 왔읍니다. 내가 있는 방문턱에 까지 달려오더니

"언제 오셨어요? 선생님!"

"지금 왔어…."

영이는 아무렇지도 않은 듯이 들어왔으나 내 안색을 살피더니 이내 표정을 딱딱하게 합니다. 내가 모든 이야기를 다 들었다고 직각한 것이 분명합니다.

"어디 편치 않으세요? 선생님."

"머리가 좀 아프구나."

"약 갖다 그릴께요. 내!"

하고 태연한 표정을 지려는 눈치이기는 하였으나 이미 그의 얼굴은 울음의 그림자가 들기 시작하고 있었읍니다.

"영이야!"

아까와 달리 내 목소리는 떨리지도 아니하고 당황하지도 아니하였읍니다.

"……."

"아저씨 어디루 가셨니? 아주 내려가시지는 않았겠지?"

"아주 내려갔어요. 그런 아저씨는 백명 있어도 소용 없어요!"

"영이야!"

사이를 좀 띄었다가

"너허구 나허구는 이제 더 있으려두 더 있을 수가 없게 되었

다. 하루이틀 안으루 내가 나갈테니 어서 아저씨를 도루 모셔 오너라!"

"선생님까지 그런 얘길 하심 난 싫어요!"

영이가 사이를 띠었다가

"다 들으셨으니 숨길것두 없어요. 아저씨에게 말한대루 난 선생님의 능력을 모시구 있지 학생신분을 모시구 있는게 아니에요. 이점을 아저씨에게두 분명히 얘기했어요. 아저씨두 더 말을 못하구 가버리셨어요. 이젠 선생님을 나가시라구 아무두 말할 사람이 없어요. 안심하시구 그대루 계세요!"

내 얼굴에서 싸늘한 눈초리를 발견한 영이는 말을 더 잇지 못하고 울상이 되었읍니다.

"고마워! 영이. 그렇지만 이제는 더 어쩔 수 없이 헤어지게 되었어!"

"……."

"지금 내가 하는 이야기는 아저씨가 무서워서 그러는 것이 아니야. 아저씨는 부산으루 내려가시지 않았다 해두 걱정될 일 아니야. 에어지지 않을 수 없는 까닭은 내가 이제는 아무리 애를 써두 영이를 더 가르칠 힘을 가지지 못했기 때문이야! 내가 가짜학생인줄 알면서도 일년동안을 덮어둔 그 판단이라든지 태도를 가진 사람에게 어떻게 더 가르쳐 줄 것이 있겠어?"

"……."

"그동안 신세는 많이 졌어! 부디 잘 있어주어!"

오늘 해도 차차 저물어가고 있읍니다. 이제 남은 일은 이 집을 떠나는 것 뿐입니다. 이 집과 다시 언제 만나게 될는지 내가 어디로 가게 될는지는 도무지 생각이 나지 않는 것입니다.

(새벽, 1957.2)

하나의 도정(道程)

1.

입학시험의 결과를 기다리는 심정처럼 안타까운 하루였다. 세상에 있는 시간 전부가 지나가는 것같은 지루한 하루였다.

이태전부터 끌어오던 연옥이의 초등학교 취직문제가 오늘 마지막으로 결판이 나는 날이었다. 다 되었다는 소식만 해도 두서너 차례나 되면서 물어지기만 하던 노릇이 이번에는 드디어 최종적인 결말을 보기로 되었던 것이다. 주선해 주는 측에서 마지막인 결말을 내어 주겠다고 한 때문이라기보다 이번에 틀어지면 하루만 더 기다리라는 말이 있어도 아예 단념하고 말 것을 단단히 결심했기 때문에 불가불 마지막이 되는 일이었다. 되고 안 되고에 대한 분명한 대답을 들으려 남편이 일찌감치 집을 나갔던 것이다. 그 남편을 기다리기에 연옥이는 입학시험의 결과를 기다리는 소녀처럼 진정을 못하고 안타까워 하는 것이었다.

해가 저물고 불이 밝았다.

기다리고 앉았던 연옥이의 얼굴이 절망을 표시하기 시작하였다.

"아직 애비 오지 않았느냐?"

시어머니가 손자를 업고 아들의 마중을 나갔다가 지쳐 돌아와서 묻는다.

"아직 오지 않았어요."

"오늘두 에어쿠 틀린 모양이구나. 그눔이, 기집자식을 기어쿠 굶겨 죽일 모양이군!"

"……."

"기집자식헌테 대하는 식으루 하면, 산두 떠올 것 같은 놈이 아주 헛것이로구나!"

"……."

어머니의 말을 뒤잡아 남편의 두던을 하기에는 연옥이는 이미 지쳐있었다. 남편이라는 사람이, 단순히 무능하기만, 하다면 무능한 그 자체를 탓할 생각도 없을 만치 모질고 팽팽한 성질이 아닌 영옥이기도 하였으나, 아내에게 대하는 품은 무능하다는 사실과는 별개로 아주 포악하고 잔인하였던 사람이기 때문이다.

할머니의 등에 업힌 애가 자지러지게 떼를 쓸 무렵에 남편이 돌아왔다.

"되었어요?"

남편의 눈치에서 연옥이는 일이 제대로 된 것을 알았다.

"되었어! 발령까지 났어!"

"……."

"다, 좋은 조건으로 되었어. 헌데 근무학교가 S국민학교란 말이야, 해필!"

"S국민학교루 발령이 났음 어떻게 나가요?"

"께름하긴 하지만 나가 봐야지. 가까운 뜻으로는 그만치 좋은 자리두 없어."

"……."

학교가 싫다거나 까다롭다거나 해서 문제꺼리가 되는 것이 아니라 S국민학교에 강규훈이가 교사로 근무하고 있기 때문이었다. 연옥이와 여러 햇동안 사귀어 오다가 지금의 연옥이의 남편 최윤수에게 뺏기고 자살을 기도하다가 살아난 사람이 규훈이었다. 그 뒤 연옥이에 대한 감정을 조금도 누르지 못하고 여러 군데의 혼담을 차갑게 거부하며 내려오는 규훈이가 연옥이의 집에서 이십분동안 걸어가면 닿을 수 있는 S국민학교에 근무하고 있는 것이다. 그 규훈이가 근무하고 있는 학교로 발령이 되었다는 것은 윤수는 물론 연옥이에게 취직의 성공과는 별도로 큰 부담을 주게 되는 일이 아닐 수 없다.

남편의 성역이 너그럽거나 쉽게 단념해 주는, 뒤없는 사람이라면 이번의 경우 굳이 커다란 고통을 느끼지 않을 수도 있을 것이다. 그러나 그는 연옥이를 규훈이와 마주 보게 되는 자리에 내어 보내고도 태연하기에는 너무나 끈지고 침울한 사람이었다. 연옥이로서도 규훈이와 함께 일하게 된다는 일이 달가울 수는 없었다. 만나면서도 무심히 지나기에는 그와의 지난날이 너무도 심각하였고 그 관련으로 남편과 규훈이가 원수처럼 미워하는 사이가 되어 있기 때문이었다. 이미 모든 운명이 결정된 이즈음에야 만나고 만나지 않는 사실로 새로운 사태가 일어날 일은 아니겠지만 세 사람의 서 있는 위치가 지금과 조금이라도 다르게 된다면 아무리 '직장'이라는 커다란 힘이 감싸 준다 하더라도 윤수에게는 물론 연옥이에게도 불안과 두려움을 주지 않을 수 없는 일이었다.

"나중에 다른데루 옮길 운동을 하기루하구 하여간 내일부터 나가우!"

딱한 표정을 짓는 아내에게 윤수는 생각한 여지를 주지 않았다.

"S국민학교니까 망설이는 거예요! 나 자신을 위해서가 아니라 당신을 위해서 망설이는 거예요. 당신의 성격을 잘 알기 때문에 그러는 거예요!"

"그런 점은 염려말구 나가 보우! 당신만 잘하면 되는 거야!"

"……."

어쩔수 없는 숙명이라고 생각되었다. 자기네들의 오늘이 이미 숙명이고 헌신인바에는, 내일부터 다시 규훈이을 만나게 되는 일도 숙명이라고 할 수 있는 일이었다. 당연히 나타나고 당연히 맞이해야 될 일을 굳이 꺼려하고 두려워하는 태도는 깨끗이 사라져 버렸다고 단정지은 지난날에 대한 불신이며 배반일는지도 모른다.

시간과 더불어 완전히 사라져버린 지난 동안의 일 때문에 오늘의 태도가 진정을 잡을 수 없다는 말은, 이를테면 지난날이 허위거나 현재가 허위거나 어느 쪽이든 허위와 자기 기만이 된다. 규훈이를 모르는 사람 이상의 존재로 해식해 보는 태도가 잘못이고 약한 짓이 아닌가! 더구나 남편이 출근하기를 권고하고 있으니 연옥이로서는 거절하고 싶어도 그 핑계가 없었다.

(이런 때의 권고를 관대한 마음의 표현이라고 믿자! 이번을 계기로하여 남편의 태도가 올바르게 돌아 갈 것을 믿자!)

규훈이와의 지난날이 주마등의 행렬처럼 두서없이 지나가고 있었지만 그 앞을 남편의 그림자가 의젓이 앞지르고 있었다. 시키는 일이니까 따라야 되겠다는 가깝하고 옹졸한 생각이 사라지고 생활을 유지하기 위한 뚜렷한 목표에 양보가 있어서는 아니된다는 무섭고 큰 생각이 뒤를 이었다.

이튿날부터 연옥이는 S국민학교의 교단에 올라 있었다.

2.

처음 규훈이와 다시 얼굴을 대하게 되던날 연옥이는 아닌게 아니라 마음이 팽팽해지는 것을 느꼈다. 그러지 말자 하는 단단한 결심과 각성을 지니고 있기는 하였지만, 마음의 한구석을 차지하고 있는 숫되고 약한 어릴때의 감정이 아주 자취를 감추지는 아니한 것 같았다. 윤수의 아내며 어린애의 어머니라는 커다란 힘의 꾸짖음이 없었다면 연옥이는 마음의 동요 때문에 얼굴빛이 붉어졌을는지도 몰랐다.

"오래간만입니다. 강선생님."

연옥이는 가까스로 태연하게 인사를 할 수 있었다.

"수고하시게 됐읍니다. 유선생님."

규훈이는 연옥이의 부임을 진작 알고 있는 듯 별로 놀래는 기색을 띄지 않았다.

첫날은 아무래도 어색하였고 또한 첫날만 어색하였다. 어려서부터 이십년 동안을 이웃에서 자라온 규훈이와 연옥이의 간격을 가로지르고 있는 이해와 친밀의 인식은 요 삼사년 동안의 절교 뿐으로 소멸되거나 망각될 일이 아니었다. 연옥이에게 있어 규훈이는 역시 다정하고 친절한 사람이었고 규훈이에게도 연옥이의 출현은 어두운 이제까지의 항로에 밝고 황홀한 빛이 되었다.

누가 먼저랄 것도 없이 도울 일이 있으면 도와 주었고 물어볼 일이 있으면 물었다. 다른 교사들도 많었고 다른 교사와 접촉하는 편이 나을 때에도 의례 그들끼리 서로 찾고 만났다.

(이렇게 하는 일이 잘못은 아닐까? 억지로라도 규훈이를 멀리하도록 노력하는 일이 옳지 않을가?)

그러나 마음 한구석에는 생생하고도 뚜렷한 또하나의 입이 큰소리를 들려 주고 있는 것이다.

(일부러 멀리하려는 심정을 지닌다면 도리어 잘못이다! 마음에 동요가 없는한 만나든 만나지 아니하든 꼭같은 일이다!)

이 심정은 규훈이의 마음에도 자리잡고 있었다. 규훈이도 연옥이를 만나는 노릇의 범상치 아니한 사실을 알고 애써 만나는 일과 만나지 아니하는 일의 조리와 비중을 단음하여 보았다. 결국 일부러 만나려고 노력한 일이 아닌 것과 마찬가지로 일부러 만나지 않으려고 노력하는 일도 옳지 않다고 생각되었다. 규훈이와 연옥이는 자주 만나게 되는 사이였고, 그들의 현재의 위치를 가장 제대로 간직할 수 있는 길은 또한 자주 만나고 의논하고 돕는데 있을밖에 없기도 하였다.

어느 더운날 저녁이었다.

이날따라 늦게 들어오는 연옥이에게 남편 윤수의 목소리가 대뜸 거칠게 들려 나왔다.

"어딜 갔다가 이렇게 늦은 거야?"

윤수의 얼굴은 해쑥해 있었고 땀이 오송보송 솟아 있었다. 더워서 솟아 있는 땀방울이 아닌것이 분명하였다.

"가긴 어딜 가요? 학교에서 오는 길이지."

"학교에서 이제 온다구? 정말 학교에서 이제 퇴근한다는 거야? 지금 학교 문을 나서서 나온다는 거냐 말이야?"

"학교에서 지금 퇴근하는 건 아니에요. 몇몇 선생과 학예회 관계루 도구 준비하러 몇 군데 둘러 오는 길이에요. 왜 퇴근허는 얘길 물으시는 거애요?"

연옥이의 목소리도 높아가기 시작하였다. 종일 시달리다 들어오는 사람에게 아무리 남편이기로 그런 거칠고 무지한 데가 어디 있느냐는 항변이었다.

"왜 학교에서 곧바루 온다구 감추는 거야? 그래 누구 누구하구 어딜 돌아다니다 왔어?”

“동대문 시장엘 한바퀴 돌아왔어요.”

“누구누구하구 다녔느냐 말야?”

“누군 누구에요? 학교 직원들이지.”

“직원들 중의 누구누구냐 말이야. 직원 전원이 갔다왔다는 이야기야?”

“알았어요! 일행 중에 강규훈이가 끼어 있었다는 걸 말하시려는 거죠?”

“눈치는 빠르군! 강가하구 어떻게 시장 속까지 함께 돌아다니게 되었느냐 말이야!”

“…….”

“모를줄 알고 있지만 그렇게 어리석은 최윤수는 아니야! 강규훈이와 작축이되어 싸돌아 다니는 여편네를 그대로 볼 최윤수는 아니라는 말야! 강가허구 무슨 이야기를 쑥덕거렸어?”

덤벼 들기는 하였으나 힘이 빠져있었다. 규훈이와 함께 시장을 돌아 다녔다는 말이 거짓이 아니었고 거것을 알아채린 다음에야 남편의 성미에 에누리가 없을 일이기 때문이었다. 까딱하면 아내를 뺏기게 될는지도 모른다는 엄청난 가상이, 그냥 가상에 그치지 아니하고 언덕거리를 잡은 바에는 지금의 남편은 어떤, 무서운 지저구니도 사양치 않을 사람이었다.

(큰일 났다! 내 뒷조사를 하구 있었구나!)

규훈이와 만나고 이야기한 장면이 하나하나 빠지지 아니하고 떠올라 왔다. 하나하나 기시거나 숨기거나 해야 되도록 꺼림한 장면은 없었으나 이제 보니 그 회수가 적은 것도 아니었다. 몇 달 동안 거의 빠짐 없이 만났고 이야기했다는 사실에 스스로도 놀라지 않을 수가 없었다. 만날 때마다 만날 일이 있어 만났고, 이야기할 일이 있어 이야기하였고, 그런 뒤에는 전날 만났다는 사실을 기억하지 아니한채 오늘에 이른 것을 알게 되었다. 아무렇지도 않은 하나하나가 이제 생각하니 모두 두렵고 안타까운 발판을 쌓고 있었다. 남편의 눈이 하나하나 쌓여지는 그 발판위에 험상궂게 올라 앉아 있는 것이었다. 가장자리에 있는 어떤 물체도 사태도 남김없이 살필 수 있는 높고 튼튼한 자리에 올라 있는 것이었다. 그위에 앉아 있는 남편의 눈이, 밑에서 오들오들 떨고 있는 연옥이를 무섭게 쏘아 보고 있는 것이었다.

(집안에 있으면서도 내 행동을 샅샅이 알 수 있도록 내 뒤를 살펴 보았구나! 무섭다! 악마 같은 사람이다!)

연옥이는 남편의 얼굴에서 붉은 혀를 휘두르는 독사의 그림자를 엿볼 수가 있었다. 그리고는 차갑고 징그러운 독사에게 휘감기는 자신의 환상이 뚜렷이 떠올라 왔다.

3.

연옥이는 그뒤 규훈이와 가까이 하지 아니하도록 노력하였다. 남편의 가슴을 괴롭혀 놓는 것이 미안하다는 아내로서의 짙고 거룩한 감정에서가 아니라 규훈이와 만나는 기쁨이 몇백배의 가혹한 학대로 보답되는 일이 두려웠기 때문이었다. 아무리 범상한 일로 만나더라도 남편은 그렇게 여겨 주기 만무할 것이니 아무리 단둘이만 만나기로 한다 하더라도 이미 감시망을 벗어날 수는 없을 것을 알았기 때문이다.

규훈이도 연옥이의 위치와 요즈음의 심경을 헤아린 모양이었다. 저엉 부득이한 일이 아니면 연옥이와 마주하려 하지 않았고 마주하게 된다고 하더라도 말과 태도를 삼가는 품을 넉넉히 눈치챌 수 있었다.

"윤 선생님 전화 왔읍니다."

어느날 점심 시간이었다.

"윤연옥입니다."

수화기를 들은 연옥이의 귀에 대뜸

"나야! 좀 나오우!"

남편의 거칠은 목소리였다. 연옥이는 의식도 없이 맞은편에 자리 잡고 있는 규훈이를 바라 보았다. 규훈이의 눈이 걱정스럽게 이쪽을 바라 보고 있었다.

학교앞 조그만 다방속에 남편은 초조한 기색을 하고 앉아 있었다.

"어쩐 일이세요? 학교에 까지!"

"전근하는 이야기야! 좀 앉으우!"

"전근이 되게 되었어요? 어디루 된대요?"

반가운 이야기였다.

"그 얘기를 하러 여기까지 나온 줄 알아? 강규훈이 얘길 하러 온거야!"

"강선생 얘길 무슨 얘길 또 하실게 있으세요?"

"강규훈이도 전근 운동을 하고 있다는 사실을 알았어! 당신과 강규훈이가 똑같이 전근운동을 하고 있는 사실말이야!"

"그 얘긴 난 처음듣는 얘기에요. 강선생이 왜 전근운동을 한다는 거예요?"

"그러니까 내가 여기까지 와서 강규훈이를 직접 만나보겠다는 것이야! 당신의 전근운동과 그새끼의 전근운동에 어떤 연관이 있는가 직접 알아 보겠다는 말이야!"

"어머나! 이 양반이 못할 얘기가 없으시네! 둘이 짜구서 전근운동을 한다는 말이세요?"

"내집 가까운데 있으면 아무래두 자주 눈에 띄인다. 좀 먼곳으로 함께 가 있자는 심정으루는 똑 알맞은 행동인 거야! 들어가서 강규훈이 좀 나오라구 전해!"

"못하겠어요. 만나든지 말든지 당신이 직접 하세요!"

진종일 일이 손에 잡히지 아니하였다. 칠판에 쓰는 흰 글씨가 자꾸 몸부림치며 울부짖는 듯이 보였다.

집에도 돌아가기 싫었다. 학교를 나와서도 발이 허청거리며 제자리에 딛어지지 않았다. 어디로 걸어가는지도 작정하지 못한채 무턱대고 발을 띄어 놓았다.

"이제 나가세요? 윤선생님."

"아!"

규훈이었다. 남편과 만나고 헤졌다는 사실을 연옥이는 짐작하였다.

"최군, 왜 그렇게 신경이 과민합니까?"

"만나 보셨어요? 전근문제 얘기죠?"

"비겁한 녀석이라구 정면으루 쏴대구 나왔습니다. 그 지독한 친구두 뜻밖으루 맞서니까 되려 움치러지구 말더군요. 비겁한 성격의 공통된 일면이 최군에게도 있어요. 그래서 윤선생을 만나려구 기다렸어요."

"……."

"이제까지 윤선생이 속썩는 것을 참구, 힘드는 것을 참구, 내려오신 일이, 결과로 봐서는 윤선생 자신뿐이 아니라 최군까지도 못되게 만들어 놓았어요. 윤선생의 환경을 좀 더 안정하게 하려면 남편에게 무조건 복종한다든지 타협한다든지 하는 일이 아니라 도리어 공격을 하고 우박지르구 하는 일이 필요하겠어요. 집에 돌아가시면 최군이 또 뭐라구 야단을 칠테니 이번부터는 사양말구 덤벼 드시라는 말입니다. 그리구…."

“…….”

“그와는 별도루 나두 이번 같이 포악한 말을 해야될 일이 다시는 없기를 바라구 있어요. 내가 할 일은 내가 적절히 알아서 할테니 윤선생은 어서 좀더 적극적으루 전근운동을 하십시오.”

“전근이, 여간해서 되 줘야 말이죠, 선생님.”

“쉽게 될 까닭이야 있겠어요? 하여튼 최선을 다해 부탁해 나가십시오.”

“좀 돌봐 주세요, 강선생님두.”

“…….”

규훈이는 측은한 듯이 연옥이를 바라보며 더 댓구하지 아니하였다. 눈을 껌벅이며 무슨 말을 더 할듯 하다가 그대로 가버리고 마는 것이었다.

(남편과 맞서라고 타이르는 말은 결국 집을 뛰쳐 나오라는 암시는 아닐가?)

문득 이런 생각이 들자 연옥이는 새삼스럽게 숨이 답답한 것을 느꼈으나 이상스럽게도 그제야 발걸음이 제대로 집쪽으로 행해지는 것이었다.

며칠이 지나자 학교에서 색다른 소문이 퍼지기 시작하였다. 규훈이가 A라는 여인과 약혼을 하였다는 소문이었다.

“강선생! 그 얘기가 정말이오?”

어느 선생이 물어 보았을 때 규훈이는 그렇다고 소리쳐 대답하지는 아니하였으나 전처럼 아니라고 하는 것도 아니었다.

“언제쯤 국수를 내시려오?”

이렇게 물어 볼 때도 규훈이는 빙그레 웃는 품이, 주위 사람들에게 약혼하였다는 사실을 좀 더 뚜렷이 짐작하게 하였다.

(어느 틈에 그런 일이 진행이 되었을가?)

연옥이는 규훈이가 다시는 바라볼 수 없는 먼 곳으로 물러나

가는 것을 느꼈으나 실망과 슬픔이 깃드는 대신 오히려 안정과 유쾌한 심정이 솟는 것을 깨달았다. 남편이 이상스러운 해석을 하지 않을 것이 반가워서라기보다. 전날 남편에게 맞서고 집을 나오기라도 하라는 이야기가 규훈이로서의 못된 유혹이었다는 단정을 내릴 수가 있기 때문이었다. 남편에 대한 불신과 증오가 좀더 무르익기 전에 그런 위험한 유혹을 유혹으로 깨달을 수 있게된 현실적인 조건이 연옥이에게 커다란 안도감을 주었기 때문이다.

그뒤 연옥이는 우선 전근에 대한 운동을 중지하였다. 집에서 아주 가까운 이 학교는 실상은 전근해 오도록 운동을 아끼지 않을 아깝고 합당한 위치였다. 이런 곳에서 떠나려는 노력을 하는것은 이제 도무지 그 뜻이 없는 것이다.

규훈이를 만나는 감정과 태도도 수월하였다. 단둘이 만날 기회가 간혹 있다고 하더라도 연옥이로서는 조그만한 부담도 되는 것이 아니었다.

4.

규훈이의 약혼은 이야기가 퍼져 있었을 뿐 아무런 새로운 사실도 나타나지 않았다. 언제 결혼을 하게 되리라는 정확한 이야기도 솟아나지 아니하였고 A라는 여인과 함께 다니는 장면을 보았다고 놀리는 사람도 없었다.

그런 채로 있는 어느 날 연옥이는 중대한 사실을 알게 되었다.

연옥이가 저녁을 짓고 있는데 남편이 숨을 씩씩거리며 들어닥치더니

"뭐라구 그랬어? 너! 전근을 하지 않겠다구 한 얘기 다시 좀 해봐!"

이만저만 흥분이 되어 있는 표정이 아니었다. 당장 주먹이 면상을 후려칠것 같은 무서운 얼굴이었다.

"다시 하긴 무슨 얘길 다시 하라는 거에요?"

"강가가 약혼을 했으니 옮길 필요가 없다구 한 얘길 다시 해 보라는 말이야! 이년아!"

"그래요! 그래서 전근을 안 해두 된다구 했어요!"

"그래두 시침을 따는 거야! 니가!"

"……."

"약혼했다는게 가짜라는 얘길 내입으루 해야 바른대루 말하겠어?"

"가짜라는게 무슨 얘기이요?"

처음 듣는 이야기며 중대한 이야기였다.

(내 처지를 어렵지 않게 해 주기 위하여 약혼했다는 소문을 일부러 내었구나!)

모든 경위를 헤아릴 수 있었다. 규훈이의 너그럽고 고마운 마음이 밀물처럼 가슴에 스며 올랐다. 눈앞에서 기를 쓰는 남편이 규훈이의 곱고 친절한 태도와 대조가 되어 자꾸 더럽고 추하게 보였다.

이튿날, 연옥이는 누가 어떤 소리를 하고, 어떤 방법으로 뒤를 밟든지 기어코 규훈이를 조용히 만나 보리라 작정하였다. 일체의 이야기를 다아 알려 준 뒤 규훈이가 집을 나오라는 말을 하기만 하면 진정 집을 나가리라고 작정하였다. 그러한 남편 밑에 살아야 하느니 어린애를 데리고 어서 집을 나오라, 차라리 혼자 사는 일이 얼마든지 달갑고 편안하리라는 말이 나와 주기를 바랐다. 꼭 그런 말을 할것 같았다.

규훈이는 제시간에 나와 있지 아니하였다. 점심때가 되도록 아무런 기별이 없다가 연옥이에게 편지가 전하여졌다.

"…한곳에 함께 있기 어려워 다른 곳으로 옮겨 갈 운동을 여러 가지로 해 보았읍니다마는 제대로 되지 아니 하였읍니다. A라는 가공의 여인을 설정하여 약혼했다는 이야기를 퍼뜨린 것은 최군과 연옥씨와 나의 세 사람을 현재의 상태에서 구출할수 있는 단 하나의 길이라고 여긴 때문이며 그런 처사를 한 내 태도는 이 시간에도 뉘우침이없는 것입니다. 그런데 최군은 끝끝내 나를 의심하고 질투하고 비열하게도 행동의 하나하나를 감시를 시킨나머지 가공의 약혼을 한 사실을 적발해 냈던 것입니다.…"

"…결론을 이야기하면 연옥씨는 이 학교에서 일을 보아야 생명이 유지됩니다. 생명의 과제는 어떤 과제보다도 앞서는 문제이기 때문에 연옥씨는 이 학교에 그대로 계셔야 하는 것입니다. 따라서 나는 오늘부터 학교에 나타나지 아니 할 것입니다. 다행히 서울이 아닌 곳이라면 옮기기가 쉽다고 하니 그 방면으로 힘을 돌려 보려합니다. 나에 대한 걱정은 아예 말아 주시기를 바랍니다.…"

연옥이는 머엉하니 한곳을 바라보고 앉아 있다가 문득 생각난 듯이 옆에 있는 친한 동료를 돌아 보았다.

"한가지 여쭤 볼 것이 있어요. 선생님."

"……."

"전근에 대한 문제예요. 시굴루 옮겨가서 선생노릇하기는 정말루 어렵지 않을가요?"

"어렵지 않은 정도가 아니라 선생들이 모자라 쩔쩔 매구 있잖아요?"

"오늘이라두 지망을 하기만 하면 곧 옮겨질 수 있나요?"

"그보다 쉬운 일은 세상에 없을 겁니다. 누가 시굴루 갈 생각을 하는 사람이 있으세요?"

"아는 사람 중에 그런 이가 한 분 있어요."

연옥이는 다시 정신을 마물리었다. 얼마동안의 혼란이 가셔지지 않다가 차차 맑고 시원한 바람이 혼란과 어둠을 쓸어내어 주었다. 철필과 종이를 꺼내 들었다.

"강선생에게.

강선생 자신이 아닌 어떤 여인을 위해 이곳을 떠난다는 그런 경솔은 내게 조그마한 존경도 감격도 받지 못한 것을 알아 주십시오. 이곳을 떠날 사람은 분명히 윤연옥인 것을, 강선생이 대신 떠난다고 하면 그 때 닥쳐 오는 비난은 한사람으로 부터도 아닐 것이며, 또한 강선생이나 나의 한 사람에게 향하는데 그칠 일도 아닙니다. 강선생의 희생에 마음이 편해지는 파렴치를 또다시 경험하게 하신다면 내게 대해 서 그 이상의 저주가 어디에 있을 것입니까…."

다 쓰고 나서 연옥이는 또 새로운 종이를 꺼내 내었다.

"최 윤수씨에게.

신뢰의 터전에서 몰려난 내가 굳이 그 자리를 탐탁히 여기고 연연했던 것이 잘못이었읍니다. 자기의 아내를 직장에 내 보내는 남편이라면, 직장에서의 아내의 동태가 어디까지나 옳고 바르리라는 것을 믿을 것으로 기대했던 것이 또한 잘못이었읍니다. 마침내 아무런 협의도 없는 선량한 청년을 서울 밖으로 쫓아내는 결과를 자아내고 말았으니, 이런 때까지 당신의 포악과 비열과 배신을 분히 어길줄 모른다면 나는 차라리 정신이 파산된 여인인 것입니다. 따라서 이번에 강규훈씨의 전근이 실현하기 전에 내가 먼저 시굴로 가기로 결정한 것은 내가 취할 행동 중에서 가장 평범하고도 당연한 일인 것입니다. 당신은 이제부터 강규훈이 때문에 애쓸 필요와 조건이 없는 동시에 나와 함께 지내는 고통도 해소될 것입니다….”

두 통의 편지를 깨끗이 접어 하나는 강규훈이에게 하나는 남편에게, 각각 속달우편으로 보냈다. 두 통의 편지가 우체국직원의 손에 미끄러져 들어갈 때 얼마간의 불안과 서글픔을 느끼기는 하였으나 연옥이는 더 지체하지 아니하고 도청 학무과로 달려갔다. 자기의 취직을 위해 지난번 여러 모로 노력해준 친구의 남편이 마침 자리에 앉아 있었다.

“오래간 만이예요!”

인사가 끝난 뒤에 연옥이는 곧장

“또 청이 있어 왔어요. 아무데라두 좋으니 저를 시굴 어느 학교루 보내주세요!—”

(新文化, 1958.9)

황야서설(荒野序說)

안개가 자욱이 잠겨져 있는 물위를 윤서는 안개가 더욱 짙을 무렵부터 벌써 작은 배를 젓고 내려갔다. 한손으로 옆노를 움직이며 또 한손으로 들깨 깻묵 부스러기를 뿌릴라치면, 놋소리와 깻묵의 점벙대는 소리가 가볍고 상그러운 가락을 지으며 안개속으로 자꾸 잦아들었다. 배가 스쳐간 바로 뒷턱에는, 울컹대는 물살이 채 펴지기도 전인데, 깊은 속에 잠겨 있던 굵직한 물고기들이 떨어지는 깻묵 조각들을 탐내어 줄지어 듬뿍 뜸뿍 몰켜 들었다. 햇살이 비끼려면 아직도 한숨은 조이 기다려야 될까 이맘때가 되면 물고기들은 으레 사람을 꺼리지 않고 함부로 물위를 넘실거렸다.

조그맣고 동그란 고기들의 주둥이가, 어제보다도 오늘 더 크고 탐스러워 보였다. 희끗 하며 솟았다 스며드는 고기들의 입은, 꼭 희고 둥근 진주알처럼 곱고 귀엽고 자랑스러운 모습이라고 윤서는 생각하였다. 모이 주는 주인인 줄 용케 알고 대뜸 밀려오는 고기떼들이 당장 배위로 치솟아 올라 가슴 한복판에 잔뜩 안기워 줄 것만 같은 생각이 든다. 고기에게 모이를 뿌리며 이렇게 배를 몰고 한바퀴 휘돌아 오는 동안 윤서는 자기와 물고기간에 어떤 대화가 이루워지고 있는 것을 깨닫는다.
"윤서어! 윤서, 물 위에 있나?"
"고기에 모이 주고 있어요!"
퍼져 나가던 목소리가 멎고, 얼마 지나지 않아 최노인의 모습이 물기슭에 기웃이 어른거렸다.
"어젯밤, 바루 저 후미진 건너군, 그물질들을 하고 있나 보던데, 살펴 봤나?"
"그물질을요?"
윤서는 뱃머리를 냅다 돌리어 서쪽 둔덕, 깊숙이 우그러져 들어간 후미몫을 기어 들어갔다. 가녁 진흙이 망그러지고 물속 수초가 모두 이루입혀진 모습이 담박 그물로 후리질을 한 자리인 것을 알려 주었다. 후미 몫에 그물을 건너지르고 그 속에 잠자고 있는 고기를 모조리 훑쳐 건져낸 것이 틀림없었다.
"어떤 놈들이 이 행패를 했대요! 누군지, 한놈이라두 못 보셨어요. 최주사님?"
"어둡기는 헌데다 이 쪽에서 봤으니, 어디 누군지 짐작인들 가던가? 대여섯놈 착실히 될 것 같기는 허데만."
"……."
게굴 모양으로 좁다랗게 후미가 진 여기 이 자리는 이 물터에서도 그 중 그윽하고 깊은 지덕이어서 물고기들이 유난히 많이 몰켜 있는 곳이었다. 그물 촛거를 쳐서 후리질을 할 말이면 아무리 서투른 솜씨라고 해도 한가마니는 실히 건져냈을 것이 분명하였다.
"죽일 놈의 새끼들!"
낚시를 드리워 한두마리를 끌어내는 노릇도 아니고 그물을 드리댈 놈이 누군가 윤서는 하나하나 따져 보았다. 안마을 자신이 사는 동네부터 훑어 내려갔으나 그럴 법한 사람이 있고 없고는 둘째로 그물을 가진 집이 우선 없었다. 고개 넘어 거문둘 청년들의 지저구니가 짐작되었다. 거문둘에는 젊은 사람도 많고 그물을 지니고 있는 집도 적지 않았다. 더구나 이 물터가 가까운 곳에 자리 잡고 있어서 때를 가리어 남몰래 그물질을 하고 돌아가기란 어느 동네 사람들보다도 계제가 수월하였다.

거문둘의 젊은 사람들도 대개는 윤서와 친하게 지나는 사이였다. 윤서의 물건을 훔쳐 내고도 마음이 편하도록 사이가 성그럽거나 살림이 꿇려 있는 사람은 얼마 되지 않았다. 얼마 되지 않는 그 사람들 중에서 윤서는 어젯밤 후리질을 한 놈들, 그런 것이 아니라 후리질을 시킨 두목놈을 추려내야만 했다.

(민재놈의 소행이다! 틀림없이 그놈의 지저구니다! 나쁜 놈!)

더 생각을 다듬지 않기로 하고 윤서는 뱃머리를 도로 복판으로 돌려 내었다. 사태가 분명히 가려졌다고 여겨진 때문이 아니라 민재가 주동인 바에는, 서뿔리 따지러 덤볐다가는, 도리어 트집을 잡히게 되기 쉬운 노릇이기 때문이었다.

(흥!)

잠시후 윤서는 여태까지와 다른 어떤 자랑과 승리감을 느꼈다. 민재의 지저구니는 나의 일에 대한 일종의 훼방이었고, 그 사실은 곧 나의 일이, 훼방을 놓아야 될만큼 크기도 하고 터전이 잡혀 있다는 뜻도 되는 것이라고 여겼기 때문이었다.

지금 이 물터는 한두가마니의 물고기를 덜어낸다고 해서 그것으로 양어장이 부숴지지는 않을 것이었다. 삼마장 가량은 실한 이 수로에 십만마리의 잉어새끼가 이미 한뼘이 넘는 중치로 변하고 있다. 앞으로 일년, 넉넉 이년만 더 지나면 족히 두자씩의 크기를 바라볼 수 있을만큼 수꿋수꿋 자랄 것이요, 그때가 되면 한두가마니의 분량은 이웃간에 그냥 건져 줄 수도 있을 일이었다.

이 물터를 양어장으로 만들어 놓은 동기가 윤서딴에는 임자없는 물터를 이용하여 혼자 돈벌이를 하자는 것이 아니었다. 밭과 논이 비좁은 가난한 저이 동네에서 그 전체에 도움될만한 일이 혹은 없을까 궁리해 보던 끝에 양어장 경영을 생각하였다. 윤서는 먼저 신망을 모으고 있는 최노인을 찾아 뜻을 얘기했으나, 헌금을 거둬 낼 길이 없지 않느냐고 첫마디에 거절을 당하였다.

한동안 생각을 멈추고 지나기는 하였으나 한번 새겨진 계획이 송두리째 잊어 주지는 않았다. 지난해 봄 서울을 올라가 몇 군데 다니며 조르던 끝에, 자기집 소까지를 팔아 칠십만환을 마련하였고, 물터 아래위에 수문장치를 하여 새끼잉어(稚魚) 십만마리를 구해 넣었던 것이다.

—자넨 생각이 너무 단순해서 탈이야. 산 물건 탈없이 길러 내는 노릇이 얼마나 어려운지 알기나 허구 그런 일에 손을 대겠다는 건가?—

최노인도 양어장 만들기를 반대한 까닭이 꼭 돈이 걷히지 않을 것이기 때문 뿐만은 아니라는 뜻을 말했다.

다른 사람들도 대부분 최노인과 비슷한 의견을 전해주었다. 이미 일에 착수를 하여 수문장치까지 거의 끝나갈 무렵까지도 그쯤 내버려 두고 털고 일어서는 편이 도리어 더 이로우리라고 권고하였다.

—남들이 다아 생각하지 않고 있는 일을 무슨 오계루 그런 모험을 하는 건가?—

—고기새끼가 한꺼번에 몰살을 해두 한숨 한번 쉬지 않을게니, 그런 참견을 하려거든 낮잠이나 자요.—

윤서는 낯을 붉히며 소리를 질러 대었고 그렇게까지 우격을 써서 겨우 시비를 받지 않을 수가 있었다.

한치 남짓한 송사리들을 치어양육지(稚魚養育池)에 넣어 기르는 동안 윤서는 아닌게 아니라 하루 아침에 몽땅 죽어버릴는지도 모른다는 생각을 몇 번이고 되풀이했다. 잉어도 다른 동물들의 경우처럼 어린 한동안을 넘겨주기가 정말 까다롭고 힘드는 일이었다. 양회로 벽을 단단히 치켜 올렸으니, 가물치가 덤벼들 염려는 없다고 하더라도, 물이 맞지 않거나 하여 한꺼번에 자욱이 널부러지지 말란 법도 없을 것이다. 아침 저녁으로 들여다보는 윤서는 그때마다 낯선 곳을 탐색하는 어린 병정들처럼 눈길이 자꾸 팽팽하고 번득이었다.

두 눈과 꼬리만 달려 있던 송사리떼들이 세치, 네치의 제법 모양을 갖춘 잉어새끼로 자라나자 그때부터 동네 사람들은 윤서의 사업이 헛수고로 돌아 가지 않을 것을 믿기 시작하였다. 윤서의 말대로 일년이나 이년만 있으면 새로 알을 까지 않는다 하더라도 십만마리 그것 뿐으로도 수천만환의 수입이 될 것이 분명하였다. 서울 올라가서 몇햇동안 학교를 다니더니, 역시 그만치 머리가 깨고 트였다고 모두들 그렇게 생각하였다.

윤서, 그녀석, 기어코 한목 허구 말겠던걸!－

그 중에서도 최노인이 더 기특하게 여겨 주었다. 집안이 살림에 그리 탐탐히 여길 데가 없는 윤서를 최노인은 이제까지 눈여겨 본 적이 없었다. 아직 어린 나이에, 이 쓸모 없는 물터를 이토록 값지고 믿음직한 터전으로 만든 그 정성과 끈기가 갸륵하여 최노인은 부쩍 윤서를 추켜 세웠다.

최노인의 태도를 본받아 동네 사람들도 이제는 윤서의 일을 모두 도와 주러 들었지 농탕질은 하지 않았다. 어디 깻묵이 있으면 일부러 그것을 날라다 주기도 했고, 서울 사람이 와서 낚싯대를 펼치기라도 하면 펄쩍 뛰며 자리를 뜨게 하기도 했다.

동네 사람들이 윤서의 일에 두둔을 하고 받들어 주기 시작하면서 윤서의 언저리에는 그와는 다른 차갑기도 하고 무겁기도 한 바람이 흐늘거리기 시작하였다. 눈에 보이지도 않고 살갗에 딱이 느껴지지도 않으면서 그래도 차갑고 무겁다고 여겨지는 그런 바람이었다. 양어장에서 논뚝 몇 개를 건너 자리잡고 있는 거문둘 사람들의 시기가 그것이었다. 처음에 그들은 윤서네 동네 사람이 지닌 그런 걱정이나 염려조차 보인 일이 없었다. 서울서 일어나는 일은 이곳 시골에 앉아서 보고 듣는 노릇처럼, 윤서가 양회를 다지거나 연못을 파거나 아랑곳을 하러 들지 않았다. 어떤 싱겁고 일없는 녀석이 있어 이제 죽도록 헛고생을 한번 하려나 기껏 이렇게 생각들을 하고 있었다.

공지벌레처럼 가늘고 작은 송사리들이 어느덧 열무뿌리만큼씩 희고 토실토실한 잉어새끼로서의 모습을 보이자 그들도 윤서네 동네사람들처럼, 이 양어장이, 그렇지, 그러고 보는 서울서 멀지도 않은걸 제법 될상도 부르지 않아? 이런 생각들을 시작하게 되었다. 시기가 움트기 시작한 것은 이 무렵이었고 이 시기는 물터의 잉어가 나날이 크게 자라듯, 점점 그들의 머릿속을 단단히 다잡아갔다.

이웃동네, 별로 신통치도 않은 청년이 느닷없이 곧 잘 살게 되었다는 것이 그들의 시기를 이루집어 놓은 이유의 전부는 아니었다. 그 물터의 자리로 보아, 임자를 가릴 양이면 그것은 의례 거문둘에 속해야 될 일이었다. 떳떳이 텃세를 따질 수 있는 이 물터를 대꾸 한마디 못하고 윤서에게 빼긴 노릇이 우선 고깝고 분한 일이 아닐 수가 없었다.

민재는 다른 사람들보다도 더 기승이 났다. 윤서가 양어장을 개척하는 일은 혹은 눈 감아 본다고 할지라도 최노인이 그를 두둔하고 칭찬을 하는데는 뒤틀린 감정이 도무지 풀려 주지를 않았다. 최노인이 윤서의 행동을 기특하게 보는 노릇은 자칫하면 그의 딸 경애가 윤서를 존경하게 되는 결과를 가져 올는지도 모를 일이기 때문이었다. 그러지 않아도 윤서는 경애와 가까이 사귀는 눈치였고, 그들이 아직 약혼을 하지 않고 있는 까닭은 민재 자신이 청혼을 하고 있는 중이라는 이유이기보다는 윤서의 집안이 최노인의 눈에 아직 그렇게는 풍족하게 보이지 않았던 데에 있었다. 잉어 새끼가, 새끼라고 부르기도 어려운 중치짜리의 크기로 자란 이즈음에는, 윤서와 경애가 그것을 근턱으로 하여 이미 결혼을 하자는 그런 애기를 마련하고 있는지도 모를 노릇이었다.

(트집을 잡자.)

그 무렵부터 밤이면 낚시꾼이 모여든다는 소문이 아래윗 동네에 퍼져 돌았다. 거문둘에 드나드는 사람들이 잉어조림을 얻어 먹었다는둥, 아무개는 잉어를 한망태나 걸머지고 인천으로 차 타고 가더라는둥 이런 애기를 들려주었다.

(그럴 리가 있을라구?)

곧이 들을 거리가 아니라고 윤서는 우선 생각하였다. 몇 번씩이나 같은 소리를 듣고서야, 그러면 막이라도 짓고 밤에 지키고 앉았는 수 밖에 없다고 그쯤 생각을 하기는 하였으나 그런들 얼마나 해를 끼치랴 싶어 우쩍 나서지를 않고 있었다. 그것이 잘못이었다. 수월히 여긴 그녀석들이 마음 턱 놓고 후리질까지를 하는 바에, 이제는 하루라도 속히 원두막을 짓고 밤낮 이곳에 지키고 있는 수 밖에 달리 없다고 생각하였다.

그날로 나무를 베어다 막을 지으려던 노릇이 읍내에 볼 일이 급자기 생겨 사흘쯤 이끌려 갔다. 다시 그런 일이 일어나기 전에 어서 막을 지어야지, 지어야지, 그렇게 벼르기만 하고 열흘가까이 지나갔다.

이날도 윤서는 모이를 줄 양으로 여느때처럼 동이 터오는대로 배를 저어 내려갔다. 놋소리와 모이의 뿌려지는 소리만이 가벼운 해조를 띠우며 언저리에 퍼질 뿐 누리는 밤중처럼 고요하였다. 한 중간쯤 얼마전 최노인이 윤서를 부르던 그 후미진 턱장이에 이른 윤서는 후닥딱 놀라는 소리를 내며 몸의 동작을 멈추었다.

"허!"

뱃전을 부딪치며 꾸물거리는 흰 비늘쪽이, 그것이 비늘조각이 아니라 죽어 자빠진 잉어새끼였다. 조금 떨어진 곳에 또 한 마리가 둥실거린다고 느낀 윤서의 눈에 그만또래의 잉어새끼들이 다섯 마리 열 마리 연방 파고 들었다.

얼른 배를 몰아 허겁지겁 윤서는 그 고기들를 건져 올렸다. 병이 걸려 죽은 것이 아니라 '게랑뿌리' 가루를 먹고 죽은 것임을 대뜸 알아낼 수 있었다.

"이 눔으 새끼들이?"

누리가 뒤흔들리는 것같은 분노가 윤서의 머리를 쳤다. 이따위 짓은 그물로 후리질을 해서 잡는 그런 정도의 만만한 일이 아니라는 것을 겨우 생각할 수 있었다. 독약이 흐르는 것도 모르고, 착한 주인이 모이를 주는 줄 알고 몰켜든 잉어들이 떼를 지어 퍼덕퍼덕 널부러지는 모양이 생생하게 떠올라왔다.

"죽일 놈의 새끼들! 가만 둬둘 내가 아니다!"

미친듯 혼잣소리를 지른 윤서는 언저리에 떠 있는 고기를 울컥 움겨 올린 다음 곧장 둔덕으로 배를 되돌리켰다.

앞 뒤를 가릴 나위가 없이 윤서는 고기를 꾸려 쥐고 논길을 건너 거문둘로 달려 들어갔다.

민재는 사랑에서 동네 사람들과 얘기를 하고 있다가 윤서를 보고 얼굴을 찌푸리었다.

"민재! 어젯밤, 무슨 원수가 졌다구 이런 행패를 부렸나?"

"어젯밤이라니, 자네하구 나하고 언제 만난 일이 있던가?"
"증거를 여기 이렇게 쥐고 있는데두 시치미를 떼는 건가?"
"자네가 기르는 잉어새낀가 보군! 짖어먹으라구 가져다 주는 거면 고맙게 받겠네!"
"그게 밥쳐 먹구 하는 소리냐 너!"
"이 새끼가 어쨌다구 새벽부터 쫓아와서 트집을 잡는거냐? 뭘 어쨌다는 수작이냐?"
민재는 마루위에서 월컥 뛰어내리며 그 기세로 그냥 윤서를 후려쳤다. 윤서는 앞이 아찔 하였으나 똑 바로 눈을 뜨고 후려쳐 들어온 민재의 팔을 나꿔 채었다. 윤서도 비칠걸음을 치며 뒤로 나가 동구라졌지만 민재도 제 기운이 겨워 마당으로 어푸러졌다.
"이 새끼, 지난번 후리질을 한 것두 참구 가만히 있었다. 그것두 모자라서 독약을 풀어? 고기를 죽이느니 어디 날 죽여 봐라!"
윤서는 고기뭉치를 치켜들어 민재의 얼굴을 후려갈기며 덤벼들었다. 민재가 저지랐을법한 가지가지의 아니꼽고 심술 궂은 일이 한꺼번에 뭉어리가 되어 머릿속을 뒤흔들었다. 죽는 한이 있더라도 가만 둘 수는 없다는 독스러운 저주와 분노 밖에는 다른 아무 생각도 솟아나지 않았다.
"왜, 그러나 윤서! 참게, 참아!"
민재의 목소리가 아니라 마루에 앉아 있던 동네 사람의 손이 윤서의 어깨를 감싸 안았다.
"비켜라! 이따위 새낀 가만 두지 않을 테다!"
떨리다 못해 울음이 섞여 있는 윤서의 목소리가 채 끝을 맺지 못했는데 그 몸이 땅바닥에 또 딩굴었다.
"이새끼! 어따가 손찌검이냐?"

민재의 날카로운 목소리와 함께 윤서는 머릿통에 빠그러지는 것 같은 충격과 아픔이 감각하였다.

순식간의 일이었고, 결정적인 과정이기도 했다. 몸을 일으켜야 되겠다는 생각이 생각으로서만 뱅뱅 감돌아 들 뿐 아무리 팔과 다리를 휘저어도 제대로 움직여주지 않았다. 얼마간 말을 들어주는 두 손이 코와 입에서 터져 나오는 선혈을 겨우 웅켜쥘 수 있을 뿐이었다.

아뿔사, 그제야 윤서는 자기가 오지 못할 데를 온 것을 깨달았다. 고기가 탐나서 후리질이나 약을 풀었다기보다는 그렇게라도 해서 트집을 잡으려고 했던 짓인 것을 까맣게 알지 못했다고 여겼다. 정신이 가물거리는 속에서도 윤서는 이렇게 생각을 아물리었고, 그리하여 그는 순순히 일어나서 더 대거리를 하지 않았다.

“말로도 넉넉히 할 수 있는 일인걸, 이게 무슨 꼴인가?”

동네 사람은 코피를 쏟고 있는 윤서를 아직도 잔뜩 껴안은채 놓지 않았다.

“…….”

억울한 생각과 분한 생각 때문에 윤서의 눈에서는 눈물이 또한 코피처럼 흘렀다.

민재보다도 동네녀석의 말린다는 꼴이 더 괘씸하고 밉기도 했다. 가슴으로 휘감겨 있는 그의 손등을 욱, 물어뜯어 내고 싶은 충격을 몇 번이고 느꼈으나 이를 악물고 생각을 휘어 잡았다.

생각을 다잡는대로 몸도 그 말을 들어 굳이 떼를 쓰려 들지 않았다. 생각이야 어떻게 들든지 몸을 몸대로 손등을 물어뜯고, 선지피를 훌뿌리고, 쇠스랑이든 낫이든 닥치는대로 집어 민재를 휘갈기는 그런 동작이 일어나 주었으면 싶기도 했다. 눈물과 피를 쏟으며 윤서는 또한 한참동안이나 이런 뜻의 벅찬 시련을 겪어나가야 했다.

집에 돌아온 때는 해가 한나절녘을 넘고 있었다. 오는 길에 세수를 말끔히 하고 난 뒤여서 핏자국은 얼른 눈에 뜨이지 않았으나 얼굴과 머리에 나타나 있는 찢어진 자리와 시퍼런 멍은 어떻게도 가릴 길이 없었다.

"으쩐 일이라니, 네가? 말다툼 한번 안하던 네가 대체 무슨 일이냐?"

어머니는 이 외아들을 위하여 체면을 돌보려 들지 않았다. 민재의 이야기를 할 말이면 어머니는 당장 그 마을로 건너 가서, 낫을 들어 그를 찔러 죽이러 덤비거나 그렇지 못하면 불이라도 놓고 올 것이 틀림없었다.

"오다가 돌데미에 넘어져서 그렇대두, 어머닌 자꾸 딴 얘기시우!"

얼른 잘 꾸려댔다고 윤서는 피식 웃었다. 그제야 어머니는 더 따지지 않고 최노인의 집으로 달려갔고, 얼마 지나지 않아 옥도정기와 탈지면을 가지고 왔다. 어머니의 뒤에는 경애가 죄를 진 소녀처럼 굳은 표정을 짓고 서 있었다.

어머니가 자리에 앉아 있지를 못하며 걱정을 하는 동안 경애는 상처와 멍이 든 언저리에 가만히 약칠만을 하였다.

"어떻게 이렇도록 상처가 나셨대요?"

윤서 어머니가 걱정을 할까 보아 더 다져 묻지는 않았지만 경애의 눈은 모든 사태를 다 찾아 볼 수 있었다. 바로 일주일쯤 전 아버지가 들어와서 건넛동네 민재네 패가 후리질을 했으며, 그 사실을 알고 윤서가 미친듯이 분해하더라는 이야기를 자상히 들려 줬기 때문이었다.

—그따위 인정머리 없고 비겁한 녀석들이 어딨대요?—

자기에게 결혼을 청해온 사람인 것도 잊고 쏘아 붙이는 경애의 앙상 섞인 소리는 곧 이제부터 윤서와 더 가까이 사귀겠다는 노골적인 호소이기도 했다.

그날의 사태로 미루어 오늘의 윤서의 부상은 윤서에게 지워진 피할 길 없는 운명이었고, 그것은 또한 자기가 그 간호를 맡아야 된다는 명령이기도 하다고 경애는 생각하였다.

하룻동안 집에서 쉬고 난 윤서는 이튿날 고기 모이를 주고 나자 즉시 뒷산으로 치달려 서까랫감을 잔뜩 베어 내렸다. 물터 맨 윗쪽과 아랫쪽에 조그만 막을 얽기란 그렇게 힘드는 노릇도 아니었다.

아침부터 남자의 복장을 하고 강기슭으로 나와 윤서를 도와주던 경애는 그날밤, 마치 남편을 따라 나온 아내처럼 밤이 이슥하도록 윤서의 말벗이 되려고 했다.

“너무 늦으면 몸에두 해롭고 풍문에두 해로운 거야. 내가 바래다 줄게 어서 들어가!”

윤서는 달빛이 내려앉은 수면, 그 수면 위를 경애와 나란히 누워 배를 흘려 보고 싶기도 했다.

“배를 타고 저 물위를 저어 봤음! 지금 이런 생각하면 잘못일까요, 선생님!”

“생각과 말과 행동이 상반돼야만 할 경우가 얼마든지 있는거야, 현실에는. 어서 들어가!”

“결국 자신에게도 이로울게 없을 줄은 알텐데 그러면서도 왜 사람들은 폭력을 쓸까요? 그것이 사람이 지니는 어쩔 수 없는 약점일까요?”

“약점은 그것 뿐도 아닌거야! 평범하게 살면 될줄 번연히 알면서도 그래도 좀더 나은 생활을 해보려는 오늘보다는 내일을 더 소중히 여기려는 허영심 그것이 또한 피하기 어려운 약점인

거야!"

"그래도 선생님은 포부와 이상을 지니지 않으셨어요? 그 포부와 이상 때문에 선생님은 존경을 받으시는 것이 아녜요?"

"그런 뜻으루 나를 존경한다면 나는 그 댓가로 우선 경애부터 포기하겠어. 이 조그만 원두막, 한평도 못되는 이 감시초의 보호를 얻어야 생명이 지탱되는 그렇게 덜된 이상과 포부를 존경한다니 말이지. 자, 그만 들어 가재두!"

"싫어요, 전!"

그러면서도 경애는 어머니의 목소리를 들은 어린애처럼 날새게 몸을 일으키었다.

막을 지은 뒤 물터의 언저리는 날마다 밤마다 조용하였다. 낚싯대를 드리워 한두마리씩 끄집어낸다는 아이들의 그림자도 다시는 어른대지 않았다. 막에서 뿜어지는 무서운 눈초리를 저어해서 그랬는지는 몰랐고, 민재가 다시는 그런 일이 없도록 동네사람을 다잡은 때문이었는지도 몰랐다.

해마다 논에 물이 귀한 이 지방에 올해는 더욱 비가 오지 않았다. 오래지 않아 장마철이 다 지나갈 터인데도 논바닥은 언제 한번 물기운이라고 찾아든 일이 없었다. 볏포기들이 모낼 시절에 가까스로 꽂히운 그대로, 자라지도 않았고 퍼지지도 않았다. 한길씩 치솟은 볏포기들로 들판이 새파랗게 미끄러울 무렵인데도, 드러난 논바닥과 논둑이 언제 가려질는지 까마득했다.

메마른 땅위에 빳빳이 서 있는 누우런 볏포기들은 성냥을 그어대면 금시 불길이 번질상 싶게 보임새가 어설펐다. 어딘지 모를 자리에서 백랍처럼 빠끔히 솟기 시작한 누우런 반점이 여름내 아무런 닦달도 받지 않고 누리에 함부로 번져 나갔다. 저 아래로 마구 뻗은 들판이, 처음 군데군데 얼룩 자욱을 보이기 시작하더니 이제는 담뇨를 펼친양 누우렇게 병들어만 갔다.

갈라진 벌판 한쪽 끝에 자리 잡은 윤서의 양어장도 눈에 보이게 물이 줄어 갔다. 위에서 흘러오는 개울물은 초겻에 벌써 말라 붙었고, 고인 물 그것만이 여름내 말라 들었다. 깊은 몫에는 길이 넘을만큼 출렁거리던 물이 이제 겨우 허리께를 더 넘지 않았다. 물터의 넓이도 절반이나 좁으라 들어갔고 삼마장이 넘을 길이도 저 윗쪽은 개울처럼 갯바닥이 바싹 터져 있었다.

(큰일 났구나!)

물터를 지키는 것이 아니라 하늘을 노려보며 윤서는 밤을 새웠다. 밤톨만한 구름도 하늘 속에 얼씬거리지 않고 구름을 이루집어 줄만한 바람기도 없었다.

"야단 났구먼, 윤서! 농사두 농사지만 물속의 생목숨들이 걱정 아닌가?"

최노인과 경애는 틈만 나면 윤서가 있는 원두막을 찾아오는 것이었으나 윤서는 과히 염려 말라는 그런 대답을 할 기력도 이제는 차려내지 못하였다.

비가 와 주지 않는 바에는 어떻게도 가려 보는 수가 없었다. 당초 물이 넘치는 경우만 생각하고 마를 때를 빼놓은 것을 탓을 잡으면 잡았지, 지금으로서는 물터가 논바닥처럼 터지고, 잉어떼가 적철위에서처럼 곱다라니 익어나온다 해도 손을 쓸 재비는 없는 일이었다.

마을 사람들은 그들대로 비를 기다리기에 지쳐 갔다. 모를 내고 나면 의례 가믐이 오고, 가믐이 지나가면 비가 또한 푸짐하게 쏟아지는 줄, 이렇게 알고들 살아온 그들이었다. 두달동안 빗방울을 못 본 그들은 하늘을 욕하고, 자신들을 욕하고 그리고 난 뒤에는 욕할 기력조차 잃었다. 사람들만이 지친 것이 아니라 개구리들도 타 죽어 있는 올챙이 옆에서 그 울음을 멈추었다.

"무슨 변고라도 정말 일어나려나 보군!"

"이래도 벼농사라고 저것들을 바라다 봐야 된다는 거여?"

"이럴 줄 알았듬, 모밀이라도 갈아 붙여 둘걸! 제엔장맞을 놈의!"

모이면 모두 지껄여대는 소리였으나 아무리 울상을 지어도 비는 비대로 싹을 보여 주지 않았다. 앞으로 어느 세월에 내리려는지 신문이나 라디오도 그 짐작을 보도하지 못했다.

비가 내린다 해도 이제는 이미 때늦은 대목이라고 여겨질 무렵, 사람들은 정말 메밀을 뿌리기도 하였다. 이렇게라도 해 보는 노릇이, 닥치는 가을철 겨울철을 살아 넘길 수 있으리라는 단 하나의 핑게가 되기 때문이었다.

몸과 마음이 지칠대로 지친 이곳 마을에 이상스럽고도 진중한 새로운 소문이 퍼지기 시작하였다. 거문둘에 사는 민재가 여름내 관청을 드나들며 협의를 하고 교제를 한 끝에 그동안, 시설만 해 놓고 효험을 못본 채 버려 둔 산너머 수리조합 저수지를 새로 고치기로 하였다는 이야기가 그것이었다. 설비가 잘못된 때문이 아니라 저수지 밑에 딸린 몽리예정지(蒙利豫定地)에 나누어 줄 물이 도무지 고여주지 않기 때문에 쓸모가 없던 저수지였다. 겨우내 고여 주는 물의 분량이 결국 묘판을 마련해 주기에도 넉넉지가 못하여 차라리 관리비를 아끼는게 이로울 일이어서 십년동안 그대로 버려진채 있었다. 고치는 보람이 있어 물이 제대로만 깔려 주게 된다면, 그 저수지는 그대로 이 벌판의 생명이요, 신앙이 될 일이었다.

"고친다니, 좋기는 좋은 말인데, 뭘 어떻게 고친다는 건구?"

소문을 듣는 사람마다 이렇게 되물으러 들라치면, 고치기야 어떻게 고치든, 그 규모와 효과는 모두 놀랄만치 크고 절실할 것이라고 그렇게들 대답하였다.

"저 꼭대기 방죽을 쓸 수 있도록 만들어 놓는대여? 거, 말만이라도 대견한 일이지 뭔가?"

"민재가, 그 사람이 서울 밥을 꽤 먹는다 싶더니, 기어쿠 큰 구실을 하려나 보군!"

"모두 물을 기다리니까. 한번 뛩겨 보는 농담인지 누가 알아? 그 방죽에 물이 고이기만 하면 그야 나두 할아버지 하고 절을 하겠네만!"

"별별 재간이 다 생기는 세상이야! 진작 생각을 해 봤어야 할 일인지도 몰라!"

진담인지 농담인지는 분간이 되지 않았지만 이 소문은 뙤약볕이 쨍쨍 튕겨 나는 이 누리에는 누구도 소홀히 흘릴 수는 없는 얘기거리였다.

읍에서 흐르기 시작한 이 소식은 사흘을 지나지 않아 거문둘의 아래윗말을 돌아 윤서네 동네에서도 모르는 사람이 없게 되었다.

"수리조합 방죽을 새로 고쳐 놓는다구? 거문둘 사는 민재가 계획을 세웠다구?"

다른 사람의 경우처럼 윤서도 얼른 신기하다는 표정을 띄기는 하였으나 이어, 대견하다는 생각이 들기에 앞서 한줄기 불길한 예감이 뇌리를 스치고 지나갔다. 어떤 성질이나 형태라고 뚜렷이 밝혀 낼 수는 없었으나 아무래도 단순치는 않은, 크고도 어이없는 불길이 바로 눈앞에 어른거리는 것 같았다.

(민재 녀석이, 그런 흉측하고 비열한 녀석이 동네를 위한다거나 농촌을 위한다거나 하는 사업을 할 수는 없다!)

앞장 서서 남의 양어장에 그물을 들이치고 독약을 뿌리는 민재의 일그러진 모습이 마치 보이는듯 크게 떠올라 왔다. 쓰고 있는 방죽을 부수어놓는데 나서라면 그중 먼저 내달을지언정 이를 세워 놓는데 제 노력이나 비용을 내 놓으라면 강제로 이끌어도 물리치고야말 위인인 것이 분명하였다. 그러나 꼭 그렇게만 여길 일일까? 사람의 걸어가는 길이, 지나간 자취의 꼭 그 연장일 뿐이라고 우긴다면, 그것은 신비와 맞부딪쳐 싸우는 우리들의 싸움을 너무도 싱겁게 끝나도록 하는 일은 아닐까.

(나는 피로해 있다. 신경은 파괴 직전에서 마지막 숨을 헐떡거리고 있다. 나를 위해서 나는 우선 자신에게 솔직하고 순박하다는 명령을 내려야 한다!)

윤서는, 딴에는 마음을 가라앉치고 당장 바작바작 말라들어가는 양어장의 모습에 차라리 걱정의 전부를 모아보려고 하였으나 그것이 뜻대로 되어주는 것이 아니었다.

최노인의 집앞을 향해 달려가는 윤서의 걸음은 급한 일이 있는 사람의 태도라기보다는 술취한 사람의 그것에 가까웠다.

"최주사님, 저 꾹대기 방죽 애기 들으셨어요?"

"다른 사람들은 혹은 진담이라거니, 혹은 농담이라거니들 얘기하고 있데만 나는 진담 반 농담 반으로 생각허구 있지."

"……."

"심술이 잔뜩 뭉쳐 있는 녀석이니까 일을 착수허는 처럼이야 허겠지. 그렇지만 그녀석은 용빨이라도 빼내는 재주가 있다든가? 도중에 어물어물 그만 두되 겨울에 눈이라도 많이 와서 내년에 혹여 물이 전보다 더 불어나면 그것으로 생색을 내러 들걸세."

"그렇게만 보세요, 주사님은? 좀더 무슨 딴전이 있을 것 같지는 않으세요?"

"선생님!"

옆에서 애기하는 모습을 지켜보던 경애가 또랑또랑한 소리로 윤서를 부르며 가까이 왔다.

"딴전이 있을 것 같다는거 저두 짐작이 가요. 그렇지만 민재라는 사람은 제게두 치사하구 더러운 인간이라구 낙인을 찍힌지가 이미 오랜걸요. 무슨 딴전이 있던지 그건 제게 맡기시구 조금두 염려를 마셔요!"

"내가 생각하는 건 경애씨가 생각하는 그런 딴전이 아냐. 좀더 다른 뜻, 좀더 어쩔 수없는 딴전일 것만 같아요."

"어쩔 수 없는 딴전이라니, 선생님이나 우리 식구를 죽이려 들지야 않겠죠, 뭐!"

"죽이려 들지는 않을거야. 그러나 암만해두 그에 못지 않은 큰 고통이 있을 것 같이만 보이니 어쩌지?"

"말씀을 하세요, 선생님! 저두 각오를 하구 단단히 싸우겠어요."

"말을 할 수 있도록 윤곽이 뚜렷하지가 못하면서두 그러니 딱하잖아?"

"선생님, 정말 피로하셨어요! 용기를 내셔요! 양어장은 아무리 가물어두 이번 가을은 넘길 수 있을테니 신념을 잃지 마셔요! 얼마전 선생님은, 오늘보다는 내일을 더 소중히 여기려는 허영심이 사람에게 있다고 말씀하셨죠? 그 허영심을 수호하기 위해서 선생님 용기를 발휘하셔요!"

경애의 목소리가 무게에 비기어 너무나 콧소리에 가깝다고 여기자 윤서의 눈에도 눈물이 피잉 돌았다.

(신념과 기운을 잃지 말아보자! 내게는 실망이나 단념은 하나의 사치품이 아니더냐!)

윤서는 겉으로 보기에는 말과 태도가 얼마간 누그러진 것 같기도 했다. 최노인과 경애는 조금이라도 더 윤서를 편안하게 해 주기 위하여 노상 강기슭을 찾아와 함께 지내 주었다.

잠시동안 준잠하던 수리조합 저수지의 이야기가 다시 아래윗 동네를 쭈욱 돌았다. 이번에는 내달 초하루에 일이 시작된다는 좀더 자세하고도 좀더 정확한 소문이었다. 초하루라고 하면 일주일 밖에 남지 않았다. 소문이 퍼졌을 뿐 아니라 그 사실을 밝혀 주기라도 하려는 듯 관계 관공서에서 번질나게 사람이 오고 가고 하였고 나흘이 지나자 육중하고도 큼지막한 '뿔도오자'가 길을 비키라고 호통을 치며 털털거리고 달려들었다. 돌깨는데 쓰는 망치와 정, 흙을 파는데 쓰는 삽과 곡괭이, 일체의 기계 기구가 연다라 달구지와 소바리에 실려 들어왔다.

뿔도오자가 들어온 다음날 아침 민재는 군청 수리조합의 서기와 지서 순경과 함께 언저리의 동네와 부락을 두루 돌며 인사를 했다. 인사도 인사려니와 인부를 동원하고 재목을 공출케하기 위해서는 아무래도 동네 유지를 찾아 보아야 했다.

해가 감박산 등성이에 올라설 임시 민재의 일행은 윤서의 동네에 들어섰고, 그들은 그길로 최노인의 집을 찾았다. 최노인에게 민재는 공손하게 허리를 굽혔으나, 그 얼굴에는 조소에 가까운 차가운 빛이 떠나있지 않았다. 오래전에 전달한 경애와의 혼담이 그렇게도 값싸게 구겨진 바에, 비록 또한번의 청을 전달하러 왔기로서니 이제도 녹녹히 굴 수야 있으랴는 앙심이 벌써 아까부터 민재의 마음을 다져 놓았기 때문이었다. 민재에 이미 다른 사람들도 모두 공손히 인사를 했고 최노인은 누추한 곳을 찾은 깨끗한 손님들을 맞이하기 위하여 정중히 먼지를 한옆으로 쓸어 밀었다.

"얘긴 들었네마는…."

최노인이 먼저 입을 열었다.

"혼자의 힘으루라두 해 보려던 차에 당국의 협조두 있구 해서 이번에 착수를 했습니다. 그만치 큰 시설을 해 놓구 그걸 그대루 버려두다니 대국적 견지에서 보더라두 얼마나 손핸니까? 이 가뭄을 보십시오. 수리(水利)사업이야말루 전쟁터에 군인을 내보내는데 못잖게 중차대한 일이 아니겠어요?"

"옳고 장한 얘길세. 우리 동네에서두 가능한 한 협조를 합세. 요는 물을 어떻게 모아들이느냐가 문제인데, 그래 어떤 계획이 있나?"

"가장 어려운 문제이기두 하지만 한편 가장 간단한 문제이기두 합니다. 한마디루 대답하면 이 근처를 흐르는 물줄기가 모조리 저 저수지로 몰키도록 길을 만들기로 하되 옆으로 새는 곬이 있으면 그것을 단단히 막고 앞을 막는 곳이 있으면 그 자리를 깊숙이 파헤치는 거죠."

"처음엔들 어디 그렇게 하지를 않았나? 그럴만한 물길이 어디 남아 있기라도 하다는 건가?"

"최주사님, 어떻게 그렇게 답답한 말씀을 하십니까? 그럴만한 자리가 없으면 할 일이 없어서 뿌루도오자까지 모시고 올까요?"

"……."

어디를 파 헤치겠다는 것인지 빨리 대답해 보라고 최노인은 눈짓으로 채근을 했다.

"감박산 모퉁이를 감도는 그 개울줄기가 그게 공연히 바닷속으로 흐르고 있지 않아요?"

"그, 그 개울줄기를 저수지로 끌어들일 작정인가, 자넨?"

최노인이 고개를 버쩍 치켜 들며 사람들이 흠칫할만치 큰 소리를 쳤다. 그의 눈에는 놀라움과 증오, 그 보다는 절망의 빛이 그득이 번득이었다.

"뿔도오자로 파헤치기루 하면 한달 공사 밖에 안되는걸요, 뭘 그리 놀라십니까?"

느리고 차가운 말이 점잖게 굴러나왔다. 최노인의 놀라움에 대한 침착한 대항이었고, 그보다는 최노인의 대항에 대한 승리의 선언이었다.

(나의 양어장이 바로 저 감박산 모퉁이를 감도는 개울 줄기에 그 목숨을 매달고 있어요? 민재는 개울줄기를 저수지로 끌어들이는 것이 목적이 아니라 나의 양어장을 전멸을 시켜버리려고 하는 것이 목적이에요!)

바로 윤서의 목소리가 방망이질을 하듯 큰소리로 귓속을 파고 들었다. 윤서의 소리를 감당해 낼 길이 없는 최노인은 지친 듯 눈을 감았다. 감겨져 있는 눈위에서 땀방울이 송굴송굴 솟아 올랐다.

"얘기인즉 알아 듣겠네. 그러나 그 개울을 끊어 놓으면 윤서네 양어장, 그것이 어떻게 된다는 건가? 그 속에는 십만마리의 잉어떼가 지금도 그 개울에서 내려오는 물줄기를 목마르게 기다리는 걸 자네도 잘 알고 있을 일이 아닌가."

최노인은 윤서의 말을 대신한다고 생각하였다. 마음에 여유가 생기고 숨이 아까처럼 가쁘지는 않았다.

"최주사님, 저수지 공사얘기를 하는데 윤서네 양어장 얘기는 필요가 없잖습니까?"

"자넨 윤서네 양어장이라는 것이 그 개울 줄기 속에 파묻혀 있는 무슨 차돌맹이 덩어리나 거섭조각이나 그 따위로 생각된다는 건가?"

"백보 양보를 하더라도 주사님, 물고기의 목숨과 사람의 목숨의 어느 편이 더 소중합니까? 물고기를 위해 사람이 희생이 돼야 한다면 신화가 아닌 담에야 있을 수가 있어요?"

"……."

최노인은 민재를 무서운 눈초리로 노려보기는 하였으나 그 눈은 민재의 모습이 아니라 윤서의 모습을 보고 있었다.

—죽이려 들지는 않을 테지만 그에 못지 않는 고통이 있을 것만 같아.—

며칠전 딸 경애에게 타이르듯 말하던 윤서의 모습이 금시에, 갯바닥에서 풀떡풀떡 뛰치는 잉어떼의 뭉어리 속에서 통곡을 하며 몸부림치는 모습으로 변하여 갔다.

가만히 앉아 있는 최노인을 남겨 두고 민재의 일행은 조심스러운 걸음새로 나갔고 그들이 다녀 간 뒤를 이어 윤서가 유령처럼 퀘엥한 눈을 껌벅이며 굴러들어왔다.

"민재놈이 다녀갔죠?"

짐작보다 훨씬 조용하고 느린 목소리였다.

"죽일 놈! 죽일 놈일쎄!"

"양어장 개울을 막아버리겠다는 거죠?"

"잔인허다 잔인허다 해두 그토록 잔인헌 놈이 또 있겠나?"

최노인의 눈에서 눈물이 흘러 내렸다. 젊디 젊은 애들이 동네사람들을 위해 좋은 일을 해보겠다고 착수한 그 대견한 노릇을, 심장에 칼끝이 찍히는 것을 번연히 바라보면서도 대꾸 한마디 제대로 못하고 놓쳐보내는 스스로의 늙음과 무능이 마냥 슬펐기 때문이었다.

"언짢아 하지 마세요, 주사님! 숙명이라고 생각하면 괴로울 것이 없어요. 숙명으로 돌린다는 마지막 피난처만은 누구에게든지 마련이 돼 있거던요…."

말을 태연히 끄집어 낸 윤서는 마치 그 말에게 구타나 배반을 당하기라도 한 것처럼 금시 몸을 떨고 입술을 웅깃거렸다.

"억울합니다! 분합니다! 젊은 피를 뿌리며 총알 앞으로 달려가는 어린 병정들두 이렇게 원통하지는 않을 겁니다!"

"마음을 가라앉치게, 윤서! 자네에게는 그래도 자랑스러운 재산, '젊음'이라는게 아직 그대로 남아 있지 않은가?"
"젊음을 열 번 팔아두 저의 이 억울하고 분한 심정은 구하지 못해요! 남은 것은 이런 뻔뻔한 모양을 하고 있는 내 탈바가지밖에 없어요! 모든 것이 다 끝났어요, 주사님! 남은 것이 대체 뭡니까?"
"진정을 허게. 딴 얘기를 허세."
"제딴엔, 제딴에는 그래도 이상을 가져보고 꿈을 길러보고 싶었어요. 조그맣긴 하지만 제 수고를 통하여 여러 사람이 기뻐하는, 그 기쁜 모양을 그려 봤어요! 정말 꿈이었어요!"
윤서는 오래지 않아 스스로도 이 최노인처럼 물터기슭에 웅크리고 앉아 진종일 눈물 지을 것을 생각하였다. 자신의 우는 모양을 치켜다 보며, 잉어새끼들은 만약 사람처럼 마음이 있고 말을 지껄인다고 하면 무슨 말을 어떻게 할까.
그날부터 윤서는 물터 막속에 들어 앉은채 자리를 뜨지 않았다. 물이 좀더 말라 들었고, 물고기가 떼지어 스치게 되면 물줄기가 가로 세로 빗발처럼 커지는데 윤서는 그 모양을 일부러 구경을 온 사람처럼 그냥 물끄러미 바라보고만 있었다.
"그럭허심 정말 큰일나요, 선생님! 뭘 좀 잡수시라니까요!"
경애는 때를 가려 꼭 밥을 날라왔고 와서는 재주껏 자신이 괴롭거나 외롭지 않다는 얘기를 했다.
"이 물터, 이 물터가 이대루 그냥 내처 가물어도 가을까지는 물이 마르지 않으리라고 했지?"
"그 안에 비가 올거애요! 개울의 원 줄기는 다른데로 끌려가겠지만 그래두 비만 오면 그 방울방울이 불쌍한 잉어새끼들을 위해 이곳으로 기어쿠 모여 오구 말거애요!"
"그렇지! 물고기는 물이 있는 한 결코 죽는 일은 없겠지!"
"사람이 있는 곳에 공기 없는 곳이 없는 것처럼 물고기 있는 곳에 물이 없는 일이 없다구 그렇게 믿으세요, 선생님!"

"그런데 어떻게 됐지? 사람은 물속에 잠겨서 살게되구 물고기는 흙위로 올라와 살게 되지 않았어?"

"무슨 뜻이세요, 선생님?"

"그저 그렇다는 말이지. 한가지 할 얘기가 있구먼. 이 물터는 결코 물이 마르지 않으리라는 신념을 갖자는 경애의 말… 그렇게 말했지?"

"여태까지 가지시구 사신 신념일걸 왜 앞으룬 못가지세요?"

"그래! 옳은 말을 했어! 내 몸은 천조각 만조각으로 부서지더라두 나의 옷이 되구 집이 되어 있던 이 물터는 결코 마르지 않도록 지키고야 말테야! 맹세코 이 물터는 마르지 않도록 도적놈들을 물리치고야 말테야!"

경애는 가슴이 덜컥 내려 앉으며 입술이 부썩 타들어 오는 것을 깨달았다. 윤서가 여기 잠겨있는 물고기의 목숨과 함께, 아니지 물고기가 살아 있는 동안 이 물 속에 자신을 깊이 잠기어 벌릴는지도 모른다는 것을 짐작하였다.

"……."

아무 대꾸도 않고 경애는 그 자리를 물러나왔다. 아버지에게 이야기를 전하고 그날 밤부터 아버지와 딸은 윤서 곁에서 함께 기거를 했다.

밤에 바람이 불어오는듯 싶더니 높던 하늘이 차차 얕아지기 시작하였다. 오래간 만에, 사람들의 기억에서 비라는 것이 사라져 버리도록 그렇게 오래간 만에 하늘과 땅은 비를 내려 주려 마련하였다.

"비가 오려나 보이, 윤서!"

자고 있지는 않을 터인데 윤서는 대답을 하지 않았다.

이튿날은 민재가 저수지 공사를 시작하는 첫날 초하루였다.

날씨가 모습을 찌푸리고 있기는 하였으나 아직도 비를 내려 주지는 않았고, 역사(役事)를 시작하기에는 도리어 그것이 시원하였다.

"이 공사는 결국 여러분 자신을 위해 행하는 것이오! 최선을 다해 하루라도 빨리 완료가 되기를 기약합시다!"

정중하게 인사겸 훈시를 하고 난 민재가 뿔도오자를 따라 감박산 기슭을 감도는 개울을 향하여 갔다. 비스듬히 올라가던 무거운 차체가 개울턱 유난히 턱이 진 모퉁이에서 첫 삽을 출석이려 하였다.

"어떤 놈이냐? 어떤 놈이 이 개울줄기를 도둑질을 한다는거냐?"

눈이 퀘엥하니 들어간 청년 하나가 호랑이처럼 큰소리를 치며 뿔도오자 앞에 서 있는 민재의 앞으로 드리 닥쳤다. 퀘엥하니 들어간 청년의 두 눈은 불이라도 솟으려는가, 흐린 날씨인데도 화안히 빛이 솟았다.

"이 새끼, 이게 미친 새끼로구나!"

"미쳤다! 네 말대루 나는 분명 미쳐 있다! 미쳤기 때문에 나는 네놈과 싸울 용기를 백배 더할 수 있다."

"나하구 싸워? 하하! 내게 뎀비는 것두 싸움에 속하는 건 줄 아느냐? 네놈과 농담할 시간은 내게 없다, 어서 비켜라 이새꺄!"

"떠 메가도 깨닫지 못하는 죽음이 있기 전엔 어떤 힘으로도 나를 여기서 움직이지 못한다…."

"이새끼, 아직도 설미친 새끼로구나!"

크게 외치지도 않고 떠다 밀치는 민재의 팔에 청년은 고꾸라지듯 차앞에 쓰러졌다.

"뒈지구 싶잖거든 어서 일어나서 구구루 내려가!"

민재의 노기와 냉소가 차 있는 소리가 이번에는 아까의 욕설보다 더 크게 튀어 나왔으나 그러나 쓰러진 청년은 엎어져 있는채 그대로 움직이지 않았다.

"못일어 나겠어 이새꺄? 뭬 이따위 새끼가 있어? 여보슈 이 새낄 여기 그대루 밀어서 깔아버리구 마슈!"

민재는 청년의 등어리를 죽어라고 후려 찼으나 청년은 다만 죽지 않았다는 표적으로 몸을 꿈틀거려 보였을 뿐 다시 또 움직이려 들지는 않았다. 뿔도오자가 산을 밀어내릴듯 큰 소리로 투루룩대며 그 큰 몸채를 들먹거려도 청년은 잠자듯 엎드린 채 그냥 움직이지 않았다.

바람이 거세기 시작하면서 구름이 더 짙게 내려 앉았고, 하늘과 땅이 맞닿을듯 침침해 오자 떨어지는 빗방울이 제법 다급해 갔다.

(現代文學, 1961.1)

무소불능(無所不能)의 재질(才質)지녀
—金尙鎔에 대한 회고담

京元線 漣川驛의 서방 20리에 寒村이 하나 있다. 竹垈洞, 통칭 「죽터골」.

산에 묻혀 마을이 안보이고 골짜기가 깊어 출입로조차 막힌 이곳에서 매일 驛頭까지 왕복하는 소년 학동이 있었다. 金尙鎔.

어느 날 暴漢이 나타나 소년을 가로막고 호통을 쳤다. 돈을 내라고. 불응하는 소년을 그는 팼다. 소년은 대항했으나 역부족이었다.

소년은 修學차 상경했고 특히 체력을 길렀다. 그 뒤 5년, 다시 고향을 찾았을 때 소년은 지난날의 暴漢과 맞닥들였다. 폭한은 잡초처럼 무릎을 꿇었다.

弱質短軀의 김상용 선생이 그토록 강인한 체력의 소유자간 된 숨겨진 연유가 어린 시절의 暴漢에 대한 소박한 적개심의 소치였음을 아는 사람은 많지 않다.

선생은 단신이되 大度였고 완고했으되 寬厚했으며 치밀하면서도 淡白했다.

자녀가 7~8명에 식객이 끊일 날이 없었지만 누구도 그의 叱

咤를 들은 적은 없었고 5천 娘子가 滿滿한 大境內(梨花女專)에서 누구에게고 경애의 대상이 되어 있었음은 그의 인품이 厚德圓熟했음을 나타내는 좋은 증거가 되기에 충분하다.

선생은 長幼의 질서를 숭상했으면서도 어른이 된 후 오만할 줄 몰랐으며 朋友間의 信義를 강조했으나 자신의 「信」의 댓가를 바라지 않았으며 부부의 분별이 엄한 세대에 살았지만 부인의 주도를 거슬려 본 적이 없었다.

그가 釜山의 一隅에서 반백의 生涯를 문 닫았을 때 부인이 연일 號哭끝에 드디어 득병, 미구에 부군의 뒤를 따르게 되었음은 부인의 烈女的 心志의 소치이기야 하겠지만 夫君의 성자적 부인애가 없었던들 어찌 쉽게 그럴 수가 있었으랴.

선생은 詩人이며 산문가며 英文學者며 운동가며 登山家며 여행가로 각 그 방면에 거봉이었다. 또 있다. 酒豪. 그가 교단에 섰을 때 강당은 언제나 聽者들이 넘쳤고 그가 海水에 잠겨들 때는 종일을 浮游하는 경우가 많았으며 金剛의 절경을 4季 달려가지 않음이 없었고 白頭와 漢拏의 靈峰聖池도 수십 번이나 찾았다.

그가 남긴 시집 「望鄕」에는 그의 관조적인 서정이 짧은 행간에 농도 짙게 부각되어 있고 漫筆集 「無何先生放浪記」에는 읽는 동안 그의 해박한 지식, 예리한 풍자, 폭넓은 인간애, 그리고 윤기 넘치는 문맥에 몇 번이고 탄복을 하게 된다.

선생처럼 無所不能의 다양한 재질을 가진 이도 많지 않을 것이다.

제 2 부

評說

곽하신 단편의 서사구조와 길 찾기 탐색

엄 창 섭
(가톨릭관동대명예교수, 김동명학회 회장)

1. 인간성 창조와 에펠레이션(命名)

평설의 모두(冒頭)에서 일차적으로 밝혀둘 바라면, 문학적 체험을 지적 표현으로 변형하거나 그 체험을 질서정연한 도식으로 체계화 할 타당성이 주어져야 할 현상에서, 도식이 지식으로 해명되려면 합리적이거나 논리적으로 서술되어야 한다. 일단 문제의 해법은 두 관점에서의 접근이 불가피하기에, 추론되기에 작품의 내재적 해석을 중시하는 본질적 연구와 문학의 타율성이 요구되는 비본질적 연구로 구분지어 '文學은 社會의 表現'이라는 해석이라는 의미망에 접근하여 분할·통합하기로 한다.

까닭에 논의의 본질은 〈곽하신 단편의 서사구조와 길 찾기 탐색〉에서 서사(敍事)란 어떤 이야기 또는 사건을 시간의 흐름이나 공간의 변화에 따른 서술을 의미하며, 구조는 사실 전달의 순서, 방식 등의 플롯을 뜻한다. 여기서 서사구조란 신화나 민담, 소설 같은 서사 물에서 사건들이 결합하는 방식이나 연관성, 그리고 질서를 뜻하며, 서사구조는 사건들이 진행되는 시간적 순서로, '발단-위기-갈등-절정-대단원'으로의 분석은 유념할 바다. 따라서 한 사람의 작가에 의해 단락이 지어진 스토리의 진행을 통하여 주제의식이 명료하게 이해되어지는 점을 망각하지 말라는 경고성 매세지이다.

이처럼 소설론에서 작품의 주제성은 가치판단이 요청되기에, 무엇보다 등장인물의 성격, 소설의 시점, 독자적인 문학성은 주요한 관점이며 대상이다. 까닭에 특정한 작가에게 소설 구성상의 작위(作爲)는, 새로운 인간상과 성격의 창조에 연계된다. 작품 속 인물의 성격 분석과 파악은 작가의 주제나 세계관에 대한 해명과의 접목이기에, 배경 묘사의 설정 또한 생동하는 존재로 구명된다. 인물의 설정은 사실성과 연계되기에, "소설가가 소설을 쓰는 행위는 문학사가 내용하고 있는 인물전시장에 몇 개의 새로운 肖像을 부가시키는 일이라."고 그릴렛(A. Robbe Grillet)은 역설하였다. 차지에 곽하신 소설에 등장인물의 에펠레이션(命名)을 통한 성격의 파악과 서사구조의 탐색, 그리고 단편소설의 양상과 방법의 추이는 중요한 관심사항과 결부되고 있다.

비교적 단편은 가장 재치가 빛나는 대화양식을 문학적 대화로 차용할 뿐더러, 소설작품으로서의 생리적 과정을 보다 작은 용적 안에 소설의 전면모를 수용하고 발현시켜야 한다. 이와 같이 대화의 핵과 주제의 단일성, 구성의 간결성과 엄밀성, 최대의 절약과 최상의 강조법을 치밀하게 사용하여야 단일한 효과성과 인상의 선명성 등의 효용성을 거둘 수 있다. 따라서 단편소설의 편폭의 장단은 작가의 주관적 욕망이나 대화의 내용과 결부되기에, 단편의 창작은 지식·정보화시대에 인간 제 양상의 핵심을 예리하게 통찰하면서 해학과 반증의 수법으로 분량을 단축시켜야 함은 간과(看過)치 말아야 한다. 이 같은 양상에서 '캐릭터와 에펠레이션'에 있어 르네 웰렉(Rane Wellek)과 오스틴 웨렌(Austin Waren)이 『문학의 원리』에서 "성격창조의 가장 간단한 형태의 명명(命名)(naming)은 생생하게 개성을 부여하는 것"으로 기술하였듯 작가는 작중인물의 성격을 창조할 때, 에펠레이션의 효용성을 검토하는 이유는, 등장인물의 이름을 통해서도 그만의 성격을 파악할 수 있기 때문이다.

일제강점기인 1920년 경기도 연천군 적성면 정좌리에서 출생한 곽하신(郭夏信)은 주어진 시대적 상황이지만 주로 현실도피를 주제로 한 소설을 집필하였으며, 비교적 문장구성이나 작중인물이 '설명이 길거나 장황한 구어체'를 즐겨 사용한 요설체(饒舌體) 문장의 작가이다. 그는 중학교 재학 시에 외숙부인 김상용의 집에 체류하면서 문학수업을 받았고 천재일우랄까? 1939년 『문장』과의 인연이 닿으며 문예부장인 이무영과 발행인 이태준의 지도를 받게 되었다. 그의 천부적인 재질이 입증되는 것은 놀랍게도 19세 나이에 『동아일보』 신춘문예에 「실락원」 당선(1938년 1월)과 또 다음해 2월 『문장』에 단편 「마냥모」·「사공」이 이태준에 의해 추천을 받게 되어 뛰어난 작가로서의 재능을 평가받게 되었고 뒤늦은 나이(1958)지만 동국대를 졸업한 작품 외적인 환경 또한 외면할 수 없다.

모름지기 그 자신이 작가로의 의욕과 피가 뜨겁던 시간대는 극심한 일제강점기로 민족적이고 반일적인 사상이 일체 허용되지 않았다. 이 무렵의 신간회 해산(1931년), KAPF의 검거 및 해산(1934년), 일어사용 강제령(1937년), 내선(內鮮) 동조론(1938년)은 공습경보와 같은 위기적 상황에서 파급된 현실도피적인 행태가 보편적 현상이었다. 이 같은 문단의 현상에서 다수의 작가들이 마르크스주의적인 세계관을 토대로 모더니즘의 색채를 보여주는데 견주어, 곽하신의 경우에도 자의식적인 인물을 작중인물로 형상화하여 절망적이고 암담한 분위기 조성이라는 보편성을 지닌다. 까닭에 평자는 '민족적이냐 반민족적이냐?'는 이분법을 경계하고 그의 유일한 장편 「흐르는 연가(戀歌)」를 포함하여 아동문학(「소년삼국지」(1964)·「소년수호지」(1967~68)를 번역), 아동소설 「내 마음 바다 건너」(1969~70) 등은 논외로 하고, 단편소설로 일관한 작가의식과 작품의 변모양상, 작품의 특이성을 본고에서 문제 삼아 인상 비평적으로나마 평설하되, 그의 단편에 국한하여 문학성과 의미망을 통시적으로 고찰하기로 한다.

2. 단편의 해제와 새로운 길 찾기

소설의 3대 요소는 ①주제(theme), ②인물(character), ③구성(plot)이다. 주제의 참신성 결여라는 우리 소설문단의 제 문제는 곽하신의 경우에도 예외일 수는 없다. 그의 소설에 등장하는 대다수 인물들은 비교적 평면적 인물(Flat character)이거나 몰개성적 인물로서 성격이나 내면심리가 까다롭거나 특이체질은 아니다. 작중 인물의 유형은 다소 미셀러니 경향의 보편적이고 상투적인 유형이기에 긴장감보다 지루함을 안겨주는 약점을 지니고 있다. 서구적 단편소설은 '압축의 기교와 전환의 기지, 해학성'이 중요 인자(因子)이기에, 모름지기 그 장르의 특징은 단일한 주제와 성격, 단일한 사건의 긴밀한 구성 그리고 인상의 통일성을 기하기에, 압축된 인생의 단면은 제시되어야 한다.

일차적으로 곽하신의 등단작품인 「실락원」과 「마냥모」의 이해를 돕기 위하여 의도적이나마 사건 전개의 추이(推移)를 지켜

보며 발단과 결말 부분을 비교 분할하며 작가의 의식에 접근하여 작품의 길 찾기를 시도해 보기로 한다.

병으로 정양을 온 터이라 올라오려면 힘이 몹시 든다. 숨이 여간 막히지 아니하고 다리가 휘청거릴 때도 있다. 오뉴월 뙤약볕이어서 가뜩이나 많이 흐르는 땀이 머리에서 등골을 통하여 발뒤꿈치까지 떨어진다. 마치 송충이가 기어 내려가는 양 아주 근질거린다. 이마에서 흐르는 땀은 눈으로 들어가면 동자를 도려내듯 아렸고, 입으로 들어가면 찝찌름한 것이 곧 구역이 날 지경이다.

–「실락원」의 발단에서

뒷짐을 쥐고 있는 내 눈에는 서울 장안의 왁작거리는 광경이 눈에 선히 떠오른다. H군의 다 떨어진 양철지붕도 보이고, 경기도 경찰부의 피뢰침(避雷針)도 보이며, R순사의 족제비눈도 보인다. 그중에도 뚜렷이 나타나 있는 것은 전날 유랑생활의 장면 장면들인 것이다.

–「실락원」의 결말에서

위의 인용문을 통해 쉽게 확인되어지 듯이 "파도의 음향을 따라 갈매기의 울음소리가 들린다."의 결말은 그 나름으로 작품의 효용성을 살려 가슴을 찡하게 하는 행간의 여운을 안겨주기에 부족함이 없다. 여기서 뒷날 정규웅이 "신춘문예 75년 뒤안의 천태만상"의 다음과 같은 서술은 곽하신 소설의 새로운 해석을 위해 유념할 바다.

이 기록은 아마도 영원히 깨지지 않을 것이다. 그 이후 10여

년 간 신춘문예에서 10대 당선자는 나오지 않다 1938년에 이르러 18세의 당선자와 입선자가 등장한다. 『동아일보』 신춘문예에서 소설 「실락원」으로 당선한 곽하신(郭夏信)은 지금까지 '당선'으로는 최연소 기록 보유자로 남아 있으며, 『매일신보』 신춘문예에서는 최인욱(崔仁旭)이 소설 「시들은 마음」으로 가작 입선했다. 이들은 똑같은 1920년생이었다.

이 같은 측면에서 추천작 「마냥모」의 진술 또한 인용한 예문을 통해 작품의 발단을 비롯한 작품 전개를 위하여 작가 자신이 빈도수 높게 의태어를 즐겨 사용하면서 사건의 진행에 있어 급기야 속도감을 불러내고 있다. 아울러 결말의 문장 구성 또한 독자의 공감을 자잘한 파상(波狀)으로 불러주기에 감동을 회복시켜주는 역동성은 놀라울 뿐이다.

비를 대구 맞으면서도 대북이는 뗄 생각을 통이 아니했다. —우자자꼬 이누무 비가 이리 퍼붓노— 대복이는 욕만 하고 고만이다. 어깨를 처억 늘어뜨리고, 뒷짐을 잔뜩 웅켜지고 그리고 고개를 연성 끄덕이며 태평이다.

– 「마냥모」의 발단에서

대복이는 마악 즐거운 꿈을 꿀듯꿀듯하다가, 엉덩판이 별안간 떨어져 나가는판 같었으니, 아니 일어나면 무슨 수냐. 벌떡 뛰쳐 일어나 헤슴츠레한 눈을 비비적거려보니 똑 받으려 뎀비는 황소같은 아부지 대가리가 따악 자길 노려보고 있다. 마냥모 때는 누구나 눈코 뜰 새 없이 바쁘다. 그래 그들은 서로 노려보고 있는 그동안에도, 여기저기서 모내노라고 왁작거리 는 사람소리, 맹꽁이 소리를 들었다.

－「마냥모」의 결말에서

또 하나 곽하신의 초기 단편을 이해하기 위한 이론적 지침의 키워드에 해당될 자료적 결과물로 비록 인상 비평적이나 다음에 인용한 〈小說選後〉의 심사평은 평자이기 이전에 충직한 한 사람의 독자의 입장에서 관심을 지니고 유념할 바다.

'마냥모' 佳作이다. 대복이가 흐뭇하다. 게으름 禮讚만은 아니다. 끝에 가서는 상당히 날카로운 技巧로 싹둑 잘 짤랐다. 다만 대복이가 정자나무 밑에서 잠드는 데가 自己변호가 없이 좀더 天然스러웠으면 좋았겠다. 그리고 중간 중간 몇 줄씩 지인 데가 있기도 하지만, 너머 입심에 醉해버린데가 많았다. '意識的'이란 느낌은 바늘만치도 찔러선 안 된다. 좋은 作品은 그런 '意識的 가시'가 돋혀선 안 된다.

또 하나 "단편은 경이적 모멘트라든지 또는 매혹적 모멘트를 내포하고 구속하는 형식을 갖추지 않으면 안 된다."는 실레겔의 지적이나, "단편은 행동의 통일, 예리한 시추에이션, 묘사의 적확 등이 필수적이며, 하나의 갈등이 한 범위 안에 있어야 한다."는 하이제의 이론을 적용하지 않더라도, 곽하신의 단편에서 '다소 평이한 현실 안주의 인물 제시와 직설적인 서술성이 비교적 횟수가 잦게 노출된 점은 소설미학적인 형상화 기량이 미숙한 탓이다.'는 단정은 무리가 따른다는 점을 전제하고, 작가 자신이 몸담았던 일제강점기의 흑암과 절망, 해방의 감동과 밝음, 그리고 암울한 한국전쟁기(期)를 걸쳐 2008년 4월에 생을 마감하기까지 작가로서 창조적인 정신작업에 몰두했던 그 나름의 가능성을 밝혀줄 '새로운 길 찾기(탐색)는 아름답고 유의미한 것'이다.

일찍이 시인 릴케(R. M. Rilke)가 "시는 체험이다."라고 천명하였듯이 상상력을 동원하여 가공의 진실을 표출한 소설은 그 시대의 정신적 산물이기에, 곽하신 소설의 해명에 있어 가급적 그 평가의 잣대는 시대성을 반증할 타당성을 지녀야 한다. 이 점에서 '①제한된 분량의 단순한 스토리와 치밀한 구성, 그리고 간결한 문체의 특성 ②단일한 작중인물을 중심으로 짤막하게 스토리 전개 ③하나의 중요 사건이 이야기의 골격을 유지 ④사건 전개에서 일관성 유지 ⑤사건의 배경에서 시간과 공간의 고정성' 이와 같은 단편소설의 특징을 동시대의 어느 작가보다 일관성을 유지한 점은 평가하여도 지나치지 아니하다.

여기서 곽하신 작품의 깊이와 무게의 논의에 앞서, 한 때나마 해방 직후인 1945년 12월에 오승원과 함께 '조선여성들은 지금까지의 사대주의적이고 노예적인 근성을 버리고, 확고한 세계관과 인생관을 구축해야 한다.'라는 결의로 월간 『여성문화(女性文化)』를 출간하였고, 1954~59년까지는 희망사 편집장을 역임하였다. 그 뒤에 『세계일보』·『조선일보』 문화부장을 거쳐 한양대학교에 출강하여 소설 강의를 담당하였으나 이에 앞서 1941년 2월 『문장』에 농촌어린이들의 애환을 그린 「신작로」를 포함하여 1946년에 「연적」, 「여직공」 등을 발표하였다.

특히 한국전쟁(the Korea War)기인 1953년 「죄와 벌」· 「달은 뜨는가」를 발표하는 왕성한 창작의욕을 보이며, 이 무렵인 1954~55년 남성의 횡포와 법적인 구속에서 벗어나려는 여인의 도전적인 몸부림을 내용으로 한 「여인의 노래」를 발표하였고, 1955년 그 자신이 편집장을 역임한 출판사에서 본격적인 창작집인 『신작로』(희망출판사)의 출간은 비로소 그의 소설연구에 비중을 둘 계기를 조성하였다. 이 무렵에 불행하게도 두통과 신경통에 시달리게 되었으나 1958년 『국제신보』에 장편 「흐르는 연가(戀歌)」와 『세계일보』에 사제 간의 애정과 윤리의 갈등을 그린 「무화과 그늘」(1958~59)을 발표하였다. 그러나 투병 중에도 붓을 꺾지 아니하고 시장에 살고 있는 남녀의 대조적인 행동과 심리를 극적으로 그린 「영시이후(零時以後)」(1961~62) 등 작품을 통해 인간의 애정에 얽힌 갈등·대립과 인생의 부조리를 파헤쳤다. 한편 아동문학에 관심을 지니고 「소년삼국지」(1964)·「소년수호지」(1967~68)를 번역 하였으며, 아동 소설인 「내 마음 바다 건너」(1969~70) 등도 집필하였다. 그 이후 40년 남짓한 시간대를 절필로 일관하며 행운유수(行雲流水)격의 삶을 유유자적하다 2008년 4월 14일에 생을 마감하였다.

그의 단편소설 검증의 과정에서 초기에는 작가의 의식이 시대적 상황에 의해 비교적 현실 도피적 경향이 주조를 이루었으나 자유당 시기와 5·16혁명 직후인 「영시이후(零時以後)」(1961~62)에서는 그에 대한 반증으로 현실참여적인 행태로의 변형을 시도하며 상대적으로 부조리에 일침을 가하기도 하였다. 그러나 그의 작품 전반에 색채나 흐름의 특이성은, 비교적 극적 요소나 반전(反轉)의 동력 없이 일상적인 이야기를 발화시킴으로써 자신이 처한 환경에서 이탈하려는 소극적이거나 미온적인 의식을 표출하고 있다는 점이다. 작품의 스토리 전개나 구성에서 작가의 의중이 강화되지는 않지만, 스토리의 전개를 상상하도록 자극하는 삽화(挿話)와 상황, 그리고 현실성을 반영하려는 의중은 그나마 엿보이는 편이다. 이 같은 현상은 작가 자신의 독자적으로 빛나는 하나의 트릭(trick)이거나 기교(craft)에 의한 소설의 정체성을 입증하는 작은 실마리로서의 현실 반영이다. 까닭에 문학 본래의 역할을 수행하는 작가의 갈등심리로 이해하면서도 평자가 소홀히 외면할 수 없는 그 나름의 작위(作爲)

는, 사건 전개의 양상에 있어 작가의 심적 변화가 평이해 긴장감이나 응축미가 다소 떨어지는 양상이다.

"돌쇤 또 어디 가?"

으레 정이 큰 아버지가 묻는 것을,

"저도 문산 좀 가야겠시유. 고모집에 갈 일이 있어유. 마침 오늘 돈 있는 김에 아주 갔다올 영으로요!"

그리고,

"이왕 배웅 나온 길에 아주 한 차에 가는 게 좋잖아유?"

말해 버렸어야 더 천연스러웠을 걸, 그러나 알았으면서도 그런 말 못 나왔다. 발동을 시킨 조수 뒤를 따라 찻 속으로 매달리다시피 뛰어 미처 정이 큰아버지 뭐라고 그러기도 전에,

"댕겨 오겠시유. 엄마 보구 이따 온다구 그래 주세유!"

돌쇠 마악 자리에 가자 앞머리에서 쿠르륵 소리 더 요란하더니 차 그냥 뺑소니가 시작된다. 속력이 빨라지기 시작이자 앞으로도 옆으로도 바람 몰려 와서 함부로 시원하다. 덜커덩 거리며 차가 달아나는 대로 곧바로 뻗어나간 신작로, 앞으로도 뒤로도 자꾸 길었다.

－「신작로(新作路)」에서

위에서 인용한 것처럼 곽하신의 단편 논의에서 깊이와 비중 있게 다루어져야 할 작품은 대표작이며 본격적인 창작집(희망출판사, 1955)의 표제인 「신작로」이다. 이 작품은 1954~55년의 「한국문학사 연표」에도 등재되었으며, 또 뒷날 전36권 분량으로 간행된 『한국문학대전집 24』(학원출판공사, 1986)와 『우리가 읽어야 할 한국단편문학 하』(혜원출판사, 2004)에도 수록되었다. 특히 「문학 속 길」(국제신문, 2012. 7. 22. 20면)에서 곽하신의

「신작로(新作路)」를 '풋사랑이 피어나는 장소(Placeness)'로 규명하고, 골목길 너머에 신작로를 설정하여 잔잔한 파문을 예감케 함으로써, 사건의 개연성을 짐짓 열어놓고 있다.

평설에서 곽하신의 대표작이며 출세작 「신작로」의 작중인물인 '돌쇠와 정이'가 그 나름으로 가족적 노동의 개체로서의 몫과 역할을 자연발생적으로 담당할 수 있도록 골목길을 축으로 한 환경설정은 만남의 연결고리가 되어 끝내 연정을 품는 연인관계로 잇닿게 한다. 까닭에 순수한 남녀가 같은 공간에서 만남의 이행을 거치는 과정에서 현실적인 미흡성과 미성숙에 의한 어설픈 작위(作爲)로 불안감이 예감되던 감정의 기복에서 정이의 '이사'라는 언표(言表)에 의해 결정적 요인이 주어지고, 이 같은 운명적인 인자(因子)로 돌쇠와 정이는 서로 간의 마음에 깊은 상처로 헤어짐의 의미성을 절감하게 된다. 심성이 순수한 이들이 소소한 일상에서 꽃피운 애틋한 연정은 골목길에서 이탈하여 비정한 근대성과 사회적 외향성의 신작로와 철로에 의해 상실될 정황의 국면을 설정하여 불안 심리를 긴장감 있는 행보로 길의 상징성을 주지시켜, 조금은 불투명한 의미성을 짐짓 저울질하여 부추기는 점은 감안할 사항이다.

또 하나 곽하신 단편의 양상을 탐색하는 과정에서 불가분 외형에 의한 새로운 접근이라면 소설 구성에서 '인물, 사건, 배경'에 견주어 희곡의 3요소가 '대사, 지문, 해설'이듯이 이 같은 양상을 다른 소설작품에 비하여 적절히 절충시켜 변화된 특이성을 한층 새롭게 발아(發芽)시킨 형사(形似)의 빛남이다.

충무로 고개턱에 이르렀다. 영도를 저 쪽에 두고 있는 부산의 앞바다가 사뭇 미친듯이 꾸물댄다.

"애!" "왜? 오빠."

"내일은 일요일이지? 너 오늘 낼 어디 약속한 데 없니?"

"없수. 왜?"

"지금부텀 머나두 될 거다. …김해에 계시는 어머니 헌테 좀 댕겨 오자."

"집엘 갔다오자구?"

"그래, 그리잖아두 가고팠는데."

오빠와 누이는 그냥 발길을 되돌리었다.

-「여비(旅費)」에서

두통의 편지를 깨끗이 접어 하나는 강규훈이에게 하나는 남편에게, 각각 속달우편으로 보냈다. 두통의 편지가 우체국직원의 손에 미끄러져 들어갈 때 얼마간의 불안과 서글픔을 느끼기는 하였으나 연옥이는 더 지체하지 아니하고 도청 학무과로 달려갔다. 자기의 취직을 위해 지난번 여러 모로 노력해준 친구의 남편이 마침 자리에 앉아 있었다.

"오래간 만이예요!"

인사가 끝난 뒤에 연옥이는 곧장

"또 청이 있어 왔어요. 아무데라두 좋으니 저를 시굴 어느 학교루 보내주세요!"

-「하나의 도정(道程)」에서

이와 같이 결말로 마무리 짓고 있는「여비(旅費)」나「하나의 도정(道程)」의 예문에서 쉽고 평이하게 확인 되듯이 새로운 단편의 틀 짜기라는 관점에서 호흡이 짧은 대화의 적절한 배치가 극적으로 속도감마저 살려내고 있는 점은 자못 간과(看過)치 말아야 한다. 또 한편으로 조국 광복, 그 감격의 들뜬 격정이 갈앉기도 전에 우리가 직면한 삶의 현실은 절망의 끝을 예감할 수 없어 못내 불확실하고 엄습해오는 까닭모를 공포로 불안하고 이처럼 두려울 밖에 없다.

서울 장안은 정거장부터 아침이 된다는데 그런 정거장에도 아직 아침이 트이기 전이었다. 용산쪽에서 커다란 '트럭'이 한 대 사라마도, 전보대도 없는 거리를 죽어라 하고 달려 왔다. 정거장 넓은 앞마당에 와서 우뚝 차가 서자 우선 그 위에 탄 순사 하나가 총을 들고 뛰어 나렸다. 잠귀가 밝아 이미 일어나서 서성거리는 헙수룩한 늙은 마나님에게

"꼼짝 말고 섰서! 움직이면 총을 쏜다!"

–「정거장광장(停車場廣場)」에서

인용한 일부의 예문에서 진행되는 사건의 추이에서, 1947년 4월 9일에 집필된「정거장광장(停車場廣場)」의 서술은 조국이 직면한 사회적 현상이다. 한편 시간대를 달리한 시점에서 작가인 곽하신이 비교적 소설의 구성 요소를 효용성 있게 제시하며, 한국전쟁의 격동기에 암울한 삶의 그림자가 하나의 슬픈 풍경화로 조망되는 궁핍한 삶의 편린(片鱗)으로「골목집」의 사실적 묘사와 그에 대한 응시의 결과는 더없이 우울하고 참담하다.

비만 오면 장화를 신어야 드나들 수 있는 부산 서면 골목길, 그 막다른 몫에 뒤깐같이 삐뚜러진 '하꼬방'. 방 두 개가 붙어 있을 뿐 부엌도 마루도 없는 '하꼬방'. 방은 구태여 들어 오는 햇살을 막을 턱이 없으면서도 누리에 퍼져 나는 연기와 앞 뒷집 그림자 때문에 어제나 음집처럼 눅차고 어둡고 가깝한 '하꼬방'. 아침 해가 뜬지 오래고 전차 소리, 자동차 소리가 요

란한지 오랜데 그제야 아침밥 연기가 솟아나는 별난 '하꼬방'… 생략…. 두 여인은 각기 말을 멈춘다. 언니는 오라지 않아 뱃속에서 나올 아이, 누구의 아들인지 딸인지도 모를 피덩이를 안고 와슬와슬 떨고 있는 자기의 허트러진 모양을 생각하며 아까 부터의 울음을 다시 계속한다. 동생 명이는 대체 누구를 붙잡아야 언니의 해산비를 뽑아내고 귀저귀감을 사 주고 미역을 구해 줄 수가 있을까.

-「골목집」에서

인용한 예문을 통해 다시금 확증되는 바로 이 같은 갈등과 고뇌를 통한 현재성은, 비교적 의태어에 의한 아득한 정신 풍경화로 작가의 의식과 붓에 의해 재해석된 유의미한 민족적 삶의 현상을 그 또한 가슴을 저며 주는 자신의 고통과 비애로 이처럼 담담하게 의식의 내면에 수락하고 있는 점에 주의를 집중할 타당성이 주어진다.

3. 결론 : 남는 문제와 에필로그

이상에서 통시적 고찰이나 곽하신의「실락원」,「마냥모」,「신작로」,「여비」,「정거장광장」,「골목집」등의 단편을 통해 파악되듯이, 그 나름으로 등장인물의 창조적 성격을 모색하기 위해 작품의 흐름을 통시적으로 열거한 것은 변명 같지만 전체적 맥락에서의 별견(瞥見)임을 지적하지 않을 수 없다. 곽하신의 경우, 동시대에 활동한 작가에 견주어 그에 관한 다각적이고도 심층적 연구가 비중 있게 논의되지 못한 안타까운 현상이기에, 이 점에 있어 생경한 그의 문학사적 위상을 점검하는 작업은 선행연구라기보다 짐짓 각론에 머물고 있다. 그 같은 연유로 작품의 주제의식과 수사의 기법, 그리고 문체 등을 전반적으로 아우르는 다양한 연구와 조망은 현실적 정황에서 실망감을 안겨주기에 그에 대한 연구의 의미망은 더없이 절실하다.

해방 이후의 분단시대에서 전반적으로 소설에 대한 문학사적 연계성과 그 상황적 요건의 충돌과정에 대한 질서화라는 관념적인 도식화를 현상학적으로 외면할 수는 없다. 그러나 격동기라는 시대상황에 대처하는 문학정신의 추이를 문학사적 맥락에서 해석해야 하기에, 창조적 인물의 보편성에 대한 연구는 '역사적 탐구의 결합에서 가능하다.'는 딜타이의 이론을 중요시하여 작가의식의 지향을 통시적으로라도 확장시켜야 한다. 한국전쟁(The Korea War) 당시의 그 참혹한 사회현상을 단편적이나마 곽하신은 「피난삽화(避難揷話)」의 사건진행을 통해 추보식 구성으로 "피난 권고(勸告)도 있기 전에 서울의 거리는 자동차, 달구지, 손구루마, '리야카', 자전거, 지게들의 행렬이 한강(漢江) 쪽으로 달려가고 있었다."라고 이처럼 사실적으로 제시하고 있다. 또 다른 「황야(荒野)에 홀로」에서는 구성의 묘미를 최대한 수사적 기법(craft)으로 특성 있게 살려 그나마 에피소드의 양식으로 이채롭게 담아내고 있다.

한편 동일 선상에서 한 사람의 독자인 우리가 그에 대한 작가의 의식, 즉 역사의 정체성을 새롭게 자인(自認)해야 할 근거는 「피난삽화(避難揷話)」의 발단인 〈避亂〉이 '단기 4280년 12월 00일'로 소설의 발단을 열어놓은 작가의 의도적인 간극(間隙)을 눈여겨보아야 한다. 특히 이 작품의 플롯 설정에 어설픈 면도 없지 않으나, 독립될 수 있는 여러 개의 삽화를 모아 전체적으로 통일성을 갖도록 피카레스크식 구성을 살려 '1. 避難 → 2. 釜山→ 3. 危機→ 4. 相逢→ 5. 誘引→ 6. 侵犯→7. 두 사람→ 8. 誤解'로 사건을 시키고 끝내 마무리 지은 구성의 특이성은 그만이 지닌 작가적 기법에 해당하는 것이다.

특히 그의 삼인칭 단편 「나그네」에서는 "그는 한곳에 있을 몸이 아닙니다. 그 몸에서 마음이 없어 질 때까지 그는 언제나 떠돌아다니는 나그네일 것입니다"로 결말을 지어 주제를 선명하게 살려낸 점은 물론 '납량단편(納凉短篇)'으로 차별화하여 독자의 흥미와 관심을 극적 요소로 극대화시켜주었다. 뿐만 아니라 창작의 묘미를 하숙생 신분인 호식을 작중 인물로 다루어진 3인칭소설인 「행로(行路)」, 그리고 사건 흐름의 정황을 소상하게 요설 체를 보조적인 매개로 사용한 「안해」의 예문을 잠시 옮겨 보기로 한다.

이러케 마음을 먹으니 그리고 그때 나는 어떠한 표정을 지을까하는 공상까지를 지으려니 어쩐 일인지 희미한 불빛 밑에 텡그렁 누어있는 내 몸이 애처러웁게도 생각이 되어 게슴츠레히 떠져 있는 눈이 생각지도 아니하였는데 안해의 입다 벗어 걸어둔 저고리 치마로 가는 것을 금치 못 하였다.

-「안해」에서

새삼스럽게 충동적 발상이거나 의도적으로 소설의 글꼴을 지적할 바는 아니나, 호흡의 멈춤이 없이 독백형식으로 조금은 장황하게 서술되어지는 「안해」의 구성이나 전개 방식은 작가가 몸담았던 동일한 시간대에 이 땅의 어느 작가와 상이하게도 작가 자신이 어설프게나마 시도한 실험성이기에 한번쯤 고려할 여지가 남는다.

이 같은 시각에서 단편작가로 일관성을 지켜낸 곽하신의 단편연구에 문제의 제기라면, 창조적 영혼은 아름답고 위대하기에 시대적 사명감을 지니고 갈등과 고뇌를 통해 정신작업에 열중했다면 질적으로 문학성이 높은 작품을 창작했으리라는 확신이 따른다. 그 자신이 1951년에 창립된 '총이 아닌 펜을 무기로 삼고 전투에 임하며 공군장병들의 전투의지를 앙양시킨 16명의 문인 중'「창공구락부(蒼空俱樂部)」의 일원으로 활동한 사실이나, 1966년의 "서울낚시회 회보「낚시춘추」(조선일보)"의 '8월 17일자에 정치인이자 유명낚시인 이재학과 곽하신의 대담기사가 실린 점'을 유념할 때, 그에게 낚시가 유일한 여가(餘暇)의 수단임이 파악될 것이나, 1994년『한맥문학』에 조수웅 소설의 추천과 1999년『토요저널』(1992년 창간)의 김의영 소설의 심사도 한번쯤 고려할 사항이다.

일단 곽하신의 단편에 수용된 작가의식과 현실의 관계성을 확증하는 과정에서 주제의 우회성은 비교적 서사구성의 기본원리와 연계성을 지니는 까닭에 서술 규모는 현실국면의 편린(片鱗)이 비교적 상징·응축한 것으로 치부할 때, 현실비판의 문맥으로 호응을 일깨우기에는 다소의 취약성을 지닌다. 이것은 그 자신이 작가로 활동한 시간대(1938~1970)와 공간의 추이를 유추하여 볼 때, 현실주의의 진실성이 문학사적 의의를 평가할 조건임은 다시금 입증된다.

결론적으로 대륙의 심장을 지닌 곽하신의 정신적 생산물에 있어 서술상황의 전개양상의 특성이나 소설의 미학적 면을 강조하기에는 자기변명으로 치부될 위험성이 따르나 평설의 한계성에 얽매임은 주지할 바다. 일제강점기와 조국의 격동기라는 시대상황에 지혜롭게 대응하며, '극소수의 창조자'로서 견고한 고독 앞에 맞서 자존감을 지켜낸 행위는 유의미하다. 글의 말미에서 평자가 단편적이나마 〈곽하신 단편의 서사구조와 길 찾기 탐색〉에서 민족의 수난과 암울한 삶의 궤적을 통해 선행연구 차원에서 통시적으로 기술하였다. 모쪼록 천명할 것은 하나의 신앙처럼 미적주권을 확장된 순수서정으로 자존감을 지켜내며 상업주의를 경계하고 일관된 의지로 문학인 본래의 영역에 처하면서도 장르의 이탈을 거부한 날(刃) 푸른 작가의 혼불은, 가까운 시간대에 다양한 관점에서 천착(穿鑿)될 명백한 과제임이 너무도 자명한 현상과 결속된다.

곽하신 소설의 초기작에 대한 고찰

채 수 영
(문학비평가. 문학박사)

1. 프롤로그-시작의 입구

한 소설가의 작품에는 그 소설가의 정신이 들어있다. 다시 말해서 사상적인 뜻이거나 자신의 정신적인 추이가 담겨질 수밖에 없다. 이는 자기를 벗어난 이야기의. 창작이 가능할 것인가에 대한 생각이 따라오기 때문이다. 아무리 픽션이라는 허구의 그물을 펼친 다해도 소설가의 정신을 중심으로 펼쳐지는 점에서 결국 전개되는 이야기는 방사적이든 귀납과 연역을 번갈아 이야기로 용해할 것이다. 일생을 부자로 산 사람이 가난한 사람의 이야기를 리얼하게 쓸 수 있다는 것은 상상의 한계에 직면할 수 있기 때문이다. 물론 소재의 특색에 따라 이야기는 다를 수도 있을 것이지만 대체로 체험의 중심 속에서 상상을 전개할 수밖에 없을 것 같다.

경기도 연천의 장좌리에서 1920년 5월 20일에 출생한 곽하신(1920.5.20~2008.4.14)은 유복한 가정에서 태어났고, 소학교를 마치고 중학교는 외삼촌인 시인 월파 김상용(1902)의 집(성북동에서 행촌동(1932)으로 이사)에 기거하면서 문학의 맛을 알게 되고 영향을 받게 된다. 문학출발의 거점은 누군가로부터 영향을 받았는가는 매우 중요하다면 당시 〈동아일보〉의 신춘문예에 당선이후 친교를 맺고 존경하게 된 이무영의 영향 또한 벗어날 수는 없었을 것이다. 김상용과 이무영의 문학적인 훈습을 통해 곽하신의 소설은 초창기의 얼굴이 그려지는 상상의 그물 속에 있었음직하다. 작가 정신의 거점이 고향인 농촌과 연관 있는 무대를 표현한 거개의 작품무대가 농촌이거나 바닷가이고 소시민이 주인공이 되는 것도 이런 유추가 가능하다

곽하신의 출발은 귀재(鬼才)라는 말로 출발한다. 그는 나이 18세 때 〈동아일보〉에 「실낙원」(1938년)이 당선되어 작가로 출발함과 동시에 1938년 4월에 역시 동아일보에 「아내」를 발표하고, 다시 〈文章〉잡지에 「마냥모」(1939년 7월호)가 추천 1회작이고 2회 추천 완결작품을 동지에 1939년 12월호에 「沙工」으로 마지막 과정을 거친다. 소설 추천위원은 이태준이었고, 시는 정지용, 시조는 이병기였다. 약관 20세 전에 신춘문예와 잡지 2회 추천을 마치는 진기한 기록을 세움과 동시에 1941년 2월에는 그의 대표작이라 할 수 있는 「신작로」를 주간(主幹)인 이태준의 호의로 〈文章〉지에 발표한다. 본고에서는 1945년 일치(日治) 해방 전에 쓴 초기작품에 한정하여 그의 정신적 추이를 추적하려한다. 이는 때 묻지 않는 비교적 순수한 정신의 추이와 기교를 맛보는 것도 작가의 깊이에 근원이 무엇인가를 추측하는 계기가 될 수도 있을 것이기 때문이다.

2. 〈동아일보〉시대

(1) 「실낙원」

우리나라 문학의 발판은 신춘문예가 일제치하로 부터 시작된다. 잡지라야 겨우 창간호 내지는 서너 번 발간하면 폐간이 당연했고 이는 자금(資金)에 따른 어려움과 열정이 바닥나는 것과 일제 치하의 시대적인 특징이 문제였다. 때문에 의욕적인 〈문장〉조차도(발행인:김연만. 주간:이태준) 1939년 2월 창간, 1941년 4월 통권 25호(1941년 2월 창작 32인 특집호까지 26호)를 발간하다 문을 닫는다. 문학발표의 지면이 없던 시절에 신문의 신춘문예는 초창기 문학발전에 지대한 공을 세운 것은 사실이다. 그러나 신문의 특성이 뉴스에 중점을 두는 일 때문에 항상 목마른 상태를 갈급하게 넘기는 작가나 시인들의 현상은 초라함 그 자체였지만 별로 다른 방안이 없는 실정에서 단 하루의 신춘문예는 화려함 그 자체였다. 이런 현상이 잡지 풍년의 오늘까지 지속되는 것은 모순이지만…. 각설하고 곽하신은 청소년의 나이 18세에 동아일보의 지면에 이름을 올린 작품이 「실낙원」이다. 이야기는 1인칭 나는 요양을 위해 한적한 시골에 오뉴월 찌는 듯한 더위가 있는 바닷가 마을 풍경이 지리할 정도로 묘사로 시작한다. 물론 지팡이가 등장하고 구체적인 병명은 나타나지 않지만 바닷가 마을에서 목도(目睹)할 사건이 어둠을 나타내는 암시적인 작용으로 나타난다. 산위에서 지난 시간을 되돌아보는 일들에는 시대를 암시하는 R순사가 일제치하의 엄혹한 시대적 분위가가 풍경위에 덧칠해진다. 좋아했던 순이는 석 달 동안의 유랑생활동안에 참지 못하고 어디론가 떠나버린

회상에서는 인간에 대한 불신이 꼬리를 물고 있다. 객쩍게도 줄거리 전개의 중간에 끼어든 아버지와의 불화 뒤에 화해가 진지하게 묘사되지만 이야기의 줄기에서는 순이나 아버지의 경우는 잔가지의 나무처럼 있어도 되고 없어도 되는 요인으로 보인다.

나는 진작 이 생활 속으로 들어오지 못한 것을 뉘우치고 있다. 지금부터라도 이곳 사람들과 같은 생활 속으로 들어갈 수 있는 것을 여간 다행으로 여기지 아니한다. 나는 생명이 있는 동안은 이 생활에서 떠나지 않으려 한다. 이곳이야 말로 영원한 나의 이상촌(理想村)일 것이며 낙원(樂園)이기도 할 것이다.

요양생활을 하는 마을이 이상적인 공간으로 주인공 나의 마음을 휘어잡고 새로운 삶에의 의욕을 다짐하면서 바이런 시집을 읽어야 할 요량으로 하숙집으로 향하는 도중에 십여 명의 동네 아낙들이 웅성거리는 장면을 바라보면서 아낙들 틈에 형체를 알아볼 수없는 참혹한 시체와 마주한다. 보름 전에 집을 나간 맹돌아범이었다. 이제 갓 25살의 과부가 된 맹돌어멈이 지니고 있는 거울 두 쪽을 맞춤–'이곳 사람들은 배를 타고 바다를 향해 나갈 때면 곧잘 면경조각 같은 것을 나누어 가짐으로 자기의 표적이기도 하고, 이럴 때 본인 여부를 확인'하는 징표로 지니고 나간 거울이다. 어딘가 어색한 짜 맞춤의 의도적인 표현으로 보이는 부분이지만 문장은 매끄럽게 진행된다—젊은 장정들이 시체를 수습하는 도중 뱃속에서 꿈틀거리는 낙지 한 마리를 꺼낸다. 이 낙지가 결정적으로 '좋은'에서 '나쁜' 공간으로 전환하는 계기가 되는 사건으로써 이는 생각의 결정에 따라 두 가지의 생각이 교차한다는 암시가 되기도 한다

한참 동안 말뚝처럼 우뚝 서서 시체를 노려보고 있던 장정이 선선이 달려들어 그 낙지를 끄집어내기 시작하였다. 낙지는 불의로 자기 몸을 습격하는 외래적(外來敵)에 대하여 항상 방비할 것을 잊지 않았다. 몸이 그 요새지에서 끌려나오게되자 시꺼먼 물대포를 놓는다. 그리고는 여덟 개의 수비병으로 하여금 불시의 적의 장정의 손을 홱 낚아채게 하였다

묘사(描寫)가 매우 실감을 가져온다. 아마 18세 작가의 필치라고는 생각할 수업을 만큼 사실적인 기술이다. 소설은 상상력에 의해 쓰이는 것을 픽션이라 칭하지만 사실성의 기술(記述)이 있을 때, 생동감의 묘사가 가능하기 때문에 작가의 능력으로 귀속되는 이유가 된다. 곽하신은 일제치하의 어두운 분위기를 이 소설에 담으려는 의도가 보인다. 다시 말해서 평화롭고 안락한 마을-순박한 사람들이 모여 사는 낙원에 느닷없는 낙지의 출현은 곧 증오의 대상으로 한 마을을 일시에 공포로 몰아넣는 사건의 암시는 시대적인 어둠과 상통할 수 있기 때문이다. 더불어 장정들이 파묻은 낙지를 다시 꺼내오는 할머니의 행위에 시대적인 곤고(困苦)한 상징이 아프게 다가든다.

"옮겨다 묻으시려고 그러세요?"
"아네요, 묻지 않을래유."
"그런 뭇에 쓰세요?"
"뭣에 쓰는 게 아니라 삶아먹으려구…."

모골이 송연한 사건에 '나'는 독기로 쏘아본 까닭에 노인은 낙지를 버리고 줄달음쳐 버린다 그러나 할머니가 증오의 낙지를 버림으로써 나는 형식적으로는 승리의 결과일지라도 공통이 아픔의 공간에서 무의미한 허무가 남는다. 이것이 당시를 살아야 했던 1930년대의 실상이었고 어둠속에서 방황하는 민족의 표정과 다름이 없는 표상이었기 때문이다.

1930년대는 무단통치의 서슬에서 만주사변을 일으키고 악랄한 일치(日治)의 사슬은 점점 가혹은 비극으로 조여 오는 아픔이 상징으로 처리되는 역설적인 풍경이 농촌의 평화로운 이면 — 감출 수밖에 달리 도리가 없는 작가들의 표현에는 한계였기 때문이다. 사람의 시체 속에 들어 있던 낙지를 먹고자하는 비극의 땅이 한 때는 평화로운 낙원의 개념이었지만, 낙지 사건으로 인해 헛된 낙원관이 깨지는 의식에서 '떠날 것을 결심'하는 주인공의 마음은 곧 작가의 생각이 시대적인 공간에 당한 비극을 확대경으로 바라보는 인식과 등가(等價)를 이루고 있음이다. 비록 나이어린 청소년의 사고와는 너무나 높은 지적 유희(遊戲)가 뚜렷하지는 않지만 문학적인 깊이에서는 남다름이 확실한 서술의 묘미이다.

(2) 「안해」

안해는 1938년 4월에 발표한 작품이다. 신춘문예의 구성과 표현과는 너무나 차이가 나는 작품으로 구성도 단순하고 복선이나 소설이 갖춰야할 조건이 없는 진행이 밋밋하기 짝이 없다. 무지하고 칠칠하기 짝이 없는 아내를 위해 야학에 보내자 처음과는 달리 점차 화장품으로 몸을 꾸미기 시작하더니 급기야 거짓말이 꼬리를 잡히게 된다. 의심이 든 남편은 아내의 뒤를 쫓다 남자와 함께 시시덕거리는 모습을 보고 분기탱천하여 현장을 잡아 싸움을 하지만 오히려 외간남자에게 두들겨 맞는 결말로 이야기는 끝이 난다. 지리한 문장이 습작의 티가 너무 난다. 어쩌면 「실낙원」보다 먼저 쓴 습작을 뒤에 발표한 것이 아닌가 생각되는 작품이다. 단순한 전개의 이야기-소설이 갖춰야 할 스토리가 아닌 이야기에 작가는 왜 이런 작품을 발표했을 까라는 의문이 든다. 더구나 한 문장의 길이가 소설의 첫 도입부분의 길이가 무려 17행이라는 문장의 길이—사설체라는 말이 따라붙는 이유처럼 보인다. 마치 박상지 소설가의 한 문장이 무려 2페이지로 종결어미가 끝나는 것과 유사하다. 이로 하여 내용의 구분이 어려워지는 것도 말할 나위가 없고 줄거리가 길을 잃어버리는 오리무중이 된다. 아마도 이런 이유로 다음 작품을 〈문장〉에 신인추천으로 응모한 것이 아닐까라는 생각이 든다. 이로부터 〈동아일보〉의 이 무영과 친교를 맺고 사사하는 인연을 갖는 것은 소득일 시 분명하다. 물론 삼촌의 영향도 처음엔 많이 받았을 것도 추측이 가능하다. 〈문장〉지에 2년 동안 삼촌 김상용은 「여수(旅愁)」와 「어미소」, 「추억」 등 3편의 시를 발표한다

3. 〈문장〉시대—

※ 「마냥모」, 「사공」과 「나그네)」 그리고 「신작로」

이태준은 「문장강화」를 출간한 소설가다. 때문에 무엇보다 문장에 대한 꼼꼼함은 당시의 소설가로서는 유다른 위치에 있었다. 또 당시의 문단 숫자가 150여명쯤이었을 것으로 유추하면(1950년까지 서울의 문인숫자는 156명이었다) 소식 빠르기가 안방 드나들 듯 환했을 것이고 누가 등단했다는 것은 금시 전국으로 확산될 수 있는 소식이었을 것이다. 일치(日治) 소화 7년은 1932년이다. 박용철이 창간한 〈文藝月刊〉 1월호(4호로 종간)에는 재미있는 도표가 있다. 전국의 문인 숫자가 60명이었고 문예단체조사(조선가요협회, 조선프로예술동맹, 외국문학 연구회, 극예술연구회)

① 문인의 原籍別에는 경성(서울) 16인 경기 3인, 충북 4인, 충남 3인, 경북 2인, 경남 5인, 전북 4인, 전남 3인, 강원 3인, 황해 3인, 평남 3인, 평북 2인, 함북 4인.

② 문인의 중학별. 中央 2인, 배재 5인, 一高 4인, 휘문 6인, 오산 2인, 대구 2인, 보성 3인, 중동 2인, (日本)明治 3인, 靑山 4인, 大成 2인, 京都 1인. 기타 미상.(〈문예월간〉1월호. 제1부록 '文藝家名錄' P.97)

1940년 1월호 〈문장〉엔 문장사 편집부 편찬으로 「조선문예가 총람」에 문인의 숫자 129명이 문인주소록이 등재되었고, 삼촌 김상용의 주소는 京城府 杏村町 210의 2. 연천에서 출생. 立敎大學 英文學科 卒. 현 이화여자 전문학교 學監. 저서에 시집 「希望」으로 기재되었음은 이대와 근거리에 살았고, 곽하신은 성북동에 기거했음을 유추할 수 있다. 1932년 문인 숫자 60명에서 8년이 지난 1940년엔 129명으로 증가했음을 알 수 있다.

문인의 숫자가 작았던 시절에 삼촌과 조카의 사이—당시 김상용은 1939년 5월에 시집 「망향」(文章社발행)을 출간. 이화여전 교수로 재직할 무렵이었음을 감안하면 글을 쓰는 18세 아래의 조카에 대한 지극함이 있었을 것 같다. 이런저런 유추로 볼 때, 이태준(성북정 248. 거주했고 김상용보다 2살이 위다)이나 이무영과 김상용의 지시나 호의를 받고 소설에 대한 깊이를 훈습(薰習)했을 것을 감안해 보면 「마냥모」는 「안해」와는 다른 변화가 있어야만 했을 것이다.

심사위원 이태준이 추천작의 원고를 읽느라고 어지간히 고생한 느낌이 난다. 예의 줄거리는 아주 단순하고 또 질박하다. 대복이와 아내와 아버지의 관계이지만 주로 대복이가 아내에 대한 생각을 피력하는 일이 고작이고, 아버지는 아들의 게으름에 항상 고함을 지르거나 소리치는 일이 전부이다, 성격에 대한 치밀성이나 소설의 구조를 따진다면 실망할 것이 틀림없다. 그러나 나이 어린 사람의 글로써는 대단한 칭찬이 앞서야 할 것이다.

비를 마구 맞으면서도 대복이는 뛸 생각을 아니했다
…우자자꼬 이누무 비가 이리 퍼붓노
대복이는 욕만하고 고만이다. 어깨를 처억 느러뜨리고, 뒷짐을 잔뜩 웅켜지고 그리고 고개를 연성 끄덕이며 태평이다.

—「마냥모」서두

소설의 맨 앞부분이다. 소설의 도입부는 전체를 암시하는 역할을 한다. 흐리거나 비가 오면 그 소설의 전개는 우울하거나 비극적인 요소가 가미된다. 그러나 곽하신의 경우 이런 사실을 찾아내기란 심한 인내를 동원해야하고 평면적인 이야기로 시종 전개된다. 다만 앞의 「안해」와는 다른 느낌을 주는 것은 다소 성격적인 특성이 살아있다는 것 이외— 아내는 성질이 급하고 구박이라면 이를 받아들이는 대복은 태평이고 분이를 그리는 꿈을 꾸지만, 분이의 명료함은 드러나지 않는다. 다만 이 줄거리의 마지막은 스타카토로 끝나는 점이 인상적이라는 말을 더할 수 있을 것 같다.

「마냥모」의 주인공 대복이는 꽤 게으름뱅이다. 대복이를 읽으면서 나는, 이 추천작품 뭉텡이를 꺼내 놨단 도로 넣고 꺼내 놨단 도로 넣고 하던 내 모양을 군데군데 느끼었다. 이 作者의 말을 빌어하면 원고읽기란 참, 딱 질색이다. 석장씩 읽고 버린 것이 수두룩하다…. 약… 곽군은 신문에도 당선된 문단 이력을 가진 사람이다. 좀 더 확실한 步石을 밟고 올라서랴는 그 배포부터 믿음직하다. 마냥모 佳作이다.

— '심사의 말'

〈문장〉지의 소설의 심사위원은 李泰俊이다. 사고(社告)에 보면 3회 추천의 말이 나온다. 그러나 곽하신은 두번째 「沙工」을 끝으로 완결된다. 〈동아일보〉 문예부장으로 있던 이무영은 다음처럼 평하고 있다.

18세에 벌써 「실낙원」이 인간세계, 문학세계에 뚫고 들어간 곽형은 확실히 천재형이다. 천재다운 말이 싫다면 鬼才다. 인간으로나 문학으로나 파계(破戒)하지 않는 천재형을 나는 일찍이 본 일이 없다. 도향(稻香), 이상(李箱)은 천재형의 대표적인 문학가들이지만 곽형처럼 파계(破戒)할 줄 모르는 천재형은 아니었다. 인간 곽형에게 나는 도리어 파계를 바라고 싶은 심정이다.

윤병로 해설 〈신한국문학전집. 8.〉 (어문각) 〈이무영의 인상평〉 재인용

위의 글은 이무영이 곽하신에 대한 인상평을 옮겼다. 극찬이다. 천재이거나 귀재이거나 나이 어린 사람으로의 칭찬에는 과도한 무게가 실린 글이다. 파계를 바란다는 이무영의 말은 저돌성이 미흡한 상상력의 질서에 집착한 면을 꼬집는 말인 듯하다. 이런 그의 글은 이 무렵 요설체라는 평가를 얻게 되는 계기가 된다. 좋은 의미도 될 수 있지만 어찌 보면 너무 긴 호흡에 담기는 언어의 유희가 심하다는 뜻도 함축된 점을 발견할 수 있다.

현실 도피의 경향과 함께 그 작품들의 특색은 요설체이다. 그 요설 체만을 가지고 문단의 주목을 끌었다는데 이 작가의 기술이 높았다는 기술(記述)이 된다

윤병로의 곽하신 해설 〈신한국문학전집. 8.〉(어문각) 〈백철의 글〉 재인용. p537.

요설이란 사전적으로 '수다스러움, 말이 많은 것'을 뜻하는 바로는 간결하지 못한 문장으로의 경계 목록이 될 것이다. 사

실 곽하신의 초기 문체는 지리한 수다체라는 말이 더 합당할 것 같다. 이는 심사평을 쓴 이태준의 말이 가장 정확하기 때문이다. 두 번째 추천 작품은 1939년 12월호에 실린 「사공(沙工)」이다.

10년 타향살이에서 8년째 나룻배 사공인 홀아비 첨지는 배의 주인이 홍초시로 바뀌자 초조와 불안으로 전전긍긍한다. 새로운 배의 주인인 초시 친구 김영감에게 청을 넣을 양으로 기다리지만 쉽게 들어줄 요량이 아니다 결국 새 사공 황태식이 오는 날 첨지 사공을 압도하는 허우대에 기가 죽는다. 이는 현재와 미래의 충돌에서 현재는 미래에 길을 내주어야 한다는 암시가 작가의 의도이겠지만 구세대인 첨지는 이내 새로운 세대의 암시인 황가와의 직접대결을 피하고 황가가 잠이든 새벽 도끼와 까뀌를 양손에 들고 강가로 나가 배를 망가뜨리는 암시로 줄거리는 끝이 난다.

무너지는 것은 항상 저항이 있기 마련이다. 그러나 합리와 질서가 아니라 우회적인 방법이 동원되는 것은 거대한 세력에 대한 소극적인 저항이었으니 어찌 보면 우리 민족이 처한 1930년대의 日治에의 아픔이 약한 뱃사공 첨지로 투영되는 느낌도 지울 수없는 상징이 될 것 같다.

곽하신군의 「사공」은 그리 탐탁지는 않다. 곽군은 우선 그 변(辯)의 수다스러움에서 해방되어야 할 것이요, 그래야 플롯이 지금 어떤 형태로 발전한다는 것을 자신이 보고 만지고하면서 쓸 수 있을 것이다. 소설은 쓴다기보다 만드는 것. 변(辯)에 취해가지고는 만드는데 방심(放心) 하기 쉬운 것이다. 나룻배의 새 주인이 되었다는 홍(洪)생원이 이해할 수 없는 목우(木偶)가 되어버렸다. 홍생원이 첨지를 구태여 내어보내려는 하등의 이유가 드러나지 않는다. 실증(實證)정신 이것은 소설의 정신이다 이점에서 사건 실증 화에 몰두하는 탐정소설을 소설 초심자로서는 배울 필요가 있다고 생각한다.

—1939년 12월호 〈문장〉 '小說 選後'

이태준의 심사평은 소설 전체의 이야기를 함축하고 있으며 인과(因果)관계와 리얼리티가 부족하다는 말은 아주 정확한 지적이다. 다시 말해서 평면적인 이야기는 소설의 스토리— 구성으로의 인과관계가 없다는 치명적인 지적이다. '그 변의 수다스럼에서 해방되어야'를 넘어서지 못하면 소설가의 운명은 예상이 보일 수밖에 없기 때문이다. 그러나 나이 어린 작가임을 대입하면 충분히 예상된 일이다. 1939년 4월 임시 증간호엔 이광수, 이효석을 비롯한 32인의 소설 작품이 실린다. 여기에 「나그네」가 실리고 1941년 문장 2주년 기념으로 김동인, 채만식 등 34인의 작품이 실리는 지면(紙面)에 곽하신은 「신작로」를 발표한다. 주간 이태준이 소설에 대한 집착이 보이는 원고청탁이다. 원래 40인에게 청탁서를 보냈고 7집 증간호보다 많은 소설을 싣고자 하는 편집후기가 인상적이다. 1939년 4월 임시증간호의 소설 숫자가 32인이었기에 그 숫자를 넘고 싶은 욕심 같다.

「나그네」는 진사의 막내아들 성수로 30여 년 동안 고향에 순히를 사랑했으나 상놈의 딸이라는 이유 때문에 사랑을 이룩하지 못한 아픔, 성매 여인 또한 성수를 기다리는 여인이었다. 지붕을 잇는 일꾼부터 석탄부 혹은 머슴살이 떠돌이로 마침내 불구노인의 집에 머슴으로 들어간다. 그 집의 딸 옥이는 성수를 사랑하고 아버지는 그와 결혼을 생각하지만 성수는 다시 순히를 그리워하는 마음을 간직한 채 다시 나그네의 길로 들어가는 내용이다. 어쩌면 인간은 영원한 삐에로이거나 나그네의 운명으로 살아가는 존재일지 모른다. 셰익스피어의 말처럼 연극의 무대에서 띠뚝거리다 사라지는 존재의 한계가 절감되는— 유랑이 삶의 길이다를 대입하면 어떻게 와 어찌는 자기의식의 선택적인 삶을 개척하는 암시일지도 모른다. 철학의 본질은 어떻게 사는가에서부터 문제를 풀어나가는 일이기 때문이다.

「신작로」를 대표작으로 친다. 1955년 작품집 「신작로」를 표제로 사용한 것으로 치면 작가 또한 그런 생각에 일치하는 것으로 생각한 것이다.

老子의 철학엔 道가 무려 76회나 등장한다. 노자. 장자를 도가라 칭하는 것도 道를 만물의 근원쯤으로 생각한 발상으로 시작된다. 논리적으로 모든 것에 선행하는 의미를 가질 때 道는 만물의 어머니라는 사상을 형성한다. 팔도니 소로(小路)니 대로(大路)니 등의 길은 곧 인간의 생명이 존재하는 한 유형무형의 길을 통해서 존재를 펼쳐나간다. 골목길에서 신작로로 통하는 것은 새로운 문화와의 접촉을 암시하고 이로부터 대양 즉 세계로 이어지는 상징일 때, 골목길에서 정이와 상관을 갖는 돌쇠의 이야기는 결국 큰 것을 위해 작은 골목길의 이야기에는 사랑 같은 감정이 흐른다. 인간은 가정이라는 울타리에서 서로의 정을 교환하고 대문을 통해 골목의 이웃과 상통하는 교감이 형성되면서 서로가 정을 이어주는 문화매개의 길이 대문을 나서면 골목길에서부터 시작된다. 가령 도를 만물의 근원이라 생각하는 사상은 흐름이 있기 때문이다. 막혔다면 이는 길의 의미가 성립되지 않는 이유가 있다. 다시 말해서 골목은 체온의 이동이 정으로 흐름을 가질 때 더 큰 신작로— 서울로 이어진다. 서울은 곧 동경과 꿈 그리고 화려로 점철된 상상의 공간일지라도 골목의 추억을 묻어두고 떠나가는 정이를 향하여 그리움의 마음이 급박하게 흐른다. 함께 학교 다니던 길도 곧 골목을 통해서 신작로로 나왔고 다시 정이네가 이사 가는 길도 신작로— 먼지 풀풀 날리는 도라꾸가 다니는 길은 먼 이상의 공간으로 이동하는 마음이 흐르는 길이 된다. 물론 큰 오빠의 아들 명식을 업고 돌쇠와 눈짓을 받는 정감의 길도 골목이고 이 골목을 소를 끌고 일부러 천천이 지나는 돌쇠의 발걸음도 모두 좁은 골목에서 시작된다. 17세의 정이와의 눈짓이 끌리는 것과 동시에 정이와 돌쇠가 튕기는 대치의 관계가 큰 길의 열림과 동시에 급박한 마음이 조급증으로 급기야 문산가는 기차표를 사는 행위는 마지막의 여운은 앞서 다섯 편의 이야기의 균형을 바로잡는—「신작로」의 상징은 긴박과 말솜씨의 길이 열리기 시작한다는 점에서 곽하신 소설의 균형추가 어느 정도 안정감을 갖는 의미로의 소설이다. 다시 말해서「실락원」이후 3년이 지나서 비로소 소설가로서의 안정기에 접어들게 된다는 뜻이다. 곽하신의 나이 21세를 대입하면 커다란 의미를 줄 수 있는 뜻이다. 우선 재치가 있다. 정이가 떠나가자 이삿짐 나르는 수고비 오원을 받고 급기야 "나두 문산표 하나 주세유."는 지금까지의 평면적인 진행이 전환을 가져오는 역할로 글이 마무리 된다. 돌쇠와 정이의 관계-궁극은 사랑의 이야기지만 곽하신의 사랑표현 방법은 안개에 가린 표현이 아쉽다.

"내 편지 해 주께!"
하는 소리 같기도 하고,
"내 편지 기두루께!"
가 아닌지 모르겠다.

안개에 가린 사랑의 감춤이 곽하신의 표현에 특징이다. 이는 농촌의 사랑법일 지 모른다. 도시의 감각적인 것 보다 은근함을 내세우는 역설적인 표현이 더 익숙한 느낌이 드는 이유는 곽하신의 정신 속에 담겨진 정서적인 함량일 것 같다. 이는 체온 공간의 골목길의 사랑이라 돌리면 골목길을 나와 신작로로 이동하는 넓고 큰 길은 솔직과 열린 공간으로의 사랑을 나타내는 상징의 의미가 될 것 같다.

4. 에필로그— 언덕을 넘지 못한 한계

초기의 곽하신의 소설에 주인공은 거의 낮은 신분이 줄거리의 주인공이나 농촌(바다) 공간이 주요 무대로 작용하는 것은 1930년대의 특징 중에 하나로 곽하신도 이런 흐름의 대열에서 공간과 시간이 엮어진다. 브나로드 운동이나 엄혹(嚴酷)한 일치(日治)의 압력을 피하는 일은 신분이 낮은 주인공들의 이야기에서 뚜렷한 메시지를 갖지 못한 안개기법이 고작인 느낌은 매우 아쉽다. 그러나 단순한 이야기를 이어 가는 수다는 오히려 특징으로 삼을만한 것도 사실이다. 천재의 특징은 반짝 빛을 내다가 이내 명멸하는 경우가 많다. 이야기 전개에 굴곡이 없는 구성의 문제와 리얼리티 그리고 수다적인 문장의 한계는 결국 지구력의 한계 때문에 빛을 이어가지 못하는 뜻에선 안타까운 일이다. 이런 예는 곽하신의 경우에도 적용이 된다. 왜냐하면 소설은 지구력과 체험이 결합하여 큰 소설의 스토리를 담을 수 있기 때문에 대체로 위대한 명작은 50대를 넘어 체험의 완숙(完熟)을 거친 후에 나오는 경우가 많았다. 이런 논리에서 나이 18세에 당선의 큰 이름을 얻은 것과 이후 시대적인 격랑도 있었지만 이를 극복하는 것도 소설을 쓸 수 있는 재료의 일환일 터인데 「신작로」이후 공백을 갖는 것은 작가자신의 성품으로 돌려야 할 당연한 귀결일 것 같다. 곽하신은 〈伊川文集〉에 삼불행이 적용된다.(人有三不幸 少年登高科 一不幸, 席父兄之勢 爲美官 二不幸, 有高才 能文章 三不幸也. 소년 등과 하는 것, 부모형제의 세도로써 좋은 벼슬하는 것, 문장을 잘 짓는 것) 피상적으로 생각하는 것과는 달리 행복하다고 생각하는 것—세 가지 불행이라는 말이 틀린 적용일까.

탁월한 문학성과 다양한 기법의 구사
— 곽하신의 소설세계 —

홍 성 암
(문학박사, 전 동덕여대 교수)

1. 문학적 생애와 작품

곽하신(郭夏信)은 1920년 경기도 연천 출생이다.[1] 대대로 행세하는 집안이어서 경제적으로 비교적 풍족했던 것으로 알려지고 있다. 향리에서 보통중학교를 졸업하고 서울에 중학교로 진학해서는 외가에서 다녔는데 외숙이 「남으로 창을 내겠소」 등의 시로 유명한 월파(月坡) 김상용(金尙鎔)이다.[2]

곽하신이 문학을 하게 된 동기는 외숙의 영향이 컸다고 보여진다. 그는 중학생시절부터 외숙의 서재에서 시를 비롯한 문학작품을 대하게 되고 외숙과 교유하는 문학인들을 사귀게 되었다. 그리하여 스스로 작품 습작의 기회를 갖기도 했는데 1936년경에는 외숙과 친분이 두터운 이선근 박사의 눈에 띄어 그의 주선으로 몇 분의 소설가를 소개 받고 지도를 받기도 하였던

---

1) 곽하신은 경기도 연천군 적성면 장좌리에서 출생했다.
2) 김상용 : 경기도 연천 출생(1902-1951). 시인, 영문학자. 이화여전 교수, 시집 『망향』(1939), 수필집 『무하선생 방랑기』(1950) 등이 있음.

것으로 알려지고 있다.

그는 1937년 동아일보 신춘문예에 단편소설 「실낙원(失樂園)」이 당선 되어서 문단에 데뷔하게 된다. 당시 동아일부 문예부장으로 소설가 이무영씨가 있어서 작품창작에 도움을 주기도 했다. 이어서 같은 해 당시 대표적인 문예지였던 《문장》에 투고하여 단편소설 「마냥모」가 당선되었다. 당시 《문장》지의 주간은 소설가 이태준이었는데 곽하신의 소설을 높이 평가했던 것으로 보인다. 그리하여 《문장》지에 「뱃사공」「신작로」「나그네」 등의 작품을 잇달아 발표함으로써 소설가로서의 입지를 굳히게 된다.

그러나 1939년 소위 대동아전쟁의 발발로 조선인들의 활동영역이 극도로 위축됨으로써 곽하신은 절필을 택하게 된다. 그는 각지로 유랑생활을 하면서 시대적 어려움을 극복한다. 1945년 해방과 더불어 곽하신은 잡지 경영에 의욕을 보여서 《여성문화(女性文化)》라는 잡지를 발간 주재하지만 겨우 2년도 버티지 못하고 폐간한다. 그는 소설가 최태응, 비평가 조연현 등과 두터운 친교를 맺지만 정작 작품 보다는 신문기자 생활에 몰두한다. 작가로서 침체기라고 할 수 있다. 이 때 발표된 작품이 「옛 성터」「연적(硯滴)」 등이다.

1950년 발발한 6·25의 비극적 전쟁은 모든 한국인들에게 치명적인 마음의 상처를 남기게 되는데 곽하신은 이때의 체험을 소설로 형상화한다. 즉 대구, 부산의 피란 생활과 환도까지에서 겪게 되는 체험을 다룬 작품이 5편에 이른다. 단편 「피난삽화」 등이 이때의 작품이다.

곽하신은 전후의 어려운 시기에도 태양신문에 중편 「달이 뜨는가」(1953), 잡지 《희망》에 장편 「여인의 노래」(1954), 대구매일신보에 장편 「장미처럼」(1955), 국도신문에 장편 「애연무한(哀戀無限)」(1956) 등의 연재 장편들을 잇달아 발표한다. 1958년에는 국제신보에 장편 「흐르는 연가」, 세계일보에 「무화과 그늘」을 동시에 연재하는 등으로 열정적인 창작활동을 하였다.

그러나 그의 작품 활동은 1961년 1월 《현대문학》에 발표한 「황야서설」을 끝으로 더 이상의 작품이 보이지 않는다. 곽하신은 1950년대 후반부터 까닭을 알지 못하는 두통과 신경통으로 매우 고통을 겪었던 것으로 알려지고 있는데, 그것이 작품 창작에 장애가 되었던 것인지 모른다. 아무튼 그렇게 왕성하게 창작에 몰두하던 그가 60년대 초부터 2008년 4월. 향년 88세로 타계하기까지 근 30여 년의 오랜 기간 절필했던 이유를 아직 확인하지 못하고 있다. 우리 문학계의 발전이란 측면에서 큰 아쉬움이 아닐 수 없다.

곽하신은 40여 편의 단편과 5~6편에 달하는 장편을 신문과 잡지 등에 발표했지만 그가 작품집으로 묶어낸 것은 1955년 《희망출판사》에서 발간한 단편집 「신작로」가 고작이다. 그나마도 오래 전에 절판되었는데 이번에 〈연천향토문학발굴위원회〉의 주관으로 「곽하신 단편소설선집」이 발간된 것은 매우 기쁜 일이다. 특히 근래에 인문학의 재조명이라는 시대적 과제를 감안할 때 이 작품집의 의미는 매우 크다.

이 작품집에는 모두 14편의 단편과 1편의 미완 장편이 수록되었다. 이들 소설의 면모를 살펴보면, 대체로 세 종류의 유형으로 나누어 볼 수가 있다. 즉 세태소설, 심리소설, 애정소설의 영역이 그것이다. 작가는 이들 영역에 따라 나름대로의 방법론을 적용하고 있는데 세태소설의 경우엔 리얼리즘적인 서술기법을 동원하고 있고 심리소설인 경우에는 인간내면의식의 흐름을 추적하고 있다. 그리고 애정소설의 경우는 감상적 접근을 통해서 다분히 낭만적 분위기를 형성한다. 이러한 특성들은 작가가 당대의 소설이 지니는 가치적인 측면에 상당히 해박한 식견을 가졌던 것으로 보인다. 곽하신 소설의 탁월한 문학성은 이런 그의 문학적 역량의 결과물이라고 할 수 있다. 보다 구체적으로 그의 작품적 특성을 검토하면 대체로 다음의 양상이 된다.

2. 세태소설, 리얼리즘적 접근

곽하신의 등단 소설인 「실낙원(失樂園)」은 동아일보 신춘문예 당선작이다. 이 작품은 당대의 시대 현실을 객관적으로 파악하려는 노력을 보인다. 이런 노력을 통하여 당대의 암울한 사회 현실을 고발하게 된다. 일제 강점기 조선인의 민중적 삶은 극도의 빈곤으로 생명을 부지하기 어려울 정도의 한계상황이었다. 이런 삶의 현장을 있는 그대로 보여주고 표현하려는 일연의 작품들을 문학사에서는 '세태소설'이란 이름으로 명명하기도 한다. 최학송의 「탈출기」 같은 작품들인데 이들 경향의 작품은 1920년대 푸로문학론의 지원을 받으며 매우 활발하게 창작되기도 했다. 세태소설의 가장 특징적인 양상은 그 기법에 있어서 리얼리즘적 접근이라고 할 수 있다. 당대의 시대와 사회상을 객관적으로 정확하게 드러내어 사회의 구조적 모순을 고발하는 적극적 참여의 태도를 잘 구현할 수 있기 때문이다.

「실낙원(失樂園)」의 서사구조를 보면 서술의 주체인 나는 일제 강점기 서울을 배경으로 하는 운동권의 참여인물이다. 그는 건강상 문제로 바다가 있는 시골 마을로 낙향하여 휴양생활을 하게 된다. 그는 평화로운 이런 시골이야 말로 낙원의 모습이라고 인식하고 이곳에서 평생을 보낼 것을 생각하기도 한다. 그런 어느 날 고기잡이 나갔던 어부가 풍랑에 난파당한 결과로 시체가 되어 해변에 밀려온 광경을 목도하게 된다. 평화로운 풍경 속에 이런 삶의 비극이 있었던 것이다.

그날 그 현장의 비참함 보다 더 큰 충격을 받게 되는 일이 생긴다. 시체는 이미 부패하여 역한 냄새를 풍기는데 그 뱃속에서 엄청나게 큰 낙지가 끌려 나오는 장면을 목도하게 된다. 그런데 화자를 더욱 놀라게 한 것은 가난한 한 여인이 마을 사람들이 돌아간 뒤 몰래 그 낙지를 훔쳐서 품속에 품고 가다가 화자의 눈에 발각된 것이다. 삶의 현장이 이처럼 처절하고 비통한데 이곳을 낭만적 낙원으로 생각하고 있었던 자신의 생각에 대한 통절한 반성을 하지 않을 수 없게 된다. 화자는 다시 도시로 돌아가 본래 자신의 일들을 감당해야 할 것을 느끼게 된다.

이 작품은 개인적인 감상이 사회적 차원의 현실로 승화되고 있는 양상이다. 그리고 서술기법에 있어서 사회적 현실을 객관화하기 위해서 치밀한 묘사 위주의 리얼리즘적 기법을 사용한다. 삶의 현장을, 또는 삶의 실체를, 사회적 현실을 있는 그대로 표현하고 동시에 사회의 구조적 모순을 고발하려는 의도가 내재하고 있음을 보게 된다. 이는 다음과 같은 서술을 통하여 작가의 의도에 기여한다.

"사람의 시체란 것은 들어맞았다. 옷을 입은 조선사람이라는 것까지도 바로 맞았다. 그러나 그밖에는 모두 상상한 바와 어그러져 있었다. 자는 사람과 같이 감겨 있으리라고 마음먹어졌던 눈은 알맹이조차도 죄 빠져 버리고 흰 모래가 하나 가득 들어박혀 있었다. 빡빡 깎았다, 혹은 하이칼라였다, 하는 머리의 분별이 서기는커녕 깨끗하게도 맨질맨질하게 밀려 있었다. 귀도 코도 입술도 보이지 아니하였다. 코와 귀의 자리에도 눈구멍과 마찬가지로 모래가 가득 차지하고 있다. 그리고 입술도 없이 앙상하게 다물려 있는 아래 위 이빨에는 조그마한 조개새끼가 자그마치 넷이나 붙어 있었다."

"주인을 잃은 성(城)은 커다란 뒤웅박같이 환하게 뚫려 있었다. 하얀 늑골(肋骨)이 뱃속을 통하여 보인다. 그리고 텅 빈 속에서는 썩는 냄새가 더욱 맹렬한 기세로 우리의 코를 문드러떼려 하는 것이다.

사실 참을 수 없는 냄새였다. 아까까지의 냄새는 사실 여기 비하면 향기에 가까웠다. 숨을 쉴 때 부득이 뒤로 돌아서서 코를 틀어막고 입으로 바람을 들이마시지 않을 수 없었으며 일분간의 호흡을 열 번쯤으로 주리고 견디어 나갈 수밖에 없었다."

이처럼 객관적이고 세밀한 서술을 통하여 작가는 독자가 사회의 현실을 직접 체험할 수 있도록 배려한다. 우리가 살고 있는 세상에 대해서 낭만적 환상을 버리게 하고 현실을 있는 그대로 파악함으로써 현실에 바탕을 둔 우리 삶의 진정한 태도와 가치관을 정립하려는 것이다. 이는 곧 일제 강점기에 피폐해진 우리 민족의 삶의 현장에 대한 고발이기도 하다. 즉 리얼리즘적 기법을 통하여 당대 사회상의 실상을 고발한 것이다.

「정거장광장」은 다리 밑 거지들의 생활을 통하여 당대의 사회적 모순을 조명한 작품이다. 삼보는 다리 밑 거지 생활이지만 아내가 있고 아이마저 있다. 그런데 이 아이가 패혈증을 앓게 되어 가까운 병원에 가서 치료를 부탁하게 된다. 의사는 이들이 돈이 없음을 간파하고 아이가 횟배를 앓고 있다며 거짓 진단하고 회충제 처방만으로 돌려보낸다. 아이의 병이 더 심해지자 동료인 털보영감의 주선으로 다른 병원의 의사에게 보이자 패혈증 진단을 하게 되고 치료시기가 늦었음으로 부득이 아이의 손목을 자르는 수술을 하게 된다. 그제야 전번 의사가 속인 것을 알게 되어 삼보는 털보영감의 지원을 받아서 병원으로 찾아가 1천 4백 원의 위자료를 청구한다. 병원 측이 거절하자 삼보의 이웃들도 몰려가 병원을 박살낸다. 그러자 병원 측의 요청으로 경찰이 출동하고 젊은 순사에 의해서 그들은 두들겨 맞고 감옥에 갇히게 된다.

"반시간도 못 된 후에 그들은 파출소에 가 있었다. 저고리를 훌렁 벗은 애송이 순사가 벼락같이 닦달을 하였다. 남의 집, 더구나 의사의 집에 가서 돈을 내라는 건 분명히 강도, 강도질을 하면 십년동안 징역을 간다고 얼러대는 것이었다."

"삼보를 둘러싸고 수군거리던 한 축이 담배를 부치고 제각기 일어섰다. 지게를 지고, 작대기를 들고 약간 그날 밤 꽤 깊은 삼판통 삼보의 어린애를 맨 처음 보던 병원 대문이 부서졌다. 유리창이 깨지고 진찰실이 떠내려 나가고 수술대, 약장, 약병, 의료구, 닥치는 대로 산산이 깨어지고 터지고 부서지고 하였다. 사람의 악쓰는 소리, 여자의 째지는 소리가 함부로 뒤섞여 나왔으나 물건 부서지는 소리는 날래 끄치지 아니하였다."

이런 표현은 당대의 사회적 모순을 객관적으로 파악하고 현실적 사회상을 있는 그대로 표현하려는 리얼리즘적인 서술방법에 속한다고 할 수 있다. 당대의 시대 현실을 있는 그대로 보여줌으로써 사회적 비리와 모순이 어디에 있고 거기에 민중적 대응이 어떠해야 하는 지를 실감 있게 보여주는 것이다. 당시 푸로문학을 비롯한 저항문학 작품에서 다루어지는 서술기법이기도 하다.

이런 리얼리즘의 연장에서 「골목길」 「황야서설」 「피난삽화」 등의 작품을 들 수 있다.

「골목길」은 전쟁의 참화가 민간 생활에 영향을 미치는 부산 피난시절 어느 창녀간의 의리를 다룬 작품이다. 부산 서면 골목길 집은 햇빛이 전혀 들지 않는 하꼬방집이다. 방 두 개에 따로 세 들어 성을 매개로 삶을 이어가는 두 여성의 관계 양상이다. 명이는 옆방의 언니가 출산을 앞두고 병들어 있는 모습에 매우 동정적이다. 언니는 아이를 낳고 건사할 돈도 없고 아이도 감당하기 어려워 늘 자살을 염두에 두고 있다. 그런 언니를 위로하며 명이는 어느 날 자신을 찾아 준 손님의 주머니에서 40만 원을 훔쳐서 언니의 출산비로 건네주고는 자취를 감추어 버린다. 극단적인 삶의 한계에서도 우정을 보여주는 강한 휴머니즘이 함께 작용하는 작품이라고 하겠다.

「황야서설」은 윤서라는 시골 청년이 주역이다. 그는 서울살이를 청산하고 부모가 살고 있는 시골로 내려와 양어장을 경영한다. 그리고 후원자인 최 노인의 후원과 그 딸인 경애의 격려를 받으며 열심히 일해서 잉어 양식장의 치어가 점차 커지면서 몇 년 동안 노력이 보람으로 결실을 맺을 단계가 된다. 그러나 이웃 마을의 세력가인 민재에 의해 사사건건 방해를 받는다. 그는 경애에게 청혼을 거절당한 분풀이도 있어서 윤서의 양어장에 몰래 들어가 그물질로 고기를 훔치기도 하고 게항뿌리의 독으로 물고기를 집단 폐사시키기도 한다. 그래도 안 되자 마지막엔 오랜 가뭄을 빙자하여 양어장으로 흐르는 개천의 물줄기를 아예 차단시킨다. 민재는 폐기된 저수지를 새로 개간한다며 관청의 도움까지 받아서 부르도자로 강줄기를 끊으려 든다. 윤서는 그 부르도자 앞에 드러누워 버린다.

「피난삽화」는 6·25 전쟁 때 소위 1·4 후퇴로 일컬어지는 2차 피난 때의 사건을 다루고 있다. 아내가 출산한지 보름밖에 되지 않고 거기에다 산후하혈로 건강이 심각하여 피난을 갈 입장이 아니다. 그래서 남편에게 네 아이를 데리고 피난 갈 것을 종용하지만 남편은 아내를 두고 그냥 떠날 수 없다. 이에 아내는 남편이 잠든 사이에 부엌으로 가서 갓난아이를 목 졸라 죽이고 자신도 목을 매어 자살한다. 남편은 두 아이를 업고 두 아이를 걸리고 피난을 가면서 아이들이 칭얼댈 때마다 아이들을 달랜다. "우지 마. 저 앞에 가면 엄마가 있어." 처절한 전쟁의 후유증을 리얼리즘적인 기법으로 서술한 것이다.

「가학생(假學生)」은 위의 경우와는 조금 다른 상황이다. A여대에 다니다 경제적인 어려움 때문에 학교를 그만둔 그러니 가짜 학생이다. 그러나 생활을 위해서 가정교사를 하고 있는데 부산 K대에 다니는 친척이 올라와 주인공의 뒤를 조사해서 가짜임이 들통 난다. 그녀에게 공부를 배우고 있는 영이는 이미 1년 전에 자신의 가정교사가 가짜임을 알았지만 공부 배우는데 지장이 없다고 생각한 것을 친척 오빠가 올라와 그 자리를 차지할 욕심에 그런 사실을 밝혀 낸 사실에 분개한다. 그러나 서술자는 이미 그런 사실을 알고도 내색하지 않은 훌륭한 제자를 더 이상 자신이 가르칠 수 없다는 냉정한 판단으로 가정교사를 그만 둔다는 에피소드성 작품이다.

이들 작품들은 당대의 시대상이 잘 드러나 있다. 「골목길」은 전쟁의 참화 속에서 삶을 이어가야하는 여성의 비참한 삶의 현실과 그 와중에서도 서로를 돕는 인간애가 두드러진 작품이다. 「황야서설」의 경우 양어장을 중심으로 가진 자의 횡포가 자세히 서술되고 있다. 이는 당대만이 아니라 자본주의적 인식이 극심한 현재에도 흔히 일어나는 일들이기도 하다. 소위 '갑질'이란 말로 표현되는 오늘날의 현실의 한 단면이기도 하다. 「피난삽화」의 경우도 절망적인 현실의 단면을 드러내고 있다. 특히 전쟁이라는 극도의 절망적 상황에서 택하는 자살의 문제는 역설적으로 인간이고자 하는 저항의 표현이기도 하다. 전후의 실존주의 의식과도 연관된 서술로 여겨진다. 「가학생」의 경우도 에피소드적 성격이긴 하지만 당대의 세태를 나타내려는 점에서 세태소설로 보게 된다. 이들 소설은 그 유형적 특성에 적합할 수 있도록 상황을 객관적으로 세밀하게 묘사 또는 서술한다는 점에서 리얼리즘적 기법이 동원된 것으로 파악된다.

3. 심리소설, 내면의식의 묘사

인간 내면의식을 심층적으로 서술한 심리주의적 소설로는 「마냥모」 「아내」 「신작로」 등을 들 수 있다. 이들 작품은 화자의 내면심리를 집중적으로 다룬다. 소위 심리주의 소설로서의 기법인 내면의식의 흐름을 심층적으로 추적하는 방법이다. 이런 심리주의 소설은 1910년대 서구에서 제임스 조이스 등이 시도한 새로운 소설의 기법이다. 이른바 '의식의 흐름 소설'이라고 알려진 서술기법이다. 우리나라에서는 1930년대 이상, 최명익 등이 시도한 바가 있다. 곽하신은 이런 심리주의적 방법으로 새로운 경향의 작품을 시도하였던 것이다.

「마냥모」는 이태준의 의해 잡지 《문장》지에 추천된 작품이다. 주인공으로 설정된 대복은 먹는 것만을 탐하는 바보다. 매양 아내와 아버지가 거들어 주는 입장인데 이날은 특별히 모내기를 하게 되어서 마을 일꾼들을 모아 아침 일찍부터 모를 내게 되어 대복에게 아침밥을 날라주도록 시켰다. 날씨는 덥고 짐은 무거운데 대복은 등짐에서 나오는 밥 냄새, 국 냄새를 이기지 못해 중도에서 지게를 내려놓고, 지고 가던 모내기 일꾼들을 위한 아침밥을 양껏 먹어치우고 식곤증으로 잠이 들어 버린다. 아침 일찍부터 모판에 나와 일을 하고 있던 일꾼들이 아무리 기다려도 아침밥이 오지 않자 아버지가 서둘러 돌아오다 배를 드러내고 잠든 아들을 발견한다. 이 작품은 서술자의 바보다운 내면 의식을 매우 정밀하게 표현한다. 그리고 만연체 문장으로 느릿느릿 묘사 위주로 서술하는데 당대의 뛰어난 수작으로 이태준은 평가하고 있다.

"지게로 간건, 그러나 뭐 밥을 꼭 먹으려고 한게 아니다. 그러나 물을 먹으려고 물병을 꺼내려 하자, 타악 풍기는 기름 냄새, 밤 냄새, 닭알 냄새, 막 어울려 나는데는 그는 멋도 모른다. 뱃속에서 창자가 한 번 꾸루룩대는 대로 그는 그저 한 움큼, 덥썩 밥을 움켜다 입에다 넣은 다음에 본다. 또 한 번 집어넣는다. 그저 입에 움켜 넣는 밖엔 아무 생각도 볼 것도 없다. 만일 무슨 생각이든 있다면, 자기를 나중으로 떼어돌리고 지금쯤 누른밥을 뜯어 쳐먹고 있을 안해년의 뒤틀린 심사다. 게다가 일꾼놈들을 위해 서방을 굶기다니, 이년은 다른 놈들이 죄다 즈 아범이란 말인지 모르겠다. 그러니 그년의 넉살머리가 아니꼬와, 심사가 나서라도 그대로 저 무거운 짐을 지고, 꺼벅거릴 까닭이 없다."

이 작품은 이런 식의 내적 독백으로 이어진다. 심리소설의 일반적인 경향이 내적 독백이다. 그런 내면의 생각을 떠오르는 그대로 서술함으로써 리얼리티를 확보하는 것이다. 심리주의 소설은 당시 우리나라에서 가장 새로운 소설기법으로 인식되어 있었다. 우리나라 최초의 심리소설로 알려진 이상의 「날개」가 발표된 것이 1936년 잡지 《조광》이다. 곽하신의 「마냥모」가 잡지 《문장》에 게재된 것이 1937년이니, 곽하신은 이상과 거의 동시기에 심리주의 소설을 시도하였다고 보게 된다. 그리고 서술기법이란 측면에서 보면 이상의 소설보다 훨씬 안정된 느낌을 주고 있는데 곽하신의 작가적 역량을 짐작할 수 있는 부분이기도 하다.

소설 「안해」의 경우도 이런 경향이 잘 나타나고 있다. 작품에서 화자인 먹보는 안해가 영 마땅치 않다. 그러던 차에 아내에게 야학을 권장한다. 월사금 사십 전이 아깝지만 안해를 위해서다. 안해는 야학을 나가면서 점차로 변해간다. 처음에는 세비단치마를 사 달라고 하고 점차로 구리무와 분갑을 사용하는가 하면 귀가 시간이 늦어진다. 아내의 뒤를 밀행하다가 골목길에서 두 남녀가 키스하는 장면을 목격하게 된다. 그는 사내에게 달려들었다가 오히려 심하게 구타당하고 몸져눕게 된다. 이혼 결심을 하지만 그러나 엄두가 나지 않는다.

"아무리 무식하다기로니 그래도 나이가 거진 삼십은 바라보게 되었으면 원 잘은 못한다 치더래도 그저 무식한 정도로서 웬만한 예사 범절에 대한 상식쯤이야 배우지 못했기로 남이라다 알라구, 자기도 사람이면 무슨 생각이 잇겠지 하다못해 이웃 어린애에게 물어서라도 남만치야 더구나 내게 물으면 아니 내가 하라는 대로만 하면 도리혀 남에게 칭찬을 받게 될 것이 것만두 도대체 이건 꿔다 논 보리자룬지 주먹맞인 감무쪼각인지 도무지 하루 종일 아니 밤까지 겸해서 그 허구헌 동안을 한번도 빠진 날이 없이 그저 바윗장처럼 뒤틀구만 있으니…."

이런 식의 독백체의 서술이 3페이지에 걸쳐서 계속된다. 마침표 없이 200자 원고용지 20매 정도의 분량이 한 문장으로 계속되는 이런 양식의 서술은 매우 의도적인 것이다. 즉 인간 내면의 의식은 분절되는 것이 아니라, 강물이 흐르듯 계속 이어지는 속성이라는 것에서 기인하는 것이다. 인간 내면의 심층의식을 서술하는 가장 적절한 기법인 이런 내면의식의 서술을 통해서 작가는 의도한 효과를 기대하고 있다. 즉 심리주의 소설은 고도의 지적인 지식인의 내적 독백이나 백치상태의 인물을 통한 내면탐색에 매우 유익한 경우가 많다.

곽하신은 이 작품에서 단절 없이 계속되는 의식의 흐름을 추적해 보이고 있다. 이런 심리주의적 표현기법은 이상의 경우보다 훨씬 정제된 것이어서 곽하신의 작가적 역량을 돋보이게 하고 있다. 앞의 작품과는 조금 다른 방법의 심리주의적 경향으로 「신작로」를 들 수 있다. 이 작품은 화자인 돌쇠가 이웃 처녀 정이에 대한 사랑을 간접화법으로 드러내고 있다. 돌쇠는 정이가 갑자기 이사를 가게 되어 그 이삿짐 나르는 일을 자청한다. 이삿짐을 다 나르고 오빠에게서 수고조로 5원을 받게 된다. 돌쇠는 정이 일행이 버스로 떠나는 순간 자신도 몰래 차표를 끊고 정이 일행이 탄 버스에 무작정 오른다.

이 작품은 내면 독백의 방법이라기보다 내면의식이 행동으로 표출되는 양상을 매우 투박한 방법으로 드러내고 있다. 화자가 자신의 내면 심리를 스스로도 알 수 없는 상태에서 행동하는 양상이라고 할 수 있다. 김유정의 「봄 봄」이나 「동백꽃」 등에서 보여지는 양상이다. 곽하신은 젊은 청춘인 화자의 내면심리가 행동으로 드러나는 변화과정을 간결하면서도 정연하게 펼쳐가고 있다.

4. 애정소설, 감상적, 낭만적인 접근

소설의 초창기적 양상이 애정소설이라고 할 수 있다. 근대소설의 전신인 '로망스'의 경우 '남녀간의 사랑 이야기'로 정의된다. 우리의 경우 고전소설인 「춘향전」이나 최초의 근대소설 「무정」도 애정소설의 범주다. 그리고 대부분의 근대소설이 이런 애정소설의 유형으로 창작되었다. 특히 초창기 젊은 작가들의 경우 자신의 사랑 체험을 소설로 쓰는 경우가 많았고 이 때의 좌절 즉 사랑의 파탄이 감상적, 또는 낭만적 경향으로 드러나기도 했다.

곽하신의 「나그네」 「옛성터」 「행로」 「여비」 「하나의 도정」 같은 작품들은 애정소설의 범주로 파악된다. 「나그네」의 화자인 성수는 송진사의 막내다. 아버지의 반대로 이웃 처녀인 순이와 사랑의 행각이 파행되자 순이는 자살하고 그 죄책감으로 나그네로 떠돈다. 어느 노인네의 머슴으로 들어가 생활하던 중 그 딸 옥이와 혼인 말이 있게 되자 성수는 그 집을 떠나 새로운 나그네가 된다. 순이에 대한 죄책감으로 영원한 나그네로 자처하는 것이다.

「옛 성터」에서 주인공은 명선과 사랑하는 사이다. 홀어머니의 외딸인 명선을 찾아 홍제동 언덕길을 오른다. 그러던 어느 날 명선의 고백을 듣는다. 집안이 몰락하게 되어 돈만 아는 어머니에 의해 강제 약혼이 이루어졌다는 사실이다. 돈을 감당할 입장이 아닌 주인공은 그런 사실을 그저 받아들일 수밖에 없다. 매우 감상적인 작품이다.

「행로」는 '남량단편'으로 표제 되어 있다. 가벼운 읽을거리라는 뜻일 게다. 즉 남녀의 삼각관계를 다루면서 그 매개로 금전 문제가 개입된다. 호식은 K여대 2학년생인 영희와 사랑하는 사이다. 그래서 영희의 학비와 그 동생과 생활하는 생활비도 감당해 왔다. 그러던 중 부산의 아버지로 부터 집안이 파산 당했다는 소식을 접한다. 호식은 급히 부산으로 가면서 친구인 홍수에게 영희를 부탁한다. 영희에게도 홍수의 도움을 받도록 조언한다. 당연한 결과로 영희는 홍수에게 기울어지고 결혼의 단계로 발전한다. 후에 호식이 학비를 구해서 돌아오지만 이미 늦은 뒤다.

「하나의 도정」은 초등학교 교사로 출발하는 연옥의 이야기다. 남편이 학무과에 부탁하여 발령이 나게 된 학교에 하필이면 자신을 연모하다가 그녀가 결혼을 하는 바람에 자살을 시도한 적이 있는 연인이 근무하는 학교다. 근무하는 동안 남편의 의심에 시달린다. 그런 연옥을 위해서 남자는 거짓 약혼 소문을 퍼뜨리기도 하고 다른 학교로 전근 간다는 소문도 퍼뜨린다. 그러나 의처증인 남편의 추적에 의해 모두가 허위라는 것이 드러난다. 이에 연옥은 더 이상 남편에게 시달릴 이유가 없다고 결심하고 시골학교로의 전근을 결심한다. 그리고 남편에게 이혼의 편지를 보낸다.

앞의 작품들은 모두 사랑의 파탄을 다루고 있다. 애정소설의 경우 흔히 사랑의 파탄이나 또는 사랑의 성공의 두 양상으로 나타나는데 사랑의 파탄은 이별로 드러나고 사랑의 성공은 결혼의 양상이 된다. 과거 로망스 계열의 소설들은 대체로 사랑의 성공 양식이다. 주인공이 온갖 시련 끝에 마침내 사랑의 결실을 맺는 해피엔딩의 양상이다. 그러나 근대의 애정소설은 대체로 사랑의 파탄, 즉 이별의 양상이 된다. 이상적인 사랑이란 결실이 어렵다는 현실성 때문이기도 하다. 그런 파탄으로 인한 애상의 정서 즉 감상성이 작품의 주류가 되는 경우가 많다.

여기서 소설 「여비」의 경우는 조금 다르다. 이 작품은 사랑의 성공 양상이기 때문이다. 서술자인 화자는 그렇게 갈망하던 미국의 유학이 결정된다. 그러나 쉽게 생각했던 여비 마련에 발목이 잡힌다. 생각다 못해 약혼자에게 유학 여비를 부탁한다. 약혼녀는 매우 머뭇거리다 마침내 유학 여비를 내 놓는다. 이미 일찍 마련했지만 유학중 과연 약혼을 유지할 수 있을 것인지 회의가 들어서 내놓지 않았다며 파혼을 선언하다. 서로 마음이나 편하자는 것이다. 이에 새로운 깨달음을 갖게 된 주인공은 여동생과 더불어 시골 부모님을 방문하는 것으로 해피엔딩의 양상이 된다.

이러 일련의 애정소설은 로망스로서의 소설 패턴이다. 즉 재미있는 연애소설의 개념에 가깝다. 젊은 청춘남녀의 애상과 낭만 또는 감상적인 정감의 표출이 주류가 된다. 소설을 여가의 유익한 활용으로 여기는 평범한 독자층에게는 매우 호응이 높다. 그래서 많은 독자층을 지니고 있는 분야가 애정소설이기도 하다. 그러나 지나친 감상성과 낭만성은 비현실적인 경우가 많아서 혹독한 현실상황에서 도피한다는 비판을 받기도 한다.

곽하신의 애정소설들은 시대의 상황을 객관적으로 조명하는 것이 대부분이어서 당대의 감상적이고 애상적인 애정소설과는 거리가 있다. 이는 합리적인 지식인으로서 작가의 건전한 가치관을 엿볼 수 있게 한다.

5. 신문 연재 장편소설: 애정의 삼각관계

곽하신은 단편소설에서 리얼리즘 기법이나 신심리주의 기법, 또는 정통적인 애정소설의 낭만성을 적절히 구사하고 있다. 그리고 상당한 양의 신문연재 장편소설을 쓰기도 했다. 앞에서 지적했지만 「여인의 노래」(《희망》 1954), 「장미처럼」(대구매일신보 1955), 「애연무한(哀戀無限)」(국도신문 1956), 「흐르는 연가」(국제신보 1958), 「무화과 그늘」(세계일보 1958) 등이 그것이다.

본 창작집에는 「황야에 홀로」(한국일보 55.10~56.3)의 전반부만이 상재되어 있어서 곽하신 장편의 전모를 살피는데는 한계가 있지만 나름대로의 특성을 일부 엿볼 수 있다.

우리나라 신문 연재 장편의 대부분이 그렇지만 이 작품도 전형적인 애정소설의 패턴이다. 그리고 이광수의 「무정」 등에서 익숙하게 보았던 애정의 삼각관계의 갈등이 잘 구현되고 있다. 작품의 발단을 보면 1·4 피난시절을 배경으로 하고 있다. 주인공인 숙희와 숙영 자매가 피난길에 오르면서 사건이 전개된다.

두 자매는 부산을 목표로 길을 떠난다. 부산에 숙희의 약혼자인 종성이가 회사를 따라 먼저 가 있기 때문이다. 두 자매는 외가가 있는 평택에서 경수라는 청년을 만난다. 경수의 주선으로 그들은 부산으로 온다. 경수가 신문 광고 등의 방법으로 수소문해서 숙희 자매는 종성과의 재회가 이루어진다. 그러나 피란의 필요상 남장을 하고 있던 숙희는 경식의 유인에 걸려 수면제를 탄 음식을 먹게 되고 그로 해서 처녀성을 잃고 만다.

이런 전반부의 사건을 통해서 갈등이 증폭되는 양상으로 사건이 전개되고 있다. 작품의 전모를 살필 수 없는 한계에도 불구하고 이 작품의 전개과정에서 일부 엿볼 수 있는 갈등의 고의성이나 사건의 우연성 등은 당대 신문연재소설에서 흔히 볼 수 있는 패턴으로 여겨진다. 즉 애정소설의 일반적인 양상으로서의 낭만적이고 감상적인 면모가 그것이다. 이는 대부분이 신문 독자들의 취향을 반영한 것으로서 가벼운 읽을거리의 양상이며 대중적인 재미에 기여하기 위한 것으로 파악할 수 있다. 그러면서도 작품의 배경이 되는 시대와 사회상의 선택이 매우 현실적이고 객관적이어서 지나친 감상성이나 허황된 공상에 빠져들지 않도록 장치함으로써 소설로서의 리얼리티를 확보하고 있다. 이러한 요소가 당대의 신문독자들에게 큰 호응을 받을 수 있었던 것으로 보인다.

곽하신의 소설에서 느껴지는 탁월한 문학성은 이 작가의 소설에 대한 해박한 식견과 능숙한 기법의 구사, 그리고 시대를 파악하는 안목 등의 우수함에서 비롯된다고 볼 수 있다. 곽하신은 1930년대 우리나라 근대소설의 초창기에 우수한 단편소설로 문단에 데뷔해서 해방과 6·25 전쟁의 체험을 통하여 정신적으로 더욱 성숙해졌고 신문연재 장편들을 통하여 많은 독자층을 확보함으로써 우리나라 대표적인 소설가로 성장하였다. 그럼에도 1960년대 초부터 절필함으로써 더 큰 업적을 남길 수 있는 기회를 놓쳐버린 것은 한국의 소설문단을 위해서 참으로 애석한 일이라고 하겠다.

문향으로 지우지 못한 분단선

— 곽하신의 심층분석 —

김 경 식

(시인, 한국문인협회 문학사료발굴위원)

1. 주술(呪術)에 걸린 실낙원

잊어버리고 싶어도 잊을 수 없는 곳이 있다면 유년이 살아 숨 쉬는 고향임을 부정할 수 없는 것이 인지상정이다. 그래서 고향의 똥개만 봐도 반갑다는 농담이 숨은 진실인 것이다.

곽하신(郭夏信: 1920(1917).5.20~2008. 4. 14)은 경기도 연천군 적성면 장좌리 122번지(장좌울: 지금은 임진강변 고랑포 적벽으로 민간인 통제지역으로 민간인은 살지 않고 군 초소만이 있다)에서 대대로 행세하는 부친 청주 곽씨 노순, 모친 김기환의 장녀 김언예 사이에서 출생, 상권 중심부의 가정에서 태어나 유년의 생활에는 어려운 일없이 성장한다.

농어촌과 상권으론 경기북부 최대의 물류 중심지인 장좌리는 임진강 여울목에 있던 '고랑포' 덕분에 상업이 활성화되었다. 고랑포(高浪渡, 皐浪渡)는 임진강을 사이에 두고 고랑포와 윗고랑포로 연결되었던 지역으로 임진강변의 여러 나루터 중에 가장 번성했던 곳이며, 이곳과 연결된 적성면 장좌리는 자연스럽게 물류의 중심지로 발달하였다.

화자는 연천에서 보통학교를 마치고, 1936년 중동중학교에 들어가게 되자 연천역에서 서쪽으로 20여리인 군남면 왕림리(강신봉 남쪽아래 죽대골, 죽대동) 삼거리 804번지에 있는 외할아버지의 집에서 학교를 다녔다. 외할아버지는 한약방을 하였는데 집에는 서재에 많은 책이 있어 자연스럽게 문학서적을 접했다고 한다. 1930년 외숙인 월파 김상용은 부인, 장남, 장녀와 직계 가족을 데리고 왕림리에서 고양군 숭인면(서울 성북동)으로 분가해 모교인 보성고보에 교편을 잡는다.

그해 11월 14일 동아일보에 서정시 〈무상(無常)〉 을 발표해 5년의 공백기를 벗어난다. 그는 1932년 이화여전에 부임해 영문학을 담당하며 경성부 행촌정(고양군 은평면 행촌동) 210-2호로 이사한 외숙인 월파 김상용(金尙鎔)집에서 중동중학교를 다니며, 최초의 여류작가인 이모 김오남(진명여고 교사)의 자취방을 오고가며 소설과 시와 여러 장르의 문예작품과 역사서적을 읽게 된 것이 자연스럽게 문학의 길로 들어서게 된 동기가 되었다고 필자에게 회고 한 바 있으며, 혼인해서 위 주소에서 6·25 동란전 까지 곽하신의 신접살이와 문학의 산실이 되었다.

그는 중학교(6년제)에 다니는 문학 소년으로 소설에 심취되어 습작을 하고 싶다는 강한 충동이 있어 부모와 주위의 반대에도 고집을 꺾이지 않고 소설의 습작에 몰두하니, 보다 못한 외숙이 친분이 두터운 이선근(李瑄根) 박사에게 습작 초고를 가져가서 한번 읽어줄 것을 부탁하니, 이 박사께서 엄모(嚴某)씨를 소개하여 그에게 소설작법에 관해 얼마간 개인지도를 받는다. 1937년 문학적 소질과 끓기가 있음을 감지한 월파가 김모씨를 추천하여 그에게서 소설론을 지도받았다.

1938년 1월 20일 일제는 모든 공문서에 한글 사용을 금지하고 철저하게 일어사용을 강요하는 한편, 신사참배를 강요하였지만 곽하신은 아랑곳 하지 않고 중학교 3년생인 18세로『동아일보』신춘문예 현상모집 소설부문에 응모했다. 그의 응모작〈失樂園〉은 응모된 2백 32편중 최종심의 9편중에 올랐다.

목숨을 바다에 저당 잡히고 떠도는 뱃사람과 어촌을 설정, 나라 잃음을 잃어버린 낙원을 비유한〈失樂園〉은 그가 임진강 고랑포에서 보고들은 사건을 감수성과 독보적 문학관을 가지고, 목숨을 바다에 저당 잡히고 떠도는 뱃사람과 어촌을 설정, 나라 잃음을 잃어버린 낙원에 비유한 작품으로 최종심의에서 당선되었고, 그는 천재란 소리를 들으며 문단에 등장했다. 그는 현재까지 국내 일간지 신춘문예 최연소 당선자로 그 기록을 보유하게 된다. 그 후 신춘문예 심사위원장이며 문예부장이던 소설가 이무영선생에게 전문적인 소설문학을 지도받게 되며 소설가의 길로 들어섰다. 그런 인연으로 곽하신은 스승으로부터 첫 작품(17편 단편)집 권두언을 받게 되며 평생 동안을 교류했다.

—소설〈失樂園〉원문은 선집에서 읽기로 하고—이무영 선생의 심사소감(審査所感)의 평으로 들어가 보자.

"금년에 응모한 작품은 2백 32편이었다. 이것은 예년에 비하건대 양으로도 늘었지만 질로는 더욱 뛰어났다. 최후 선(選)에 남은 작품이 9편인데 이 9편이 모두 발표되어도 무방한 작품들이었다. 무엇보다도 선자를 기쁘게 한 것은 많은 구사(驅使)에 있어 조금도 현역 작가들에 손색이 없다는 사실이었다. 문장도 세련되어 있었다. 그리고 지금까지 우리 문학도들은 무엇보다 우리말의 소멸을 두려워했었다. 우리말이 없어진다는 것은 우리의 문학이 없어진다는 말이기 때문이다. 그래서 일부에서는 비관론까지 나왔고 한편으로는 우리의 말을 버리는 작품까지 나왔던 것이다. 이번에 응모한 작품을 읽고는 비관할 일이 아니라는 새로운 용기를 얻은 것이다.

당선작을 고르는 데는 여간 주저되지 않았다. 일반적으로 보아 신인의 수준이 높아진 반면에 뛰어난 작품은 없었다. 이것이 오히려 기쁜 현상이다. 우리는 뛰어난 한 사람의 천재를 구하기보다는 앞으로 기르면 얼마든지 뻗을 수 있는 소질 있는 작가를 구해야 하는 것이다. 〈失樂園〉의 작자는 금년 18세의 소년이다. 18세의 소년으로 인생을, 현실을, 이만한 각도로 보았다는 것만으로도 이 작자에게는 경의를 표한다. 작품으로 보아 약간의 결함이 있음에도 불구하고 〈失樂園〉을 택한 이유도 실로 여기에 있었던 것이다."

이어서 곽하신의 당선소감은 보면,

"제 작품이 당선이 되었다는 것은 우연이라고 밖에 생각할 수 없습니다. 입선은 꿈에도 바랐던 일이 아닌 것입니다. 그러나 부족한 작품이나마 당선이 되었다는 것은 제게는 더 없이 기쁜 일이 아닐 수 없습니다. 다만 이번의 기회가 무거운 짐을 지워 주었고 이 무거운 짐을 아직도 나이 어린 제가 어떻게 지고 걸어갈 수 있을까를 생각하면 가슴이 울렁거림을 금할 수 없습니다. 높고 먼 고개를 두려운 희망 속에서 아득히 바라봅니다. 여러 선배님들의 지도를 받아 연약한 발길을 어른의 걸음으로 기르려고 생각하고 있습니다. 고개 위에서 손짓과 꾸짖음을 아끼지 말아 주시기를 간곡히 바랍니다.”

그 해 4월 동아일보에 〈안해〉를 발표하고 소설가로 전념을 다 할 것을 다짐을 하나 1939년 11월 10일 조선 총독부는 한민족 말살정책의 일환으로 조선민사령(朝鮮民事令)을 개정하고, 조선인 성씨(姓氏)를 일본식으로 강제로 고치게 하는 창씨개명을 강요당하나 대학입학 전 곽하신은 『문장』 6집에 단편 소설 〈마냥모〉(117-134)를 7월에 추천 받고, 주간이던 이태준(외가와 인접인 용담리)의 지도를 받았으며, 10월 1일 국민징용을 실시하고 29일 친일 문학단체인 ‘조선문인협회가’가 결성한다.

화자는 전국을 떠돌다가 고향에 돌아와 은거하며 『문장』 10호에 단편 〈사공〉(89~106) 1939년, 12월 〈나그네〉(임시 증간호), 1940년 1월 1일 조선문예가총람에 129명(북간도, 만주, 일본 14명)의 한 사람으로 수록된다. 주소는 경성부 행촌정(고양군 은평면 행촌동) 210-2호, 외숙인 김상용 시인 주소와 동일하게 등재되어 있고, 이모 김오남은 진명여고 교사로 부임되어 학교로 문인주소가 등재되어 있다.

중경의 임정에서 광복군이 조직되고 광복군 총사령부가 발행한 『광복(光復)』지 창간호가 발행되고, 애향심을 바탕으로 농촌 청소년들의 세계를 그린 〈신작로〉(1941)등으로 추천완료 되어 선학의 문인들과 어깨를 나란히 하며 작품에 전념하였다.

『문장』은 이전에 발행된 여러 문학잡지에서는 볼 수 없는, 신인(新人) 등용을 위한 본격적인 추천 제도를 마련했다. 창간호와 제2호에서 ‘추천작품 모집’ 광고를 내어 1939년 4월에 나온 제3호부터 시, 시조, 소설 등 세 장르에, 종간될 때까지 발굴된 문인은 〈소설〉 1회 최태응(崔泰應), 2회 정진업(鄭鎭業), 3회 한병각(韓炳珏), 4회 곽하신(郭夏信)·임옥인(林玉仁)· 선진수(宣鎭秀)·유운향(柳雲鄕)·지하련(池河連(蓮)·허민(許民)·임서하(任西河) 등 10명. 〈시〉 1회 조지훈(趙芝薰), 2회 김종한(金鍾漢)·황민(黃民), 2회 이한직(李漢稷)·조정순(趙貞順)· 김수돈(金洙敦), 3회 박두진(朴斗鎭)·박목월(朴木月)·박남수(朴南秀)·신진순(申辰淳)·허민(許民)·박일윤(朴一潤)·최남령(崔嵐嶺)등 13명. 〈시조〉 1회 4호 조남령(曺南嶺 월북)·오신혜(吳信惠)·김상옥(金相沃)·장응두(張應斗)·이호우(李鎬雨(爾豪愚)·김영기(金永起) 등 6명. 〈희곡〉 송영(宋影) 등으로 3회 추천이 완료된 사람도 있고, 1회에 그친 사람도 있다. 이상의 배열은 추천 연대순이며, 이중 허민(許民)은 소설과 시에 각 1편씩이 추천되었다. 소설 심사는 이태준(李泰俊), 시는 정지용(鄭芝溶), 시조 이병기(李秉岐)선생이 선자가 되어 선후을 남긴다.

2. 문장의 미학을 되새기며

작가의 소설세계의 전후를 살피기 위해 집고 넘어가며 화자의 단편소설 여러 편을 탐독하면서 몇 번이나 읽고 또 읽으면서 문장의 초회 추천작 〈마냥모〉(고향의 모내기 법은 늦게 심어 빨리 수확하는 벼농사이며, 경상도 지방 모내기는 늦게 심어 빨리 수확한다)는 세 마지기(지역에 따라 2백, 3백 평) 논 5마지기면 5인 가족이 농사일만 열심히 하면 배는 골치 않는다고 했으나, 등장인물로 대복이, 아버지, 부인, 아저씨, 들분이, 문필네, 귀돌이 등 7명이나 3인이 논을 주체로 하며 환급성이 제일 빠른 쌀을 얻기 위해 모를 내는 시골의 한적한 풍경이나 하늘에 기대어 비의 강우량에 따라 벌어지는 논의 물대기로 이웃 간의 싸움은 온순한 인심과 내면의 갈등이 리얼리티 하다.

"날마다 자는 늦잠 탓으로 오늘 아침도 부인이 해가 똥구멍에 떠 있다며 아침에 쫓겨난 폭이 잘된다. 밥도 못 얻어먹은 대복이가 비를 맞고 있다. 대복이는 야속하지만 원두막에 가서 참외 먹는 것도 벌써 아깝다. 아내를 생각이 나고 옷 생각이 나자 참외를 따 주머니 속에 넣어서 집으로 돌아오는 길이다. 갑자기 비가 억수같이 쏟아지는데 그는 태평하기만 하다. 다른 사람들은 여기저기서 논의 물꼬가 터질까봐 물고를 보려 나온다. 한편에선 벌써들 나와 논빼미에서 왁짝 거리며 지랄들이다. 맹꽁이 소리가 언걸 차게 구성지기도 했다. 다들 비를 몽땅 다 맞으면서 달려가는데 그는 비가 오는 걸 크게 개의치 않는다. 그는 배가 고파오자 집으로 돌아온다. 하지만 비를 맞으며 돌아온 배고픈 그에게는 아내의 잔소리가 먼저 달려온다. 아내가 수제비(뚜덕이)를 냄비에다 끓이고 있다는 걸을 알게 된 그는 아내를 위해 딴 참외를 던져 놓는다. 아내에게 끌려서 들어온 방에는 물로 가득 차 있다."

—「마냥모에서」에서

30세에 노총각 신세를 면한 주인공의 애정으로 주는 참외는 퉁명스럽지만 정이 많고 억척스럽지 않은 소박한 농민의 감각이 짙게 배어있다. 아내에게 끌려서 들어온 방안에는 비가 새어서 물로 가득 차 있지만 먹어야 산다는 진리, 화자의 고향 38선 인접인 연천은 임진강을 끼고 돌아 흐르며 모를 늦게 심어 일찍 수확하는데 소설 〈마냥모〉의 배경인 경상도 지역은 늦게 심어 일찍 수확하는 지역적 특성에 비해 독특함들, 밭이 많고 지대가 높은 외가의 모내기는 밭에 모를 내는 지역적 특성을 지금은 거의가 볼 수 없는 것을 20세 전후 간파해낸 정서가 녹아있다.

이 작품에서 주인공 대복이는 천성적 게으름은 있지만, 내면에 숨 쉬고 있는 울분과 나라를 위해 무엇인가 해야 하는데, 그러지 못한 외세의 강점기에 무능하고 게으를 수밖에 없기에 이러한 낙천성으로 민초의 삶을 여유 있게 이해하려는 자기변명과 식자층을 질타하는 것이 아닌지, 청년의 관념으로 본 세상을 배우게 되는 것이지만 지나치면 나태의 부도덕성이 그 누구의 책임인지 드러날 수 있으니 아쉬움이 더 한다.

아버지와 아내로부터 늘 구박을 받는 것과 모내는 일꾼들에게 참을 가져다 줄 음식을 담은 함지박을 지게에 지고 가던 중 정자나무 그늘이 있자 쉬고 싶다는 느낌과 주인공도 허기가 지었는지 함지속의 음식을 맛보다 배불리 먹고 과식해 누워서 잠이 들었다가 아버지가 휘두르는 지게막대를 맞아 잠을 깬다는 내용이다. 3인칭의 관망자이면서도 대복이의 눈으로 바라보고 판단하게 하는 인위적 모순의 동반된 대화 체 뿐만 아니라 지신(地神)마저 소박한 농민의 색과 감각이 주인공 개인의 행동

심리는 어쩔 수 없는 처지에 빠져든 모습을 바라보면 경기북부 지방의 여자와 남, 여의 몫이 서로 바뀌어 고된 여자의 시집살이로 비유함과 지게다리로 때리는 아버지는 구박하는 시어머니로 고부간의 갈등으로 느껴져서 정겨워 보인다.

이태준(李泰俊 1904.11.~? 월북)에 의하여 문장에 초회추천을 받은 작품이다. 내용은 경상도 지방의 한 농촌을 배경으로 하고 있으며 설정된 인물 외 4명이다. 대복이는 한 번도 모내기를 하지 않았다. 주인공은 자기보다 힘센 아내와 아버지를 모시고 살고 있지만, 그는 혼인을 치르고 아버지로부터 상속받은 몫의 논을 서른이 넘도록 모를 내본 적이 없을 정도로 게으르다는 것은, 요쯤의 중산층이며, 식욕과 성욕을 채우는 일에만 매달릴 뿐 시키는 일 조차도 제대로 하는 법이 없는 평범한 일임에도 감탄하지 않을 수 없다. 이는 75년이 흐른 현재에도 자식을 과잉보호하며 호되게 나무라지 못하는 것은 농경사회에서 산업사회로 변한 것 외에는 생활능력과 직장이 없고 무능해진 캥거루족(결혼하고도 부모 밑에서 의지해 사는 젊은층)과 현재의 처가살이를 비유해도 손색이 없다. 〈마냥모〉는 농촌이 배경이어서 좋은 것만 하고 살지만, 내면에 고민과 갈등으로 무능하게 보이는 현대 젊은이들의 자화상과 다를 바 없다.

이태준 선생의 선후(選後)을 보면, "본선에 오른 4편의 소설 중 곽하신의 〈마냥모〉를 선정했다. 그 선후에 대복이가 흐뭇하다. 게으름 예찬(禮讚)만은 아니다. 끝에 가서는 상당히 날카로운 기공(技功)도 싹둑 잘 잘랐다. 다만 대복이가 정자나무 밑에서 잠드는 데가 자기변호가 없이 좀 더 천연스러웠으면 좋았겠다. 그리고 중간 중간 몇 줄씩 지루한데도 있기도 하지만, 너무 입심에 취해 버린 데가 많았다. 의식적이란 느낌은 바늘만치도 찔러선 안 된다. 좋은 작품은 그런 의식적 가시가 들어선 안 된다고 선후평을 했다."

고향의 서경과 맞물린 이야기를 찾으려고 몇 번이나 읽고 또 읽으면서 〈신작로〉에선 문상(문산)과 1번 국도가 등장하며, 〈황야서설〉에선 감박산(감악산)과 그 주변의 정경이 여러 번 등장한다. 〈실락원〉에선 포주박성(호로고루: '호로'는 고구려 말로'성'을 뜻하는 홀이 변형이다) 나오지만, 『문장』 3회 추천작인 〈사공(沙工)〉은 화자의 고향 집 앞이 임진강 진강나루터요, 고랑포(괘암, 유항리) 적벽이 배경이므로 연천향토문학발굴위원회 사료 발굴위원인 필자는 지역을 사랑하는 이와 독자들과 옛 서경을 음미하는 시간여행이 될 것이다. 첨지에게 배를 빌려 뱃사공으로 하루하루를 살아가는 주인공의 삶으로 농경사회에서 산업사회로 들어서는 징검다리를 건너가면서, 〈마냥모〉는 농촌이 배경에 저 혼자만 좋은 짓만 하고 살지만 내면에 고민과 갈등으로 무능하게 보여 지는 현대의 젊은 자화상의 거울을 보는 것이 아닌지.

- 중략 -

"배를 쥔이 팔았다. 으레 저는 머물러서 사공일수 있을 거라야 옳지만 새로 산 홍초시가 고집통 심술패기로 소문 높다. 될거나 안 될거나 꼭 제 맘 대로다. 인정 이러곤 당장 죽는대도 못 갖는다. 다른 놈을 사공으로 갈아들인다고 말해 놓고는 죽어도 고만이다. 무슨 까닭 같은 건 도무지 없는 채로 그냥 모조리 고집이다.

별수 없이 첨지는 쫓겨나가게 된다. 홍초시가 죽기 전엔 딴 도릴 애초에 찾지 마는 게 옳다. 오늘 온다나 낼 온다나가 보름째다. 오늘이거나 낼이거나 자기는 이 배를 졌지 말아야한다.

그러나 갈수가 없다. 누가 기다리고 있단대도 물리칠 판인데도 아무도 없는 홀아비는 죽어도 고향에서 죽어야 한다. 시방이 고향을 떠나는 날은 갈 데가 땅속이거나 물속이거나 하여만 될 것이다. 굶어도 걱정 없고 언제까지라도 여기만 있고 싶으다.

삶은 젓개 놓고 배와 강이 정들어있다. 정든 다음엔 죽어도 떠나기 싫다. 사람까지라도 다 친해 놓았고 보면 저는 여기서 한생전 뱃사공이라야만 쓴다."

위에 전개되는 소설 상황은 발표당시 국어보존과 재건은 문학인 사명이었기에 원문을 그대로 실은 것 한글 변천사와 연구 목적임을 밝혀둔다. 주인공의 지형적인 지각과 행동방식을 모색하는 과정에서 부적응과 고향을 등한시해서 빗어진 내면에 되풀이되는 갈등 속에 대립적 서술에 단순 무구한 의식에 인간상 의미구조 버드나무 늘어진 모래언덕의 고랑포(옛 문헌에는 高浪島로 기록) 나루(가운데 고랑포와 윗 고랑포(紫芝蒲) 사이에 있어 장좌리와 연결되던 곳). 전쟁 전에는 임진강에서 가장 번성했고 경기북부 특산물 집하장인 고향의 나루터를 이미지 심상, 또는 유년에 보고 들은 것을 소설화한 작품이다. 〈뱃사공〉인 첨지의 토속적 정서와 문화가 어우러진 곳, 고려 시인 익제 이제현이 머물러 살다가 풍광에 취해 '후 송도팔경' 중 장단 적벽을 더 하여 지었던 곳이다. 나루터에 나룻배를 세내고 빌려서 하루하루를 살아가는 주인공 첨지의 생계와 삶이 고스란히 담겨져 있는 일터인 강나루는 사공의 명줄이 달려있는데 하필이면 배 주인이 인정머리 한 쪽 없고 고집통인 홍초시에게 배를 팔았고 새 주인 놈은 뱃사공을 다른 놈에게 넘겨준다하니, 첨지는 아는 것이라고는 나룻배 노 젓는 것뿐이고 목구멍이 포도청이라 실직을 코앞에 둔 가장의 고민과 갈등으로 전개되어진다. 사공(沙工) 한자는 변화무상한 모래와 물을 다룰 줄 아는 달인으로 평생의 천직이다. 그 시절에는 면허나 자격증은 없지만, 노을 젓는 〈사공〉을 소설 제목에서 던지는 장인이라 함은 물길과 물살의 힘에 바람의 풍속을 읽을 줄 알며, 사람의 생명을 보호하며 자연과 하나 됨을 의미한다. 자타가 인정하는 홀아비 사공(沙工)은 기러기 아빠의 애절함이 표현하는 실재적(實在的) 심적 언어와 갈등이 시대를 넘어 느껴져 다가온다.

〈사공〉은 시대는 변했지만 외길로 가는 장인의 능력을 등외시 당하는 현실에 가족과 구조조정의 공포와 산업사회에 홀로서기를 버거워하며 갑의 횡포에 시달리며 살아가는 우리들의 자화상이 아닌가. 스승 이무영의 작품성을 이어서 농촌을 버리고 도시로 이거하여 체험을 통해 세태 풍자와 고발한다. 자연을 농민문학의 계몽적 역할로 작품 속에 이미지화를 시도하지만 그 영토는 일제하이기에 계몽과 감각적인 언어의 부재와 기교는 순수문학파로 주제의 갈등이 길다.

이태준 선생의 3회 추천작 선후평은, 될 수 있으면 첫 이름을 소개하고 싶은 마음과 또 될 수 있으면 두 번째, 세 번째의 작품을 패스시키어서 한 사람의 완성신인(完成新人)을 내이고 싶은 두 가지 열망이 늘 다툰다. 다투다 결국은 작품 자체들이 결정하고 마는 것이다.

"곽하신君의 〈沙工〉이 그리 탐탁치는 않다. 곽군은 우선 그 변(辯)의 수다스러움에서 해방되어야 할 것이요, 그래야 풀들이 지금 어떤 형태로 발전한다는 것을 자신이 보고 만지고하면서 쓸 수 있을 것이다. 소설은 쓴다기보다 만드는 것이다, 변(辯)에 취해 가지고는 만드는데 방심(放心)하기 쉬운 것이다. 나룻배의 새 주인이 되었다는 홍생원이 이해할 수 없는 목우(木偶)가 되어버렸다. 홍생원이 첨지를 구태여 내여 보내려는 하등의 이유가 드러나지 않는다. 실언정신(實言情神)인 것은 곧 소설의 정신이다. 이 점에서 사건실증화(事件實證化)에 파증(波證)하는 채정소설(採偵小說)을, 소설초심자로서는 배울 필요가 있다고 생각한다. 곽군이나 최태응(崔泰應)군의 第三의 作品들은 이런 수준을 훨씬 더 솟아야 된다. 특히 두 군의 빛나는 최후의 일선(一線)을 기대한다."

화자는 41년 2월 〈신작로〉를 『문장』에 발표하고 공백기 4년 반 만에 해방정국을 본다.

1945년 9월 2일 미국 군함 미주리호 함상에서 간단한 의식절차와 함께 공식적으로 일본은 무조건 항복문서에 서명한다. 맥아더 미 극동사령관에 의해 미국과 소련이 38선 경계로 한반도 분할 점령함으로 인해 책정된 북위 38도선 이북은 종전 5일만인에 소련군이 원산으로 상륙해 들어왔고, 25일 미군 제24사단은 남한에 첫 상륙한다. 장자울 마을은 비극의 경계선이 국토의 중앙에서 양분된다. 그해 11월 4일 화자의 고향도 적성일부와 남면을 제외하고는 소련군정 관할아래 들어간 경계로 민간인의 왕래가 차단되고 전화와 우체국, 철도운행도 금지되었다. 38선 남쪽이지만 연천군 적성면 장좌울은 돌아갈 수 없었다. 9월 7일 미 극동사령부는 조선에 군정을 선포한다. 다시 소설가로서의 길을 걸을 것을 각오하고 월간잡지 『여성문화』를 창간해 발간하며 강 건너가 고향인 『문장』동기인 최태응(장연), 조인현 등을 친구로 사귀며 친교가 남다르나 잡지는 2년도 못가서 재정난으로 폐간한다.

또 가정의 생활고를 위해 조선일보 문화부장·한양대학교 강사 등을 두루 거친다.

1945년 11월 4일 연천군은 미군정 관할 지역이 군정법률 제22호 시도직제에 따라 파주군에 편입되었다. 이로써 소련군정하의 연천군은 연천면, 전곡면, 백학면, 삭녕면, 서남면, 군남면, 미산면, 왕징면, 중면, 관인면, 청산면, 창수면 12면으로 행정이 개편. 분단선으로 본적이 4,5번 뒤바뀐 사람들은 시기하는 사람들의 고변으로 인해 겪어야 하는 일들로 더 고향과 멀어지게 했을 것이다. 같은 면에 선학이며 평론가 홍효민 선생도 사상의 불신시대 크게 고초를 겪었다.

조선문학가동맹이 개최한 제1회 전국문학자 대회는 서울 종로 이정목(二丁目) 기독교청년회관에서 열린 1946년 2월 8일 오전 11시 출석자 입장 순을 보면 91명 문인 중 적성면 동향이며 선학인 홍효민은 30번째 곽하신은 54번째 입장했다.

그 규모를 보면 소련 총영사, 김원봉 외 262명, 방청자 제1정치학교생 150명 외 387명이다. 홍명희의 개회인사를 이태준(李泰俊)이 대리 낭독으로 진행되어 의장 5인 이태준 외 4명, 서기호 홍구(洪九) 외 4인을 박수로 선출, 2일째 동일 장소에서 출석자 입장순은 8일과 달리 의원자격으로 84명 중 곽하신 54번째요 홍효민이 81번째로 입장했다. 초청 참석자는 여운형(呂運亨)·김평(金平. 재미한민족연합회 대표) 외 204명이었으며, 방청자는 제1정치학교생 150명 외 398명이었고, 필자는 그 장소와 규모에 의문을 가져보았지만, 동년 3월 13일 같은 장소에서 전조선문필가대회의 490명 문인(文人)중 추천위원으로 동향인 홍효민과 참석하니 그 규모가 그려지나 두 대회 모두 김상용, 김오남은 명단에 없다.

1946년 1월 종합순수문학 계간지『예술부락』곽하신 · 조지훈 · 조인현 · 최태응 · 이한직 · 곽종원 · 이정호 · 유동준이 어울려 창간해 통권 3호로 종간 할 때까지 활동했고,

1946년 강 건너 개성 동흥동 215번지 양재철의 딸인 양영선(梁英宣) 여사와 혼인, 48년 행촌동 210번지에서 장녀 출생 하니 3학년이 되던 해 1950년 30세에 가장으로 동국대학교 학업을 중단하고 전시와 전업 작가 수입으로 가족 부양이 어렵게 되자 희망사 편집장, 1951년 대구, 부산에 피난 중에 5편의 소설을 창작. 1953년『태양신문』중편 〈달은 뜨는가?〉를 발표하였다. 휴전이 되나 이념과 강대국의 이익에 따라 고향은 9번이나 전선이 뒤 바뀌는 피의 격전장이란 치유할 수 없는 상처와 실향을 안고, 가족의 부양을 의무로『조선일보』문화부장 ·『세계일보』문화부장(53, 60년)으로 재직 중 57년에 동국대학

교에 재입학해 58년 문학사로 졸업하고, 한양대학교 강사 등을 두루 거치면서도 왕성한 창작활동을 하며, 〈죄와 벌〉·〈무화과 그늘〉·〈영시이후(零時以後)〉 등을 연이어 발표하였다. 또한 〈소년삼국지〉·〈소년수호지〉·〈내 마음 바다 건너〉와 같은 아동소설 동화창작에도 힘을 기울여 아동문학의 발전에 큰 일조를 하였음을 부정할 수 없게 되었다.

3. 실향과 귀향 그 언저리

1950년 국방부 기관지『국방』편집인 UN군의 참전으로 평양까지 진격했던 국군은 1951년 중국군의 개입으로 전세가 역전되어 국군과 UN군은 후퇴를 하지 않으면 안 되었다. 1월 4일 혹한 속에 국민과 대부분의 문인들이 일차로 집결했던 곳은 대구였다. 그들은 그곳에서 지난날의 경험을 되살려 다시『문장』출신인 조지훈·최태웅 등 문인들도 대구에 머무르게 되었다. 조지훈은 1951년 전선이 밀리며 전쟁이 격렬하던 3월 9일, 총이 아닌 펜을 무기로 삼고 전투에 임하여 공군 장병들의 전투 의지를 굳건히 하는 문인들이 뜻을 모았다. 처음 그들은 군가 작사, 강연회, 대내외적인 반공 사상 보급, 일선 전선 시찰, 문화인 시국 강연회, 종군 보고 강연회, 포스터·전단·표어 작성 등 바쁜 나날을 보냈으나, 창공구락부에 소속된 16명의 문인으로 근대 한국문학의 각 장르에 중추로 이정표를 이뤘던 그들은 전시 중 시작해서 현재까지 발간되고 있는『월간 공군』의 전신인『코메트』지 및 전시 뉴스레터 성격의『공군순보』

제작에 참여하여 조국의 하늘을 지키며 기상을 키우는데 일조를 담당했다.

9·28서울 수복 후 해산한 문총구국대가 육·해·공군 각 군별로 종군작가(문인)단을 결성, 활동을 재개한 시기도 1·4후퇴 이후였다. 가장 먼저 공군종군문인단(空軍從軍文人團), 일명 '창공구락부(蒼空俱樂部)'가 1951년 3월 대구에서 조직됐다.

발족 1년 후인 1952년에는 황순원·김동리·전숙희·박훈산 등을 새로 영입했다. 창공구락부는 조종사들과 일상생활을 같이하며 전투 상황을 기록 홍보했다. 그 외 작품 낭독회와 예술제 등 문예대회도 개최했다. 소설가 최인욱이 각색하고 최은희·황정순 등이 출연한 〈날개, 춘향전〉은 장병과 민간인들에게도 큰 사랑을 받으며 족적을 남겼다. 공연이 열린 대구 국립극장은 연극을 보려는 사람들로 연일 객석이 만원이었다. 오락거리가 없던 전쟁 속에서 문학과 예술은 유일한 위안이었고, 사기를 북돋아 주는 일선 장병들을 위문하고 국민에게 공군의 무공을 홍보하기 위해서였다.

발족 당시 공군 종군위문단의 진용은 다음과 같다.

단장 마해송, 부단장 조지훈, 사무국장 최인욱, 단원 곽하신·박훈산·박두진·박목월·유주현·방기환·이상로·전숙희·최정희·이한직·김윤성·김동리·황순원 등 16명으로 결성됐다. 단장은 대령예우에 준했고, 그 밖의 문인들은 소령에 준한 대우로 봉급을 받으며 쌀 배급도 받았다.

종군작가단의 산실 대구 창공구락부의 연락소는 덕산동에 자리를 잡고 있었다. 문인들은 한 겨울에도 난로 없이 종군기를 쓰고 잡지를 편집했다. 쌀 배급이 여의치 않을 때는 굶는 일도 많았다. 창공구락부가 발족된 두 달 후인 5월 26일에는 정비석·박인환·양명문, 그리고 출판관계 인사들과 만화가까지 합세한 가운데 '육군종군작가단'이 결성됐다. 육군종군작가단이 발족한 곳은 아카데미극장 골목에 있던 '아담(雅淡) 다방'이었다. 발족 당시 단장에 최상덕, 부단장에 김송, 상임 위원에 최태응·박영준·이덕진 등이 임명됐다. 사무실은 영남일보를 사용하기로 결정했다. 단원으로는 장덕조·최태응·조영암·정비석·김진수·정운삼·성기원·박인환·방기환등이 주축이었다. 시인 구상은 12월 1일 새롭게 합류해 부단장을 맡았다.

그 명칭이 '공군종군문인단'이며, 육군에는 문인작가단이라 그런지 문인단으로 하여 단체의 혼동을 피하고 구별을 명확히 하였는데, 별칭을 '창공구락부'라고 하였다. 공군은 하늘이 싸움터다. 그 하늘을 상징한 '공군구락부'의 원조의 기초이다.

4. 위경련에 걸린 1번, 3번국도

1920년 5월 20일 경기도 연천군 장좌리 122번지 태생으로 동국대 국문과 문학사로 졸업했다. 월간 『희망』 편집장, 월간 『야담』 편집국장, 『조선일보』 문화부장 및 한양대 강사, 국민대 교수 등을 역임했다.

1938년 『동아일보』 신춘문예에 단편 〈실락원〉이 당선되고, 1940년 『문장』 에서 〈마냥모〉·〈사공〉 이 추천되어 문단에 등단했다. 예리한 감수성과 독보적 문학세계로 일찍부터 주목받은 바 있는 〈실락원〉(1938), 향토적 애향심을 바탕으로 농촌

청소년들의 풋사랑을 반어적인 문체로 내면의 짓궂음 안보면 보고 싶고 마주보면 다투고 투정부리는 서툰 연정을 그린 〈신작로〉(1941), 남성의 횡포와 법적인 구속에서 벗어나려는 여인의 도전적인 몸부림을 다룬 〈어름 속에서〉(1949년), 〈여인의 노래〉(1950년) · 〈이웃집〉 주간서울(1954~1955), 사제간의 애정과 윤리의 갈등을 그린 장편 〈무화과 그늘〉 1955년 단편 17편 모음집이며, 첫 단편집 「신작로」를 희망출판사 간행, 동년 12월 〈남편〉 전시문학선(1958~1959), 전쟁 중 여인들이 겪는 이야기를 다룬 〈별리의 곡〉(1956), 57년 병명이 불투명한 두통과 신경통으로 투병 중에도 작품에 전념하며 창작한, 남성의 횡포와 법적인 구속에서 벗어나려는 여인의 도전적인 몸부림을 다룬, 시장에 살고 있는 남녀의 대조적 행동과 심리를 극적으로 그린 「영시 이후」(1961~1962) 등이 문제작으로 꼽힌다. 63년 이후론 청소년 문학과 아동물을 신문에 연재를 마치고 단행본이 발행된다. 〈소년 삼국지〉(1964), 1966년 『문장가』 동인 곽하신 · 안춘근 · 이상로 외 11명이 동인회 창립해 침체기를 제정비한다.

〈소년 수호지〉(1967~1968) 등의 번역물, 〈내 마음 바다 건너〉(1969~1970), 〈풍운의 성〉(1973) 등의 소년소설을 발표한 바 있다. 그는 주로 여성의 입장에서 애정에 얽힌 내면갈등과 세태의 부조리 등을 다룬 작품을 발표했다. 예리하나 다소의 치기가 보이며 요설체 문장으로 이루어진 것이 특징이다. 첫 소설집으로 〈신작로〉(1955)가 있다. 1953년 7월 27일 한국 전쟁의 휴전선을 남기며 종전이 되나, 서남면의 대부분을 제외한 연천군 지역이 수복되었지만, 화자의 고향 집은 임진강 강 언덕인 장좌리의 집터는 폐허가 되었고, 철조망이 처지고 군인초소가 되니 유년의 추억과 고향집을 잃어버린 망향 아닌 망향으로 실향의 아픔을 안고 대구와 부산에 살다가 서울 신설동 산 318번지 5호에서 차녀 출생 후 보문동, 잠원동에 살다 강동구 명일동에서 영면한 10년 후에 경기문화재단의 지원으로 연천향토문학발굴위원회 4회 사업으로 곽하신 소설 단편집 발간으로 귀향 아닌 귀향을 하게 되었다.

한탄강, 임진강은 분단의 상징이 되어 있고 남쪽으로 흐르는 그 길의 반이며 서해바다의 간만의 썰물에 따라 민물과 바닷물이 들고 나는 곳이라 그런지 장단군, 적성군, 연천군, 양주군. 파주군로 5번이요, 적성면 장좌리, 장자울, 장좌울, 장좌동, 장자못 5인칭의 마을에서 야미리 앙암사 절벽 아래 까지 해당된다. 고랑포는 임진강 북안(北岸)의 나룻터이다. 한탄강 임진강이 만나는 삼각평야로 얕은 여울이 발달해 고대로부터 교통의 중심지였다. 고랑포에서는 코앞인 남안(南岸)인 장좌리(적성면)까지 도섭(渡涉: 걸어서 강을 건넘)이 가능한 수위이기에 6·25때 북한군 제1사단은 전차부대를 앞세워 38선을 넘어서 장좌리로 도하했다. 또한 북한의 124군부대 특수훈련을 받고 1.12사태 때(1968년) 게릴라부대의 김신조(金新朝) 일당도 미 제2사단의 방어선과 철책을 뚫고 고랑포에서 걸어서 임진강을 건넜다.

임진강 장자울은 장자(長㳔) 큰 연못과 버드나무가 있어 붙은 이름이며 사구(砂丘)는 다그마노스란 미군 훈련장이 되었지만 아직도 '장좌리'란 이름은 버릴 수 없는 행정리(行政里)이기에 현재에도 부른다. 이 지역에 마을이 형성된 것은 삼국시대 이

전이며 호로고루(호로탄)와 이진미성으로 연결 된 격전장이며, 고려 중기의 다인(茶人)이며, 시인 서하(西河) 임춘(林椿)의 집터와 도은(陶隱) 이숭인(李崇仁) 집과 강정(江亭)이 있었다고 한 지포(芝浦)리이며, 건너편에 동포(銅浦)리와 관어대(觀魚臺) 터는 목은(牧隱) 이색(李穡)의 정자였다고 한다. 그 이웃에 유항(柳巷) 한수(韓脩)의 집이며 정자 유항루에 시(詩)를 남겼다. 고증이 부족한 시인 묵객들의 별서가 밀집해 있었다고 기록한 허목의 미수기언에 기록된 〈괘암〉기의 실체인 암각문은 2001년 장좌리 적벽 구간에 음각된 것이 발견되었으며, 암각된 글자는 허목의 전서체로 쓴 것으로 파악되었다.

"미수 허목(1595~1682)은 연천군 미산면 강서리 출신으로 전서체의 동방 1인자로 알려져 있음. 이조참판을 거쳐 영의정에 오르고, 문장과 그림 글씨에 뛰어나 강원도 삼척의 '척주동해비', 시흥의 '영상 이원익비' 등의 비문을 썼음. 문집 미수기언」 제 9권에 "현종 9년(1668) 여름에 이곳을 찾아가 「괘암」이란 글자와 미수서라 4자를 바위에 새겨 고적임을 표시 하였음."라고 전한다.

처음 와서 보고, 60년 후에 와 보니 3백여 년이 지나면서 글씨가 희미해진 괘암(卦巖)을 새로 새기고, 같이 참석한 괘암 주인 곽처후・곽처강 형제와 13명의 실명과 고려 중기 시인의 집터와 관어대에서 지은 시가 전한다고 적었는데 현재는 경상도에서 관어대를 복원해 문화재로 등록 한다니 지역의 역사학자나 향토 연구가는 무엇을 하는지 묻고 싶다.

곽하신 선생은 그 지역에서 대대로 부유하게 살아온 명문이며, 1668년 '괘암'을 처음 보고 60년 만(1728년)에 다시 와보니 괘암 주인 곽처후(郭處厚), 곽처강(郭處江) 형제와는 그 인연을 묵과 할 수 없지 않은가.

한국전쟁 때 피난으로 인해서 폐허가 된 그 자리에 외국 군인이 주둔하였고, 종전이 되어 피난을 떠났던 주민들이 고향을 찾아왔지만 황패해진 마을과 강 언덕엔 미군이 주둔하고 있어 집과 농터를 잃었다. 1963년 케네디 암살사건 발생 후 이 주변 10여 곳이 미군부대의 훈련장 지정되어 공여를 시작한다.

고랑포에서는 임진강 남안(南岸)인 장좌리까지 도섭(渡涉, 걸어서 강을 건넘)이 가능하기 때문에 이후에 군작전상 필요하다는 이유로 수용되었다. 1980년부터 부대로부터 영농증을 발부받아서 농사를 질 수 있는 농토에는 경작 시작되었다. 1993년 문민정부 출범 후 사용하지 않는 미군훈련장을 원 지주에게 돌려달라는 탄원의 시작과 반환 요구를 시작한 지 23년의 세월이 지나갔지만, 강바람을 먹음은 억새능선과 임진강 물주름이 장단호에 비추어 허리 춤추며 적벽(赤壁)의 품에 안겨 풍요를 잊지 못해 잠꼬대 하는 고랑포구 바라보며 구슬피 울면, 군용차량이 지나며 황사먼지를 품어낸다.

곽하신 선생의 1938년 신춘문예당선작 〈실락원〉소설 제목은 작가의 맑은 영으로 감지함인지 인간의 안식처요 낙원인 고향 장좌리는 324번 지방도 끝자락으로 아직도 무인면 무인리로 잃어버린 낙원이 되어 장단호을 바라보는 갈대들의 무도장이 되어있다.

5. 평가 절하된 고향과 문단의 풍속도 걸어 나오며

꽃과 선행(善行)은 죽은 뒤에도 향기를 남지만, 구전이나 기록된 문향은 천년이 지나가도 향기를 피우는 위대함이 있기에, 그 어려움과 고통을 감수해내며 문인의 길을 걷는다.

화자는 월간『희망』외 5개 잡지의 편집진으로 구성된 희망동인은 현대문학에 그 족적을 남긴 기라성 같은 문인들은 전홍진(全弘鎭, 天一方 편집주간, 후에 〈서울신문〉 주필). 송지영(宋志英, 편집주간, 후에 〈조선일보〉 편집국장, KBS 이사장, 예술원 회원), 곽하신(郭夏信, 1952~1960 편집국장, 소설가, 〈희망(希望)〉 편집장, 국민대 교수) · 공중인(孔仲仁, 시인) · 박현서(朴賢緖, 후에 국회의원,시인) · 이상룡(李相龍) · 서윤성(徐允成, 소설가) · 권순만(權純萬, 소설가) · 조완묵(趙琓默, 시인), 〈여성계(女性界)〉 편집장 조경희(趙敬姬), 정무장관), 〈야담(野談)〉 편집장 서송배(徐松培), 〈주간희망(週刊希望)〉 편집장 김용장(金容章, 후에 〈서울신문〉 편집국장). 취재부장 조덕송(趙德松, 후에 〈조선일보〉 논설위원). 외신부장 서광운(徐光云, 후에 〈한국일보〉 과학부장, 문화부장). 〈동서춘추(東西春秋)〉 편집장 안병임(安秉林, 소설가, 후에 청주대 영문과 교수), 〈사담(史談)〉 편집장 김정대(金丁大). 방기환(方基煥, 소설가) 대학교수, 정명숙(鄭明淑) 국민대교수. 이종배(李鐘培) 연합통신 광고사장, 오태석(吳泰錫) 극작가 외 300여명의 출신들이 각개계층에서 활동 하며 족적을 남기였다.

제자인 조수웅 소설가(계간 문학춘추 주간, 전 동산문학 주간)는 김진희 선생과 오랜 인연으로 곽하신 선생이 1994년 월간『한맥문학』8월호에 단편 〈컨닝〉을 추천한 사이였다,

시인 김종문, 양명문, 소성가 안수길, 박계주, 평론가 백철, 시인 조병화, 박인환, 곽하신 외 2명의 합동출판기념회에는 안주 두 접시에 막걸리 좋이 잔 10개의 조촐한 흑백사진을 문단이면사에 남겼다.

평론가 최일수(崔一秀, 1920. 6. 6~1995)의 곽하신 작품세계를 읽어보면, 그의 문학세계의 특징을 한 두 마디로 단언할 수 없다 해도 그의 전 작품 속에 일관해서 흐르는 특성을 들출 수 있다면 일종의 갈등의 세계가 아닌가 한다. 갈등이란 대립되는 두 욕구 사이의 긴장상태에서 일어나는 정태(情態)라고 볼 수 있는데, 그의 갈등세계는 의지적인 두 성격 대립면도 있으나 그보다 한 등장인물이 환경으로 인한 그 자체 내에서 일어나는 상반된 두 가지 성격의 심리적인 모순대립이 한결 특징적이다. 여기에 수록된 〈실락원〉은 현실도피와 이를 부정하는 갈등의 애기이고 〈신작로〉는 그리운 마음과 이를 자제하는 마음의 갈등이다. 〈첫날밤〉에서는 진실한 사랑과 이를 가로막는 현실적 법제도와의 갈등을 볼 수가 있고 〈격류(激流)〉에서는 혈육은 아니지만 부모들이 재혼을 했기 때문에 법적인 남매간이 되어 서로 사랑을 하면서도 이를 가로막는 현실과의 갈등을 보게 된다. 또한 〈층(層)〉에서 실직한 친구의 부탁으로 수소문한 자리가 현재 자기가 있는 자리보다 좋기 때문에 자신이 좋은 자리로 가고 자기 자리를 친구에 물려주려는 이기심(利己心)과 이타심(利他心)과의 갈등이 두드러지고 〈어느 아들〉에서도 암에 결려 수술을 하면 두 달 더 살고 안하면 이삼일 후 죽게 될 어머니의 입원수술을 거절하는 아들의 〈배금심(拜金心)〉과 어머니의 절망과의 갈등이 크게 나타난다. 그리고 〈어느 자살자〉에서는 간암에 걸린 주인공이 체념을 하고 자살을 기도했으나 직전에 구해주자 원망을 심히 했는데 몇 달 후 거지가 되어 단 며질 이라도 더 살게 해달라고 애걸하는 생명에 대한 미련과 테념의 갈등 볼 수 있고, 〈눈〉에서는 가난하다고 애인을 버리고 부자와 결혼했다가 실패하여 술장사를 하는 여자가 전 애인이 찾아와 진정을 호소하자 그 애인마저도 돈으로만 보이는 이른바 돈과 사랑과의 갈등을 느낄 수가 있다.

끝으로 〈불행〉에서는 취직이 어려워 막일을 하게 되는데 직장을 가까스로 얻게 된 주인공이 끝내 대졸이란 학력이 탄로되어 취직이 안되버리는 얘기를 통해 구직심리(求職心理)와 현실상황과의 갈등이 나타나 있고 〈취직이야기〉에서는 실직한 주인공이 선배의 알선으로 직장이 내정되어 출근하라는 말이 나오기까지 무려 3개월이 걸리자 그만 신경이 극도로 곤두선 끝에 자기 아내에게 내일부터 출근하라는 전갈을 하고 오는 선배의 말을 믿지 않고 욕설을 퍼부어대는 감정의 격돌 속에서 취직이라는 객관적 현실과 구직하려는 주관적 초조함의 갈등이 나타나 있다. 이처럼 곽하신 문학의 거의 전부의 작품 속에 일관해 있는 세계가 내면적인 갈등인데 그는 이 갈등을 반어적(反語的)인 기법으로 리얼리티를 심화하고 있으며 더욱이 단편이나 장편(掌篇)에 있어서 특유한 역전(逆轉)의 기법이 탁월한 문장이 나타난다.

평론가 방일수(崔一秀, 1920,6,6~1995), 1955년 조선일보 신춘문예 평론 당선작가의 단편집 평이다.

◇ 참고문헌 ◇

· 동아일보 「신춘문예」 이무영 심사평.

· 곽하신 당선소감 「예술부락」 2집(1946년 3월 1일) 좌담 회 곽하신, 최태웅, 정태용, 조연현 등이 문학방담.

· 3집 종간호(1946년 6월 5일) 『漂浪』(수필) 조연현이 편집.

· 제1회 전국문학자대회 자료집, 1946년 2월 8~9일.

· 「대동신문」 전조선문필가대회 명단, 1946년 3월 9일.

· 「죽순」 10호(1949년 4월 1일) 전국문인 주소록.

· 「연천군지」 상하. 연천군편찬위원회, 2000년 9월 30일, p.699.

· 월간 『史談』 2 창간호 「희망동인 특집」, pp168~169

· 「파주의 역사와 문화」 7권, 김우종, 선명문화사, 1973년 10월 5일.

· 「신동국여지승람(국역)」 2권, 민족문화추진회, 1969년 9월 20일.

· 「연천문학」 6집, 곽하신 추모글(김진희, 김경식, 이주원, 연규석외) 2008년 12월 5일, pp.191~218.

· 「홍효민 평론선집」 3권, 『실향의 그 의미』(김경식), 연천향토문학발굴위원회, pp.315~340.

· 「연천문학」 9권, 연천문인협회 발행, pp.211~239.

· 「문학저널」 98호, 2011년 11월 25일.

· 「김상용 월파 생가복원의 소고」(김경식), 이담문학 3집, p.148. 1999년 10월 20일.

· 김오남 서평, 『신여성의 허무의식』(김경식), 시조문학 164호, pp.210~221. 2007년 10월.

· 김상용 서평, 『망향 이후』(김경식). 한맥문학 206호, 2007년 11월 25일.

· 월간 에세이 「시문학」 42호, 1974년 1월 11일.

· 「근대문인대사전」(권영민), 아시아문화사, 1990년.

· 「동아가 배출한 작가 7인」(동아일보), 1955년 8월 9일.

· 「휴머니즘의 채득」(박연희)-곽하신 신작로에 부처-, 1956년 1월 8일.

· 「무소불능의 재질 지녀」(경향신문)-월파 김상용 회고담-, 1980년 7월 23일.

· 「명장의 숨결 문학」-예술비를 찾아서(27)-, 1980년 7월 23일.

· 「미수기언」 3권(국역본), 민족문화추진회, 1979년.

· 조선문예가총람에 수록된 주소는 경성부 행촌정(고양군 은평면 행촌동) 210-2호 외숙인 시인 김상용 주소와 동일하게 등재되어 있고, 이모 김오남은 진명여고로 되어 있다.(문장 임시 증간호). 1940년 1월 1일.

· 「한가림 봄바람」(이화 100년사), 이화여대 발간, 1981년 5월 25일.

· 「6·25전쟁 1129일」 이종근 편저, 우정문고. 2014년 11월 10일.

· 동대문구 보문동 6가 93번지에서 1970년에서 창작에 전념하여 1999년 12월까지 활동하시다

· 「분단으로 지우지 못한 분단선」-곽하신 심층분석-(김경식), 『시와 창작』, pp.29~50.

◇ 작가 연보 ◇

1920년　경기도 연천군 적성면 장좌리에서 출생(1920.5.6)하다. 대대로 행세하는 집안에서 태어났던 관계로 어려서의 생활은 불편하거나 어려운 노릇이 없었다 한다.

1934년　보통학교를 마치고 중학교에 들어가게 되자 서울 외갓집에서 기식(起食)하다. 그의 외숙(外叔)되는 분은 바로 시인 월파 김상용(月波 金尙鎔)씨로 그분의 서재에 들어가 소설과 시와 기타 문예물을 읽게 된 것이 문학을 하게 된 동기였다 한다.

1936년　문학을 하고 싶다는 충동이 있자 주위의 반대와 만류를 물리치고 소설 집필을 시작하였다. 외숙과 친분이 두터운 이선근(李瑄根)박사에게 가져다 일독을 청하니 이 박사는 엄모(嚴某)씨를 소개하여 주다. 그의 지도를 잠시 받다. 중동중학교 입학한다.

1937년　외숙의 소개로 김모(金某)씨를 알게 되어 그의 지도를 받다가 동아일보(東亞日報) 신춘문예 현상 모집에 소설 '실락원'(失樂圓)을 투고하여 당선되다. 그때 동사(同社)의 문예부장 이무영(李無影)씨에 오랫동안 사사(師事)하다.

1938년　소설가로 나설 것을 결심하고 문장(文章)지 추천 소설에 〈마냥모〉를 투고하여 당선되다. 동지(同誌)의 주간(主幹)이던 이모(李某)씨의 지도로 〈뱃사공〉, 〈신작로〉(新作路), 〈나그네〉 등을 동지에 발표하다.

1939년　전쟁이 터지자 소설가로서의 입신(立身)이 곤란할 것을 짐작하고 각지(各地)로 유랑생활(流浪生活)을 시작하다.

1942년 중동중학교 졸업(6년제)한다.

1945년 해방되다. 다시 문학의 길을 걸을 것을 각오하고 '여성문화'(女性文化)를 발간하다. 2년도 못가서 폐간하다. 최태응(崔泰應), 조연현(趙演鉉)씨 등의 친구를 사귀어 유달리 친교가 두터웠다. 그러나 잡지도 안되고 문학도 제대로 안되고 하여 신문 기자 생활을 시작하다. 소설 쓸 겨를이 더욱 없어 작가로서의 침체기(沈滯期)가 장기간 계속되다. 그러나 이 때에도 〈옛성터〉, 〈연적〉(硯滴)을 발표하다.

1946년 동국대 문리대 국어국문학과 입학하다.

1948년 동국대 3년을 중퇴하다.

1951년 대구, 부산으로 피난 가 있는 동안 다시 붓을 들다. 환도(還都)까지 매년 4, 5편의 작품을 발표하다.

1952년 환도하여 여전히 잡지, 신문에 종사하며 꾸준히 작품, 〈피난삽화〉(避難揷話)를 발표하다.

1953년 태양신문(太陽新聞)에 중편 〈달이 뜨는가?〉를 발표하다.

1954년 희망(希望)지에 장편 〈여인(女人)의 노래〉를 발표하다.

1955년 대구 매일신보(大邱每日新報)에 장편 〈장미(薔薇)처럼〉을 발표하다.
동국문학 학술논문 소설 〈패북자〉를 발표하다.
8월 9일 동아일보 〈동아가 배출한 작가 7인〉에 활동하다.

1956년 국도신문(國都新聞)에 장편 〈애연무한〉(哀戀無限)을 발표하다.
경향신문 1월 8일 〈휴매니즘의 처득〉(박연희)평론가

곽하신 《신작로》에 부처란 평설을 쓰다.

1957년 동국대 4년제 재입학하다.
까닭모를 두통과 신경통 등의 병세가 심하였으나 불굴(不屈) 계속 작품 제작하다.

1958년 동국대 4년제 졸업하다.
국제신보(國際申報)에 장편 〈흐르는 연가〉(戀歌), 세계일보(世界日報)에 〈무화과(無花果) 그늘〉을 발표하다.

1960년 월간희망, 문화세계, 야담 편집국장 역임하다.

1961년 세계일보 문화부장을 역임하다.

1963년 조선일보 문화부장 당시에 (9월 28일) 동아일보 〈이런 책을 읽으면〉 신록단편 리레이를 꾸미다.

1973년 소년소설 〈풍운의 성〉 소년조선일보 발표하다.

1980년 경향신문 7월 23일 〈무소불능의 재질 지녀〉를 발표하다.

1886년 월간 사담에 〈희망동인 특집〉을 발표하다.

1994년 월간 한맥문학 8월호 조수웅 단편 〈컨닝〉 추천하다.

2007년 〈외숙 김상용, 이모 김오남 선집〉 자료 귀중 자문하다.

2008년 4월 14일 강동구 명일동 자택에서 타계하시다.
연천문학 6호 〈특집 추모글〉 을 게재하다.

◇ 작품 연보 ◇

◇ 소설

실낙원(失樂圓)	동아일보(東亞日報)	1938.1.6~14
안해	동아일보(東亞日報)	1939.4.20~5.6
마낭모	문장(文章)	1939.7
나그네	문장임시증간(文章臨時增刊)	1939.7
사공(沙工)	문장(文章)	1941.2
신작로(新作路)	문장(文章)	1938.1
낮이나 밤이나	여성문화(女性文化)	1945.
옛 성터	여성문화(女性文化)	1945.12
좌담회		
연적(硯滴) 수필	예술부락(藝術部落)	1946.3.1
표랑(漂浪) 수필	예술부락(藝術部落)	1946.6.5
여직공(女職工)	예술신문(藝術新聞)	1946.8~
정거장(停車場) 광장(廣場)	신천지(新天地)	1947.7
그림틀(꽁트)	신세대 3-1호	1948.1.1
이웃집	주간서울 24호	1949.1.1
편지(便紙)	신천지(新天地)	1949.5
떡장수	백민(白民)(4, 1호)	1950.2
매소부(賣笑婦)	서울신문(연재)	1950.4.28~

피난삽화(避難挿話)		1952.
떠나는 날	연합신문(聯合新聞)	1952.5
혼선(混線)	연합신문(聯合新聞)	1953.1
죄(罪)와 벌(罰)	자유세계(自由世界)	1953.4
달이 뜨는가	태양신문	1953.
골목길	문예(文藝)	1953.6
여비(旅費)	수도평론(首都評論)	1953.6
죄와 벌(중편)	자유세계(自由世界)	1953
여인의 노래(장편)	희망(希望)	1954~
백야(白夜)의 전설(傳說)	자유신문(自由新聞)	1954.11~12
고백(告白)의 유형(類型)	문학예술(文學藝術)	1955.6
행로(行路)	경향신문(京鄕新聞)	1955.8
황야(荒野)에 홀로	한국일보(韓國日報)	1955.10~56.3
남편	전시한국문학선47-52 (공군작가단원)	1955.12.20
장미처럼	대구매일신문	1955.
패북자	동국문학(소설) 학술논문	1955.
항변(抗辯)	문학예술(文學藝術)	1956.1
격류(激流)	동아일보(東亞日報)	1956.5
哀憐무근	국도신문	1956.
어느 자살자(自殺者)	문학예술(文學藝術)	1956.7
별리(別離)의 곡(曲)	신태양(新太陽)	1956.
불행(不幸)	자유문학(自由文學)	1956.8
첫날밤	서울신문	1956.10~11
가학생(假學生)	새벽	1957.2

분노(憤怒)	문학예술(文學藝術)	1957.5
아내의 길	주부생활(主婦生活)	1957.
두 여인(女人)	신태양(新太陽)	1957.7
타살(他殺)이야기	자유문학(自由文學)	1957.11
구두 닦으세이	문학예술(文學藝術)	1957.12
무화과 그늘(장편)	세계일보	1958.
흐르는 연가(장편)	국제신문	1958.
하나의 도정(道程)	신문화(新文化)	1958.9
도정(道程)	사상계(思想界)	1958.12
눈	자유문학(自由文學)	1959.2
취직이야기	신태양(新太陽)	1959.6
층(層)	자유문학(自由文學)	1959.9
황야서설(荒野序說)	현대문학(現代文學)	1961.1
소년삼국지	소년조선일보(연재)	1964.
영시이후(장편)	서울경제신문(연재)	1967.
소년수호지	소년조선일보(연재)	1967.
신사임당	간행	1969.
풍운의 성	소년조선일보(연재)	1973.

◇ 소설집

신작로(新作路)	희망출판사(希望出版社)	1955.
한국문학선집 26권 (무화과 그늘)	민중서관	1959.2.20
한국문학전집	민중서관	1958
한국신문학전집 1권	한국출판협동조합	1969.4.25

(실낙원)		
정선한국문학전집 2권 (황야서설)	현문사	1977.4.30
한국문학단편집5권 (신작로) 108-123 (실락원) 94-107	영신출판사	1982.10.15
한국단편문학대계 6권 (실락원, 신작로)	한국문협 편	1985.8.20
당대소설선	을유문화사	1988.2.28
정통문학대계 30권 (이봉구, 곽하신, 김이석)	어문각	1995.1.1
동화작가60 12편 선작선(꼬마독재자)	오늘출판사	2013.12.15
장보고의 꿈		

◇ 수필

연적(硯滴)	예술부락	1946.3.1
표랑(漂浪)	예술부락	1946.6.5
떡장수	백민(4-1호)	1950.2.

◇ 꽁트

그림틀	신세계(3-1호)	1948.1.1

◇ 아동문학

소년삼국지	소년조선일보	1964.
장끼전 두껍전	을류문화사	1965.

소년수호지	소년조선일보	1967.
풍운의 성	소년조선일보	1973.
소년서유기	범우사	1986.
꼬마독재자	오늘출판사	1997.
장보고의 꿈		
신사임당		

◇ 번역

낮이나 밤이나(상하) (콘스탄틴 씨모노프 지음)	정음사	1948.11.15
티토의 가는 길 (티토 요십브로즈 지음)		1952.
러셀의 생애	신태양사	1971.
어느 여인 (유도무랑 지음)	을유문화사	1974.
악마들의 뒷거래 (로버트 러드럼 지음)	정음문화사	1983.6.1
도련님 일야 (나쓰메 소세키 지음)	을유문화사	1994.

◇ 고문

김진희 : 소설가. 국제펜클럽 이사. 한국문인협회자문위원. 한맥문학발행인
김홍우 : 희곡. 동국대학교예술대학장 역임. 명예교수. 남해국제탈예술촌장

◇ 명예위원장

김진희 : 소설가. 한국문인협회 자문위원. 한맥문학 발행인.

◇ 위원장

연규석 : 수필가. 한국예총연천지부 상임부회장 역임. 연천문인협회명예회장

◇ 자문위원

최동호 : 시인. 고려대학교 교수역임. 명예교수.
채수영 : 문학비평가. 한국문학비평가협회 회장 역임.
엄창섭 : 시인. 카톨릭관동대학교 명예교수. 김동명학회 회장.
허형만 : 시인. 목포대학교 국문학과 교수 역임. 명예교수.
채규판 : 시인. 원광대학교 국문학과 교수 역임. 명예교수.
박혜숙 : 건국대학교 국문학과 교수.
임영천 : 평론가. 목포대학교 교수역임. 명예교수. 한국문협 평론분과 회장.
정종명 : 소설가. 한국문인협회 이사장 역임.
김　준 : 시조시인. 서울여자대학교 교수역임. 명예교수.

◇ 편집위원

이창년 : 시인. 한국문인협회 이사. 편집위원장
김경식 : 시인. 평론가. 한국문인협회 문학사료발굴위원.
윤여일 : 시인. 한국문인협회, 국제펜클럽 한국본부 회원. 교열위원.
한　광 : 시인, 한국문인협회 회원, 한맥문학 동두천지부 회장. 기획위원.
황성운 : 시인. 한맥문학동인회 회원. 편집위원.
최현수 : 시인. 홍선문학회 회장. 간사.

곽하신 단편소설선집
失鄕과 歸鄕 그 언저리

2015년 8월 1일 초판 인쇄
2015년 8월 15일 초판 발행

엮은이 : 편집위원
펴낸이 : 연규석
펴낸데 : 연천향토문학발굴위원회
경기도 연천군 연천읍 연신로 530
전화 : (031)834-2368

되박은데 : 도서출판 고글
등록 : 1990년 11월 7일(제302-000049호)
전화 : (02)794-4490

값 15,000 원

※ 경기문화재단 문예지원금을 일부 받았음.